LEA KAMPE

Der Engel von Warschau

Irena Sendler – Für die Rettung der Kinder riskierte sie ihr Leben

ROMAN

PIPER

Mehr über unsere Autorinnen, Autoren und Bücher:
www.piper.de

Wenn Ihnen dieser Roman gefallen hat, schreiben Sie uns unter Nennung des Titels »Der Engel von Warschau« an *empfehlungen@piper.de*, und wir empfehlen Ihnen gerne vergleichbare Bücher.

Von Lea Kampe liegen im Piper Verlag vor:
Der Engel von Warschau (Irena Sendler)
Die Löwin von Kenia (Karen Blixen)
Café Altschwabing

Eine vollständige Liste aller Titel der Reihe »Bedeutende Frauen, die die Welt verändern« finden Sie am Ende des Buches.

Unser Versprechen für mehr Nachhaltigkeit
• Klimaneutrales Produkt
• FSC®-zertifiziertes Papier
• Hergestellt in Europa

FSC www.fsc.org
MIX
Papier | Fördert gute Waldnutzung
FSC® C083411

ISBN 978-3-492-06215-2
9. Auflage 2023

Redaktion: Dr. Annika Krummacher
Satz: Uhl + Massopust, Aalen
Gesetzt aus der Adobe Devanagari
Druck und Bindung: CPI books GmbH
Printed in the EU

Für Cläre Müller
Immer an meiner Seite

Kapitel 1

Herein!«, rief Reichsminister Dr. Hans Frank und sah vom Schreibtisch seines Berliner Büros auf.

Ein junger SA-Mann trat ein. Auf den ersten Blick machte Ludwig Fischer mit seinem kräftigen Körper und dem vollen Gesicht den Eindruck eines gutmütigen Bauernjungen, doch in seinen kleinen Augen lauerte etwas Perfides.

»Kommen Sie, kommen Sie«, sagte Frank jovial. »Cognac? Brandy? Oder doch lieber einen Schnaps?«

Fischer zog erstaunt die Augenbrauen hoch.

Frank lachte. »Unser heutiges Treffen ist erfreulicher Natur, setzen wir uns doch.« Er ging auf einen niedrigen Tisch mit Gläsern und Flaschen zu und schenkte ein, bevor er sich auf das Sofa sinken ließ und Fischer den Platz auf dem Sessel gegenüber anbot. Dann warf er einen kurzen Blick auf die Standuhr. »Jetzt ist es so weit. Wie ich eben erfahren habe, wurde unserem SS-Sturmbannführer Naujocks um Punkt sechzehn Uhr das Losungswort ausgegeben.« Er grinste. »›Großmutter gestorben‹. Wer sich das wohl ausgedacht hat? Na ja, jedenfalls werden Naujocks und seine Männer in ein paar Stunden als polnische Rebellen verkleidet unseren eigenen Rundfunksender in Gleiwitz angreifen. Eine unglaubliche Provokation, die wir Deutschen natürlich nicht hinnehmen können, weshalb wir uns gezwungen sehen, den Polen den Krieg zu erklären. Ich gehe davon aus, dass der Angriff in den frühen Morgenstunden erfolgen wird.«

Ludwig Fischer lachte. »Natürlich rechnen die Polen mit uns. Sie haben in aller Schnelle ein paar Truppen an der Grenze zusammengetrommelt. Alles ganz geheim, damit wir uns nicht provoziert fühlen. Und sie glauben tatsächlich, dass wir das nicht gemerkt hätten.«

»Ach ja, es heißt, sie hätten sogar berittene Truppen. Pferdchen, Fischer, Pferdchen. Was glauben Sie, was die sagen, wenn sie unseren Panzern gegenüberstehen. Ich hoffe, unsere Jungs richten kein Blutbad unter den armen Tieren an.« Er grinste wieder und legte den Arm auf die Sofalehne.

»Dazu werden sie gar keine Zeit haben«, erwiderte Ludwig Fischer. »Wir alle wissen, dass die ganze Farce höchstens ein paar Wochen dauern wird. Spätestens Ende September haben wir Polen in der Tasche, und Warschau gehört uns.«

»Das ist die richtige Einstellung, Fischer!«, rief Frank und beugte sich ein wenig vor. Seine breite Stirn mit den hohen Geheimratsecken glänzte in der tief stehenden Nachmittagssonne. Das glatte Leder des Sofas leuchtete rotbraun, wie der noch unberührte Brandy in seiner Hand. »Und genau deshalb habe ich Sie kommen lassen.« Er machte eine kurze Pause. »Sehen Sie, man hat mich zum Generalgouverneur des neu zu gründenden Generalgouvernements Polen ernannt. Und für die Stadt Warschau brauche ich einen besonders verlässlichen Mann.« Er sah Fischer mit wachen Augen an. »Ich hatte an Sie gedacht. Was meinen Sie? Gouverneur von Warschau? Na, wie klingt das?«

»Es wäre mir eine Ehre, Dr. Frank.«

Der nickte bedächtig. »Ehre, wem Ehre gebührt. Für Ihren Amtssitz hatten wir an das Brühlsche Palais gedacht. Am Piłsudski-Platz, den wir in Adolf-Hitler-Platz umbenennen werden. Wohnen können Sie in einer Villa im Nobelvorort Konstancin, den wir bei den Luftangriffen unbedingt aussparen müssen.« Er hob sein Glas. Fischer tat es ihm gleich. »Auf Warschau, die neue deutsche Stadt und ihren Gouverneur. Prost!«

Kapitel 2

Draußen auf dem Flur öffnete sich eine Tür und wurde leise wieder ins Schloss gedrückt. Irena hörte schnelle, leichte Schritte. Sie warf einen Blick auf die Uhr und lächelte. Halb fünf. Nach Elena konnte man die Uhr stellen. Alle im Warschauer Sozialamt wussten, dass sie regelmäßig eine halbe Stunde früher Feierabend machte, nur Elena selbst war felsenfest davon überzeugt, dass ihre tägliche Flucht aus dem Büro niemandem auffiel.

Irena lehnte sich auf dem Bürostuhl zurück, und während im Flur die Verbindungstür zum Treppenhaus zuklappte, schloss sie die Augen. Von draußen drangen Motorenlärm, Schritte und die hellen Stimmen zweier Frauen herein. Jetzt näherte sich ein Droschkengespann auf dem Kopfsteinpflaster. Der Kutscher stieß einen lang gezogenen Pfiff aus. Doch plötzlich drängte sich ein anderes Geräusch in den Vordergrund. Eine dicke Fliege schlug brummend ein ums andere Mal gegen die Scheibe. Irena machte die Augen auf. Einen Augenblick sah sie dem Insekt zu, das die unsichtbare Barriere mit reiner Willenskraft zu durchbrechen versuchte, dann erhob sie sich und öffnete das Fenster.

Zurück am Schreibtisch, schloss sie den letzten Bericht

des Tages ab und überflog, was sie geschrieben hatte. Alles sah sehr ordentlich aus. Nichts lud dazu ein, genauer hinzusehen. Aber seit sie ihre kleinen Faktenberichtigungen nicht mehr alleine, sondern gemeinsam mit ihrer Kollegin Irka Schultz vornahm, fühlte sie sich ohnehin sicherer. Gewissensbisse hatte sie jedenfalls keine. Was sie tat, war richtig, denn vor ein paar Jahren hatte die polnische Regierung Sozialleistungen für jüdische Mitbürger stark eingeschränkt und an tausend unsinnige Bedingungen geknüpft, was die ärmeren Familien hart traf. Seitdem unterliefen Irena bei der Bearbeitung ihrer Fälle regelmäßig kleine Fehler. Manchmal wurde ein Kind auf dem Papier ein paar Monate jünger, um der ohnehin schon am Rand der Armutsgrenze lebenden Familie weiterhin Unterstützung zu gewähren. In anderen Fällen, so wie heute, verkleinerte sich der Wohnraum. Eigentlich war das nicht einmal gelogen, dachte Irena. Ihr Hausbesuch bei den Geremeks am Nachmittag hatte sie deprimiert. Angeblich lebte die sechsköpfige Familie in zwei Zimmern, tatsächlich aber war von dem schlitzohrigen Vermieter nur ein hölzerner Raumteiler eingezogen worden. Auf dem Formular hatte Irena sich genötigt gesehen, diese Illusion zu korrigieren, wodurch die Familie wieder Anspruch auf einen monatlichen Zuschuss bekam.

Sie zog das Blatt aus der Schreibmaschine und legte es zu den anderen. Draußen schlug die Uhr des nahe gelegenen Kirchturms fünf. Irena war dafür bekannt, so lange zu bleiben, bis auch die letzte Aufgabe erledigt war. Aber heute würde sie pünktlich Feierabend machen. Eine befreundete Kollegin wollte ihren Geburtstag mit einem Picknick im Park nachfeiern.

Draußen schlug ihr eine schwüle Hitze entgegen. Sie verstaute die Tasche und das Paket mit dem Kuchen in ihrem Fahrradkorb und radelte los. Der Ogród Saski, der Sächsische Garten, war ein herrlicher Park aus dem 18. Jahrhundert und nur einen Steinwurf von ihrem Büro in der Złotastraße entfernt. Irena trat in die Pedale, bis ihr der Fahrtwind in die blonden schulterlangen Haare fuhr. Auf der stark befahrenen Emilii-Plater-Allee musste sie über Kopfsteinpflaster fahren und versuchte mit der linken Hand das Kuchenpaket stabil zu halten. Ihre Mutter hatte darauf bestanden, einen Babka zu backen, und Irena wollte das Hefegebäck nur ungern in Form von Krümeln zum Picknick bringen.

Schwungvoll umrundete sie eine Droschke, die unvermittelt vor ihr zum Stehen gekommen war, und bog kurz darauf durch das weit geöffnete schmiedeeiserne Tor des Parks. Durch die Kronen der hohen Linden und Buchen fiel das warme Nachmittagslicht. Kinder waren mit ihren Müttern und Gouvernanten unterwegs, und auf den Grünflächen saßen kleine Gruppen von Freunden und vereinzelte Pärchen. Je tiefer Irena in das Grün hineinfuhr, desto weiter entfernte sich der Lärm der Stadt. An seine Stelle traten Vogelstimmen und das Summen von Bienen, und ein Luftzug brachte die Blätter der alten Bäume zum Rascheln. Plötzlich sah Irena winkende Arme vor sich auf der Grünfläche. Automatisch fuhr auch ihr Arm nach oben.

»Na endlich!« Das Geburtstagskind stürmte auf sie zu, noch während Irena das Fahrrad gegen einen Baum lehnte.

Irena umarmte sie fest. Dann hielt sie sie prüfend vor sich. »Dass wir uns auch mal wieder sehen«, sagte sie halb vorwurfsvoll. Seit Ewa Rechtman einige Monate zuvor wegen ihrer jüdischen Abstammung aus dem Sozialamt entlassen worden war, hatten sie sich viel zu selten getroffen. Irena vermisste den unerschütterlichen Optimismus ihrer Freundin.

»Fass dich mal an die eigene Nase, Fräulein Vielbeschäftigt«, gab Ewa schlagfertig zurück. Sie löste sich von Irena, fuhr sich mit den Händen durch die hellen Haare und steuerte auf das Kuchenpaket zu.

»Hmm, Babka!«

Irena lachte und begrüßte die anderen. Die meisten von ihnen, darunter Irka Schultz, Jaga Piotrowska und Janka Grabowska, waren wie Irena im städtischen Sozialamt angestellt. Ala Gołąb-Grynberg dagegen, die wie Ewa Jüdin war, arbeitete im jüdischen Krankenhaus.

Auf der bunt karierten Decke lagen Teller und Schalen mit belegten Broten. Janka hatte selbst gemachte Zitronenlimonade mitgebracht. Ewa stellte Irenas Babka in die Mitte.

»Ich hoffe, nicht du hast ihn gebacken, sondern deine Mutter«, sagte sie schelmisch, während sie rote Kerzen in den Kuchen steckte.

»So deutlich musst du es nun auch wieder nicht sagen«, beschwerte sich Irena. Doch sie war Ewa nicht böse. Kochen und Backen lagen ihr tatsächlich nicht.

»Dafür hast du andere Stärken!« Jaga, die neben ihr saß, drückte ihr einen Kuss auf die Backe.

Als Ewa die Kerzen angezündet hatte, sangen sie *Sto lat*, das polnische Geburtstagslied, das Ewa »hundert Jahre« wünschte. Die Spaziergänger auf den Kieswegen drehten sich lächelnd nach ihnen um. Doch kaum hatte Ewa die Kerzen ausgepustet und die Kuchenstücke verteilt, trat Stille ein.

»Fast komme ich mir schuldig vor, dass wir hier sitzen und

meinen Geburtstag nachfeiern, als wäre nichts«, sagte Ewa schließlich.

»Wann, wenn nicht jetzt?«, gab Janka trocken zurück. »Wenn Deutschland Polen tatsächlich angreifen sollte, wird uns das Feiern erst mal vergehen.«

»Mietek ist eingezogen worden. Ich habe ihn gestern zum Bahnhof gebracht«, sagte Irena.

Wieder entstand Schweigen. Seit Wochen waren die Spannungen zwischen Deutschland und Polen mit Händen zu greifen. Im Juli schon hatte es Gerüchte gegeben, dass Polen still und heimlich seine Streitkräfte mobilisiere, aber erst jetzt hatte es Irenas Mann getroffen. Dabei war Mietek ein durch und durch friedliebender, bodenständiger Familienmensch. Ein paar Jahre zuvor hatte er seine erste Stelle an der Universität in Poznań angenommen und war wie selbstverständlich davon ausgegangen, dass Irena ihm dorthin folgen würde. Aber ihr waren die soziale Arbeit und das Studium in Warschau wichtiger gewesen. Wie unterschiedlich sie und Mietek waren, hatte sie sich erst da so recht bewusst gemacht. Er war ein ganz und gar unpolitischer Mensch, dessen Träume über seine Professur in Altphilologie und eine kleine Familie nicht hinausgingen. Sie hingegen wollte für andere da sein, mit ihren Freunden an der Uni und in der sozialistischen Partei Pläne schmieden, die Welt verbessern. Und wo ließ sich besser damit anfangen als unter Warschaus Armen und Benachteiligten?

Doch obwohl Mietek und sie nun schon seit Jahren getrennt lebten und ihre Ehe nur noch auf dem Papier existierte, war er ihr wichtig. Er war ihre Sandkastenliebe, der Freund, mit dem sie jeden Winter auf der gefrorenen Weichsel Schlittschuh gelaufen war. Und nun sollte Mietek mit seinen feingliedrigen Händen gegen die Deutschen kämpfen? Es war nur schwer vorstellbar. Da schon eher Adam, ein früherer Kommilitone von der Universität und ihr bester Freund. Unwillkürlich wurde Irena warm. Plötzlich hatte sie das Bedürfnis, von ihm zu sprechen, ihren Freundinnen zu erzählen, dass auch er eingezogen worden war. Und warum auch nicht? Alle kannten Adam, den Hitzkopf mit den revolutionären Ideen für ein neues, gerechteres, vor allem aber freies Polen. Adam, der von romantischen Gedichten bis hin zu Gesetzbüchern alles verschlang und mit dem sie oft bis spät in die Nacht in einem Café oder unter den Bäumen im Park träumte und diskutierte.

Doch sie sagte nichts und nahm stattdessen ein zweites Stück Kuchen. Irka tat es ihr gleich. Als sich ihre Hände über dem Kuchenteller berührten, trafen sich ihre Blicke.

»Es wird alles gut gehen«, meinte Irka. »Diesmal werden England und Frankreich Polen nicht im Stich lassen, ihr werdet sehen. Wir haben eine feste Zusage. Die Deutschen sollen bloß kommen. Ihr Vergnügen wird von kurzer Dauer sein. Und ehe man sichs versieht, sind Mietek und die anderen wieder zurück.«

»Das will ich hoffen«, erwiderte Ala, aber sie klang nicht überzeugt. »Wenn nicht, sehe ich schlimme Zeiten auf uns zukommen. Für ganz Polen, vor allem aber für Ewa und mich und die anderen polnischen Juden. Was die Deutschen mit ihren jüdischen Mitbürgern in Deutschland machen, ist schlimm genug, aber wenn ihr mich fragt, werden sie es hier weitab von zu Hause noch viel wilder treiben.«

Ewa griff nach Alas Hand. »Komm schon, jetzt sei nicht immer so pessimistisch. Außerdem feiere ich hier gerade

Geburtstag … ich meine, rein theoretisch, falls ihr's vergessen haben solltet. Also, wer hat Lust auf einen Themawechsel?«

Irka und Janka hoben lachend die Hände. Ala drückte Ewas Hand, doch ihr Lächeln wirkte gezwungen.

Es war schon dunkel geworden, als sie aufbrachen und sich auf den Heimweg machten. Irena liebte die langen Sommerabende, die ihr ein Gefühl von Freiheit gaben. Treffen im Park, in Cafés und Eisdielen. Auch heute hatten sich viele Menschen auf den Straßen getummelt. Alles war so wie immer. Oder doch nicht? Waren die Stimmen lauter gewesen? Ihr Lachen etwas zu schrill? Waren die Autos schneller gefahren? Irena hätte es nicht zu sagen vermocht.

Zu Hause angekommen, stellte sie ihr Fahrrad im Hof ab und schloss leise die Tür zur Wohnung auf, die sie mit ihrer Mutter teilte. Drinnen war es dunkel. Sie lauschte auf den Atem ihrer schlafenden Mutter. Er ging ganz ruhig. Irena war erleichtert. Ihre Mutter hatte Herzprobleme und atmete oft schwer. Ohne Licht zu machen, ging sie in die Küche und öffnete das Fenster. War es der Krupnik, der selbst gemachte Honiglikör, den Irka mitgebracht hatte, oder die Erinnerung an den gestrigen Tag, die keine Müdigkeit aufkommen ließ?

Die meisten Fenster der Ludwikistraße waren noch erleuchtet. Im Wohnzimmer auf der gegenüberliegenden Straßenseite konnte Irena die Nowaks um das Radio sitzen sehen. Ihre Gedanken wanderten zu Mietek. Sein Marschbefehl hatte von einer »geheimen Mobilisierung« gesprochen, aber bei der Ankunft auf dem Bahnhof war ihnen klar geworden, dass das einzig Geheime daran die fehlenden Nachrichten in Zeitung und Radio waren. Nur mit Mühe hatten sie sich ins Bahnhofsgebäude und zu Mieteks Gleis vorgearbeitet. Sämtliche jungen Männer Warschaus schienen gekommen zu sein, und zum ersten Mal hatte Irena eine reale Furcht beschlichen. Verheimlichte ihnen die Regierung etwas? Sie wusste, dass Polen ursprünglich eine vollständige Mobilisierung geplant hatte, aber England und Frankreich waren dagegen gewesen. Hitler sollte nicht unnötig provoziert werden. Irena hatte auf dem Bahnsteig nach bekannten Gesichtern Ausschau gehalten oder, besser gesagt, nach einem bekannten Gesicht. Adam hatte sie am Tag zuvor angerufen, um ihr mitzuteilen, dass auch er an die deutsch-polnische Grenze beordert worden war. Er musste hier irgendwo sein, aber bei diesem Andrang war die Suche aussichtslos.

Ihr Abschied von Mietek war kurz gewesen. Von allen Seiten hatten Soldaten sie angerempelt, und der sonst so wortgewandte Mietek wusste zum ersten Mal nicht, was er sagen sollte. Schließlich hatte Irena ihm die Aufgabe abgenommen. »Pass auf dich auf«, hatte sie geflüstert und ihm einen Kuss auf die Wange gegeben. Mietek hatte nur kurz genickt und sich dann abrupt umgedreht, um sich in den überfüllten Waggon zu zwängen. Wie aufgekratzt und voller Energie die jungen Männer gewesen waren, die überall aus den Zugfenstern hingen und anderen lautstark etwas zuriefen. Als würden sie in die Ferien fahren. Aber vielleicht war ja am Ende wirklich alles halb so schlimm? Mit Verbündeten wie England und Frankreich würde ein eventueller Krieg nicht lange dauern.

Oder war das nur eine Illusion, und Adam, der radikale Klarseher, hatte recht? »Sie wollen nicht, dass wir das erkennen«, hatte er gesagt. »Aber die Zimmer im europäischen Haus werden gerade in Windeseile neu verteilt, die Wände eingerissen und andere hochgezogen.« Sie hatte nicht gewusst, was sie darauf antworten sollte.

Die Wanduhr im Wohnzimmer schlug elf. Irena schloss das Fenster, legte sich aufs Bett und schlief ein.

Der Raum hinter Irenas Augen füllte sich mit einem hohen, schmerzhaften Ton. Ein Aufheulen, das an- und wieder abschwoll. Sie warf sich auf die andere Seite, doch sie wachte nicht auf, und der Ton blieb.

»Irena!« Eine Hand auf ihrer Schulter. »Irena, wach endlich auf!«

Irena riss die Augen auf. Das Heulen wurde lauter, bedrohlicher. »Mama, was ist los?«

»Luftschutzsirenen. Komm endlich, wir müssen aus dem Haus.« Ihre Mutter reichte ihr einen Bademantel, während Irena nach den Hausschuhen angelte. In der Küche warf sie einen Blick nach draußen. Auf der anderen Straßenseite saß Herr Nowak vor dem Radio, seine Frau zerrte an seinem Arm, doch er beachtete sie nicht. Irenas Mutter war bereits im Treppenhaus. Ihre rechte Hand umklammerte das Geländer, während sie mit unsicheren Schritten einen Fuß vor den anderen setzte. Fest griff Irena ihr von hinten unter den Arm und lotste sie, so schnell es ging, die Treppe hinunter. Die Tür zum Hof stand offen, er war voller Menschen. Warum waren sie nicht im Keller?

Erst jetzt fiel Irena auf, dass die Luftschutzsirenen das einzige Geräusch waren. Ansonsten herrschte Stille. Während sie ihrer Mutter in den Hof hinaushalf, lauschte sie auf Motorengeräusche, Einschläge. Nichts. Die im Hof versammelten Hausbewohner sahen die Neuankömmlinge stumm an. Sie wirkten ungläubig, desorientiert. Ihre Haare waren vom Schlaf zerzaust, die müden Augen blickten fragend. Später hätte Irena nicht mehr sagen können, wie lange sie so gestanden hatten. Über dem Hof begann das milchige Morgenlicht golden zu leuchten. Dann brachen die Luftschutzsirenen ab. Einige Sekunden war es totenstill. Ein Raunen ging durch die Gruppe, und plötzlich redeten alle durcheinander.

»Entwarnung, gehen Sie in Ihre Häuser zurück! Entwarnung …« Die Aufforderung aus einem Megafon vor dem Hoftor war wie aus dem Nichts gekommen und wurde leiser, je weiter der Wagen sich wieder entfernte. Wie eine Herde Schafe setzten sich alle in Bewegung. Irena half ihrer Mutter die Stufen zum zweiten Stock hinauf. Dann lief sie zum Radio. Wie alle anderen, dachte sie, während sie an dem Knopf drehte. Sie musste nicht suchen. Alle Sender brachten dieselbe Nachricht. Die Deutschen hatten bereits vor Stunden eine Offensive aus dem Norden, Süden und Westen begonnen. Die Luftwaffe war unbemerkt über die Grenze geflogen und hatte die Grenzregionen bombardiert. Gleichzeitig waren von Panzern unterstützte Infanteriedivisionen eingerückt. Die Nachrichtenstimme sprach davon, dass sich die polnischen Truppen neu formieren mussten, was immer das hieß.

»*Warschau ist sicher*«, behauptete die Stimme im Radio. »*Bewahren Sie Ruhe! Alle Mitglieder der Regierung, alle Angestellten der Stadt sind aufgerufen, sich an ihren Arbeitsplatz zu begeben.*«

Irena hastete in ihr Zimmer, um sich anzuziehen, während der Radiosender im Nebenzimmer dieselbe Nachricht endlos wiederholte.

»Wo willst du hin?«, rief ihre Mutter, als sie kurz darauf in die Küche stürmte.

»Zur Arbeit, du hast es doch gehört!«

Ihre Mutter fasste sie am Arm. »Es ist sieben Uhr. Setz dich, und trink deinen Kaffee. Das Büro ist doch noch gar nicht offen.«

Wortlos ließ sich Irena auf den Küchenstuhl drücken. Ihre Gedanken wanderten zu Mietek und Adam. Ging es ihnen gut? Waren ihre Regimenter in Kämpfe verwickelt? In die Gedanken an Adam mischte sich Bitterkeit. Er hatte Jura studiert, hatte seine Examina mit Auszeichnung bestanden und wollte Anwalt werden. Aber die antisemitischen Tendenzen der letzten Jahre schmälerten seine Karriereaussichten. »Wenn es um eine Anstellung als Anwalt geht, bin ich ein Jude und nicht erwünscht. Aber wenn es darum geht, mich an die Front zu schicken, bin ich plötzlich wieder Pole genug«, hatte er bei ihrem letzten Telefongespräch ironisch bemerkt.

Sie wurde aus ihren Gedanken gerissen, als ihre Mutter die Kaffeekanne vor sie hinsetzte, dazu Brot, Butter und Marmelade. »Iss«, sagte sie nur. Ihre Stimme ließ keinen Widerspruch zu.

Irena begann sich mechanisch ein Brot zu schmieren. Sie war ihrer Mutter dankbar, dass sie nicht versuchte, sie in ein Gespräch zu verwickeln. Hastig schlang sie das Brot hinunter und trank den Kaffee. Dann sprang sie auf, drückte ihrer Mutter einen Kuss auf die Stirn und rannte, immer zwei Stufen auf einmal nehmend, die Treppen hinunter.

Falls Irena damit gerechnet hatte, menschenleere Straßen anzutreffen, hatte sie sich getäuscht. Ganz Warschau schien auf den Beinen zu sein, und alle waren in Eile. Männer auf Fahrrädern, Frauen, die ihre Kinder hinter sich herzogen. Die Trambahnen waren überfüllt. Trotz der frühen Stunde hatten die Läden geöffnet, und Frauen füllten ihre Einkaufstaschen mit Fleisch, Gemüse und Brot. Was der hektischen Betriebsamkeit eine unheimliche Note verlieh, war die Stille. Niemand sprach. Abgesehen von ein paar quengelnden Kindern waren nur die Geräusche der Bahn, der Autos und der Droschken zu hören. Irena trat in die Pedale.

Schon im Treppenhaus des Sozialamts schlugen ihr aufgeregte Stimmen entgegen. Der Gang war voller Menschen, die nach Sachbearbeitern riefen oder denen, die anwesend waren, ihre Forderungen vortrugen. Irena hatte den Gang kaum betreten, da bildete sich schon eine Menschentraube um sie.

»Augenblick! Einer nach dem anderen!«, rief sie, während sie sich mühsam zu ihrem Büro vorarbeitete. Plötzlich packte eine Hand sie am Arm und schob sie zu ihrer Tür. Die verdutzte Menge war stehen geblieben. Irka Schultz schloss die Bürotür hinter ihnen und drehte den Schlüssel im Schloss.

»Puh«, sagte sie nur und ließ sich auf den Besucherstuhl fallen. Beinahe hätte Irena laut lachen müssen. Irka war Abteilungsleiterin und legte großen Wert auf ein professionell adrettes Auftreten. Jetzt hing ihr die Bluse aus der Hose, und der Knoten ihrer dünnen Krawatte hatte sich gelockert. Mit ihren zerzausten blonden Haaren wirkte sie, als hätte sie die Nacht in einem Jazzclub durchgemacht.

Irena verkniff sich die Bemerkung und nickte stattdessen in Richtung Gang. »Was ist denn hier los?«

Irka rollte mit den Augen. »Was wohl? Alle wollen ihre monatliche Unterstützung sofort. Ihr Geld, ihre Lebensmittelmarken, die Bons für die Suppenküchen. Sie haben Angst, dass bald nichts mehr da sein wird. Viele wollen die Stadt verlassen. Sie haben Angst vor Luftangriffen. Dabei sind heute längst nicht alle Kollegen zur Arbeit gekommen.«

Irena setzte sich an ihren Schreibtisch. »Wie wär's, wenn du deine Autorität spielen lässt und da draußen für Ordnung sorgst? Versuch einfach, uns die Leute einzeln reinzuschicken.«

Irka nickte ergeben. Ein paar Sekunden genoss sie noch die Ruhe in Irenas Büro, dann schloss sie die Tür auf und stürzte sich ins Getümmel.

Irena hatte eine gute Stunde gearbeitet und gerade überlegt, ob sie es schaffen würde, sich in der Büroküche einen Kaffee zu holen, als die Luftschutzsirenen erneut zu heulen begannen. Sofort hörte man auf dem Gang Dutzende von Füßen Richtung Ausgang hasten. Auch Irena trat aus dem Büro, da ging auf der gegenüberliegenden Seite des Ganges die Tür auf. Statt eines Grußes deutete Jan Dobraczyński, der Chef des Sozialamts, nur Richtung Treppenhaus.

»Wer weiß, vielleicht bleibt es ja wieder bei einer Warnung, so wie heute Morgen«, stieß er hervor, während sie nach unten hasteten. Von draußen ertönte ein unbestimmtes Rauschen. Unvermittelt blieb Irena stehen, doch die von hinten Nachdrängenden schoben sie weiter. Aus dem Rauschen wurde ein Dröhnen. Als die Luft zu vibrieren begann, spürte Irena Panik in sich hochsteigen. Sie erreichte den Keller, als die erste Detonation die Wände des Gebäudes ins Wanken brachte. Eine Druckwelle ging durch ihren Körper und presste die Luft aus den Lungen, ihre Ohren fielen zu, Betonstaub rieselte wie Mehl von der Decke.

In der nächsten halben Stunde wiederholte sich immer wieder dieselbe Abfolge: ein Summen, das zu einem immer lauteren Dröhnen wurde, dann die Detonation, bevor der Lärm wieder abschwoll. Jedes Mal, wenn eine Bombe in der Nähe einschlug, war für ein paar Sekunden das Licht weg. Irenas Impuls war es, zu schreien, doch sie riss sich zusammen, genau wie die anderen.

Endlich kam die Entwarnung, und alle strömten auf die Straße. Irena hustete, als sie die graubraune Luft einatmete und sich Rauch und Schuttstaub auf ihre Lungen legten. Die Gebäude der Złotastraße waren alle intakt, doch ein Stück entfernt stiegen schwarze Rauchsäulen in den Himmel, und das Schrillen der Sirenen kam aus allen Richtungen.

Eine Hand legte sich von hinten auf Irenas Schulter, und sie drehte sich um.

»Jaga!« Impulsiv umarmte sie ihre Freundin und Kollegin.

»Kommen Sie?« Jan Dobraczyński war neben ihnen stehen geblieben. Der große, kräftig gebaute Mann sah aus, als wäre er geschrumpft, und sein sonst so streng nach hinten gekämmtes, dunkles Haar war weiß vom Betonstaub und völlig zerzaust. Jaga, seine Sekretärin, löste sich aus Irenas Umarmung und folgte ihrem Chef als Erste.

Als sich die Kollegen in Jan Dobraczyńskis Büro versammelt hatten, blickte der seine Mitarbeiter schweigend an. Er war ein Mann, dem es selten an Worten mangelte, doch in diesem Augenblick hatte es ihm die Sprache verschlagen. Fahrig versuchte er die gelösten Haarsträhnen nach hinten zu streifen, ließ es aber bleiben, als er den weißen Schuttstaub auf dem Kopf spürte. Beinahe tat er Irena leid. Er war ein ordentlicher Chef, der seine Arbeit gut machte. Daran ließ sich nicht rütteln, auch wenn er Irena persönlich nicht sympathisch war. Sie war überzeugte Sozialdemokratin, Dobraczyński dagegen in der konservativ nationalen Partei – und er machte keinen Hehl daraus, dass er Juden nicht besonders schätzte. Das Gute an ihm war, dass er seine Mitarbeiter eigenverantwortlich handeln ließ. Und das gab Irena die nötige Freiheit, die Dinge auf ihre Weise zu regeln.

Jetzt ergriff Dobraczyński das Wort.

»Frau Sendler ist bei uns unter anderem für die Suppenküchen in der Stadt verantwortlich.« Er machte eine kurze Pause und wandte sich an sie. »Ich muss Ihnen wohl nicht sagen, dass wir in den nächsten Tagen und Wochen einen wahren Ansturm erwarten müssen. Allein bei diesem ersten Angriff heute werden viele Menschen ihre Wohnung verloren haben. Außerdem sollten wir mit Flüchtlingen aus den umliegenden Regionen rechnen. Menschen, die wir unterbringen und versorgen müssen.« Er legte eine Pause ein und fuhr dann fort. »Ich möchte, dass Sie jetzt nach Hause zu Ihren Familien gehen und nach dem Rechten sehen. Wenn wir uns wieder treffen, will ich Vorschläge hören, wie wir dem Ansturm begegnen können.« Er sah in die Runde. Lauter ernste Gesichter. »Und seien Sie vorsichtig. Sie werden hier gebraucht. Jeder Einzelne von Ihnen, und mehr denn je!«

Kapitel 3

Die Worte hallten in Irena nach, als sie kurz darauf durch eine veränderte Stadt nach Hause fuhr. Warschau mit seinen bunten Häusern und unzähligen Cafés – hier lebte sie seit vielen Jahren, kannte jede Straße, jeden Platz. Und ebendiese Stadt lag nun vor ihr wie ein schwer atmendes, verwundetes Tier, verwirrt, ratlos. Ein Krankenwagen passierte sie mit einer solchen Geschwindigkeit, dass ihr Fahrrad ins Wanken kam.

Sie bog in eine Seitenstraße und bremste ruckartig ab. Vor ihr klaffte ein tiefer Krater. Das vierstöckige Wohnhaus dahinter war der Länge nach aufgerissen. Vereinzelte Möbelstücke standen auf halb eingestürzten Böden. Männer gruben mit Schaufeln und bloßen Händen im Schutt nach den Bewohnern. In einem Raum, der eine Küche gewesen war, hingen noch gehäkelte Topflappen an einem Haken. An der Decke darunter baumelte eine Lampe mit blumenbesticktem Stoffbezug.

Irena wandte den Blick ab und fuhr zurück auf die Hauptstraße. Vor dem Daszyńskiego-Platz standen zwei Trambahnen, die kurz vor ihren Haltestellen stehen geblieben waren, weil Teile des Stromnetzes nicht mehr funktionierten. Sie kamen Irena vor wie zwei große, leblose Raupen.

Irena fuhr schneller. Nach dem Luftangriff hatte sie nur daran gedacht, wie viel Arbeit nun auf sie zukam. So, als wäre die Zerstörung in der Stadt nur eine berufliche Herausforderung, die sie nicht persönlich betraf, und im ersten Augenblick war sie verblüfft gewesen, dass Dobraczyński sie nach Hause geschickt hatte. Nach Hause, wo es doch so viel zu tun gab! Erst jetzt wurde ihr klar, dass es dieses Zuhause vielleicht gar nicht mehr gab. Und ihre Mutter? Schweiß lief ihr in die Augen und verklebte die Staubschicht auf ihrem Gesicht. Als sie in die Ludwikistraße einbog und die unberührten Wohnhäuser sah, hielt sie an und schloss die Augen. Alles war gut. Ihr Haus stand, ihre Mutter lebte. Im gleichen Augenblick erschrak sie über ihren Egoismus, doch die Erleichterung hielt sich hartnäckig und wurde zum Glücksgefühl, als sie ihre Mutter wenige Minuten später fest an sich drückte.

In den darauffolgenden Tagen gab es viele weitere Luftangriffe. Zehntausende Menschen überfluteten die Straßen Warschaus. Sie waren vor der vorrückenden deutschen Armee geflohen und suchten in der Großstadt Schutz. Doch einmal angekommen, wussten die meisten nicht, wohin. Sie hatten alles zurückgelassen und waren tagelang zu Fuß unterwegs gewesen. Ausgehungert, schmutzig und völlig erschöpft baten sie Wildfremde um einen Schlafplatz oder ein Stück Brot. Eines Morgens fand Irena ihre Mutter in aller Herrgottsfrühe im Hofeingang ihres Wohnhauses, wo sie heißen Tee aus einer großen Schüssel verteilte.

»Die Flugzeuge schießen auf alle und jeden«, erklärte eine Frau unter Schluchzen. Ihre zitternden Hände konnten kaum die Tasse halten. »Sie fliegen tief und schießen auf die Flüchtlingstrecks, ja, sogar auf die Bauern auf dem Feld. Die meisten Dörfer stehen in Flammen. Und die deutschen Soldaten kommen in die Häuser und töten Juden, Lehrer, Ärzte und Anwälte.« Sie schluchzte erneut.

Später im Büro sprach Irena mit Jaga, Janka und Irka darüber. »Dass sie es auf die Juden abgesehen haben, wissen wir. Aber warum die Lehrer und die Ärzte?« Jaga wirkte ratlos.

Doch Irena kannte die Antwort. »Ist doch klar. Sie wollen die Intellektuellen auslöschen. Diejenigen, die die Bildung und das Selbstbewusstsein haben, ihnen entgegenzutreten und ihre Mitbürger gegen sie zu beeinflussen.«

Die anderen nickten stumm, dann gingen sie wieder an die Arbeit: neue Suppenküchen organisieren, Unterkünfte bereitstellen.

Eines Nachmittags klingelte in ihrem Büro das Telefon. Irena war im Begriff gewesen, einen Hausbesuch zu machen. Unschlüssig blieb sie an der Tür stehen und sah auf die Armbanduhr. Dann kehrte sie seufzend zum Schreibtisch zurück und hob ab.

»Irena?« Es war die Stimme ihrer Mutter.

»Was ist, Mama? Macht dein Herz …?« Weiter kam sie nicht.

»Du musst kommen. Die Polizei ist in unserer Straße. Sie sind schon bei den Nachbarn. Sie schleppen alle Möbel nach draußen oder werfen sie aus dem Fenster. Sie reden irgendwas von Barrikaden bauen.«

»Ich komme.« Irena ließ den Hörer auf die Gabel fallen. Der Hausbesuch musste warten. In halsbrecherischen zehn Minuten erreichte sie die Ludwikistraße. Tatsächlich, überall waren Polizisten. Schreie, Weinen, empörte Rufe. Auf der

Straße lagen Möbel, viele davon zerbrochen. Atemlos kam Irena im zweiten Stock an. Ihre Mutter stand weinend im Wohnzimmer, während zwei Polizisten die größeren Möbelstücke mit Kreide markierten. Irena wurde heiß.

»Was machen Sie da?«, stieß sie hervor.

Einer der Polizisten warf ihr einen desinteressierten Blick zu. »Anordnung von ganz oben. In der Ludwikistraße werden Barrikaden errichtet.«

»Aber doch nicht mit unseren Möbeln! Und wieso überhaupt? Werden die Deutschen … Gibt es eine Belagerung?«

Der Polizist sah sie mitleidig an, und Irena errötete. Natürlich würden die Deutschen nach Warschau kommen. Seit Tagen sprachen sie im Büro über nichts anderes mehr. Sie ärgerte sich über sich selbst.

»Sollen wir die Stadt verteidigen, oder nicht?« Der Mann lächelte herausfordernd.

Irenas Blick ging zum Bücherregal, vielleicht dem Kostbarsten, was sie besaß. Sie durchquerte den Raum und stellte sich davor. »Nehmen Sie alles, aber das Regal lassen Sie hier.« Ihre Stimme klang fest.

Der Mann wurde rot vor Wut. Mit zwei Schritten war er bei ihr, schubste sie grob beiseite und brachte das Regal mit einer einzigen Bewegung in Kipplage. Erst vereinzelt, dann in Gruppen klatschten die Bücher auf den Boden.

»Mit dem hier fangen wir an.« Er winkte seinen Kollegen zu sich. »Vielleicht versteht die junge Dame dann den Ernst der Lage. Ich würde ja gern wissen, ob sie noch Zeit zum Lesen findet, wenn die Deutschen mit uns fertig sind.«

Danach ging alles sehr schnell. Stumm sahen Irena und ihre Mutter zu, wie sich die Wohnung leerte. Nur wenige Stücke blieben zurück. Erst als es dunkel wurde, verebbte der Lärm von draußen, und eine lähmende Stille senkte sich über die Straße. Irena vermied es, aus dem Fenster zu sehen. Es reichte, wenn sie am Morgen an den Barrikaden vorbeigehen musste, die aus den Dingen bestanden, die bisher ihr Leben begleitet hatten. Und jetzt sollten diese Habseligkeiten die Panzer und das Waffenfeuer der Deutschen abwehren. Selbst mit ihren Büchern hatten die Männer noch kleine Lücken gestopft. Irena fühlte eine bleierne Schwere. Beim Abendessen sprach sie fast gar nichts und ging früh ins Bett.

Doch etwas weckte sie nur wenige Stunden später. War es das Licht im Nebenraum? Barfuß tappte sie in die Küche. An dem klapprigen Tisch, der noch auf dem Dachboden gestanden hatte, saß ihre Mutter, vor sich ein Fotoalbum. Irena erkannte es sofort.

»Das habe ich retten können.« Das Lächeln auf dem Gesicht der Mutter war beinahe verschmitzt. Irena setzte sich neben sie und betrachtete das vertraute Foto. Es zeigte ihre Mutter mit deren Schwester. Die Tante saß auf einem altmodischen Fahrrad. »Kazimiera«, sagte ihre Mutter schmunzelnd und wendete die Seite.

»Und Papa«, ergänzte Irena, als sie das nächste Bild sah. Es zeigte einen gut aussehenden jungen Mann mit dunklen Haaren und gezwirbeltem Schnurrbart. Er lag auf dem Boden ausgestreckt und gegen den Schoß seiner Frau gelehnt. Ihre Hand ruhte auf seiner Schulter.

»Ich vermisse ihn so.« Plötzlich glitzerten Tränen in den Augen ihrer Mutter. Irena wusste, warum die Erinnerung sie gerade heute so sehr schmerzte. Ihr Vater war Arzt gewesen und hatte allen geholfen, Arm und Reich, ganz gleich, ob sie bezahlen konnten oder nicht. In Otwock, dem Ort, an dem sie damals gelebt hatten, war er von allen Ärzten der einzige gewesen, der sich trotz der hohen Ansteckungsgefahr auch um Menschen kümmerte, die am Fleckfieber erkrankt waren. Das hatte ihn mit knapp vierzig Jahren das Leben gekostet. Nur wenige Tage später war Irena sieben geworden.

»Ich war noch so klein«, sagte sie leise. »Und trotzdem erinnere ich mich gut an ihn.«

»Wie auch nicht.« Ihre Mutter lächelte durch die Tränen hindurch. »Er hat dich schrecklich verwöhnt. Wenn deine Tanten kamen, sagten sie ständig zu ihm: ›Staś, wie kannst du nur? Du verdirbst noch das ganze Kind!‹, aber dein Vater lachte nur und erwiderte immer das Gleiche: ›Lasst mich doch. Wer weiß heute schon, wie es der Kleinen in ihrem späteren Leben ergehen wird. Vielleicht gehört unsere Liebe irgendwann mal zu ihren schönsten Erinnerungen.‹«

Irena schluckte. Sie kannte die Anekdote in- und auswendig, doch zum ersten Mal erschien sie ihr wie der Vorbote einer düsteren Wahrheit.

In den kommenden Wochen arbeitete Irena bis zur Erschöpfung. Sie verließ das Haus früh am Morgen und kam selten vor dem späten Abend heim. Immer wieder wurde die Arbeit im Sozialamt von Fliegeralarm unterbrochen, und auf ihren Fahrten durch die Stadt versuchte Irena sich die Häuser und Gebäude genau einzuprägen. Je nachdem, wie lange dieser Wahnsinn noch anhielt, würden viele von ihnen den Ansturm nicht überleben. Ihr geliebtes altes Warschau verschwand von Tag zu Tag mehr.

Dann kam der 25. September. Irena hatte nicht geglaubt,

dass eine Steigerung möglich wäre, doch dieser Tag überbot alles bisher Dagewesene. Es war nicht einmal sieben Uhr. Die Nacht war erstaunlich ruhig gewesen, und Irena hatte ein paar Stunden Schlaf bekommen. Beinahe hoffnungsvoll fuhr sie mit dem Fahrrad zur Arbeit, als der erste Fliegeralarm aufheulte. Im selben Moment vernahm sie das Dröhnen am Himmel, das schnell lauter wurde. Verzweifelt trat sie in die Pedale. Wo sollte sie hin? Das Sozialamt war nicht mehr weit, sie musste es schaffen. Innerhalb von Sekunden war die Straße wie leer gefegt. Verlassene Autos standen mitten auf der Fahrbahn. Panisch radelte Irena weiter, doch sie hatte sich verschätzt. Völlig unvermittelt tauchte ein deutscher Flieger am entgegengesetzten Ende der langen Straße auf. Er flog so niedrig, dass sie fürchtete, er müsse abstürzen. Kopflos warf sie sich vom Rad, hastete hinter ein parkendes Auto und duckte sich. Wenn ich dich nicht sehe, siehst du mich auch nicht, dachte sie in einem Anflug von Selbstironie. Als das Dröhnen seinen Höhepunkt erreichte, hob sie den Kopf und blickte in das Gesicht eines blutjungen Piloten mit kurzen braunen Locken. Sah er sie ebenfalls?

Schon war er vorbei. »Er war höchstens Anfang zwanzig, nur ein paar Jahre jünger als ich«, flüsterte Irena. Dann begann sie zu zählen. Bei einundzwanzig ließ eine Detonation sie zusammenzucken. Irena tippte auf das Stadtviertel Praga.

Als sie sich kurz darauf im Keller des Sozialamts zitternd gegen die kühle Mauer lehnte, war sie schweißgebadet. Aus ein paar Metern Entfernung sahen Irka, Janka und Jaga sie mit erschrockenen Augen an, doch Irena wandte sich ab. Sie konnte jetzt nicht reden.

Die Stunden flossen ineinander. Erst am späten Abend

konnten sie den Keller verlassen. Auf den letzten Stufen hinauf zum Erdgeschoss schimmerte ihnen durch die gläserne Eingangstür unnatürliches Licht entgegen. Ein ächzendes Dröhnen und Klirren schnitt durch die Luft. Als sie nach draußen traten, schlug ihnen sengende Hitze entgegen. Am Ende der Straße wälzte sich eine Feuerwand in den Himmel, die alles verschlang. Mit einem Laut, der wie ein Stöhnen klang, fiel das Dach des Hauses in sich zusammen.

Wie lange sie in der gleißenden Hitze und Helligkeit gestanden hatten, gebannt vom ohrenbetäubenden Fraß des Feuers, wusste Irena später nicht mehr. Noch in der Nacht verkündete das Radio, dass Warschau an diesem Tag von über tausend Fliegern angegriffen worden war. Und in den Tagen danach wurde es kaum besser. Vor allem das Viertel zwischen den Friedhöfen und der großen Synagoge, in dem viele jüdische Mitbürger lebten, wurde stark zerstört, aber auch der Rest der Stadt war kaum mehr wiederzuerkennen. Überall sah man zerbombte Häuser, brennende Autos und Trambahnen.

Mehrere Tage und Nächte dauerte der Vernichtungsangriff der deutschen Luftwaffe. Dann wurde es still.

»Donnerstag, 28. September 1939. Wir unterbrechen unser Programm für eine Eilnachricht.«

Irena hatte sich mit ihrer Mutter gerade zum Abendessen hingesetzt. Nun drehte sie das Radio lauter.

»Aufgrund der hohen Verluste unter der Zivilbevölkerung hat der Kommandant der Stadt Warschau, General Juliusz Rómmel, gestern die Kapitulation bekannt gegeben. Warschau ist in deutscher Hand. Sie hören nun eine Bekanntmachung des

neuen Gouverneurs von Warschau, Dr. Ludwig Fischer.« Ein Marsch wurde gespielt. Dann ertönte eine schneidige deutsche Stimme. Jeder Satz wurde sofort ins Polnische übersetzt.

»Bürger Warschaus. Hier spricht Ihr neuer Gouverneur, Dr. Ludwig Fischer. Ihre Stadt hat kapituliert und befindet sich in deutscher Hand. In wenigen Tagen wird die deutsche Wehrmacht in Warschau einrücken. Die Stadt wird Teil des neu gegründeten Generalgouvernements unter Generalgouverneur Dr. Hans Frank. Allen Anweisungen und Bekanntmachungen ist strikt Folge zu leisten.«

Erneut Marschmusik. Dann brachte der polnische Sender weitere Erklärungen. Die Nachrichten waren vernichtend. Den freien Staat Polen gab es nicht mehr. Die Deutschen und die Russen hatten das Land freundschaftlich unter sich aufgeteilt, noch bevor der erste Schuss an der Grenze gefallen war. Auch die Zahlen waren schwindelerregend. Vierzigtausend Menschen waren während der Luftangriffe ums Leben gekommen, siebzigtausend an den verschiedenen Fronten, während Hunderttausende polnische Kriegsgefangene auf dem Weg nach Deutschland in die Zwangsarbeit waren. War Mietek unter ihnen? Und was war mit Adam?

Am nächsten Morgen sah Irena die Menschentraube schon aus einiger Entfernung. Gut zwanzig Männer und Frauen drängten sich vor einem Plakat an einer Straßenecke. Die erste Mitteilung an die eroberte Bevölkerung, dachte Irena verbittert. Mit bangem Herzen drängte sie sich an eine Stelle, von der aus sie das Blatt lesen konnte.

Bekanntmachung
Allen Polen werden ihre Bürgerrechte unter dem deutschen Reich garantiert.
Allen Juden werden ihre Rechte, einschließlich Besitz und Sicherheit, garantiert.

Ein Mühlstein fiel ihr vom Herzen. Vielleicht reichte es den Deutschen ja, sich einen Teil Polens einverleibt zu haben, und die Zerstörung der letzten Wochen war schon der Höhepunkt des Schreckens gewesen?

In den nächsten Stunden arbeitete Irena mit neuer Energie. Allein die Tatsache, sich wieder frei und ohne Angst vor Luftangriffen bewegen zu können, war ein ungewohnter Segen. Als sie am Nachmittag bei einer befreundeten jüdischen Familie vorbeischaute, die sich bereit erklärt hatte, einem Flüchtlingsehepaar aus dem Grenzgebiet eine Unterkunft zu gewähren, nahm die Frau sie zur Seite.

»Irena, du bist doch mit Adam Celnikier befreundet, oder?«

Irena wurde flau im Magen. Sie nickte nur.

»Hab ich mich doch richtig erinnert.« Ihre Bekannte lächelte warm. »Dann wird es dich vielleicht interessieren, dass ich ihn heute Morgen mit seiner Mutter in der Stadt getroffen habe. Er ist unversehrt zurückgekommen. Seine Truppe hat sich schon vor ein paar Wochen aufgelöst. Es muss chaotisch gewesen sein.«

»Oh, wie schön!«, brach es aus Irena hervor. Im nächsten Moment spürte sie, dass sie errötete, und setzte schnell hinzu: »Das freut mich aufrichtig. Ich werde ihn demnächst mal besuchen gehen.«

Demnächst?, dachte sie verschmitzt, als sie kurz darauf die

Stufen im Treppenhaus hinuntersprang. Heute trifft es wohl eher.

Tatsächlich stellte sie wenig später ihr Fahrrad am vertrauten Hofeingang der Bałuckiegostraße 18 ab. Es war kurz nach sechs, die Sonne schien noch warm, und die Vorfreude auf ein Wiedersehen mit Adam machte Irena zittrig. Adams Mutter öffnete, kaum dass sie geklingelt hatte.

»Irena, du bist es! Wie schön, dich zu sehen. Adam ist in seinem Zimmer. Vielleicht kannst du ihn ja ein bisschen aufheitern.« Die Worte ließen Irena aufhorchen, aber sie fragte nicht nach.

Als sie den Kopf durch die Tür steckte, saß Adam auf seinem Bett. Er sah auf, und ein Lächeln huschte in seine Augen, verschwand aber so schnell, wie es gekommen war.

»Irena.« Er erhob sich. Einen Augenblick standen sie sich wortlos gegenüber. Als das Schweigen unerträglich wurde, sagte Irena: »Frau Kowak hat mir erzählt, dass sie dich getroffen hat. Ich bin so froh, dass du wieder da bist.«

Adam nickte nur. Dann erschien ein resigniertes Lächeln auf seinem Gesicht. »Ich sehe, wenigstens der Buschfunk klappt noch.«

»Zum Glück.« Irena lächelte ihn aufmunternd an, doch er schwieg. »Adam? Was ist los? Du bist traurig.«

»Du etwa nicht?«, fuhr er sie unerwartet scharf an. »Halb Warschau liegt in Trümmern. Unsere sogenannte Verteidigung an der Grenze war ein Witz. Die Deutschen haben uns buchstäblich in unseren Betten überrascht. Mein Regiment war auf ungeordnetem Rückzug, bevor wir auch nur einen einzigen Schuss abgefeuert hatten! Dann hat jeder für sich versucht, wieder hierher zurückzukommen. Ich bin so wütend. Nein, ich schäme mich.« Adams Gesicht war gerötet, trotzdem wirkte er gelöster als zuvor. Irena verstand seine Gefühle gut.

»Ich bin trotzdem froh, dich zu sehen. Ich hatte mir Sorgen gemacht«, sagte sie leise. Einen Augenblick trafen sich ihre Augen. Dann, wie auf eine wortlose Absprache hin, umarmten sie sich schnell und fest. Als Adam sich von ihr löste, trat er hastig zurück und sah auf den Boden. »Mietek?«

Irena schüttelte den Kopf. »Ich weiß nichts Neues von ihm. Ich hoffe, es geht ihm gut.« Sie verdrehte innerlich die Augen. Etwas Banaleres hätte ihr nicht einfallen können.

Adam war aufs geöffnete Fenster zugegangen und setzte sich auf den breiten Fenstersims. Ein Bein zog er an, das andere hing nach unten. Die abendliche Septembersonne warf Reflexe auf seine kurzen dunklen Haare, und Irena setzte sich ihm gegenüber, wie sie es schon unzählige Male getan hatte.

»Hast du die Bekanntmachung gelesen? Alle Rechte werden garantiert«, versuchte sie es nach einer Weile.

Adam sah sie an. In seinen Augen lag traurige Belustigung. »Aber du bist zu intelligent, um das zu glauben, oder?«

Irena wandte den Blick ab und zuckte trotzig mit den Schultern. »Ich bin einfach grundsätzlich optimistischer als du.«

Adam lachte bitter auf. »Glaub mir, ich würde auch gerne hoffen, aber was ich beim Rückzug gesehen habe … Wie die Deutschen die Leute aus den Häusern gezerrt und auf offener Straße erschossen haben. Vor allem die Juden und die Bildungsbürger. Ärzte, Anwälte, Lehrer. Die reine Willkür. Von garantierten Rechten keine Spur. Und denk nur mal an die Lage der Juden in Deutschland. Glaubst du wirklich, dass sie sich hier in Polen ziviler verhalten werden? Ausgerechnet hier, nachdem sie uns in weniger als einem Monat überrannt haben? Nein, glaub mir, die verachten uns. Die werden mit uns machen, was sie wollen.«

Irenas Herz sank. Sie kannte Adams Pessimismus. Häufig spornte er ihn zu energischem Handeln an und brachte ihn dazu, ebendem entgegenzuwirken, was er fürchtete oder kritisierte. Aber heute hatten seine Worte etwas Niedergeschlagenes, geradezu Fatalistisches, und Irenas eigene Befürchtungen machten es ihr schwer, dagegenzuhalten.

»Hast du schon gehört, dass unsere Regierung vielleicht ins Exil geht?«, fragte Adam in die Stille hinein.

»Was?«, rief Irena ungläubig.

Adam nickte. »Bisher sind es nur Gerüchte. Aber wenn, dann sind wir hier auf uns allein gestellt.« Wieder das spöttische Lächeln. »Die Ratten verlassen das sinkende Schiff.« Sein Lächeln verschwand. »Aber jetzt gehe ich wahrscheinlich zu weit. Wer weiß, vielleicht können unsere Politiker uns vom Ausland aus nützlicher sein, als wenn die Deutschen sie hier festsetzen oder umbringen.«

Adams Worte, seine traurigen Augen, die kurze, aber heftige Umarmung spukten noch lange in Irenas Kopf herum, als sie an diesem Abend einzuschlafen versuchte. Auch um Mietek machte sie sich Sorgen. Obwohl sie sich in den letzten Jahren nur noch sporadisch gesehen hatten, konnte sie sich nicht vorstellen, ihn nicht mehr wiederzusehen.

Kapitel 4

Zwei SA-Männer flankierten den Eingang des herrschaftlichen Hauses, als Ludwig Fischers Wagen vorfuhr. Zusammen mit seinem Adjutanten stieg er aus.

»Heil Hitler, Gouverneur!« Die Arme der beiden jungen Männer schnellten nach vorn, ihr Blick war geradeaus gerichtet. Fischer erwiderte den Gruß.

»Welches Stockwerk?«, fragte er seinen Adjutanten.

»Das oberste. Fahrstuhl. Ein wunderbarer Blick über die Stadt. Über zweihundertfünfzig Quadratmeter Wohnfläche. Erlesen eingerichtet. Gut ausgestattete Bibliothek, separate Räumlichkeiten für das Personal. Parknähe«, wiederholte der Adjutant. Es war die dritte auf der Liste möglicher Wohnungen. Auch die ersten beiden waren nicht schlecht gewesen, doch sie hatten Fischer nicht völlig überzeugen können.

»Die bisherigen Besitzer?«, fragte Fischer.

»Dr. Samuel Weintraub mit Ehefrau und drei Kindern. Chirurgenfamilie. Saßen gerade beim Abendessen. Wir haben sie im Salon versammelt.«

»Hm«, machte Fischer unwillig. Der Fahrstuhl glitt nach oben. Ein weiterer SA-Mann salutierte neben der Wohnungstür. Fischer trat ein.

»Nicht schlecht.« Er schritt über das glänzende Parkett durch den Flur und betrat die ersten Zimmer. Warmes Abendlicht fiel durch große Flügelfenster auf die Mahagonimöbel. Schwere Perserteppiche dämpften seine Schritte in den Wohnräumen. In der Küche stand das Personal in Livree in Reih und Glied, die Augen auf den Boden gerichtet. Es duftete nach Essen.

»Jüdisches Personal?«, fragte Fischer.

»Nein, polnisch.«

Fischer schnaubte. Natürlich. Das waren ihm die Liebsten. Die Geldjuden, die sich in angesehene Berufe schlichen, feine Anzüge trugen, in Palästen wie diesem lebten und sich von nicht jüdischem Personal bedienen ließen. Mit bloßem Auge kaum zu erkennen, wenn man ihnen auf der Straße begegnete. Die Täuschung war fast perfekt. Aber hinter der Fassade waren auch sie nichts anderes als dreckige Fratzen.

Fischer betrat den Salon. Da stand er, der Jude, ein weinrotes Seidentuch in der Jacketttasche, seine Frau trug eine Perlenkette, zwei der Kinder waren blond. Wie perfide konnte die Natur eigentlich sein? Alles nur Schein, dachte Fischer, eine dünne Hülle. In der Hölle, in die wir euch schicken, wird euer wahres Gesicht schnell wieder zum Vorschein kommen.

»Dr. Fischer? Mein Name ist Weintraub. Diese Wohnung ist mein Familienbesitz. Was geht hier vor? Ich protestiere …« Die Stimme gehörte dem Chirurgen, seine grauen Augen hinter der feinen Goldrandbrille waren verunsichert.

»Ruhe!«, fuhr der Adjutant ihn an.

Fischer sah über die fünf Menschen hinweg, als wären sie Inventar. Seine Augen blieben an der hohen Stuckdecke mit den Fresken in der Mitte hängen. Dann trat er durch die geöffnete Flügeltür auf den Balkon. Die Aussicht auf die roten Schindeldä-

cher der Warschauer Altstadt war schön. Dazwischen steckten hohe Bäume ihre grünen Köpfe in den Himmel. Noch stiegen an vielen Stellen Rauchsäulen auf, aber das würde sich irgendwann legen, und die Gegend war auf jeden Fall die richtige. Hier gab es zwar die verhassten Geldjuden, aber zum Glück keine Orthodoxen mit ihren schwarzen Kaftanen, Hüten und den Schläfenlocken. Bisher hatte er sie nur aus den Karikaturen des Stürmers und der Wochenschau gekannt. In Deutschland gab es ja nur wenige davon. Aber hier in Warschau waren sie fast überall zu sehen. Auf jeder Straße krabbelten und krochen sie, aus jedem Hauseingang quollen sie hervor.

An seinem ersten Tag in der Stadt hatte er sich durch ihren Anblick beinahe beschmutzt gefühlt. Sie waren fremd. Bedrohlich. Abstoßend. Er ekelte sich vor ihren Bärten und vor ihren Körpern unter den schwarzen Kleidern, wo sich sicher Läuse tummelten, die Fleckfieber übertrugen. Er konnte nicht in ihre dunklen Augen sehen. Von seinem Amtssitz im Brühlschen Palais aus beobachtete er sie, wie sie mit ihren Großfamilien auf den Sächsischen Park zuliefen. Nicht mehr lange. Es wurde Zeit, dass die Parks wieder sauber wurden.

Ludwig Fischer winkte seinen Adjutanten zu sich heran. »Die Wohnung ist beschlagnahmt. Ich werde morgen hier einziehen. Veranlassen Sie alles Nötige. Und sehen Sie zu, dass die hier nichts rausschleppen. Jeder nur einen Koffer mit Kleidern.«

Der Adjutant nickte. »Sehr wohl, Dr. Fischer. Im Übrigen ist hier noch die Liste, auf die Sie gewartet haben. Sie wurde mir eben gebracht.«

Fischer nahm das Blatt und studierte es. Es enthielt mehrere Namen mit kurzen Kommentaren.

»Es sind die möglichen Kandidaten für den Vorsitzenden des

geplanten Judenrates«, ergänzte der Adjutant und fügte etwas vorsichtiger hinzu: »Es hat schon ein erster Kontakt stattgefunden. Keiner der … äh … Herren möchte das Amt freiwillig übernehmen.«

»Ach ja?« Auf Fischers Gesicht erschien ein schlaues Lächeln. »Sind wohl weniger dumm, als ich dachte.« Er tippte mit dem Zeigefinger auf den ersten Namen. »Der hier. Czerniaków. Der Vorsteher der jüdischen Gemeinde. Schicken Sie Müller zu ihm. Er weiß, was zu tun ist. Um den Rest kümmere ich mich dann. So, und jetzt zurück ins Palais.«

Kapitel 5

Keine Stunde später kamen mehrere Wagen mit quietschenden Reifen vor dem Gebäude der jüdischen Gemeinde zum Stehen. Zehn junge Männer in pechschwarzer Gestapouniform sprangen heraus.

»Erster Stock, zweiter Stock. Auf!«, schrie ihr Anführer. Die Männer liefen in das Gebäude und verteilten sich. Aus dem Inneren waren Schreie zu hören und das Poltern umfallender Stühle.

Der Anführer folgte seinen Männern gemächlich. Mit ruhigen, fast gelangweilten Schritten trat er in das Büro des Gemeindevorstehers. Eine Sekretärin im blauen Kleid stand neben ihrem Schreibtisch und blickte verängstigt auf ihre Schuhe.

»Wo steckt Czerniaków?«, fragte der Gestapomann.

»Er ist eben in ein anderes Büro gegangen.«

»Was? Ich kann Sie nicht verstehen. Lauter!«

»In ein anderes Büro gegangen.« Die Stimme der jungen Frau zitterte. Auf dem Flur hallten schnelle Schritte. Zwei Gestapoleute kamen herein. Der Mann, den sie zwischen sich festhielten, überragte sie um einen Kopf. Er war etwa sechzig, seine Glatze glänzte, und die Augen hinter der kleinen runden Brille blickten nervös.

»Was geht hier vor?«, fragte er. Es sollte barsch klingen, doch die Stimme des großen Mannes schwankte.

Der Anführer betrachtete ihn von oben bis unten. »Noch so einer von den Drecksjuden, die sich für feine Leute halten«, sagte er dann und riss dem Gemeindevorstand die goldene Taschenuhr aus dem Jackett. Er drückte auf den Knopf. Mit einem Klick sprang die Uhr auf. »Schönes Stück.« Er ließ sie in seine Manteltasche gleiten. »Leider brauchen wir dich noch. Mitnehmen, abführen. Ins Hauptquartier.«

»Aber was …«, stammelte Czerniaków, während die Gestapoleute ihn nach draußen zerrten.

»Wo ist die Gemeindekasse?« Der Anführer wandte sich wieder an die Sekretärin, doch die schwieg.

»Die Gemeindekasse!«, brüllte er.

Völlig verängstigt lief die junge Frau zu ihrem Schreibtisch, zog einen Schlüssel heraus und nahm die Kasse aus dem Schrank.

Die nächsten Stunden verbrachte Czerniaków in einer Zelle im Gestapohauptquartier in der Szuchastraße. Seine Gedanken rasten, doch er konnte sich beim besten Willen nicht erklären, warum man ihn verhaftet hatte. Immer wieder tupfte er sich mit dem Taschentuch das Gesicht. Er hatte höllischen Durst. Endlich klirrten die Schlüssel im Schloss.

»Mitkommen.«

Der Gestapomann führte ihn zu einem elegant eingerichteten Büro. Vor dem Fenster stand ein schwerer Schreibtisch aus Kirschholz, Ölgemälde hingen an den getäfelten Wänden. Ein Mann saß auf dem Sofa der Sitzgruppe, die Beine übereinandergeschlagen. Seine schwarzen Stiefel glänzten.

»Setzen Sie sich doch, Czerniaków.« Er zeigte auf einen Sessel.

»Gouverneur Fischer, ich …«

»Einen Cognac?«, unterbrach der ihn. »Ich muss mich bei Ihnen für meine Leute entschuldigen.« Er bedeutete dem Gestapomann, Czerniaków ein Glas einzuschenken. »Sie in eine Zelle zu stecken – da sind unsere Männer wohl etwas übers Ziel hinausgeschossen. Aber kommen wir zur Sache. Sie haben ja bereits gehört, dass wir einen Judenrat ins Leben rufen wollen. Oder besser gesagt: Sie werden ihn ins Leben rufen. Sie sind sein neuer Vorstand. Wählen Sie vierundzwanzig Männer aus. Das dürfte reichen.«

»Dr. Fischer, mir wäre lieber, wenn ich nicht …«

»Das ist nicht verhandelbar.« Gouverneur Fischer machte eine abschätzige Handbewegung. »Es geht hier nur um die Einzelheiten. Der Judenrat wird eine Art Mittlerfunktion haben zwischen uns und der jüdischen Gemeinde. Sie werden unser Sprachrohr sein und zugleich ausführendes Organ. Ihre Aufgaben sind vielfältig. Arbeit, Gesundheit, Fürsorge, Finanzen, einfach alles. Richten Sie Kommissionen ein. Sie sind für die Umsetzung und Einhaltung aller neuen Gesetze verantwortlich. Für Klagen und Probleme aus der jüdischen Bevölkerung ist der Judenrat von jetzt an alleinige Anlaufstelle.«

Czerniaków schwitzte. Was der Gouverneur von Warschau ihm hier anbot, klang harmlos genug, aber er machte sich keine Illusionen. Der sogenannte Judenrat würde ein Mittel zur Drangsalierung der jüdischen Bevölkerung werden.

»Sie schaffen einen Judenrat, der Ihre zukünftigen Gesetze gegen sein eigenes Volk ausführen soll«, sagte er gefasst.

»Mein lieber Czerniaków!« Fischer lächelte. »Das ist aber

unschön formuliert. Nein, im Gegenteil! Wir sind an einem friedlichen Miteinander interessiert. Und ich bin mir sicher, dass Sie Ihren Glaubensbrüdern die neuen Gegebenheiten überzeugender darlegen werden, als wir das könnten. Ich finde, Sie sollten Ihre Aufgabe als Chance sehen. Sie werden mitgestalten. Und natürlich bleibt mein Ohr jederzeit für Ihre Anregungen und Verbesserungsvorschläge offen.« Er hob sein Glas. »Czerniaków, ich gebe Ihnen zwei Wochen für die Auswahl Ihrer Ratsmitglieder. Enttäuschen Sie mich nicht. Machen Sie Ihren Kandidaten klar, dass das Privileg einer Mitarbeit gar nicht groß genug eingeschätzt werden kann. Sie und Ihre Familien werden besonderen Schutz genießen. Und man weiß ja nie, wozu ein solches Versprechen einmal gut sein wird.«

Er wartete nicht auf Czerniaków's Reaktion, sondern nahm einen Schluck. »Ah, das tut gut. So, und nun will ich Sie nicht länger aufhalten. Sie haben zu tun.« Er stand auf. Czerniaków blieb sitzen.

»Na, was ist? Sie können gehen.« Fischers Stimme klang ungeduldig.

Czerniaków erhob sich. Noch immer benommen ging er auf den Ausgang zu.

Kapitel 6

Irena sah aus dem Fenster ihres Büros in das graue Spätherbstlicht, als Irka hereinkam. Da sie sich nicht umdrehte, stellte Irka sich neben sie.

»Hast du die neuen Bekanntmachungen gesehen?«, fragte Irena fast tonlos.

Irka nickte. »Ja. Alle jüdischen Geschäfte und Unternehmen müssen deutschen Treuhändern übergeben werden. Jüdische Angestellte werden entlassen, jüdischen Hausbesitzern werden die Besitzrechte entzogen, und neue Geschäfte dürfen nur noch von Ariern eröffnet werden.«

»Du vergisst die Pensionen«, ergänzte Irena bitter. »Juden haben kein Anrecht mehr auf Pension oder Sozialhilfe.« Sie drehte sich zu Irka um. »Adam hatte recht. Vor ein paar Wochen wollten sie uns noch in Sicherheit wiegen. Schaut her! Es wird alles halb so schlimm. Aber jetzt zeigen sie ihr wahres Gesicht.«

»Allerdings«, sagte Irka. »Was soll nur aus unseren jüdischen Klienten werden? Ohne Anstellung, Sozialhilfe oder Pension? Wie soll das gehen?«

Irena schüttelte den Kopf. »Ich weiß es nicht, aber irgendeinen Ausweg muss es geben.«

»Stimmt«, sagte Irka fest. »Wir müssen uns etwas einfallen lassen …«

Sie unterbrach sich, als sie Adam auf der Straße entdeckte.

»Wenn man vom Teufel spricht. Ich glaube, da will dich jemand abholen.« Irka tippte ihr lächelnd auf die Schulter. »Und mach dir keine Sorgen. Was unsere jüdischen Klienten angeht, werden wir schon eine Lösung finden.« Sie ging.

Irena sah wieder auf die Straße. Sie freute sich, denn sie hatte Adam in den letzten Wochen nur selten gesehen. Wenn sie abends aus dem Sozialamt kam, war sie meist zum Umfallen müde, und zu Hause wartete ihre Mutter mit dem Essen auf sie.

Hastig packte sie ihre Sachen und verließ das Büro.

»Hast du Lust, was zu trinken?«, fragte Adam anstelle einer Begrüßung.

»Gern!« Als sie sich bei ihm unterhakte, fühlte es sich beinahe ungewohnt an. Vor dem Krieg hatte er sie so oft von der Arbeit abgeholt, dass manche Kolleginnen getuschelt hatten, aber die letzten Wochen hatten sich wie ein Keil in ihre Gewohnheiten geschlagen.

Zu ihrem Stammcafé war es nicht weit. Die Straßen waren fast leer, und auch im Café herrschte nur wenig Betrieb. Aus einem Radio erklang amerikanische Jazzmusik.

»Mietek?«, fragte Adam, kaum dass sie sich gesetzt hatten. Irenas Freude verflog und machte einer Irritation Platz. Bei jedem ihrer wenigen Treffen in den letzten Wochen hatte Adam das Gespräch so begonnen. Trotz ihrer De-facto-Trennung stand Mietek wie ein Bollwerk zwischen Adam und ihr. Wollte Adam das so? Und wenn ja, warum? Aber diesmal hatte Irena tatsächlich Neuigkeiten.

»Mietek hat geschrieben«, sagte sie. »Er ist in Deutschland in einem Kriegsgefangenenlager. Unverletzt. Die Bedingungen sind nicht gut, aber auszuhalten.«

»Das ist gut. Ich bin so froh.« Adam war ehrlich erleichtert.

Irena lächelte ihn an. »Ich auch.«

Adam erwiderte ihren Blick etwas zu lange, und Irena war dankbar, dass der Kellner an ihren Tisch trat. Sie bestellten Bier und geröstete Sonnenblumenkerne.

Als der Kellner wieder weg war, sah Adam sich im Lokal um.

»Es geht schon los«, meinte er. »Siehst du, wie ein paar von denen gaffen? Du, eine blonde Frau, mit einem wie mir im Café, unfassbar.«

»Mit einem wie dir?«

»Einem, der so aussieht, wie sich die Deutschen einen Juden vorstellen.« Er zeigte auf seine markante Nase und die schwarzen Haare.

Irena seufzte. »Die Leute haben auch vorher schon geguckt. Denk an die Ghettobänke in den Unihörsälen vor dem Krieg. Polen rechts, Juden links.«

Adam nickte nur. Irena war mehrere Jahre von der Universität suspendiert gewesen, weil sie in ihrem Studienbuch die Bemerkung »rechte arische Seite« durchgestrichen und sich immer wieder zu ihren jüdischen Kommilitonen auf die linke Seite des Hörsaals gesetzt hatte. Aber natürlich hatte der Einzug der Deutschen die antisemitischen Tendenzen unter den Polen weiter verstärkt.

»Du hast dich in letzter Zeit ziemlich rar gemacht«, bemerkte Irena, um das Thema zu wechseln. Es hatte lässig klingen sollen, doch der Ton war ihr verrutscht.

»Du dich auch«, kam es trotzig zurück.

»Weißt du eigentlich, wie viel ich in diesen Wochen zu tun habe?«, fragte Irena irritiert und sah ihn angriffslustig an.

Da wurde sein Gesicht weich, und sie spürte die Wärme seiner Hand auf ihrer. Die Geste kam so unerwartet, dass sie unwillkürlich ihre Hand wegzog. Sofort verschloss sich Adams Blick wieder. Irena ärgerte sich über sich selbst. Warum war sie nur so angespannt? Wo war die alte Vertrautheit? Ungeschickt und viel zu schnell strich sie mit ihren Fingern über seinen Handrücken. Sein Lächeln kehrte zurück.

»Tut mir leid«, sagte er. »Du hast recht. Und leider sind meine eigenen Gründe weniger dringlich. Ich… es geht mir einfach nicht so gut. Ich fühle mich wie das buchstäbliche Kaninchen vor der Schlange, die immer näher kommt. Du hast die Bekanntmachungen ja sicher auch gesehen.« Seine Finger kneteten die Papierserviette. »Außerdem habe ich gehört, dass sie einen Zensus unter der jüdischen Bevölkerung planen. Warum, können wir uns ja denken. Und noch schlimmer: Juden dürfen das Generalgouvernement nicht mehr verlassen.«

Irena nickte. »Ich weiß. Professor Palester hat seine Stelle schon verloren. Du kennst ihn doch auch.«

»Henryk Palester? Der Spezialist für Infektionskrankheiten?«

Irena nickte. »Er hat im Gesundheitsministerium gearbeitet. Sie haben ihn einfach rausgeschmissen.«

Adam schüttelte den Kopf. »Sie wollen uns raushaben aus allen höheren Positionen und guten Berufen. Und diejenigen, die noch arbeiten, kriegen kaum Geld. Verarmen sollen wir, damit wir uns möglichst schnell in die Untermenschen verwandeln, für die sie uns halten.« Es entstand eine kurze Pause.

»Denkst du darüber nach, von hier wegzugehen?«, fragte Irena plötzlich. »Was man so hört, soll es in den sowjetisch besetzten Gebieten für Juden besser sein. Ich weiß von mehreren, die es über die grüne Grenze rübergeschafft haben.«

»Ich weiß.« Adam starrte vor sich hin. »Und hier in Warschau kann man ja tatsächlich kaum noch aus dem Haus. Ich ertrage die angeekelten Blicke der Deutschen nicht. In Deutschland konnten die Nazis die Juden wahrscheinlich gar nicht von den anderen Deutschen unterscheiden, aber hier gibt es so viele Orthodoxe mit Bart und Hut. Weißt du, diese verächtlichen Blicke, wenn die Wehrmachtjüngelchen einen von ihnen sehen. Dabei sollten sie sich selbst mal im Spiegel anschauen.« Er lachte bitter. »Ohne ihre Uniformen und glänzenden Stiefelchen sind sie nichts anderes als pickelige, gehässige kleine Milchbuben.«

Irena lachte, obwohl sie wusste, dass es kein Scherz war.

»Aber zurück zu deiner Frage«, fuhr Adam fort. »Mit meiner Mutter wäre so eine Flucht in den Osten nicht zu machen. Und ich kann sie schließlich nicht zurücklassen.«

Irena nickte. Sie selbst hatte überlegt, ob sie mit ihrer Mutter nach Otwock gehen sollte, in den beschaulichen kleinen Ort unweit von Warschau, in dem sie früher einmal gelebt hatten. Für ihre Mutter wäre es vielleicht gar nicht das Schlechteste gewesen, aber für sie selbst? Irena wusste, dass sie in Warschau gebraucht wurde, und jetzt erst recht, da ihre jüdischen Klienten offiziell von allen Sozialleistungen abgeschnitten waren.

Kapitel 7

»Wir haben nicht annähernd genug für alle, die kommen. Und jeden Tag werden es mehr.« Rita, eine der Köchinnen in der Suppenküche, wischte sich mechanisch die Hände an der Schürze ab. Ihr rundes Gesicht war von der Arbeit und den Essensdämpfen gerötet.

»Ich werde versuchen, euch noch mehr zuzuteilen …«

»Noch mehr?«, unterbrach Rita sie mit zusammengekniffenen Augen. »Es wird ja nicht einmal die Menge gebracht, die uns eigentlich zusteht. Gestern zum Beispiel. Nur siebzig Kilo Kartoffeln statt hundert.«

»Was?«, rief Irena. »Das verstehe ich nicht. Das Essen ist da. Noch zumindest. Da muss ich …« Sie unterbrach sich, als von draußen ein hysterischer Schrei zu hören war.

»Eine Jüdin! Da vorne in der Schlange! Die kenn ich. Die wohnt in unserer Straße. Und sie trägt nicht mal die Armbinde mit dem Davidstern! Dabei dürfen die gar nicht herkommen, die Juden!«

Irena eilte an der gut hundert Meter langen Menschenschlange entlang. Schon von Weitem sah sie eine Frau mit aufgelösten Haaren, die aus der Reihe von Wartenden herausgetreten war.

»Das ist sie! Festhalten! Jüdin!« Von hinten kam jetzt auch die schreiende Frau angelaufen.

Gleichzeitig lösten sich zwei junge Männer aus der Schlange. Ihr Aussehen verhieß nichts Gutes.

Erst vor wenigen Tagen hatte Irena drei junge Burschen gesehen, die einem älteren jüdischen Mann auf offener Straße den Bart abgeschnitten und den Hut zertreten hatten, bevor sie ihn mit einem Fußtritt verabschiedeten. Es war nur einer von Tausenden demütigenden Übergriffen, die zur Alltäglichkeit geworden waren und keineswegs nur von den deutschen Soldaten ausgingen. Die polnischen Antisemiten und Schlägertrupps schienen nur auf das Startsignal gewartet zu haben, das die neuen antijüdischen Gesetze und die deutsche Hasspropaganda ihnen boten.

»Halt! Aufhören! Sofort!«, schrie Irena von Weitem, doch schon hielt einer der jungen Männer sein Opfer fest, während der andere die Frau ohrfeigte. Ihr Kopf flog hin und her, immer mehr Strähnen lösten sich aus ihrer Frisur. Gerade als die Männer sie mit einem Tritt aufs Pflaster beförderten, war Irena bei ihnen angekommen.

»Seid ihr wahnsinnig?«, schrie sie die beiden Kerle an und bückte sich, um der Frau aufzuhelfen.

Einer der Männer packte sie am Arm. »Wer ist hier wahnsinnig?«, fragte er mit drohend leiser Stimme. »Wir verteidigen nur unsere Rechte. Juden dürfen nicht in die Suppenküchen. Aber keiner hält sich dran. Die fressen uns alles weg. Oder willst du deine eigene Suppe der Schlampe schenken, du Judenliebchen?«

Irena war feuerrot. Mit einer heftigen Bewegung befreite sie sich aus dem Griff des Mannes. »Ich organisiere die Suppenküche hier. Noch ein Wort, und ihr dürft woanders hingehen«, zischte sie. Dann drehte sie sich nach der Frau um, doch die war verschwunden. Während die Wartenden sie angafften, kehrte Irena wortlos zur Suppenküche zurück.

»Judenliebchen!«, schrie der eine Mann ihr noch einmal nach. Irena ballte die Fäuste. Rein rechtlich gesehen hatte sie nichts gegen ihn in der Hand. Jüdische Mitbürger hatten kein Anrecht mehr auf ein Essen in der Suppenküche, und seit ein paar Tagen mussten sie sogar eine weiße Armbinde mit dem blauen Davidstern tragen, damit sie sofort zu erkennen waren. Es war mehr als eine Demütigung. Es sonderte sie ab und setzte sie der Willkür aus.

Natürlich dachte Irena gar nicht daran, sich an die antisemitischen Vorschriften zu halten, und bisher hatte sie all ihre jüdischen Klienten dazu ermutigt, trotzdem zu den Suppenküchen zu gehen – ohne Armbinde. Aber offenbar war das keine Option, zumindest keine zuverlässige. Sie mussten andere Lösungen finden. Unauffälligere.

Wenig später saß Irena wieder in ihrem Büro in der Złotastraße. Vor ihr lag ein Stapel von Dokumenten zur Durchsicht, aber sie konnte sich nicht dazu durchringen, mit der Arbeit anzufangen. Der widerliche Vorfall in der Suppenküche ließ sie einfach nicht los.

Ich kann meine jüdischen Klienten doch nicht einfach verhungern lassen, dachte sie, wie schon so oft in diesen Wochen. Aber sie weiterhin ohne Armbinde in die Suppenküchen zu schicken und zu hoffen, dass sie niemand erkannte und verriet, war einfach zu gefährlich. Wäre heute ein deutscher Soldat in der Nähe gewesen, hätte die Frau für ihre Hoffnung auf eine Schale Suppe möglicherweise mit dem Leben bezahlt. Wie aber konnte sie diesen Menschen helfen und sie gleichzeitig aus der Schusslinie nehmen?

Plötzlich setzte sich Irena kerzengerade auf. Außerordentliche Regeln erfordern außerordentliche Maßnahmen, dachte sie und stand auf.

Sie hatte Glück. Als sie Irkas Büro betrat, saßen Jaga und Janka gerade bei ihr.

»Drei Fliegen mit einer Klappe«, meinte Irena lachend. »Habt ihr heute Nachmittag schon etwas vor?«

»Ich wollte eigentlich arbeiten«, bemerkte Jaga und grinste.

»Wirst du auch«, entgegnete Irena. »Allerdings bei mir zu Hause. Könnt ihr das einrichten? Ich würde euch ja für den Abend einladen, aber das geht nicht wegen der Ausgangssperre. Also, was ist?«

Die drei Frauen sahen sich einen Augenblick belustigt an, dann sagten sie zu.

Pünktlich um vier Uhr trafen sie sich zu ihrem »Außentermin«, wie Irena es nannte. Sie hatte Tee gekocht und eine Flasche Aprikosenlikör hingestellt, den ihre Mutter selbst hergestellt hatte.

»So macht Arbeiten Spaß«, scherzte Jaga und schenkte ihnen ein. »Aber jetzt sag schon, warum dieses konspirative Treffen?«

Irena warf einen Blick auf die Schlafzimmertür ihrer Mutter, die sich hingelegt hatte. Sie war geschlossen. Dann sah sie der Reihe nach in die gespannten Gesichter. Plötzlich fühlte sie Nervosität in sich aufsteigen. War es richtig, ihren Freundinnen einen solchen Vorschlag zu machen?

»Es geht um das Konzept kreativer Sozialarbeit«, erklärte

Irena entschlossen, ohne den Gedanken zu Ende zu bringen. »Ihr wisst ja alle längst, was das heißt.«

Irka lächelte hintergründig. »Natürlich, der Begriff stammt ja von mir.«

»Ich habe eine Idee, wie wir noch ein wenig kreativer arbeiten könnten«, erklärte Irena. »Eine Zeit lang haben unsere kleinen Tricks ganz gut funktioniert. Wir haben Angaben auf Formularen gefälscht, haben die Kinder etwas jünger gemacht, die Wohnungen auf dem Papier kleiner und die Alten noch älter. Das ging aber nur, solange unsere jüdischen Klienten noch Anrecht auf irgendetwas hatten. Mittlerweile bekommen sie gar nichts mehr. Punkt. Und wissen buchstäblich nicht mehr, woher sie die nächste Mahlzeit nehmen sollen.«

»Hm«, murmelte Irka. »Aber was meinst du mit ›noch kreativer‹? Was können wir tun?«

»Ganz einfach!« Irenas Gesicht glühte vor Aufregung. »Worauf basieren denn unsere Hilfeleistungen?«

Irka zuckte mit den Schultern. »Wir machen Hausbesuche bei bedürftigen Menschen, um ihre Situation zu prüfen, sprechen mit ihnen, führen Listen. Statistiken eben. Trotzdem, Irena, ich verstehe nicht.«

»Statistiken eben«, strahlte die. »Und die Betonung liegt auf wir. *Wir* erstellen die Listen der Bedürftigen, versteht ihr?«

»Du willst die jüdischen Familien trotzdem auf die Listen setzen?«, fragte Jaga enttäuscht. »Das fliegt doch sofort auf.«

»Nein, so einfach ist es natürlich nicht! Ich dachte eher, dass wir nicht jüdische Familien auf die Listen setzen könnten. Familien, die wir natürlich sehr, sehr sorgfältig überprüft und als hilfsbedürftig eingestuft haben.« Sie grinste. »Und die ihnen zustehenden Leistungen bekommen dann die jüdischen Familien. Auf diese Weise sind sie abgesichert und müssen nicht mehr ihr Leben riskieren, indem sie sich ohne Armbinde in die Suppenküchen schleichen.« Sie erzählte den anderen von ihrem morgendlichen Erlebnis.

»Deine Idee ist nicht schlecht, aber ein bisschen gewagt«, meinte Irka schließlich. »Was, wenn die Deutschen diese ›falschen‹ Familien überprüfen? Dann sind wir dran und alle anderen auch.«

»Das werden sie ganz sicher nicht tun«, erwiderte Irena. »Denn wir werden bei den betreffenden Familien immer dieses eine Kreuzchen machen, das die Deutschen mehr fürchten als alles andere.«

Jaga begriff als Erste, was Irena meinte. »Wir behaupten, es gibt bei ihnen Fälle von Fleckfieber oder Cholera!«, rief sie triumphierend. »Ich bin dabei, und ihr?«

»In Ordnung«, meinte Irka nach kurzem Zögern.

Auch Janka war mit von der Partie.

Irena hätte ihre Freundinnen beinahe umarmt. Eine Stimme in ihrem Inneren sagte ihr, dass sie dabei waren, einen gefährlichen Weg zu beschreiten. Trotzdem fühlte sie sich so lebendig wie schon lange nicht mehr. Sie würden etwas tun, um Menschen zu helfen und damit gleichzeitig den deutschen Besatzern einen Strich durch die Rechnung machen.

»In unserer Stadt bestimmen *wir*, wer Hilfe bekommt!« Irena schob ihre flache Hand in die Mitte des Tisches. Die anderen legten ihre darauf.

»Wir!«, riefen sie alle auf einmal und lachten.

Kapitel 8

Immer auch das Gute sehen – dazu hatte Irenas Freundin Ewa sie kürzlich wieder ermahnt. Bei einem ihrer Treffen hatte sie erzählt, dass sie es sich angewöhnt hatte, jeden Abend mindestens ein schönes Erlebnis aufzuschreiben. Daran dachte Irena jetzt, als sie aufwachte und ihr Blick auf die filigranen Eisblumen an ihrem Fenster fiel. Daran, dass sie auch im Haus ihren weißen Atem sah und sowohl tags als auch nachts mehrere Wollpullover und Socken trug, hatte sie sich gewöhnt, aber die Eisblumen waren neu.

Irena stand auf. Sie waren wunderschön. Über Nacht hatte es geschneit, und im Schnee auf dem Fensterbrett waren die zierlichen Abdrücke von Vogelfüßen zu erkennen. Es musste die Taube sein, deren Gurren Irena morgens weckte.

Anfang Dezember war sie dabei gewesen, als Ewas Familie die erste Chanukka-Kerze angezündet hatte. Das jüdische Lichterfest feierte die Wiedereinweihung des Tempels in Jerusalem nach dem erfolgreichen Aufstand gegen eine Zwangsherrschaft im zweiten Jahrhundert vor Christus. Das Lampenöl, das eigentlich nur für einen Tag gereicht hätte, brannte durch ein Wunder acht Tage lang. Genauso lang dauerte das Lichterfest. Jeden Abend wurde eine neue Kerze angezündet, und Ewas Augen hatten geleuchtet, als sie davon sprach, dass auch die jetzige Zwangsherrschaft vorbeigehen werde. »Ich glaube an Wunder«, hatte sie gesagt. »Sie geschehen jeden Tag. Wir müssen sie nur sehen.« Irena hatte ihre Freundin fest gedrückt. Sie liebte sie für ihren unerschütterlichen Optimismus, der ihr selbst so oft fehlte. Sie dachte an ihren Vater. Wie hart hatte er als Arzt um jeden Kranken gekämpft. Vielleicht war es das, was Irena an Wundern zweifeln ließ. Für sie waren sie das Ergebnis harter Arbeit.

In den darauffolgenden Wochen wurden die Eisblumen zum gewohnten Anblick, und es gelang Irena nicht mehr, den gleichen Zauber zu empfinden wie an jenem ersten Morgen. Zu drückend war die Stimmung in den Straßen. Die obligatorische Armbinde mit dem Davidstern beugte diejenigen, die sie tragen mussten, geradezu körperlich. Geduckt hasteten sie über die Bürgersteige, ohne aufzusehen. Gestern waren sie noch schlichte Bürger gewesen, denen niemand besondere Aufmerksamkeit geschenkt hatte. Heute ließen die Armbinden sie wie Aussätzige erscheinen. Manche ihrer Mitbürger sahen bewusst weg, andere starrten sie an. Nach und nach erschienen Schilder in den Geschäften: *Wir bedienen keine Juden.* Trotzig besuchte Irena nur noch Läden, in deren Fenster der obligatorische Judenstern hing.

Doch die Armbinde war nicht als einfache Demütigung gedacht. Sie hatte auch ganz praktische Gründe. So konnte man schon von Weitem erkennen, ob eine nicht jüdische Frau mit einem jüdischen Mann verkehrte oder umgekehrt. Immer öfter weigerte sich Adam, mit Irena spazieren zu gehen oder sich in einem Café zu treffen. Die Fensterbank in seinem Zimmer wurde zu ihrem Treffpunkt.

Dann ein neuer Hagel von Bekanntmachungen.

Es ist den Juden verboten, das Postamt auf der Wareckistraße zu betreten.

Alle jüdischen Schulen werden geschlossen.

Jüdischen Anwälten wird die Ausübung ihres Berufes untersagt.

Gebete in der Synagoge sind verboten.

»Sie hungern uns aus«, sagte Adam jedes Mal, wenn sie sich auf seiner Fensterbank gegenübersaßen. »Sie hungern unseren Geist und unsere Seele aus. Sie wollen uns alles Menschliche nehmen. Jede Freude, jede Befriedigung. Und das ist erst der Anfang. Wart's ab.«

Zu seinen Worten gab es keinen Trost. Irenas Atem beschlug die Scheibe, bis eine milchige Wand sie von der Außenwelt trennte. Kohle war Mangelware, und selbst wohlhabende Familien heizten die Öfen nur noch am Abend.

Adam behielt recht. Im Januar wurden alle Synagogen und jüdischen Treffpunkte geschlossen. Angeblich eine Maßnahme zur Vermeidung einer Fleckfieberepidemie, die die schmutzigen Juden ohne Zweifel hervorrufen würden, wenn sie sich untereinander trafen. Das jüdische Viertel war an mehreren Stellen von Stacheldrahtzäunen umgeben, und Schilder wiesen das dahinterliegende Gebiet als Seuchensperrzone aus. In Parks, Cafés und Restaurants wurde Juden der Eintritt verweigert, und auch auf öffentlichen Bänken durften sie nicht mehr sitzen.

Auf ihren wenigen Spaziergängen in die Stadt trug nun auch Irena immer häufiger die Armbinde mit dem Davidstern. »Aus Solidarität«, wie sie sagte. Aber es war mehr als das. Zu viele Schlägertrupps füllten die Straßen, und ein jüdischer Mann mit einer nicht jüdischen Frau an seiner Seite war ein willkommener Grund zuzutreten.

Dann kam die erste Frühlingswärme und mit ihr die irrationale Hoffnung auf ein baldiges Ende des Krieges, auf Normalität, ein bisschen Leben. Die Realität setzte dieser Hoffnung jedoch ein schnelles Ende. Im Mai ergaben sich Holland, Belgien und Norwegen. Die britische Armee zog sich nach einer vernichtenden Niederlage in Dünkirchen zurück, und nur Tage später hallten die Stiefel der Wehrmacht auf dem Pflaster der Champs-Élysée, begleitet von wehenden Hakenkreuzfahnen. Diese Orte waren weit weg, aber Irena wusste, dass es schwerwiegende Folgen für sie und ihr Land haben würde. In diesem Krieg hing alles mit allem zusammen. Was in Paris oder Dünkirchen passierte, hatte unmittelbare Auswirkungen auf ihr Leben in Warschau.

Während die Hauptverkehrsstraßen und wichtigsten Gebäude der zerbombten Stadt repariert wurden, Pferdedroschken auf dem Pflaster klapperten und die ersten Straßencafés ihre Tische auf die Plätze und Bürgersteige stellten, musste man nur in eine zerbombte Nebenstraße abbiegen, um vor dem Geruch noch immer verschütteter Leichen zurückzuschrecken.

»Hast du etwas von Mietek gehört?«, fragte Ewa, als sie zusammen mit Ala und Irena in Alas Mittagspause auf dem flachen Dach des jüdischen Krankenhauses in der Sonne saß.

»Ja.« Irena seufzte. »Ab und zu schreibt er ein paar Zeilen. Er ist immer noch in demselben Gefangenenlager in Deutschland. Die Arbeit ist hart, aber wenigstens ist er gesund. Wann sie ihn nach Hause schicken, steht in den Sternen.«

»Ich bin froh, dass es ihm gut geht«, sagte Ewa. »Aber was

unser Zuhause betrifft… Es kommt mir so vor, als ob ein falsches Licht über allem läge. Etwas Hässliches. Ich weiß nicht, wie ich es anders beschreiben soll.«

Irena sah ihre Freundin nachdenklich an. Ewas braune Augen wurden von ihrer dunklen Sonnenbrille verdeckt, und Irena konnte kaum glauben, wie schick ihre Freundin selbst an einem normalen Arbeitstag aussah. Obwohl es erst Ende Mai war, hatten Gesicht und Arme schon eine erste Bräune, die blonden Haare waren zurückgesteckt, die hellblaue Bluse saß perfekt. Ala dagegen war Irena ähnlicher. Sie war hübsch, doch es war offensichtlich, dass sie nicht sonderlich viel Zeit auf Frisur oder Kleidung verwendete.

»Ich weiß, was du meinst«, sagte Ala jetzt. »Manchmal habe ich das Gefühl, dass es zwei Wirklichkeiten gibt. Die eine, die wir kennen und immer noch sehen können, irgendwie im Hintergrund. Und dann eine neue, die sich darübergelegt hat wie eine Schablone. Sie ist ähnlich und spielt uns Normalität vor, aber die beiden decken sich nicht völlig, und wenn du die Hand nach etwas ausstreckst, schieben sie sich auseinander, und du weißt nicht, wonach du greifen sollst. Jetzt zum Beispiel«, fügte sie hinzu, als sie sah, dass Ewa etwas sagen wollte. »Wir sitzen in unserer Mittagspause zusammen, essen Brote und bräunen uns, von unten quietscht die Trambahn herauf. Es ist wie immer. Wie letztes Jahr und das davor. Aber wenn ich in einer halben Stunde runtergehe, sehe ich nur Leute, die an Fleckfieber erkrankt sind. Und das ist kein Zufall. Überall in der Stadt gibt es hungernde Menschen, obdachlose Flüchtlinge. Die Deutschen reden seit Monaten von der Gefahr einer Fleckfieberepidemie und haben trotzdem genau die Bedingungen geschaffen, um eine herbeizuführen.«

»Ich weiß, was du meinst«, rief Ewa. »Manchmal laufe ich über die Straße. Alles ist wie immer, die Geschäfte offen, Menschen mit Einkaufstaschen, und dann stehe ich plötzlich vor Stacheldraht. Seit Monaten ist der Zaun jetzt schon da, und immer wieder vergesse ich, dass es ihn gibt.«

Eine Pause entstand. Ewa hatte einen wunden Punkt angesprochen.

»In Łódź haben sie vor ein paar Wochen ein jüdisches Ghetto errichtet«, sagte Irena leise. »Ein geschlossenes.«

Ewa riss sich mit einem Schwung die Sonnenbrille von der Nase. »Wir alle wissen das, aber das können sie hier nicht machen. Nicht in Warschau. Die jüdische Gemeinde ist viel zu groß. Das wären ja weit über dreihunderttausend Menschen. Völlig undenkbar. Und wo sollte dieses Ghetto auch sein? Das würde ja die halbe Stadt einnehmen. Schließlich wohnen viele Juden gar nicht im sogenannten jüdischen Viertel, sondern überall in der Stadt verteilt.«

»Im Grunde hast du recht«, meinte Ala und strich gedankenvoll das Papier ihres Brotes glatt. »Auch wenn ich gestern Arbeiter gesehen habe, die an einer Mauer gebaut haben. Wenn ihr mich fragt, jüdische Zwangsarbeiter. Und die Mauer? Ja, wozu die Mauer?«

Ewa starrte Ala an. »Du glaubst doch nicht im Ernst, sie lassen das jüdische Viertel einmauern? Und dann auch noch von jüdischen Zwangsarbeitern?« Sie suchte nach Worten. »Das wäre … das wäre absurd. Nein, Ala«, sie setzte sich die Sonnenbrille wieder auf und schüttelte den Kopf. »Dafür gibt es keinen Grund. Ich sage euch, das machen sie nicht!«

Kapitel 9

Dr. Lambrecht? Standartenführer Schön? Setzen Sie sich.« Ludwig Fischer wies auf die Besucherstühle in seinem geräumigen Büro im Brühlschen Palais. Zu gerne hätte er das Treffen auf der Sitzgruppe abgehalten. Er schwitzte in seiner Uniform und hatte am Mittag zu schwer gegessen. Ein Drink wäre der Verdauung förderlich gewesen, aber die Fragen, die sie zu klären hatten, waren zu komplex. Ein Ghetto – ja oder nein, wo und wann? Warum konnte die oberste Führung keine klaren Anweisungen geben? Alles blieb an ihm hängen in dieser verhassten Stadt. Er beneidete die Männer, die nach Frankreich geschickt wurden. Paris war vollkommen unzerstört, die Franzosen waren letztlich doch ein zivilisiertes Völkchen, und vor allem hatten sie guten Wein und hervorragendes Essen.

»Meine Herren«, begann er, als die beiden Besucher sich gesetzt hatten. »Wie wir ja alle wissen, liegt bereits seit letztem September eine offizielle Empfehlung unseres SS-Obergruppenführers Reinhard Heydrich vor, die Juden möglichst rasch in Ghettos zu konzentrieren, um unsere Kontrolle zu erhöhen und eventuelle Deportationen zu erleichtern. Leider gibt es seither keine konkreten Anweisungen von oben. Wir sind also uns selbst überlassen.« Er fasste sich an den Kragen seiner Uniform

und weitete ihn leicht, widerstand aber der Versuchung, einen Knopf zu öffnen.

»Standartenführer Schön.« Er wandte sich an den Leiter der Umsiedlungsabteilung. »Ich hoffe, es gibt Fortschritte.«

»Jawohl, Herr Gouverneur«, antwortete Waldemar Schön energisch. »Ich erinnere an die Ziele der Ghettoisierung. Erstens: räumliche Konzentration der Juden und damit totale Kontrolle. Zweitens: Verhinderung der Ausbreitung von durch Juden übertragenen Krankheiten. Drittens: Entfernung des jüdischen Schandflecks aus der arischen Bevölkerung und dem arischen Lebensraum.«

»Ja, ja.« Fischer machte eine unwirsche Geste.

Schön hielt überrascht inne.

Der Gouverneur nahm eine Akte vom Schreibtisch und fächelte sich Luft zu. »Nichts für ungut, Schön«, sagte er, »aber erzählen Sie uns doch einfach, was wir noch nicht wissen.«

»Natürlich.« Schön setzte sich sehr gerade hin. »Zu eben genannten Zwecken schlage ich die Errichtung zweier Ghettos in den Vorstädten Warschaus vor. Dadurch erreichen wir nicht nur die politische und kulturelle Entfernung des jüdischen Makels aus der arischen Gesellschaft, sondern auch eine Verschönerung des Warschauer Stadtbildes. Das Warschauer Zentrum wird judenfrei. Ausreichend Platz steht in beiden Vororten zur Verfügung. Baracken könnten mit minimalem Aufwand gebaut werden und …«

»Zeitplan?«, unterbrach Fischer kurz angebunden.

»Vier bis fünf Monate.«

»Auf keinen Fall!« Arnold Lambrecht, der Distriktarzt, schüttelte vehement den Kopf. »Ich hatte bereits das Vergnügen, mit unserem verehrten Schön darüber zu sprechen.« Er wandte

sich an Fischer. »Jetzt, da unser Frankreichfeldzug so überaus erfolgreich abgeschlossen wurde, werden verstärkt deutsche Truppen hier bei uns zusammengezogen werden. Wir sind für ihre Gesundheit verantwortlich. Wir dürfen es der jüdischen Plage nicht gestatten, unsere Armee durch Krankheiten zu schwächen, indem wir sie weiter frei herumlaufen lassen. Vier oder fünf Monate? So viel Zeit haben wir nicht. Dazu müssten um die sechshunderttausend Menschen umgesiedelt werden. Juden und Polen. Der Aufwand ist einfach zu groß.«

»Hm«, machte Fischer und warf die Akte, mit der er sich Luft zugefächelt hatte, auf den Tisch zurück. »Lassen Sie uns das leidige Problem mit minimalem Zeit- und Kostenaufwand lösen. Alternativvorschläge?«

Schön stand die Enttäuschung ins Gesicht geschrieben, doch er fasste sich. »Nun ja«, meinte er und öffnete einen zweiten Ordner. »Wir könnten auch ein Ghetto einrichten, das das jetzt schon bestehende jüdische Viertel einbezieht. Natürlich leben dort nicht nur Juden, sondern auch Polen. Aber es müssten weniger Menschen umgesiedelt werden. Die Frage ist nur, wie viel Platz wir den Juden in der Warschauer Innenstadt zugestehen wollen.«

»So wenig wie möglich.«

Schön lächelte. »Das dachte ich mir. Darf ich?« Er entnahm dem Ordner einen Plan und legte ihn auf den Tisch.

Fischer stand auf, und sie beugten sich darüber.

»Laut meinen Berechnungen könnte es so gehen: In dem hier eingezeichneten Areal gibt es etwa siebenundzwanzigtausend Wohnungen mit durchschnittlich zweieinhalb Zimmern. Dort leben jetzt schon überwiegend Juden sowie achtzigtausend Polen, die ausziehen müssten. Hundertvierzigtausend Juden wohnen außerhalb dieser Zone und werden dorthin umziehen.«

»Achtzigtausend raus und hundertvierzigtausend rein? Diese Rechnung geht aber nicht ganz auf«, bemerkte Lambrecht grinsend.

Waldemar Schön drehte sich irritiert zu Lambrecht um, entspannte sich aber, als er dessen Gesicht sah. Lambrecht hob beide Arme. »War nicht als Kritik gedacht, lieber Schön. Mir ist alles recht. Hauptsache, wir sacken die Läuse so schnell wie möglich ein und schmeißen den Schlüssel weg.«

»Ist das machbar?«, fragte Fischer nur.

»Es wird ihnen eben nichts anderes übrig bleiben, als sich die Zimmer zu teilen. Und ein paar Mauern haben wir ja auch schon hochgezogen, um den Zufluss zu regulieren. Natürlich müssten weitere gebaut werden. Aber dazu haben wir ja die Zwangsarbeiter. Kosten entstehen also kaum.«

Fischer nickte nachdenklich. »Kosten, richtig. Das bringt uns zur ökonomischen Frage. Wenn wir das Ghetto dichtmachen, werden die meisten da drinnen ihre Arbeit auf der arischen Seite verlieren.«

»Auch das habe ich bedacht«, sagte Waldemar Schön stolz. »Natürlich müssen wir die Kontrolle über die Nahrungsmittelzufuhr des Ghettos behalten. Am besten richten wir dafür eine Art Transferstelle ein, die allein dafür zuständig ist, was ins Ghetto eingeführt wird. Ich schlage vor, dass wir die Nahrungsrationen kürzen und dachte fürs Erste an etwa vierhundert Kalorien pro Jude pro Tag. So bleiben die Kosten erschwinglich.«

»Dr. Lambrecht?« Fischer sah den Distriktarzt fragend an.

»Keine Einwände.«

Fischer lächelte erleichtert. »Gut, dann hätten wir das ja geklärt.« Er öffnete den obersten Knopf seiner Uniform. Jetzt würde er sich endlich einen Cognac gönnen. Aber alleine.

Kapitel 10

Die letzten Wochen waren auffallend still gewesen, als hätte die Welt nach der Kapitulation Frankreichs den Atem angehalten, unschlüssig, was weiter geschehen sollte. Die Menschen in Warschau waren über den Sommer in eine Art Tiefschlaf verfallen. Man lebte mit den neuen Verboten, den rationierten Nahrungsmitteln, der abendlichen Ausgangssperre. Die polnische Regierung befand sich im Londoner Exil, und hinter vorgehaltener Hand sprach man in Warschau von einer sich formierenden Untergrundbewegung. Doch an der Oberfläche regte sich kein Lüftchen.

Mehrere Monate waren seit der Gründung des Ghettos in Łódź vergangen. Und mit jedem von ihnen wuchs die Gewissheit, dass die Deutschen in Warschau nichts Ähnliches planten. Ewa hatte recht gehabt. Die jüdische Gemeinde der Stadt war einfach zu groß. Und die paar Stacheldrahtzäune, die das dahinterliegende jüdische Viertel als Seuchensperrgebiet auswiesen, ließen sich geflissentlich übersehen. Genau das war es, woran Irena dachte, als sie an diesem Herbstmorgen auf dem Weg zur Arbeit war, doch auf einem Platz kurz vor dem Sozialamt stieg sie überrascht ab. Autos und Droschken standen still. Die Fenster der Pkws waren heruntergekurbelt, Menschen lehnten sich heraus. Viele waren sogar ausgestiegen. Irena wusste zunächst nicht, was los war. Ein Unfall? Dann, in einem Moment der Stille, hörte sie die verzerrte Stimme, die aus einem Lautsprecher bellte.

»... der Umzug der Juden muss bis Ende Oktober vollzogen werden. Anordnung von Dr. Ludwig Fischer, Gouverneur von Warschau.«

Im Lautsprecher knisterte es. Was für ein Umzug? Irenas Hand krampfte sich um den Lenker ihres Fahrrads. Die laute Stimme fuhr fort:

»Einwohner von Warschau. Alle Juden, die außerhalb des jüdischen Viertels wohnen, müssen ihre Häuser verlassen und in den ausgewiesenen jüdischen Wohnbezirk ziehen. Mitgenommen werden darf nur, was mit Händen getragen oder in einem Handkarren gezogen werden kann. Der Rest ist zurückzulassen. Der Auszug aller Polen aus dem jüdischen Wohnbezirk und der Umzug der Juden muss bis Ende Oktober vollzogen werden. Anordnung von Dr. Ludwig Fischer, Gouverneur von Warschau.«

In die erneute Pause ertönte das Hupen von Autos, die von hinten auf den Platz drängten. Um Irena herum wurden Motoren angelassen. Wer die Nachricht gehört hatte, machte den Nächsten Platz. Als Irena auf ihr Fahrrad steigen wollte, verlor sie fast das Gleichgewicht. Ihre Hände zitterten. Sie presste sie auf ihr kaltes Gesicht und rieb sich die Wangen, als müsste sie aus einem Traum aufwachen. Adam, war ihr erster Gedanke. Ewa und Ala.

Sie biss die Zähne zusammen und fuhr los. Als sie im Sozialamt die Tür zu ihrem Büro öffnete, standen Irka, Janka und Jaga schon im Raum. Sie waren blass.

»Wir wissen es auch schon«, sagte Jaga. Offenbar sprach Irenas Gesicht Bände. »Ich habe mit Jan Dobraczyński gesprochen. Er hat eine offizielle Mitteilung bekommen. Hier.«

Irena ließ die Tasche fallen und überflog das Blatt, das Jaga ihr gereicht hatte. Straßennamen, die sie kannte. Viele gehörten jetzt schon zum sogenannten jüdischen Viertel, andere noch nicht. Dennoch war es ein kleiner Bezirk.

»Das kann doch nicht sein«, murmelte sie. Dann sah sie auf. »In diesem Gebiet können nicht einmal hunderttausend Menschen wohnen. In vielen Straßen gibt es nur kleine Arbeiterhäuser ohne Wasser und Strom. Das geht rein rechnerisch nicht.« Ihre Augen suchten in denen der anderen nach Bestätigung. Nach irgendetwas, was die Sache aus den Angeln hob. Aber da war nichts.

In den folgenden Wochen bot sich Irena in der Stadt ein Bild völliger Panik. Überall rannten Menschen wie Besessene durch die Straßen, ihre Gesichter verweint, verbissen, ausdruckslos. Hunderttausende mussten innerhalb weniger Wochen ihre Wohnungen »tauschen«. Doch die Menge der jüdischen Bürger, die in das neue Viertel ziehen mussten, überstieg die Anzahl der Polen, die ausziehen sollten, um ein Vielfaches. Verzweifelt suchten die Menschen nach einer neuen Bleibe. Wer es sich leisten konnte, fand Wohnraum in den wenigen gutbürgerlichen Häusern in der Umgebung der Sienna-Straße, während Hunderttausende nach jedem Strohhalm griffen.

Schon nach wenigen Tagen wurde offensichtlich, dass es keinen Platz für alle gab. Ganze Familien stritten sich um einzelne Zimmer in mehrfach belegten Wohnungen. Die Mietpreise schossen in die Höhe. Aus den Höfen drangen Schreie und Weinen. Bei dem Gedanken an eine mögliche Obdachlosigkeit waren die Menschen wie von Sinnen. Dazu kam, dass die Grenzen des neuen »Wohnbezirks« sich ständig änderten. Straßen, die ursprünglich dazugehört hatten, wurden wieder der polnischen Seite zugeschlagen und umgekehrt. Menschen, die eben umgezogen waren, mussten wieder von vorne anfangen und erneut auf Wohnungssuche gehen.

Diejenigen, die etwas gefunden hatten, schleppten ihre Habseligkeiten in Koffern und Säcken durch die Straßen. Überall sah man Familien, die mit Hausrat beladene Karren hinter sich herzerrten, und obwohl es noch mild war, trugen sie mehrere Kleiderschichten übereinander. Sie versuchten alles mitzunehmen, was sie irgendwie konnten. Eine weitere Unterhose, ein zusätzliches Hemd. Kinder trugen Schuhpaare ihrer Eltern über den eigenen, ihre Gesichter still und verstört. Alte und Kranke mit Rucksäcken auf dem Rücken versuchten mit den Jungen Schritt zu halten. Alle waren auf der Flucht in ihrer eigenen Stadt und wussten nicht einmal, warum.

Diese Bilder gingen Irena durch den Kopf, als sie spätnachmittags in ihrem Büro saß und die letzten Papiere auf dem Schreibtisch ordnete. In einer Stunde war sie mit Adam verabredet, um sich eine Wohnung anzusehen, die er und seine Mutter möglicherweise mieten konnten.

Ein kurzes Klopfen erklang, dann wurde die Tür aufgerissen. Überrascht sah Irena auf und lächelte.

»Maria, du bist es!«

Maria Palester war eine schlanke Frau mit dunklen kurzen Haaren und schön geschwungenen Augenbrauen. Sie und ihr Mann Henryk waren vor vielen Jahren zum Judentum übergetreten, und Maria arbeitete seit einigen Monaten in Irenas kreativem Hilfsnetzwerk mit.

»Du wolltest gerade gehen?«, fragte Maria.

Irena nickte. »Ich bin mit Adam verabredet. Wir müssen uns eine Wohnung ansehen. Seine Mutter will den Umzug noch immer nicht wahrhaben. Sie verleugnet die Realität, und ich will ihn nicht alleine gehen lassen.«

»Wie eine gute Freundin das eben so macht.« Maria lächelte hintergründig, und Irena errötete.

»Und ihr?«, fragte sie schnell. »Du sagtest neulich, ihr hättet was in Aussicht.«

Maria warf einen Blick in den Gang, dann drückte sie die Bürotür hinter sich ins Schloss und kam auf Irena zu.

»Wir haben uns umentschieden«, sagte sie leise.

Irena hob fragend die Augenbrauen.

»Wir gehen nirgendwohin«, erklärte Maria. »Henryk und ich haben beide noch unsere katholischen Geburts- und Taufurkunden, und niemand in unserer Nachbarschaft weiß, dass wir konvertiert sind. Wir haben beschlossen, es zu riskieren und die Sache in unserer eigenen Wohnung auszusitzen.«

Irena nickte nachdenklich. »Ich verstehe euch. Aber es ist sehr riskant.«

»Nicht riskanter, als ins Ghetto zu ziehen.« Marias Stimme war eine Idee zu laut geworden, und sie nahm sich zurück. »Wenn wir Glück haben, rutschen wir mit unseren ursprünglichen Dokumenten durch die Netze. Ich weiß, noch ist keine Rede davon, dass das Ghetto geschlossen wird. Angeblich ist es ja nur ein Seuchensperrgebiet. Aber ich werde das Gefühl nicht los, dass das nur der erste Schritt ist. Letztes Jahr haben sie diesen Zensus durchgeführt, vor dem Henryk und ich uns zum

Glück gedrückt haben. Und jetzt diese Mauern. Was kommt als Nächstes? Irena, glaub mir, jetzt, wo sie alle Juden an einem Ort haben, geht das Ganze erst los. Das Ghetto ist eine Falle.«

Irena spürte eine Faust im Magen. Maria sprach genau das aus, was sie selbst befürchtete.

Als sie kurz darauf mit Adam eine Wohnung betrat, war ihr Gesicht nicht weniger versteinert als seines. Die gute Nachricht war, dass Adams Familie sich die Wohnung mit niemandem würde teilen müssen. Aber damit war es auch schon getan. Irena trat ans Fenster.

»Die Aussicht ist nicht schlecht.« Sie biss sich auf die Zunge. Als ob Adam der besseren Aussicht wegen umziehen wollte. Er stand in der Mitte des Zimmers, ohne sich auch nur umzusehen.

»Wie geht es deiner Mutter?«, wechselte Irena das Thema.

Er zuckte mit den Schultern. »Sie überlässt alles mir. Nur gestern meinte sie plötzlich, dass die Sache auch ein Gutes hätte. Dass wir in unserem eigenen jüdischen Viertel vielleicht sogar sicherer seien vor den ständigen Übergriffen der Deutschen und der Schlägertrupps. Und wer weiß, vielleicht hat sie recht. Keine Geschäfte und Cafés mehr, in die wir nicht reindürfen, und solange die Tore offen bleiben, ist es vielleicht wirklich nur ein Umzug.«

Seine letzten Worte klangen lahm, und Irena zweifelte nicht daran, dass er kein Wort von dem glaubte, was er gerade gesagt hatte. Lustlos drehte er sich zu einem Wandschrank und öffnete ihn. Die Regalbretter fehlten. Auf dem Boden lag eine einzelne Socke. Irena trat von hinten an ihn heran und berührte seinen Arm.

»Adam, ich …«

»Und es ist absurd«, stieß Adam hervor, ohne sich umzusehen. »Absurd, dass ich die ganze Zeit daran denken muss, ob ich dich dann noch sehen kann. Wenn die zumachen, meine ich. Dann sitze ich hier, und du bist da draußen. Als wenn das jetzt meine größte Sorge sein sollte. Ich …«

Sanft, aber bestimmt drehte Irena ihn zu sich um, da riss er sie an sich und schlang seine Arme um sie. Ihr Kopf lag an seiner Schulter, und sie spürte den Duft seiner Haut. Sein Körper war warm, aber es war nichts Zärtliches in seiner Umarmung. Irena konnte seine Verzweiflung spüren.

»Henryk und Maria wollen einfach drüben bleiben«, flüsterte sie. »Sich ganz offen verstecken, vor aller Augen. Sie haben noch ihre früheren Taufurkunden und werden versuchen, gefälschte für die Kinder zu besorgen. Was, wenn ihr das auch machen würdet? Ich könnte euch helfen, neue Papiere zu beschaffen. Ich weiß zwar noch nicht, wie, aber ich bin mir sicher, dass ich das hinkriege. Maria meint, das Ghetto ist eine Falle, und das glaube ich auch …«

»Hör auf, Irena!« Mit einem Ruck löste Adam sich von ihr und trat einen Schritt zurück. Seine Stimme war barsch, doch sein Gesicht wurde weich, als er ihre erschrockenen Augen sah. »Irena.« Er trat auf sie zu, und einen Augenblick schien es, als wollte er sie berühren, doch dann sagte er nur: »Meine Mutter wäre dazu niemals in der Lage. Sich vor aller Augen zu verstecken und zu verstellen, mögliche Kontrollen durchzustehen. Dazu braucht man Nerven wie Drahtseile. Du kennst meine Mutter. Das schafft sie nie. Und ich kann sie unmöglich alleine lassen.«

Irena schluckte. Sie verstand ihn nur zu gut. Doch in ihrem

Kopf schrie eine Stimme: Das Ghetto ist eine Falle. Eine Falle, eine Falle.

Die Frist für den Umzug in den jüdischen Wohnbezirk wurde verlängert. Bis zum 15. November sollten die Menschen Zeit haben. Viele harrten bis zuletzt in ihren alten Wohnungen aus, in der vagen Hoffnung auf eine weitere Verlängerung. Andere pokerten. Bei über dreihundertfünfzigtausend Menschen würden die Deutschen unmöglich jede Familie einzeln überprüfen. Die Rechnung ging nicht auf. In den Tagen vor Ablauf der Frist hallten Stiefel in Hunderten von Treppenhäusern wider, Möbel wurden aus Fenstern auf die Straße geworfen, Frauen und Alte an den Haaren aus den Häusern gezerrt. Meist blieb den Menschen weniger als eine halbe Stunde, um ein paar Habseligkeiten zusammenzuraffen, bevor sie ins jüdische Viertel abgeführt wurden, wo sie ohne Dach über dem Kopf dastanden.

Irena besuchte Adam, Ewa und Ala jeden Tag. Schließlich waren die Tore offen, und weder deutsche Soldaten noch polnische Polizei ließen sich blicken. Polnische Lieferanten brachten Gemüse und Fleisch ins jüdische Viertel, die Bewohner gingen morgens ungehindert auf die andere Seite der Mauer zur Arbeit. »Arische Seite«, so wurde die Welt außerhalb des Ghettos nun genannt, obwohl auch das missverständlich war, denn für die Deutschen waren die Polen keineswegs ihnen gleichwertige Arier, sondern nur eine bessere Art von Untermensch.

Dann kam der 16. November. Klirrende Kälte bei herrlichem Sonnenschein. Irena schwang sich aufs Fahrrad und genoss den eisigen Luftzug auf ihrem erhitzten Gesicht. Sie wollte Adam und Ewa abholen, vielleicht einen Kaffee trinken oder doch lieber… Abrupt bremste sie ab. Am Ghettotor standen deutsche Soldaten und polnische Polizisten, dazu ein paar junge Männer vom neu gegründeten jüdischen Ordnungsdienst, der innerhalb des Viertels polizeiliche Aufgaben übernehmen sollte. Auf der anderen Seite des Tores konnte Irena eine Menschentraube erkennen. Rufe wurden laut, doch sie konnte sie nicht verstehen. Irenas Puls beschleunigte sich. Hastig schob sie das Fahrrad die letzten Meter bis zum Tor.

»Ich möchte nur eine Freundin besuchen!«

»Mein Bäcker ist hier um die Ecke. Ich bin ja gleich wieder da!«

Die Menschen riefen wild durcheinander.

»Was ist da los?« Irena wandte sich an einen polnischen Polizisten in dunkelblauer Uniform. »Warum lassen Sie niemanden raus?«

»Abgeriegelt«, sagte der lustlos, ohne Irena auch nur anzusehen.

»Abgeriegelt? Aber warum denn?« Dabei wusste Irena, dass die Frage nach dem Warum schon seit Langem zwecklos geworden war. Die Deutschen brauchten keine Gründe für das, was sie taten.

»Fräuleinchen.« Der Polizist sprach in einem Ton, als wäre Irena schwer von Verstand. »Seuchensperrgebiet da drinnen. Was bringt das jüdische Viertel, wenn die alle tagtäglich rein- und rausspazieren können, wie sie wollen, und ihre Flöhe und Krankheiten ungehindert zu uns rübertragen? Also bleiben die jetzt da drin. Ist am besten für uns alle.«

»Ich muss da aber rein«, stieß Irena hervor. »Ich habe einen Termin.«

Der Polizist stellte sich taub. Plötzlich sah Irena auf der anderen Seite die Gesichter von Ewa und Adam auftauchen. Ewas Wangen waren gerötet, eine helle Strähne war aus der Spange gerutscht und fiel ihr über die linke Wange. Sie musste gerannt sein. Irena fing Adams Blick auf, und sekundenlang blieben sie so stehen. Sein Gesicht war ruhig. Zu ruhig. Dann verzerrten sich seine Züge. Er machte auf dem Absatz kehrt und verschwand.

»Adam!«, schrie Irena. »Adam, bleib hier!« Doch er ging weiter.

»Irena!« Ewa hatte ihre Stimme gehört und sich nach vorne gedrängt. Über die Reihe der Polizisten hinweg gelang es ihnen, ein paar Worte zu wechseln. Als die deutschen Soldaten die Menge zurückdrängten, riss Irena ihren Rucksack auf und drückte dem verdutzten polnischen Polizisten eine Flasche mit selbst gemachtem Apfelsaft in die Hand. »Die ist für diese Frau da vorne, sehen Sie?«

Erst jetzt erkannte der Mann sie wieder. Er schüttelte den Kopf. »Sie haben Nerven.« Doch er setzte sich in Bewegung.

Die darauffolgende Woche verging wie im Fieber. Das schöne Wetter hielt an, doch Irena hatte keinen Blick für die Welt um sich herum. Maria hatte recht gehabt. Das Ghetto war eine Falle, und jetzt war sie zugeschnappt. Immerhin hatte sie herausgefunden, dass die außerhalb des Viertels beschäftigten Arbeiter morgens noch geordnet auf die arische Seite gebracht und abends durch das Tor zurückgeführt wurden. Unter ihnen war auch Ala, die im jüdischen Krankenhaus arbeitete – und das stand immer noch auf der nicht jüdischen Seite. Mehrfach hatten sie sich sprechen können, und Ala hatte von Ewa,

Adam und Irenas bedürftigsten Klienten im Viertel berichtet. Es waren kurze, gehetzte Gespräche, während Ala darauf wartete, dass die vor ihr Stehenden am Tor kontrolliert und eingelassen wurden.

»Bring mir ein bisschen Wundsalbe mit«, hatte sie ihr bei ihrem letzten Treffen zugeflüstert. »Die Familie Krol braucht sie dringend und hat nicht das Geld dafür.«

Es war nicht schwer gewesen, die Salbe zu besorgen. Trotzdem war Irenas Stimmung auf dem Tiefpunkt, als sie am Freitagmorgen ins Büro kam. Seit Tagen hatte sie kaum geschlafen, und das Gedankenkarussell drehte sich unablässig um eine Frage: Wie konnte sie sich Zugang zum Ghetto verschaffen?

Ihre Grübelei wurde durch Stiefelknallen auf den Treppen des Sozialamts unterbrochen. Die Tür zum Flur krachte gegen die Wand.

»Kontrolle! Kontrolle!«, riefen deutsche Stimmen immer wieder. Noch bevor Irena aufstehen konnte, wurde ihre Tür aufgerissen. »Was ist Ihr Aufgabenbereich?«, herrschte ein uniformierter Deutscher sie an.

Irena verstand intuitiv.

»Soup kitchen«, war das Einzige, was ihr auf Englisch einfiel. Der Mann raffte ein paar Ordner zusammen und verschwand auf den Flur. In den anderen Büros schien sich Ähnliches abzuspielen. Irena ging an die Tür, doch ein Uniformierter bedeutete ihr, in ihrem Zimmer zu bleiben, und schloss die Tür vor ihrer Nase. Eine Stunde lang passierte nichts. Dann hörte sie erneut Stiefel auf der Treppe. Gleich darauf stürzte Irka in ihr Büro.

»Was ist eigentlich los?«, fragte Irena.

»Allgemeine Kontrolle unserer Aktivitäten«, zischte Irka. »Ich habe mit Rosa gesprochen. Die war die ganze Zeit dabei, weil sie Deutsch kann. Sie haben alles in Jan Dobraczyńskis Büro gebracht und tausend Fragen gestellt, aber Rosa meint, sie wüssten selbst nicht, wonach sie suchen sollen. Wahrscheinlich nur ein Akt der Einschüchterung, damit wir nicht auf dumme Gedanken kommen.« Irkas Gesicht sprach Bände, und einen Augenblick sahen sie sich vielsagend an. Schließlich murmelte Irka: »Sie haben nur einen Mann dagelassen. Nach der Mittagspause kommen die anderen wieder.«

Und tatsächlich. Keine Stunde später waren sie zurück. Die Stunden vergingen in angespannter Stille. Irena schichtete Formulare von einer Seite ihres Tisches auf die andere, ohne ein einziges Blatt zu lesen. Gegen fünf war der ganze Spuk vorbei.

Irena sah auf die Uhr. Wenn sie Ala die Medikamente geben wollte, musste sie bald aufbrechen, doch sie hatte Angst zu gehen. Ihre Ordner lagen immer noch im Büro des Chefs. Hatten die Deutschen etwas herausgefunden? Aber dann wären sie sicher zu ihr gekommen. Und was, wenn ihr Chef entdeckte, dass sie die Vorschriften umgingen? Vermutlich würde sie gefeuert werden. Im Kopf überschlug sie, wie lange sie wohl die Wohnung halten konnte, wenn sie kein Gehalt mehr nach Hause brächte. Zwei Monate? Drei? Danach stünde sie auf der Straße. Und nicht nur sie, sondern auch ihre herzkranke Mutter.

Sie zwang sich zur Ruhe. Die meisten ihrer Kolleginnen hatten ihre Ordner bereits bei Jan Dobraczyński abgeholt, nur sie saß wie angewurzelt vor ihrem Schreibtisch. Die Uhr an der Wand zeigte halb sechs. Entweder holte sie die Akten sofort … oder sie musste sich mit Ala treffen, ohne Gewissheit zu haben. Entschlossen stand sie auf und klopfte an die Tür ihres Chefs. Ein gebrummtes »Herein!« erklang. Als Irena ins Zimmer trat, sah er kaum auf. Mit einem Kopfnicken deutete er auf einen Stapel Ordner. Irena raffte sie zusammen und war schon auf dem Weg zur Tür.

»Frau Sendler?«

Irena blieb stehen.

»Es scheinen ja viele Familien hinzugekommen zu sein, insbesondere solche mit schweren Fällen von Fleckfieber und anderen ansteckenden Krankheiten.«

»Ja, die Lage ist tatsächlich ernst.« Irena wunderte sich über ihre feste Stimme. Es folgte ein Augenblick des Schweigens. Sie hielt dem Blick ihres Chefs stand.

»Seltsamerweise hatten die Deutschen keine einzige dieser Familien auf ihrer Liste der gemeldeten Einwohner stehen«, fuhr Dobraczyński fort.

Irena fühlte, wie sich etwas in ihrem Inneren versteifte. Komm schon, du kannst das, dachte sie und setzte ein entschuldigendes Lächeln auf.

»Ja, ich weiß. Es sind alles Flüchtlinge aus dem Umland, die noch nicht registriert sind. Manchmal ist die Not so groß, dass wir helfen müssen, bevor alle Formalitäten erledigt sind.«

Prüfend sah Dobraczyński sie an.

Er ist nicht blöd, dachte Irena. Er hat mich durchschaut. Und er ist ein Rechter und ein verbissener Katholik, der nie einen Hehl daraus gemacht hat, dass er Juden nicht mag. Sie sah sich bereits am Küchentisch sitzen, wie sie ihrer Mutter die Kündigung beichtete.

»Nun, genau das habe ich den Stiefelträgern auch gesagt«,

sagte Dobraczyński schließlich. »Erfreut waren sie nicht, aber bei dem Chaos der letzten Monate konnten sie nichts dagegen sagen. Wir tun, was wir können.«

Irena hatte Mühe, ihre Miene unverbindlich zu halten.

»Sie sagen es.«

»Dann guten Abend noch!« Dobraczyński wandte sich wieder seinen Akten zu.

Kapitel 11

Irena war gerade noch rechtzeitig am Ghettotor angekommen, um Ala die Medikamente zuzustecken. Seitdem hatten sie sich jeden Abend dort getroffen. Manchmal war auch Alas Kollege dabei, der Arzt und Mikrobiologe Ludwig Hirszfeld.

»Am Anfang konnte ich noch Sachen von draußen mit reinbringen«, hatte Ala ihr zugeraunt, während die Schlange sich immer weiter den Wachen näherte. »Aber es wird schwieriger. Gestern haben sie mir die Süßigkeiten abgenommen, die ich für meine Tochter gekauft hatte.«

Irena erkundigte sich nach Ewa und erfuhr, dass sie sich in die Arbeit mit den Kindern im Ghetto stürzte. Typisch Ewa. Sie versuchte weiterzumachen wie zuvor.

»Willst du gar nicht wissen, wie es Adam geht?«, hatte Ala gefragt.

»Ich kann mir denken, wie es ihm geht«, hatte Irena brüsk geantwortet. Und das stimmte. Aber es war nur die halbe Wahrheit. Irena war verärgert. Sie hatte gehofft, dass Adam sich wenigstens ab und zu am Tor blicken lassen würde, um sie zu sehen. Er wusste doch, dass sie jeden Abend kam, um mit Ala zu sprechen, wenn deren Dienst im Krankenhaus endete. Aber er war nicht gekommen. Natürlich wusste Irena, warum. Sich nur zu sehen, ohne miteinander sprechen zu können, wäre demütigend, und Adam musste sich fühlen wie ein Tier im Käfig. Trotzdem hoffte sie jeden Abend aufs Neue, sein Gesicht zu sehen.

Eines Abends wandte sich Dr. Hirszfeld an Irena, während sie mit Ala in der Warteschlange vor dem Ghettotor stand. Mit der einen Hand hielt er die braune Arzttasche, mit der anderen hinderte er seinen schwarzen Hut am Wegfliegen. Starke Böen wehten seine grauen Haare in alle Richtungen.

»Irena, ich habe gehört, dass Passierscheine fürs Ghetto ausgegeben werden. Nur an qualifiziertes Personal. Soweit ich weiß, muss man sich an Juliusz Majkowski wenden, den Leiter des Gesundheitsamtes in der Spokojnej-Straße. Mehr weiß ich auch nicht, aber einen Versuch könnte es wert sein.«

Natürlich war es einen Versuch wert. Gleich am nächsten Morgen machte Irena sich auf den Weg in die Spokojnej-Straße. Eine Sekretärin bat sie, im Flur neben Majkowskis Büro zu warten. Zehn Minuten später kam der Leiter des Gesundheitsamtes den Gang entlang. Sein Gesicht war halb hinter einem Schal verborgen, sein Hut saß tief in der Stirn.

»Wenn nur jeden Morgen eine hübsche junge Dame auf mich warten würde. Kommen Sie, meine Sekretärin hat Sie schon angekündigt.« Irena stand auf. Nur an Majkowskis Augen konnte sie erkennen, dass er verschmitzt lächelte. Als sie in seinem Büro Platz genommen und ihr Gegenüber sich umständlich aus Wintermantel und Schal befreit hatte, erklärte Irena ihr Anliegen. Majkowski sah sie ernst an.

»Die Passierscheine werden an Personen ausgegeben, die die Ausbreitung der Fälle von Fleckfieber im Ghetto kontrollieren sollen. Ich entnehme Ihrer Darlegung, dass Sie keine ausgebildete Krankenschwester sind?«

»Das stimmt«, sagte Irena. »Aber als Sozialarbeiterin habe ich unzählige ehemalige Klienten im Ghetto. Viele bedürftige und teilweise kranke Familien, die ich nun nicht länger betreuen kann.«

Majkowski sah sie nachdenklich an. »Viele wären froh, dass die Mauer ihnen die Verantwortung abnimmt. Worum Sie mich bitten, wird eine große Bürde für Sie sein. Ach, was sage ich. Eine Gefahr! Das Ghetto ist erst seit ein paar Wochen zu, aber jeder vernünftige Mensch weiß, dass die Armut und die beengten Verhältnisse über kurz oder lang eine Epidemie auslösen werden, wie wir sie lange nicht mehr gesehen haben. Das muss Ihnen klar sein.«

»Das ist es.«

Majkowski lächelte. »Nun gut, dann soll es an mir nicht liegen.«

Zehn Minuten später wandte Irena sich zum Gehen. Doch anstatt ihr die Hand zu reichen, drehte Majkowski sich zu einer Vitrine um und entnahm ihr zwei Ampullen.

»Der Weigl-Impfstoff. Sie wissen selber, wer ihn am nötigsten braucht.«

Irena wurde heiß vor Freude. Sie nahm die Ampullen und drückte Majkowskis Hand. »Danke«, sagte sie.

Nur wenige Tage später konnte Irena ihren neuen Passierschein abholen. Und nicht nur den. In einem Anflug von Übermut hatte sie Majkowski gebeten, auch für ihre Kolleginnen Jaga, Janka und Irka Passierscheine auszustellen. Ihre Freundinnen konnten ihr Glück kaum fassen.

»Irena, unsere Kämpferin«, hatte Irka gemeint. »Wenn sie etwas will, dann bekommt sie es auch.«

Am liebsten hätte Irena ihren Passierschein sofort ausprobiert, aber Ala hatte sie gewarnt. Mittlerweile kontrollierten die Deutschen scharf. Ins Ghetto kamen nur noch die Nahrungsmittel, Medikamente und Rohstoffe, die den Ghettobewohnern offiziell zugeteilt wurden. Als Irenas Mutter am Abend ins Bett ging, holte Irena ihren Mantel. Vorsichtig öffnete sie auf beiden Seiten die Nähte des Innenfutters. Dann brachte sie an mehreren Stellen kleine Beutel an, legte die Ampullen mit dem Impfstoff in zwei von ihnen und schloss die Nähte wieder. Sie zog den Mantel an und prüfte das Ergebnis. Es sah absolut unauffällig aus, dabei reichten die neu angebrachten Beutel im Futter aus, um zur Not auch einmal größere Gegenstände mitzuführen.

Irena hatte sich entschieden, die Ampullen mit dem Impfstoff zu Ewa zu bringen. Ihre Freundin arbeitete für CENTOS, die zentrale Organisation der jüdischen Kinderfürsorge. In ihrer Freizeit betreute sie außerdem einen der vielen Jugendkreise, die sich überall im Ghetto bildeten. In diesen Kreisen trafen sich die Kinder und Jugendlichen verschiedener Hausgemeinschaften, spielten und diskutierten miteinander und sprachen sich Mut zu. Dabei sorgten die älteren Kinder für die Betreuung der Kleineren, deren Eltern arbeiteten.

Als Irena sich am Nachmittag des nächsten Tages in die Schlange vor dem Tor einreihte, musste sie sich zusammenreißen, um nicht ständig an sich hinabzuschauen. Alles in Ordnung, dachte sie immer wieder. Zu irgendetwas muss es doch gut sein, dass du ein paar Kilo abgenommen hast. Tatsächlich saß der Mantel so locker, dass man nicht einmal ein eingenähtes Brot gesehen hätte. Trotzdem schwitzte sie in der Dezemberkälte, nur ihre Hände waren eiskalt. Immer wieder hielt sie sie an ihre glühenden Wangen. Sie wollte nicht nervös erscheinen. Im Gegensatz zu sonst kam ihr das Vorrücken der Menschen unendlich langsam vor. Endlich stand nur noch eine Frau vor ihr.

»Arbeitsplatz?«, bellte die Wache.

»Die Reinigung in der Towarowa-Straße«, antwortete die Frau.

»Tasche auf!«

Gerade als die Frau den geblümten Stoffbeutel öffnen wollte, riss die Wache ihn an sich und drehte ihn um. Eine Brotdose fiel heraus. Sie war leer.

»Aufheben!«, brüllte der Mann. Die Frau bückte sich. Irena hielt den Atem an, als sie sah, dass ihr Schal verrutschte. Aus seinen Falten schaute ein kleiner Riegel Schokolade hervor.

»Was haben wir denn da?« Grinsend griff der Mann nach der Packung.

»Für meinen Sohn …«

»Mund halten!« Die Wache löste das Papier von der Schokolade und biss genüsslich ab. Wie auf Kommando war es still geworden. Regungslos verfolgte die Menge der Wartenden jede Bewegung des Mannes, der sich ein Stück nach dem anderen in den Mund steckte. Seine Kollegen und Kameraden standen grinsend dabei. Jetzt tippte er mit dem Finger die letzten Krümel aus der Verpackung. Dann spuckte er hinein, knüllte das Papier zusammen und hielt es der Frau hin, die ihn mit weit aufgerissenen Augen ansah.

»Nehmen!«, schrie der Mann. Hastig griff die Frau zu. »Weitergehen … Der Nächste.«

Eine Viertelstunde später stand Irena vor dem Haus ihrer Freundin Ewa in der Sienna-Straße. Die Wache hatte offenbar schon ähnliche Passierscheine gesehen, und da sie nichts in ihren Taschen gehabt hatte, war sie weitergewunken worden.

Irena ließ die schwere Holztür hinter sich zufallen und suchte mit der Hand nach dem Lichtschalter. Von irgendwoher kamen Stimmen. Es mussten die Kinder sein. Ewa hatte erzählt, dass ihr Jugendkreis sich heute auf dem Dachboden des Gebäudes versammelte, wo es genug Platz für alle gab. Je weiter sie auf den Steinstufen nach oben stieg, desto deutlicher wurden die Stimmen.

»Ich bin dafür, dass wir verschiedene Gruppen bilden«, sagte ein Mädchen mit braunem Pferdeschwanz, als Irena die Tür zum Dachboden aufstieß. Es war so kalt, dass sich beim Reden weiße Wölkchen bildeten. Nicht weit vom Eingang stand Ewa gegen einen Holzverschlag gelehnt. Ein kleines Mädchen mit blonden Strähnen umschlang ihre Beine mit beiden Armen und drückte ihr Gesicht an sie. Den Daumen hatte sie tief in den Mund gesteckt. Mit großen Augen folgte sie den Erklärungen des älteren Mädchens.

»Wir sollten bei der Betreuung der Kleinen mehrere Gruppen bilden. Nicht immer alle auf einmal irgendwie beschäftigen, sondern aufteilen. Eine Malgruppe zum Beispiel. Und eine Flötengruppe und …«

»Hast du etwa deine Flöte mit ins Ghetto gebracht?«, fragte ein gleichaltriger Junge halb ungläubig, halb belustigt. Dabei kratzte er sich demonstrativ am Kopf und sah feixend in die Runde. Ein paar andere lachten.

»Habe ich«, gab das Mädchen unbeeindruckt zurück. »Aber wenn wir nicht genügend Flöten haben, geht auch Singen. Ich meine nur, dass wir die Kleinen sinnvoll beschäftigen sollten, wenn es schon keine Kindergärten und Schulen mehr gibt. Wir sollten sie fördern.«

Irena trat an Ewa heran. Sie umarmten sich kurz. Dann hielt Ewa ihren Mantel auf. Mit einer Nadel löste sie die Naht und zog die Ampullen heraus. Ewa nahm ihren Kopf in beide Hände. »Irena, du bist ein Schatz!«

»Du hast von ein paar Kindern gesprochen, deren Eltern krank sind«, flüsterte Irena.

Ewas Gesicht verdüsterte sich. »Es gibt so viele, die den Impfstoff bräuchten. Aber die Preise sind für die meisten hier reine Utopie, abgesehen davon, dass man ihn über Kontakte von draußen hereinschmuggeln muss, und die haben nur wenige.« Einen Augenblick sah sie auf ihre Schuhe, dann auf Irena. »Weißt du was? Wir fragen einfach diejenigen, die es am meisten betrifft.« Irena stutzte, doch Ewa hatte bereits die Aufmerksamkeit der Kinder auf sich gezogen und erklärte ihnen den Grund für Irenas Besuch.

»Ihr wisst selber, wie schwer der Impfstoff gegen Fleckfieber zu bekommen und wie teuer er ist«, schloss sie. »Aber wer ihn hat, ist wirksam geschützt. Wir haben nur zwei Ampullen, und ich möchte nicht einfach zwei Personen aussuchen. Entscheidet selbst, welche Familie ihn bekommen soll.«

Einen Moment herrschte Stille. Dann hörte Irena die Stimme eines Jungen mit Schiebermütze, der höchstens zwölf Jahre alt sein konnte. »Wir sollten die zwei Ampullen auf zwei Familien aufteilen. In jeder Familie nur den Vater oder die Mutter impfen, nicht beide, sonst reicht es nur für eine Familie.«

»Das ist gut«, warf ein Mädchen mit braunen Locken und dunklem Teint ein. »Und am besten Familien mit kleinen Kindern, die noch nicht allein für sich sorgen können. Vielleicht die Eltern von Romek und …« Weiter kam sie nicht, denn sie wurde von einem anderen Mädchen unterbrochen.

»Ich schlage vor, dass wir die Ampullen Noah und Halina geben.«

Irena sah sofort, wen das rothaarige Mädchen meinte. Zwei dünne Jugendliche, die von vier Kleinen umringt wurden. Der Junge, der Noah hieß, hielt ein Kleinkind von höchstens eineinhalb Jahren auf dem Arm.

»Noahs Eltern sind schon am Fleckfieber gestorben, und Halinas Vater ist im Arbeitslager, ihre Mutter wird vermisst«, fuhr die Rothaarige fort. »Noah und Halina müssen ganz allein auf ihre Geschwister aufpassen. Wenn ihnen etwas passiert, haben die Kleinen niemanden mehr.«

Die Gesichter der beiden Jugendlichen waren feuerrot. Auch ihre jüngeren Geschwister hatten begriffen, dass es um sie ging, und drängten sich scheu an sie.

»Gut, dann stimmen wir ab. Wer dafür ist, hebt die Hand«, sagte das Mädchen mit dem braunen Pferdeschwanz laut. Eine Hand nach der anderen ging hoch. Keiner sprach, niemand lächelte. Ewa und Irena sahen sich an. Die Kinder, keines von ihnen älter als sechzehn Jahre, hatten gerade die selbstlose, rein pragmatische Entscheidung getroffen, die Schwächsten unter ihnen zu schützen. Eine Entscheidung, bei der es um Leben und Tod ging und die morgen schon ihre eigenen Eltern oder sie selbst betreffen konnte.

Kapitel 12

Adam Czerniaków, der Vorsitzende des Judenrates, knetete seine roten Hände und spielte nervös mit dem rechten Manschettenknopf. Wut und Nervosität mischten sich mit dem wohlbekannten Gefühl der Hilflosigkeit. Stundenlang saß er nun schon im Warteraum der Transferstelle, so wie er gestern und vorgestern hier gesessen hatte, ohne vorgelassen worden zu sein.

Czerniaków fühlte seine Ohnmacht. Als ihm das Amt des Vorsitzenden übergeben worden war, hatte er noch einen Funken Hoffnung gehabt, als Vermittler zwischen den Deutschen auf der einen und den Nöten und Belangen der jüdischen Gemeinde auf der anderen Seite etwas bewegen zu können. Doch jeden Tag verzweifelte er mehr. Die Menschen kamen zu ihm mit ihren Klagen, ihrer Armut, ihrem Leid und erhofften sich Hilfe vom Judenrat. Von wem, wenn nicht von ihm? War der Rat nicht für sie zuständig? War er nicht der einzige anerkannte Verhandlungspartner der Deutschen? Und er tat, was er konnte. Wieder und wieder sprach er bei den deutschen Stellen vor, schrieb Briefe, schilderte unhaltbare Zustände, berichtete von der mangelnden Versorgung – und wurde abgewiesen.

Längst war die Stimmung der Menschen dem Judenrat gegen-

über in Misstrauen, ja Hass umgeschlagen. Statt der erhofften Hilfe kamen nur ständig neue Forderungen der Deutschen, die der Rat umsetzen musste, Steuern, die eingetrieben wurden. Hatten seine Kritiker recht? Doch was sollte er tun? Er konnte bei den Machthabern vorsprechen, bitten, fordern, sich heiser reden – seine Worte wurden nur belächelt.

Eine weitere halbe Stunde verging. Die Transferstelle, die die Deutschen nach der Abriegelung des Ghettos eingerichtet hatten, wickelte jeglichen Im- und Export ins Ghetto ab. Nahrungsmittel, Medikamente, Rohstoffe, Heizmaterialien. Alles, was legal ins Ghetto gelangte, lief über dieses Büro. Hier wurde entschieden, ob eine Ladung Kartoffeln geliefert wurde und zu welchem Preis, denn natürlich mussten die Ghettobewohner dafür bezahlen. Und hier hatte man offenbar entschieden, dass die Lieferungen kurzfristig eingestellt werden sollten.

»Herr Czerniaków?« Eine Sekretärin mittleren Alters mit strengem Dutt war ins Zimmer getreten. »Direktor Palfinger hat jetzt einen Augenblick Zeit.«

Als die Sekretärin sich umdrehte, fuhr Czerniaków sich hastig mit der Hand über die Glatze. Eine Geste aus der Zeit, als er noch Haare gehabt hatte. Er griff zu seiner Aktentasche, rückte die runde Brille zurecht und folgte der Frau, die die Tür zu einem Büro öffnete.

Palfinger stand am Fenster und wies auf einen Stuhl vor seinem Schreibtisch. Im Gegensatz zu anderen Deutschen hatte er nichts übrig für geheucheltes Lächeln oder scheinbare Jovialität. Den persönlichen Kontakt mit Juden mied er, wo es ging, und man sagte ihm nach, dass er nach jedem Treffen das Fenster öffnete, um sein Büro zu lüften. Czerniaków hatte sich immer als Pole gefühlt. In diesem Büro war er nur noch Jude.

»Worum geht es?«, fragte Palfinger ohne Begrüßung.

»Herr Palfinger«, begann Czerniaków. »Ich bin hier, um Sie noch einmal darauf aufmerksam zu machen, dass seit Dezember keine Lebensmittel mehr ins Ghetto geliefert wurden. Jetzt ist es Januar. Sie hatten mir Ende Dezember eine Lieferung in Aussicht gestellt. Aber es ist nichts angekommen. Sicher handelt es sich um ein …«

»Kein Missverständnis, Czerniaków. Und auch keine Lieferengpässe. Ich habe kurzfristig meine Meinung geändert.«

»Ihre Meinung?«, fragte Czerniaków konsterniert. »Ich wüsste nicht, was das mit Meinung zu tun hat. Die Lieferungen im Dezember sind ausgeblieben. Die Menschen hungern und frieren. Sie sind anfälliger denn je für Krankheiten, die Sterblichkeitsrate ist …«

»Czerniaków, langweilen Sie mich nicht mit der Sterblichkeitsrate«, fuhr Palfinger brüsk dazwischen.

»Aber wovon sollen die Menschen denn leben?«, rief Czerniaków entgeistert.

Palfinger lächelte hintergründig. »Glauben Sie, wir wissen nicht, dass jeden Tag Lebensmittel und andere Güter ins Ghetto geschmuggelt werden? Egal, wie viele Schmuggler wir erschießen, es wachsen immer neue nach.«

»Aber die Preise auf dem Schwarzmarkt sind unerschwinglich. Die meisten können sie sich nicht leisten. Dazu kommt der knappe Wohnraum. Die Mieten sind hoch. Immer mehr Menschen verlieren ihre Bleibe. Sie verkaufen die letzte Armbanduhr, die letzte gute Hose, und wenn es nichts mehr gibt, was sie zu Geld machen können, enden sie auf der Straße.«

»Hohe Mieten, hohe Schwarzmarktpreise. Ist das mein Problem?« Palfinger sah ihn unwirsch an. »Sie sind doch der Vor-

sitzende des Judenrates. Und es sind Ihre eigenen Leute, die zu Wucherpreisen verkaufen. Aber so seid ihr Juden nun mal. Ihr denkt immer nur ans Geld, und zwar ohne einen Finger zu rühren. Den ganzen Tag sitzt ihr rum und wartet darauf, dass wir euch Lebensmittel an die Wohnungstür liefern. Ich habe noch nie ein fauleres Volk gesehen.«

»Die meisten Menschen haben ihre Arbeit außerhalb des Ghettos verloren, als abgeriegelt wurde«, protestierte Czerniaków heftig. »Und im Ghetto selbst gibt es nicht genug Arbeit für alle. Abgesehen davon, dass viele Betriebe stillstehen, weil sie keine Rohmaterialien mehr bekommen, denn auch die sind seit Dezember ausgeblieben. Die Menschen würden alles dafür geben, sich einen Lebensunterhalt verdienen zu können.«

»Ach ja? Warum meldet sich dann nie jemand freiwillig für die Arbeitslager? Warum müssen wir euch wie Ratten aus euren Löchern räuchern, um die Quoten zu erfüllen?« Czerniaków wollte etwas erwidern, doch da klopfte es an die Tür.

»Herein?«

Palfingers Sekretärin trat ein. »Gouverneur Fischer für Sie, Herr Palfinger.«

»Sehr gut. Und führen Sie doch bitte meinen Gast hinaus.«

Czerniaków blieb sitzen. Wenige Sekunden stummen Protests. Dann stand er auf und ging hinaus.

»Was wollte denn unser Oberjude hier?«, fragte Fischer, als er kurz darauf auf dem Besuchersessel saß.

»Was schon? Jammern, weil wir kurzfristig die Lieferungen ausgesetzt haben.«

Fischer sah ihn nachdenklich an. »Sie sind ein harter Hund, Palfinger. Unsere Zahlen sprechen von mehr als tausend Ghetto-

toten pro Monat in diesem Winter. Hunger, Kälte, Krankheiten. Ich weiß nicht, ob wir da wirklich auf einer Linie sind. Auch in der Führung mehren sich die Stimmen, die dafür plädieren, die Arbeits- und Produktionskraft der Juden nicht vor ihrer Zeit zu verschwenden.«

»Machen Sie sich keine Sorgen, Gouverneur. Das Gesocks, das da stirbt, wäre ohnehin nicht mehr zur Arbeit zu gebrauchen. Außerdem liegen uns Daten vor, dass sich immer noch beträchtliche Vermögenswerte im Ghetto befinden. Dieser Czerniaków schwänzelt alle paar Tage hier an und trällert das Lied von Armut und Elend. Die Armen hier, die Armen dort!« Er machte eine große Geste mit beiden Händen. »Aber seien wir doch ehrlich. Nicht alle da drinnen sind Habenichtse. Da schlummern noch kleine und große Vermögen. Meine Maßnahmen zielen darauf ab, diese Werte aus dem Ghetto … sagen wir mal … herauszuspülen.«

»Palfinger, Palfinger.« Ludwig Fischer grinste. »Wenn Sie so weitermachen, werden die Juden vor Hunger und Elend eingehen, und von der jüdischen Frage wird nur noch ein Friedhof übrig bleiben.«

Kapitel 13

Die dicke Schneedecke des Winters vermochte das Elend der Menschen im Ghetto nicht zu verstecken. Überall auf den Straßen sah man Bettler. Diejenigen, die noch Kraft hatten, sangen jiddische Lieder oder spielten ein Instrument. Andere waren schon verstummt. Sie saßen oder lagen apathisch da, die Hand mechanisch ausgestreckt, ohne die Passanten anzusehen. Nachts erreichten die Temperaturen minus fünfzehn Grad, und wenn Irena morgens ihren ersten Besuch im Ghetto machte, waren die Gehsteige und Hofeingänge übersät mit nackten Leichen, notdürftig zugedeckt mit Zeitungspapier. Ihre Kleider hatten andere an sich genommen in der Hoffnung, sich wärmen oder sie für ein paar Groschen verkaufen zu können. Was vor Monaten noch barbarisch erschienen wäre, war nun nichts anderes als ein verzweifelter Versuch, das eigene Leben zu verlängern.

Der Gedanke, den Bedürftigen nicht helfen zu können, war für Irena unerträglich. An einer Straßenecke blieb sie stehen. Das ausgezehrte junge Paar mit den beiden kleinen Kindern, denen sie immer ein wenig Brot und Geld zusteckte, war noch da. Oder besser gesagt, der Vater. Auf seinem Schoß saß seine dreijährige Tochter.

»Wo ist Ihre Frau mit dem Kind?« Der Mann, der seine rot geränderten Augen geschlossen hatte, erschrak. Als er Irena erkannte, zuckte sein Mund, und sein Griff um das Kind verkrampfte sich. Die Kleine begann zu wimmern.

»Meine Frau … Sie ist im Schlaf erfroren letzte Nacht. Sie hatte den kleinen Dariusz bei sich und ich unsere Tochter. Wenn ich beide bei mir gehabt hätte … vielleicht wäre der Junge dann noch am Leben …« Er schluchzte auf.

Auch das Mädchen hatte zu weinen begonnen. Irena schob der Kleinen ein Stück Brot zu. Die Tränen hörten auf zu fließen, und sie streckte die schmutzige Hand danach aus.

»Ich komme wieder«, versprach Irena. Sie wusste selbst nicht, warum sie das gesagt hatte oder wie es gemeint war. Dann hastete sie die Straße entlang, doch es war nicht die Eile, die sie antrieb. Sie floh vor dem Schmerz des Mannes, der Frau und Kind verloren hatte, rannte vor ihrer eigenen Ohnmacht davon.

In der Leszno-Straße schöpfte sie Atem. Das Krankenhaus, in dem Ala arbeitete, war vor einigen Wochen ins Ghetto verlegt worden, und wie immer hatte Irena ein paar Medikamente für sie mitgebracht.

»Irena? Was ist los? Du bist bleich wie eine Wand.« Ala nahm ihre Freundin besorgt zur Seite.

Irena lächelte schwach. Alas erster Blick galt immer den anderen. Ihrer kleinen Tochter Rami, den Patienten, den Freunden. Dabei hatte sie selbst Ringe unter den Augen, und ihre markant hervorstechenden Wangenknochen zeugten von spärlichen Mahlzeiten. Irena berichtete kurz von ihrer Begegnung.

Ala nickte grimmig. Worte waren nicht nötig. Dann wechselte sie das Thema. »Kommst du heute Abend?«, fragte sie.

»Wohin?«

»Na, ins Café Sztuka. Es gibt ein Konzert, Gesang mit Klavier. Ich hatte dir doch davon erzählt.« Sie lächelte. »Ein paar begabte Mädchen und Jungen aus den Jugendkreisen führen auch etwas auf. Der Eintritt kommt Dr. Korczaks Waisenhaus zugute.«

»Hm.« Irena war unschlüssig. Nach der morgendlichen Begegnung war sie nicht in der Stimmung für einen Abend im Café und schon gar nicht im Sztuka. Das Lokal war nicht nur Treffpunkt der Ghetto-High-Society, sondern auch bei Gestapo-Offizieren beliebt, die das elegante Café mit den abendlichen Konzerten regelmäßig besuchten. Da saßen sie dann neben den reichen Ghettobewohnern und ließen es sich schmecken. Denn für bodenlose Preise konnte man auch im Ghetto weiterhin alles bekommen.

»Ich weiß, was du denkst.« Ala fasste sie am Arm. »Du magst das Sztuka nicht.«

Irena nickte. »Ich finde es absurd, dass die Reichen im Ghetto abends Champagner trinken und zu Orchestermusik tanzen, während draußen Menschen auf offener Straße erfrieren. Aber es ist die Krönung, wenn dann auch noch Gestapoleute unter ihnen sitzen, als wäre man plötzlich beste Freunde.«

Ala seufzte. »Du hast ja recht. Aber die Reichen sind überall gleich. Sie sind eigensüchtig. Wenn wir Spenden von ihnen wollen, dann geht es nur über solche Wohltätigkeitsveranstaltungen. Und am besten da, wo sie ohnehin gerne hingehen …« Alas Gesichtsausdruck wurde weicher, und sie legte eine Hand auf Irenas Arm. »Und willst du den Menschen, die es sich noch leisten können, verbieten, hier drinnen wenigstens manchmal ein kleines bisschen glücklich zu sein? Etwas

Hübsches anzuziehen, in einem Café zu sitzen, zu tanzen und zu reden wie vor dem Krieg? Das Leben war noch nie nur schwarz oder weiß.«

Irena war noch immer unentschlossen.

»Also, kommst du?«

Irena seufzte. »Dir und dem Waisenhaus zuliebe.«

Mit Alas Argumenten gelang es Irena, nicht nur Ewa und Adam zu überzeugen, sondern auch Rachela Rosenthal, eine Freundin aus Studienzeiten. Der Besuch im Sztuka bedeutete, dass Irena die Nacht im Ghetto verbringen musste, was für Nicht-Juden streng verboten war. Ala hatte ihr angeboten, bei ihr zu übernachten, und Ewa hatte ihr ein leuchtend blaues Kleid geliehen. Wie hätte sie mit einem Epidemie-Kontrollpass in der Hand vor der Wache rechtfertigen sollen, warum sie so gut angezogen war?

»Na, passt es?« Ewa kam ins Zimmer, als Irena gerade den Reißverschluss hochzog, und betrachtete sie prüfend. »Hm, etwas fehlt noch.« Sie nahm eine Spange von der Kommode, drehte sich zu Irena um und schob ihr die halblangen dunkelblonden Haare auf einer Seite kokett nach hinten.

»Nur auf einer Seite?«, fragte Irena, als Ewa zum Lippenstift griff.

»Ja. Und jetzt noch ein bisschen …«

»Ewa, Lippenstift. Das ist doch wirklich übertrieben.« Wieder hatte Irena ein Ziehen im Magen. Aber da war noch etwas anderes, das nichts mit dem Elend des Ghettos zu tun hatte. Es war Monate her, seit sie das letzte Mal Lippenstift benutzt hatte, und sie wusste nicht, ob Adam sie jemals damit gesehen hatte. Plötzlich fühlte sie sich verlegen.

»Es ist doch lediglich eine Wohltätigkeitsveranstaltung für Dr. Korczaks Waisenhaus«, wehrte sie ab.

»Irena!« Ewa trat einen halben Schritt zurück und sah ihre Freundin streng an. »Wir sind immer im Dienst. Wir tun, was wir können. Wir sehen dem Elend in die Augen. Jeden Tag. Manchmal können wir helfen. Andere Male nicht. Selbst dieses kleine Konzert heute Abend steht unter diesem Stern. Ich glaube wirklich, dass wir uns die wenigen Stunden gönnen dürfen ... und das schließt auch den Lippenstift mit ein, genauso wie Adam.«

»Adam? Wieso? Ich ...« Irena brach ab. Sie wusste, dass es zwecklos war. Ewa kannte sie einfach zu gut, und wenn sie ehrlich war, freute sie sich auf die gemeinsamen Stunden.

Kurz darauf klingelte es. Ewa öffnete die Tür, und Irena blieb überrascht stehen. Adam hatte sich die vollen dunklen Haare nach hinten gekämmt. Zu seinem weißen Hemd trug er eine weinrote Krawatte und eine schwarze Hose mit Bügelfalten. Es war offensichtlich, dass er sich vor dem Spiegel Mühe gegeben hatte, was für Adam, dem es im Leben vor allem um Bücher, Politik und Ideen ging, genauso ungewohnt war wie für Irena. Plötzlich war sie froh, auf Ewa gehört zu haben. Als ihr bewusst wurde, wie lange sie ihn schon ansah, wurde sie rot. Ihm schien es ähnlich zu gehen. Hastig wandte er den Blick ab und fragte: »Alles klar? Seid ihr bereit?«

Von der Sienna-Straße zur Leszno-Straße war es nicht weit. Die kleinen Lampen an den dunkelroten Wänden des Cafés sorgten für eine schummerige Varieté-Atmosphäre. Irena entdeckte Alas und Rachelas Gesichter, und sie bahnten sich einen Weg zwischen den runden Tischen mit den weißen Kerzen hindurch. Im Gegensatz zu den Wohnungen des Ghettos war das

Sztuka gut beheizt. Die Damen trugen schulterfreie eng anliegende Kleider, einige Männer im Anzug tupften sich bereits mit ihren Taschentüchern die Stirn. Ala und Rachela hatten Likör und Kanapees bestellt. Als Irena sich setzte, sah sie aus dem Augenwinkel, wie Adam hastig nach dem Stuhl neben ihr griff.

Kurz darauf ging die elektrische Beleuchtung aus. Auf der Bühne standen nur noch vier große Leuchter mit brennenden Kerzen. Die Sängerin und der Pianist betraten die Bühne und verbeugten sich zu Applaus und leisen Zurufen.

»Marysia Eisenstadt! Die Nachtigall des Ghettos! Das hast du mir gar nicht erzählt!«, flüsterte Irena Ala zu, als sie das kaum achtzehnjährige Mädchen sah. Sie hatte schon viel von der blutjungen Sängerin gehört, sie aber noch nie auf der Bühne erlebt. Marysia war die Tochter des ehemaligen Chorleiters der Synagoge. Mit ihrem mädchenhaft runden Gesicht und den halblangen braunen Haaren stand sie neben dem Pianisten und wartete ungeduldig auf das Ende des Applauses. Endlich versiegte er, und der Pianist schlug die ersten Tasten an.

Als Marysias Sopran erklang, hielt der ganze Raum den Atem an. Zuerst sang sie Lieder von Schumann und Mozart, dann, nach einer kurzen Pause, eine Reihe französischer Chansons.

Später wusste Irena nicht mehr, was es gewesen war. Der Likör, das Dämmerlicht oder die Leichtigkeit der französischen Lieder, aber als sie unter dem Tisch Adams Knie an ihrem spürte, legte sie spontan ihre Hand darauf. Sie fühlte sich heiß und zittrig wie ein junges Mädchen. Als Irena ihre Hand löste, um nach dem Lied Beifall zu klatschen, streifte sie Adams.

»Brava!«, riefen Ala und Ewa. Irena warf einen schnellen Seitenblick zu Adam. Er sah sie nicht an, doch auf seinem Gesicht lag ein Lächeln, und der Druck seines Knies verstärkte sich.

Nach Marysia Eisenstadt traten verschiedene Jugendliche auf, die ebenfalls wunderschön musizierten. So viel Talent hinter diesen Mauern, dachte Irena immer wieder. Und wie groß ist der Wunsch dieser Kinder zu lernen, der Wunsch nach Normalität.

Als Irena sich nach der Aufführung die Beine vertrat, sah sie einen hageren, grauhaarigen Mann mit Nickelbrille und Spitzbart abseits der Tische an der Wand lehnen. Er schien auf niemanden zu warten und wirkte verloren unter den fröhlichen und erregten Menschen im Raum.

»Dr. Korczak!«, flüsterte Irena. Ohne zu überlegen, steuerte sie auf ihn zu. Es war lange her, dass sie den bekannten Kinderarzt und Pädagogen gesehen hatte. Vor dem Krieg hatte er in der Krochmalna-Straße ein großes Waisenhaus geleitet, in dem er seine progressiven, auf Kinderrechten basierenden Ideen umsetzte. Schon als Mädchen hatte sie sein beliebtes Kinderbuch *König Maciuś der Erste* verschlungen, und seine allseits bekannte Radiosendung *Der alte Doktor* hatten Irena und ihre Mutter nur selten verpasst. Sie kannte Janusz Korczak als zutiefst warmherzigen Mann, der seine philosophischen Betrachtungen mit trockenem Humor würzte.

»Guten Abend, Dr. Korczak!«

Der Leiter des Waisenhauses wandte überrascht den Kopf. Ein Ausdruck flüchtigen Erkennens huschte über sein Gesicht, doch ganz offenbar war ihm ihr Name nicht geläufig.

»Irena Sendler«, half sie ihm auf die Sprünge. »Ich arbeite

beim Sozialamt. Wir hatten schon ein paarmal miteinander zu tun.«

Korczak nickte leicht. »Ja, ich erinnere mich. Es ging um Kinder.« Er lächelte. »Wie es eigentlich immer um Kinder geht.«

Irena erwiderte sein Lächeln. »So auch heute Abend. Ich habe gehört, der Eintritt und die Spenden kommen dem Waisenhaus zugute. Das ist wunderbar.«

»Hm.« Er sah abwesend in den Raum. »Wunderbar, ja, aber irgendwo in meinem Heim muss es ein großes Loch geben, in das alles Geld hineinfällt, kaum dass wir es bekommen. Wie sagt man so schön? Wir leben von der Hand in den Mund.« Er tätschelte Irenas Arm, als er ihr betrübtes Gesicht sah. »Lassen Sie sich von einem alten Mann nicht den Abend verderben, Frau Sendler. Aber wissen Sie was? Ich möchte Ihnen etwas erzählen.« Er kniff kurz die Augen zusammen. »Wie alt sind Sie? Zu jung wahrscheinlich, um den Brauch noch zu kennen. In meiner Kindheit gab es dieses Ritual jedenfalls noch. Zur Weihnachtszeit kamen immer die Bauarbeiter in die reicheren Häuser hier in Warschau. Sie waren im Winter arbeitslos und führten gegen eine Spende kleine Marionettentheater auf. Alles ganz simpel: eine Holzkiste, ein paar Puppen und eine Straßenorgel. Ich erwartete sie jedes Jahr mit großer Sehnsucht, aber auch mit großer Furcht. Und wissen Sie, warum?« Irena schüttelte den Kopf, und Korczak fuhr fort: »Sehnsucht, weil es etwas Besonderes war. Furcht, weil am Ende immer ein alter Mann mit einem Säckchen herumging und die Münzen einsammelte. Ich durfte sie ihm geben, und jedes Jahr sah er mich betrübt an und sagte: ›So wenig, junger Herr, so wenig.‹ Jedes Mal war ich halb gekränkt, halb beschämt, und schließlich begann ich das ganze Jahr über von meinem eigenen Taschengeld etwas für den alten Mann beiseitezulegen, um ihm mehr ins Säckchen werfen zu können. Aber wie viele Münzen ich auch hineinwarf, es war nie genug. Und jetzt«, er lächelte Irena an, und in seinen Augen lag ein Hauch von Ironie, »jetzt bin ich selbst dieser alte Mann mit dem Säckchen.«

Irena nickte. Was sie ihm eigentlich sagen wollte, kam nicht gerade zum richtigen Zeitpunkt, doch den gab es vermutlich nie.

»Dr. Korczak, es gibt da ein kleines Mädchen, das Hilfe braucht.« Sie erzählte ihm von der morgendlichen Begegnung mit dem obdachlosen Vater, der über Nacht seine Frau und seinen kleinen Sohn in der Kälte verloren hatte.

Dr. Korczak seufzte. »Wird der Vater sich denn von seinem Kind trennen wollen?«

Irena wusste es nicht, doch sie nannte ihm die Straßenecke, an der die beiden zu finden waren.

»Ich werde Ihnen auch ein paar Puppen vorbeibringen«, versprach sie. »Professor Witwicki macht sie selbst.«

»Władysław Witwicki? Der Psychologieprofessor?« Korczak sah sich vorsichtig um, aber es war niemand in Hörweite. »Ich habe erfahren, dass er sich außerhalb des Ghettos versteckt. Und jetzt macht er also Puppen ...« Ein Lächeln flog über sein Gesicht. »Na gut, Frau Sendler, bringen Sie mir die Puppen ruhig. Meine Rasselbande wird sich freuen, auch wenn mir persönlich Kartoffeln lieber wären.« Er gab ihr die Hand. Dann ging er davon.

Kapitel 14

Irena blieb ihrem Wort treu. Trotzdem dauerte es eine Weile, bis sie genügend Puppen für Dr. Korczaks Kinder ins Ghetto geschmuggelt hatte, da sie ihrer Größe wegen immer nur eine mitnehmen konnte. Professor Witwicki war glücklich, mit den aus einfachem Sackstoff hergestellten Puppen helfen zu können. Er lebte versteckt in einem winzigen Zimmer auf der arischen Seite. Da er keine falschen Papiere hatte, konnte er nicht auf die Straße und war auf die Hilfe von Freunden angewiesen. Seine Lage war prekär, und Irena zerbrach sich den Kopf darüber, wie sie ihm die sogenannte Kennkarte beschaffen konnte, ohne die niemand auf der Straße angetroffen werden durfte. Doch dazu fehlten ihr die Kontakte. Professor Witwicki hatte lächelnd abgewinkt. »Ich komme schon zurecht«, hatte er versichert. »Und ich will nicht, dass Sie sich wegen eines alten Mannes in Lebensgefahr bringen.«

Aber Irena hatte nicht vor aufzugeben. Allein auf das Schmuggeln von Medikamenten und Essen ins Ghetto hatte von Anfang an die Deportation in ein Konzentrationslager gestanden. Und jetzt hatten die Deutschen den Einsatz noch einmal erhöht. An jeder Straßenecke hingen Bekanntmachungen, die die polnische Bevölkerung warnten: Wer einem Juden half, und sei es nur mit einer Scheibe Brot, wurde standrechtlich erschossen. Seitdem hatte die Solidarität der Warschauer mit ihren jüdischen Mitbürgern weiter nachgelassen. Die Menschen hatten Angst, und wer weiterhin half, tat es mit dem Mut der Verzweiflung. Irena reagierte mit Trotz. Wenn sie schon für das Schmuggeln einer Puppe oder eines Brotes ins Ghetto sterben konnte, warum dann nicht noch mehr versuchen und Größeres bewirken? Wenn ich dann geschnappt werde, dachte sie in einem Anflug von Zynismus, hat es sich wenigstens gelohnt.

Mittlerweile war Irena mehrmals täglich im Ghetto, und was sie erlebte, ließ ihren Atem stocken. Wer geglaubt hatte, im Ghetto vor den Übergriffen der Deutschen sicher zu sein, sah sich bitter getäuscht. Immer wieder sah man Soldaten, die vom Hunger geschwächte Menschen an den Straßenecken bis zur Ohnmacht Liegestütze machen ließen. Wahllose Erschießungen auf offener Straße machten jede Besorgung zur möglichen Todesfalle. Tausende starben jeden Monat an Fleckfieber, verhungerten, erfroren oder wurden auf dem Weg zur Bäckerei, zur Arbeit, getötet. Längst hatten die Menschen aufgehört, nach dem Sinn zu fragen. Sterben konnte man jeden Tag, auf jede erdenkliche Weise. Es reichte, auf den immer gleichen Straßen und Gassen, denen man nicht entkommen konnte, zur falschen Zeit am falschen Ort zu sein.

Dennoch versuchten die Menschen eine größtmögliche Disziplin aufrechtzuerhalten. Die Ärzte des Ghettos boten Schulungen an, die den Bewohnern die Wichtigkeit von Hygienemaßnahmen vermittelten. Wenn eine noch stärkere Verbreitung des Fleckfiebers verhindert werden sollte, dann ging es nur so.

Das bläute der engagierte Arzt Dr. Landauer auch den jungen Leuten aus Ewas Jugendkreis an einem bitterkalten Märzmorgen ein. Dick eingemummt saßen oder standen sie in einem Kellerraum, erleuchtet nur von einem fahlen Lichtkegel, der durch einen kleinen Schacht auf Straßenhöhe hereinfiel. Licht zu machen wäre gefährlich gewesen, denn jede Art von Unterricht im Ghetto war verboten.

»Die Krankheit nährt sich von den katastrophalen Bedingungen, unter denen wir hier leben«, fasste Dr. Landauer noch einmal zusammen. Die Jugendlichen hingen an seinen Lippen, als ob die baldige Öffnung des Ghettos allein von ihrer Konzentration abhinge. Landauer griff zu einer Zeitung, die vom polnischen Widerstand über geheime Kanäle ins Ghetto geschmuggelt wurde, und las: »Das ist der neueste Stand: Die Bevölkerungsdichte im Ghetto, die hygienischen und sanitären Zustände sind unmenschlich. In vielen Wohnungen leben bis zu zwanzig Menschen in einem Raum.« Er sah auf. Einige Schüler hatten die Köpfe gesenkt. Für niemanden war diese Information etwas Neues. »Ich denke, ihr wisst, was das bedeutet«, fuhr der Arzt fort. »Euer Leben und das eurer Familien hängt von dem ab, was ich euch heute beigebracht habe. Ihr seid selbst ...« Er brach ab, als draußen Schreie zu hören waren.

Stiefel knallten auf dem Pflaster, mehrere Schüsse hallten von den Hauswänden wider. Ein weiterer Aufschrei, ein Schlag. Die Stiefelschritte wurden schneller, dann langsamer – und sie kamen näher. »Hierher!«, schrie eine deutsche Stimme. »Da hinten sind noch welche.« Irena wusste, was sich draußen abspielte. Die SS hatte ihre tägliche Quote an Zwangsarbeitern für die umliegenden Arbeitslager nicht erfüllt und machte jetzt wahllos Jagd auf jeden Mann, den sie zufällig antraf.

Im Kellerraum hielten alle den Atem an. Einige Jugendliche hatten die Arme um jüngere Geschwister geschlungen. Dr. Landauers Gesicht war betont ausdruckslos, doch auch er stand stocksteif da. Die Schritte kamen zum Stillstand. Ein Schatten verdüsterte den Lichtkegel vor dem Schacht. Irena wagte nicht, sich zu rühren. Die Männer standen direkt vor ihrem Keller. Wenn sie sie bemerkten, dann… Sie dachte den Gedanken nicht zu Ende.

Plötzlich setzten sich die Stiefel wieder in Bewegung. Die Schritte verhallten auf dem Pflaster, in die Jugendlichen kam Bewegung. Ein junges Mädchen gab ein ersticktes Schluchzen von sich.

»Ruhe!«, herrschte Landauer sie an. »Ruhe und Disziplin. Gegenüber der Krankheit und gegenüber denen da draußen. Glaubt ihr, nur die sind Soldaten? Nein…«, er lächelte grimmig, »jeder Einzelne von euch ist ein Soldat in diesem Krieg. Und zwar direkt an der Front. Niemand hat euch gefragt, ob ihr das wollt. Aber so ist es nun mal. Ihr müsst jetzt stark sein. Nein, stärker. Wir alle müssen so viel stärker sein als die da draußen… Dann werden wir das hier vielleicht überleben.«

Irena, Dr. Landauer und die Jugendlichen hatten den Kellerraum nach dem Unterricht nur unter größter Vorsicht und einzeln verlassen. Niemand durfte merken, dass hier eine Versammlung stattgefunden hatte. Als Irena in Adams Wohnung ankam, um die Puppen für Dr. Korczak abzuholen, die sie dort hinterlegt hatte, war sie spät dran. Adam war nicht zu Hause. Seine Mutter reichte ihr den Rucksack. Irena hatte die Puppen vorsichtshalber unter Binden und Verbandsmaterial versteckt, aber sie hatte Glück. Niemand kontrollierte sie auf dem Weg zu Korczaks Waisenhaus.

Sie drückte die schwere Tür auf und trat in das düstere Treppenhaus. Die Mauern des baufälligen Hauses bröckelten, die Treppen waren ausgetreten, trotzdem war es jedes Mal aufs Neue schön hierherzukommen, denn die Kinder hatten die Wände mit bunten Farben bemalt. Menschen, Bäume und Tiere. Es waren warme Bilder voller Hoffnung und Lebensfreude, von der es im Ghetto so wenig gab und die Korczak seinen Schützlingen trotzdem jeden Tag aufs Neue zu schenken versuchte.

Als sie im ersten Stock ankam, war es so still, dass sie einen Augenblick stehen blieb. Angst stieg in ihr auf. Konnte etwas passiert sein? Da vernahm sie eine einzelne Kinderstimme. Sie sprach lange und ganz für sich allein. Dann endete die Rede, und es wurde eine weitere Stimme laut, die in heftigem Tonfall antwortete. Irena setzte ihren Weg fort. Als sie den Gang im ersten Stock erreichte, folgte sie der Stimme und öffnete leise eine Tür. Vor ihr lag ein großer Raum. Über hundert Kinder jeden Alters saßen im Kreis. Einige Köpfe wandten sich zu ihr um, doch offenbar war das Kind, das in der Mitte stand und sprach, interessanter.

Irena ging auf Dr. Korczak zu, der in der Nähe eines Fensters stand. Er lächelte, legte dabei jedoch einen Finger an den Mund. »Unser Kindergericht«, flüsterte er, als sie bei ihm war. »Das machen wir einmal in der Woche.«

Irena zog die Augenbrauen hoch, doch sie wagte nicht zu fragen, da das Mädchen in der Mitte aufgehört hatte zu sprechen. Fünf Kinder mit blauen Bauklötzen in der Hand traten vor. »Wir werden jetzt beraten«, sagte einer von ihnen. Sie steckten die Köpfe zusammen. Durch die Menge der anderen ging ein Flüstern und Raunen.

Korczak erklärte leise: »Wenn einem Kind hier im Haus von einem anderen Unrecht widerfährt, wird nicht geschrien, geschlagen oder gekratzt. Das Kind muss nur rufen: ›Ich verklage dich!‹, und seinen ›Fall‹ in eine Liste eintragen. Einmal in der Woche werden die Fälle dann vor allen Kindern angehört. Jede Woche sind fünf Kinder, gegen die kein Fall vorliegt, die Richter.« Er nickte in Richtung der Fünfergruppe: »Die mit den Bauklötzen.«

Irena war beeindruckt. Schneller als gedacht riefen die fünf kleinen Richter zur Ruhe auf.

»Maja hat dem Affen von Jana das Ohr abgerissen«, ergriff einer von ihnen das Wort. »Sie hat es zugegeben und sich dafür entschuldigt. Außerdem ist es das erste Mal, dass sie so etwas gemacht hat. Als Wiedergutmachung muss sie das Ohr selbst wieder annähen. Nehmt ihr an?«

Jana und Maja sahen sich einen Augenblick unsicher an, dann nickten sie.

»Gut, das war der letzte Fall für heute. Das Gericht zieht sich bis nächste Woche zurück«, beendete ein anderer kleiner Richter die Verhandlung.

Plötzlich redeten und lachten alle durcheinander.

»Das ist beeindruckend!« Irena musste lauter sprechen, um sich Gehör zu verschaffen, doch Korczak war schon ein paar Schritte nach vorne getreten und rief: »Es gibt im Bad bei den Toiletteneimern wieder mehr Fliegen als in den letzten Tagen.« Die Kinder verstummten. »Deshalb wird der Preis für den besten Toilettensitz auf fünfzehn Fliegen pro Tag erhöht.« Ein fröhliches Stöhnen machte die Runde, dann löste sich der Kreis endgültig auf.

Janusz Korczak kam zu Irena zurück und wollte etwas

sagen, doch in dem Moment kamen zwei Jungen angelaufen. »Herr Doktor, Herr Doktor«, rief der eine fast außer Atem. »Sie haben gesagt, dass wir den guten Toilettensitz nur dann bekommen, wenn wir fünfzehn Fliegen bezahlen können. Und ich habe heute noch gar keine gefangen. Aber ...« Er schnitt eine Grimasse. »Ich muss so dringend. Und ich möchte den Sitz so gern. Kann ich auch nachher bezahlen?«

»Ich habe heute schon achtzehn gefangen«, rief sein Freund ebenso atemlos. »Ich kann ihm drei abgeben. Als Anzahlung!« Beide Jungen strahlten erwartungsfroh.

»Genehmigt«, sagte Korczak lächelnd, und die Jungen rannten so schnell davon, wie sie gekommen waren.

Irena sah Korczak von unten her an. »Die Kinder fangen Fliegen als Bezahlung für den besten Toilettensitz?«

Korczak grinste. »Seit im Januar die Wasserleitungen eingefroren waren und wir Eimer benutzen mussten, werden wir die Fliegenplage nicht mehr los. Trotz der Kälte. Da muss man erfinderisch sein.«

Irena lachte herzhaft. Das war ganz »der alte Doktor«, den sie aus den Radiosendungen kannte. »Das Kindergericht war beeindruckend«, wiederholte sie.

Korczaks Grinsen verschwand. »Beeindruckend? Ich weiß nicht, ob es das ist. Aber zumindest vor dem Krieg habe ich mir ums Lesen- und Schreibenlernen immer die wenigsten Sorgen gemacht. Dafür war ja die Schule da. Mir geht es vor allem um die moralische Erziehung. Irgendwann werden aus Kindern Leute, und ich will, dass es gute Menschen werden, die ihre Probleme ohne Gewalt lösen können.«

»Solche Menschen werden wir brauchen ... wenn das alles hier vorbei ist.«

Mit einem Mal wirkte der sonst so tatkräftige Mann alt und müde. Er versuchte zu lächeln, aber es misslang. »Ja, Frau Sendler, die Zukunft. Manchmal erlaube ich mir, davon zu träumen. Warum nicht nach Palästina, sage ich mir dann. Da ist es warm. Gut für dein Rheuma. Ich stelle mir vor, wie ich in einem großen Raum auf einem flachen Dach lebe. Das ganze Dach ist meine Terrasse, und die Wände des Raumes sind aus Glas. Nirgends gibt es Mauern, die den Blick behindern. Nie mehr werde ich einen Sonnenauf- oder -untergang verpassen, und nachts sehe ich die Sterne.« Er seufzte. »Irgendwann, Frau Sendler, irgendwann.« Dann rieb er sich die Hände. »So, und jetzt zeigen Sie mir mal, was mein alter Freund Witwicki so treibt in seiner endlosen Freizeit.«

Kapitel 15

Die Sonne ging spät unter in diesen ersten Sommerwochen, doch jetzt dämmerte es. Adam Czerniaków saß an seinem Schreibtisch und setzte einen Brief auf. Zweimal in den letzten Stunden hatte seine Frau angerufen und gefragt, wann er zum Essen komme. Beide Male hatte er seine Sekretärin vorgeschickt und sie vertrösten lassen. Er konnte jetzt nicht weg. Nicht, bevor er diesen Brief geschrieben hatte. Es ging um die schlecht funktionierende Müllbeseitigung im Ghetto. Mehrere Versionen hatte er bereits verworfen. Mal waren seine Worte zu harsch gewesen, mal zu flehend. Er fand einfach nicht den richtigen Ton.

»Lassen Sie mich durch! Weg da, lassen Sie mich!«

Aus dem Gang war eine hysterische Frauenstimme zu hören.

»Sie können doch nicht einfach… Aua, was fällt Ihnen ein? Sind Sie verrückt?« Die zweite Stimme gehörte Czerniaków's Sekretärin Frau Tyszka, die das Büro nie vor ihrem Chef verließ.

»Natürlich bin ich wahnsinnig. Und aus gutem Grund!«

Heftige Schritte näherten sich. Dann wurde Czerniakóws Bürotür aufgerissen, und eine Frau stürzte herein. Sie hielt den Arm eines jungen Mannes umklammert, der neben ihr in den Raum stolperte. Sein schwitzendes Gesicht war eingefallen, der

Kopf geschoren, sein Körper ausgemergelt. In seinen Augen lag ein fiebriger Glanz. Hinter den beiden tauchte das Gesicht von Czerniakóws Sekretärin auf.

»Ich habe versucht, sie aufzuhalten, aber diese verrückte Person hat mich gekratzt«, rief Frau Tyszka empört und zeigte einen roten Striemen auf ihrem Arm.

Czerniaków stand auf, ging zu ihr und sagte mit beruhigender Stimme: »Ich komme gleich zu Ihnen, Frau Tyszka. Oder noch besser: Machen Sie für heute Feierabend. Es ist schon spät, und ich gehe auch gleich nach Hause.«

»Und der Brief, den ich noch für Sie tippen sollte?«

»Das machen Sie morgen.« Einen Augenblick sah ihn Frau Tyszka zweifelnd an, dann nickte sie und ging.

Czerniaków kehrte in sein Büro zurück. Der junge Mann war auf einem Stuhl zusammengesunken. Ein rasselnder Husten drang aus seinem aufgerissenen Mund. Er krümmte sich, würgte, spuckte Schleim in die hohle Hand.

Hilflos sah Czerniaków die Frau an, der graue Haarsträhnen ins Gesicht hingen. Auf ihren Wangen hatten sich rote Flecken gebildet. »Wie kann ich Ihnen helfen?«, fragte er.

»Sie können mir helfen, indem Sie sich schämen.« Ihre Stimme war jetzt ruhiger, doch sie klang bitter, geradezu hasserfüllt. »Sehen Sie sich meinen Jungen an, und schämen Sie sich, Herr Vorsitzender des Judenrates. Vor ein paar Monaten haben die Deutschen Männer für die Arbeitslager gesucht und ihnen sogar Entlohnung versprochen. Sie, Herr Vorsitzender, haben selbst dazu aufgerufen, sich freiwillig zu melden. Sie haben die Rekrutierung organisiert und alles getan, um die Quoten der Deutschen zu erfüllen. Und jetzt sehen Sie sich meinen Jungen an. Auf wie alt schätzen Sie ihn. Fünfund-

vierzig? Fünfzig? Ich sage Ihnen was. Leo ist siebenundzwanzig. Er hat eine Frau und zwei kleine Töchter, mein Mann lebt nicht mehr. Leo hat sich freiwillig gemeldet, weil er seine Arbeit außerhalb des Ghettos verloren hatte. Er glaubte, im Lager für uns den Lebensunterhalt verdienen zu können.« Einen Augenblick starrte die Frau Czerniaków wütend an. Der starrte wie versteinert zurück.

»Ja«, sprach sie weiter. »Sehen Sie ihn sich genau an. 3,20 Złoty haben sie bekommen am Tag, und davon wurde ihnen noch das Essen abgezogen. Aber das ist nicht das Schlimmste. Morgens um fünf haben sie ihn geweckt, ihn und die anderen, mit Stockhieben und Tritten. Kilometerweit mussten sie zur Arbeit laufen. Flussbereinigung. Den ganzen Tag stand er mitten im Winter bis zur Hüfte im Wasser. Zu essen nur wässrige Suppe und eine Scheibe Brot. Monatelang hat er in der eiskalten Baracke in seinen nassen Kleidern schlafen müssen. Um ihn herum sind die Männer gestorben, eingegangen wie die Fliegen. Er hat es geschafft. Er ist zurückgekommen, aber das da«, sie zeigte auf den Mann mit den in sich gekehrten, glänzenden Augen, »das ist nicht mehr mein Junge. Meinen Leo gibt es nicht mehr. Selbst wenn er überlebt, er wird nie mehr für mich und seine kleine Familie sorgen. Sie haben mir mein Kind als Wrack vor die Füße geworfen, und ich muss ihnen noch dafür dankbar sein, dass er überhaupt zurückgekehrt ist.«

Czerniaków holte Luft, um etwas zu sagen, doch sie fuhr ihm dazwischen.

»Seien Sie still! Ich will nichts von Ihnen hören. Kein Wort. Ich will nur, dass Sie genau hingucken. Das ist Ihr Werk. Sie sind nichts als ein hässlicher Helfershelfer des Teufels.« Sie zog ihren Sohn vom Stuhl hoch. »Sehen Sie ihn sich genau an, und

schämen Sie sich.« Sie spuckte vor Czerniaków aus, während sie an ihm vorbei auf die Tür zuging, ihren Sohn im Schlepptau.

Czerniaków trat erschrocken zurück. Ein plötzlicher Schwindel überkam ihn, und er griff nach der Tischkante. So fest, dass seine Knöchel weiß wurden.

Kapitel 16

Die Menschen im Ghetto hatten ihre Hoffnung auf den Sommer gesetzt, aber sie waren enttäuscht worden. Zwar lagen morgens keine erfrorenen Bettler mehr auf den Straßen, dafür hatten die Hygienemaßnahmen den vollen Ausbruch der Fleckfieberepidemie nicht verhindern können. Hunderte starben jeden Tag. Männer und Frauen, Alte, Kinder. An Alas Krankenhaus hing ein Schild an der Tür: *Keine Betten frei.* Die anderen beiden Hospitäler im Ghetto hatten ihre Tore geschlossen.

»Es ist unmenschlich«, hatte Ala gesagt. »Aber was sollen wir tun? Die Menschen liegen schon auf den Fußböden in den Gängen. Wir haben keinen Platz, um auch nur einen weiteren Patienten aufzunehmen, geschweige denn Medikamente, um ihnen zu helfen.«

Irena wusste, was ihre Freundin als Oberkrankenschwester jeden Tag durchmachte. Sie wollte helfen – wirklich helfen. Das war ihre Aufgabe, ihre Berufung, ihre Natur. Stattdessen konnte sie den Kranken bestenfalls ein Bett mit schmutzigen Laken, etwas Wasser und Brot bieten.

»Und trotzdem würde ich gerne alle aufnehmen«, klagte sie Irena ihr Leid. »Denn selbst wenn wir sie nicht mehr behandeln können, wenn wir sie nicht mehr sauber anziehen und ausreichend ernähren können, sind viele einfach dankbar, in den letzten Stunden ihres Lebens wenigstens ein Dach über dem Kopf zu haben und nicht alleine zu sein.«

Daran dachte Irena, als sie an einem Mittag im späten Juni die staubige Leszno-Straße entlanglief. Ihr Gesicht war gerötet, und sie schwitzte. Die hohen, ausladenden Bäume, die in der übrigen Stadt vielen Straßen Schatten spendeten, suchte man im Ghetto vergebens. Es gab kein Grün, nicht einen einzigen Park. Irena hatte Geld und Medikamente zu den ärmsten ihrer Klienten gebracht und war nun auf dem Weg zu Adam, als sie in einiger Entfernung einen hageren Mann sah. Nur seine zerschundenen Kleider, die ihm mehrere Nummern zu groß waren, zeugten davon, dass er vor langer Zeit einmal drei Mahlzeiten pro Tag gegessen hatte. Doch das war nicht der Grund, warum er Irena auffiel. Ausgemergelte, abgerissene Menschen waren auf den Straßen des Ghettos ein gewohnter Anblick.

Der Mann stolperte den Gehsteig entlang. Vor sich auf den Armen trug er einen Jungen, den Irena auf dreizehn oder vierzehn schätzte. Kopf, Arme und Beine hingen kraftlos herunter, das Gesicht glühte, und er hielt die Augen geschlossen. Jetzt hatte sein Vater den Eingang des Krankenhauses erreicht. Zögernd stand er da, unschlüssig, ob er trotz des abweisenden Schildes an der Tür eintreten sollte. Sein Blick ging nach allen Seiten, als könnte von irgendwoher Hilfe oder wenigstens ein Rat kommen. Dann bückte er sich und legte den Jungen vorsichtig auf dem Gehsteig ab. Behutsam drehte er seinen Kopf und seine Glieder in eine Position, die ihm für sein Kind am bequemsten erschien, dann stand er auf.

Als hätte der Junge seine Bewegung wahrgenommen, begann er überraschend, laute Klagelaute von sich zu geben und sich zu drehen und zu wälzen. Sein Vater trat einen Schritt zurück und schlug die Hände vors Gesicht. Die Tür zum Krankenhaus öffnete sich, und eine junge, abgehetzt wirkende Krankenschwester eilte die Stufen herunter.

»Haben Sie das Schild nicht gesehen?«, rief sie. »Sie können den Jungen doch nicht einfach auf die Straße ...« Sie brach ab, als der Mann heftig zu schluchzen begann. Sein ganzer Körper bebte.

»Tarek«, brach es aus ihm hervor. »Tarek.«

Die Krankenschwester stand unschlüssig da, wem sie sich zuerst zuwenden sollte, dann beugte sie sich zu dem Jungen hinab, der aufgehört hatte, sich zu bewegen, und nur noch schwache Laute von sich gab. Jetzt verstummten auch die. Die Frau legte einen Finger an seinen Hals, senkte den Kopf und verharrte einen Augenblick bewegungslos. Dann schloss sie die Augen des Jungen.

Was danach geschah, sah Irena nicht mehr. Im Laufschritt eilte sie die Straße entlang, Tränen hilfloser Wut in den Augen. Erst als sie vor Adams Hofeingang stand, zwang sie sich zur Ruhe. Von drinnen kamen die Stimmen Adams, seiner Mutter und seiner Tante Dora. Offenbar waren sie im Hof. Irena trat ein. Tatsächlich arbeiteten alle drei in dem kleinen Gemüsebeet, das von den Hausbewohnern im Hof angelegt worden war, nachdem sie einen Teil des Steinpflasters aufgebrochen hatten. Das offiziell ins Ghetto eingeführte Gemüse bestand aus wenig mehr als verschrumpelten Karotten, Steckrüben und verfaulten Kartoffeln, die die Deutschen nicht mehr haben wollten.

Irena begrüßte Adams Mutter und seine Tante, die zwar mit ihrem Mann Jakub in einer eigenen Wohnung lebte, aber dennoch ständig bei ihrer Schwester zu Besuch war. Dann schenkte sie Adam ein Lächeln und packte mit an. Sie jäteten Unkraut und gossen. Die beiden Frauen sprachen über das, was seit ein paar Tagen alle bewegte: Am 22. Juni 1941 hatten die Deutschen den Nichtangriffspakt mit der Sowjetunion gebrochen und ihren ehemaligen Verbündeten angegriffen.

»Die arische Rasse braucht mehr Lebensraum«, zitierte Adams Mutter bitter, was die Zeitungen in diesen Tagen verkündeten.

Tante Dora richtete den Oberkörper auf. Ihre Hände waren voller Erde. »Ich weiß gar nicht, was du hast? Sollen sie doch Richtung Moskau ziehen. Glaubst du wirklich, die Russen lassen sie machen, was sie wollen? So ein Riesenland – das schafft Hitler mein Lebtag nicht. Die Russen mögen schlechter ausgerüstet sein, aber die Deutschen haben nicht genügend Männer. Für einen toten Russen werden fünf neue nachrücken. Wenn du mich fragst, ist es das Beste, was uns passieren konnte. Hör auf meine Worte. Mit Russland haben die Deutschen sich selbst ins Knie geschossen. Endlich hat Hitler einen Fehler gemacht. Russland wird sie in die Knie zwingen, und wir werden wieder frei sein.«

»Vielleicht hast du recht«, entgegnete Adams Mutter. »Die Frage ist nur, ob es uns noch gibt, wenn dieser Tag kommt.«

Tante Dora schwieg, und auch sonst sagte keiner ein Wort, aber alle dachten an dasselbe. Am Morgen hatte eine unglaubliche Neuigkeit die Stadt erreicht. Noch wusste keiner mit Sicherheit, ob es stimmte, und viele wollten es schlichtweg nicht glauben, doch Irena und Adam machten sich keine Illusionen. Offenbar hatten die Deutschen in der Stadt Białystok über tausend Juden in die örtliche Synagoge getrieben und diese in Brand gesteckt. Kaum jemand hatte überlebt.

»Szymon ist in den jüdischen Ordnungsdienst aufgenommen worden«, sagte Dora in die Stille hinein und versuchte ihrer Stimme einen beiläufigen Klang zu geben. Es war offensichtlich, dass sie von dem Unaussprechlichen ablenken wollte. Da kam der Sohn der Nachbarn gerade recht. Vor allem, weil sie wusste, was ihre Schwester von dem jüdischen Ordnungsdienst hielt.

»Pah!«, sagte die verächtlich. Nur zu gern ließ sie sich von den düsteren Gedanken ablenken. »Das passt zu den Horowitzens. Wer weiß, wie viel sie lockergemacht haben, damit er die Stelle bekommt. Die interessiert doch gar nicht, dass er sich dabei die Finger schmutzig macht. Ich verstehe nicht, wie jüdische Männer hier im Ghetto ihre eigenen Leute drangsalieren und sich zu Helfershelfern der Deutschen machen können.«

Irena und Adam tauschten Blicke. Sie wussten, was jetzt kommen würde, denn sie hatten die Diskussion zwischen den beiden schon dutzendfach mit angehört und sie selber unzählige Male geführt. Es gab kaum jemanden im Ghetto, der die jungen Männer des Ordnungsdienstes nicht hasste und gleichzeitig beneidete.

Tatsächlich reagierte Dora ganz wie erwartet. »Du bist zu streng«, mahnte sie. »Wenn du im jüdischen Ordnungsdienst bist, bekommt deine Familie größere Rationen und ist vor Zwangsarbeit geschützt. Kannst du es irgendjemandem verdenken, wenn er das für die Seinen versucht?«

»Soll der Zweck jetzt alle Mittel heiligen?«, brauste Adams

Mutter auf. »Außerdem rechtfertigt das nicht den brutalen Eifer, mit dem viele von ihnen sich vor den Deutschen zu beweisen versuchen.«

Die Diskussion dauerte noch eine ganze Weile an. Als sie die Gartenwerkzeuge weglegten, lag der Hof bereits in tiefem Schatten. Adams Mutter und Tante gingen hinein. Auch Irena musste nach Hause.

»Meiner Mutter ging es heute Morgen nicht so gut. Du weißt ja, das Herz.«

Adam nickte. »Ich begleite dich noch ein Stück.«

»Ich weiß nicht, Adam. Um diese Uhrzeit füllen die Deutschen ihre Quoten für die Arbeitslager auf...« Weiter kam sie nicht.

»Ich lasse mich von denen nicht davon abhalten, dich zu begleiten«, sagte er heftig.

Sie seufzte demonstrativ, doch insgeheim freute sie sich. Schweigend schlenderten sie die Sienna-Straße hinunter. Gerne hätte Irena ihr Herz erleichtert und Adam von dem Mann mit seinem toten Sohn vor Alas Krankenhaus erzählt, doch etwas hielt sie davon ab. Diese Minuten mit Adam allein, ohne seine Familie, ohne ihre Freunde, waren ihr kostbar. Da wollte sie nicht nur von all dem Schrecklichen erzählen, das sie tagtäglich erleben mussten. Auch von Mietek sagte sie nichts. Die Bronchitis, die er im Frühjahr gehabt hatte und die Irena große Sorgen bereitet hatte, war zum Glück überwunden. Irena wünschte sich sehr, Mietek bald wiederzusehen. Dennoch war ihr in den letzten Monaten klar geworden, dass ihre Ehe endgültig vorbei war, denn ihr Herz gehörte einem anderen.

Irena blinzelte in die tief stehende Sonne. Der Gehsteig lag im Schatten. Noch war es warm, aber nicht mehr heiß. Die

Sienna-Straße war breit und von schönen Häusern gesäumt, Frauen und Männer in sauberer Kleidung gingen vorbei. Aus einer Bäckerei drang der Duft von Weißbrot nach draußen. Weißbrot, das nur die Reichen in dieser Gegend sich leisten konnten, während im restlichen Ghetto Menschen verhungerten. Und doch gab Irena sich in diesen Minuten der Illusion einer Normalität hin. Ihr kurzer Spaziergang kam einem Sommerausflug so nah, wie es in diesen Zeiten überhaupt möglich war.

Schweigend liefen sie nebeneinanderher, Adams Arm streifte ihren bei jedem Schritt, Worte hätten nur gestört. Da schreckten schnelle Schritte sie auf, die immer näher kamen. Irena sah Adam an, doch sie reagierten zu spät. Vor ihnen bog ein Mann um die Hausecke und riss sie beinahe um. Sowohl er als auch Adam hätten um ein Haar das Gleichgewicht verloren. Der junge Mann musste einen Grund für seine Eile haben, denn er hetzte ohne Entschuldigung weiter. Wieder ertönten Schritte, diesmal von schweren Stiefeln. Das rot verschwitzte Gesicht eines jüdischen Polizisten tauchte auf. Er rannte an ihnen vorbei dem jungen Mann hinterher.

Ein ungutes Gefühl beschlich Irena. »Komm, lass uns gehen.« Instinktiv nahm sie Adams Hand und zog ihn mit sich fort. Sie gingen so schnell sie konnten, ohne zu rennen. Irenas Sinne waren überscharf. Plötzlich fiel ihr auf, dass die Schritte des Polizisten verstummt waren. Sie blieb stehen.

»Was ist?«, fragte Adam.

Erneut waren die Stiefelschritte zu hören, doch diesmal entfernten sie sich nicht. Sie kamen näher.

»Renn, Adam!«, stieß sie hervor, doch sie kamen nicht weit. Vor ihnen tauchte ein weiterer Polizist auf, während hinter ihnen die Stimme des ersten ertönte. »Nimm den da! Der andere ist weg.«

Irena und Adam sahen sich panisch um. Nirgends ein Hofeingang oder ein Geschäft. Adam wollte auf die Straße ausweichen, da war der eine Polizist schon bei ihm und drehte ihm den Arm nach hinten. Adam schrie auf vor Schmerz und Wut. Er versuchte sich aus dem Griff zu befreien. Auch Irena mühte sich, seine Finger von Adams Arm zu lösen, da hatte sie der zweite Uniformierte erreicht.

»Renn!«, schrie Adam. »Bring dich in Sicherheit!«

Die beiden Ordnungspolizisten schleppten ihn mit sich. Irena rannte hinterher. Da! Eine Bewegung aus den Augenwinkeln. Die Tür eines Geschäfts ging auf. Ehe Irena sichs versah, hatte jemand sie an der Schulter gepackt und in eine Schneiderwerkstatt gezogen. Die Tür fiel hinter ihr zu.

»Nein!«, brüllte Irena. »Nein! Lassen Sie mich!«

Ein Mann hielt sie fest. Hinter dem Tresen sah sie eine grauhaarige Frau in Kittelschürze. Sie stand sehr aufrecht und blickte sie fest an.

»Ich muss raus«, flehte Irena. »Ich muss meinem Freund helfen.«

»Da ist nichts mehr zu machen, Kindchen. Jetzt kannst du nur noch dir selber helfen, bevor sie dich ins Pawiak-Gefängnis stecken«, sagte die Frau.

Irena dachte nach. »Haben Sie einen Hinterausgang? Lassen Sie mich gehen, wenn ich verspreche, auf Seitenstraßen nach Hause zu laufen?«

Einen Augenblick sah die alte Frau sie zweifelnd an. Dann machte sie eine Kopfbewegung Richtung Hinterzimmer. »Lass sie los, Yaron.«

Der Griff um ihren Arm löste sich.

»Danke«, rief Irena noch, bevor sie ins Hinterzimmer verschwand. Tatsächlich. Von dort aus gelangte man durch eine Tür in den Hinterhof. Sie rannte, aber nicht in die Richtung, in die Adam verschwunden war. Ihn durch Flehen und Bitten freizubekommen war unmöglich, und falls er die Flucht versuchte, würden sie ihn erschießen. Es gab nur eine Möglichkeit.

Völlig außer Atem kam sie am Haus ihrer Freundin Rachela Rosenthal an. Rachela hatte polnische Literaturwissenschaft studiert und war vor dem Krieg Lehrerin gewesen. Jetzt, im Ghetto, hatte sie sich einer Gruppe von Lehrern angeschlossen, die die Kinder heimlich weiterunterrichteten. Doch wenn Rachela ihr helfen konnte, dann nicht mit ihrem guten Herzen oder ihrer eigenen Tatkraft, sondern weil sie einen Verehrer im jüdischen Ordnungsdienst hatte. Natürlich war dessen Lage aussichtslos. Rachela war glücklich verheiratet und hatte eine kleine Tochter. Doch Irena wusste, dass der junge Mann ihr weiterhin schöne Augen machte, und genau das musste sie nutzen. Es mochte falsch sein, aber darauf konnte sie keine Rücksicht nehmen.

Sie hatte Glück. Rachela war zu Hause. Schnell erklärte sie, was passiert war.

»Könntest du Tadek um Hilfe bitten? Vielleicht kann er etwas tun, bitte, Rachela, ich weiß nicht, was ich sonst machen soll.«

Rachela nickte grimmig. »Hast du irgendetwas von Wert dabei? Egal was?«

Zuerst sah Irena sie verständnislos an, dann fiel der Groschen. Es war gut möglich, dass Tadek einem Kollegen am

Sammelplatz ein »Lösegeld« anbieten musste. Sie dachte fieberhaft nach.

»Nur diese kleine Armbanduhr«, sagte sie schließlich. Sie war den Tränen nah.

Rachela nahm die Uhr und schüttelte leicht den Kopf. »Ich nehme an, Adams Familie hätte mehr, aber die Zeit haben wir nicht. Warte hier.« Sie verließ das Zimmer und kam mit einer kleinen Tasche zurück.

»Rachela, was …?«

Rachela unterbrach sie. »Ich muss zu Tadek. Du gehst zu Adam nach Hause. Wenn Tadek einwilligt und es schafft, kannst du Adam dort in Empfang nehmen. Ansonsten …« Sie zögerte. »Ansonsten sage ich dir Bescheid.«

Ohne ein weiteres Wort verließ sie die Wohnung. Irena ging wie betäubt durch Nebenstraßen zu Adams Haus zurück. Sie versuchte jeden Gedanken im Keim zu ersticken. An Adams Wohnungstür wollte sie schon den Finger auf die Klingel drücken, doch sie ließ die Hand wieder sinken. Drinnen hörte sie die Stimmen von Adams Mutter und Tante. Musste sie die beiden Frauen in Verzweiflung stürzen, solange noch Hoffnung bestand?

Irena setzte sich ein Stockwerk tiefer auf eine Treppenstufe. Trotz der Sommerwärme vor den kleinen Fenstern war es hier beinahe kühl. Ihre Nerven waren zum Zerreißen gespannt.

Sie musste all ihre Kraft und Disziplin zusammennehmen, um nicht laut zu weinen. Wie viel Zeit war vergangen, seit Rachela losgezogen war? Sie hatte keine Uhr mehr. War es eine halbe Stunde? Eine ganze? Zwei?

Endlich war von draußen ein Geräusch zu hören. Erneut überkam sie Panik, als im Erdgeschoss die Tür aufgeschoben wurde. Jemand schleppte sich langsam die Treppen herauf. Konnte das Rachela sein? Sie hätte aufspringen, den Schritten entgegenrennen können, doch sie hatte Angst vor dem, was ihr bevorstand.

»Adam!«

Er bog von unten auf den Treppenabsatz. Als er sie sah, blieb er stehen. Er war weiß wie eine Wand, die dunklen Augen ungewöhnlich groß. Irena stand auf. Im selben Moment war Adam bei ihr. Sie umklammerten sich, als wollten sie sich nie wieder loslassen. Erst leise, dann immer hemmungsloser, begann Adam zu schluchzen. Irena hielt ihn fest. Schließlich wurde er ruhiger. Sie sahen sich an. Zärtlich strich Irena ihm die Tränen von den Wangen. Adams Lippen kamen näher. Kaum spürbar berührten sie ihren Mund. Einen Augenblick verharrten sie so, dann küssten sie sich.

Kapitel 17

Das Büro befand sich am Ende des Flurs. Warmes Nachmittagslicht fiel durch die hohen Fenster und malte lange Rechtecke auf das Parkett. Nur gedämpft drang der Verkehr der belebten Berliner Straße nach oben. Vor der Tür blieb SS-Obergruppenführer Reinhard Heydrich stehen, zog die schwarze Uniformjacke glatt und nahm die Mütze ab. Sein Blick streifte das Namensschild an der Tür: Hermann Göring, Reichsmarschall.

Er klopfte. Prompt ertönte ein markiges »Herein!«, und er trat ein. Göring kam gleich auf ihn zu.

»Heil Hitler!«

»Heil Hitler!« Heydrich salutierte.

»Sie können gehen«, rief Göring seiner Sekretärin zu.

Die sah erstaunt auf. »Soll ich denn nicht …?«

»Ein kleines Gespräch unter Freunden, Frau Schmitz. Sie können nachher weitermachen.« Wortlos stand die Sekretärin auf und verließ den Raum.

Göring bot Heydrich einen Platz an und schenkte ihm ein Glas Cognac ein. »Schön, Sie zu sehen, Obergruppenführer«, sagte er.

Heydrich nahm sein Glas. Er war gespannt, was der Reichs-

marschall ihm zu sagen hatte. Der ließ ihn nicht lange warten. »Ich habe Sie kommen lassen, lieber Heydrich, weil es mal wieder um das leidigste Problem von allen geht: die Judenfrage. Die Nürnberger Gesetze haben uns einen ersten Schritt vorangebracht. Wir haben die Juden aus unserer Gesellschaft, unserer Kultur, aus unserer Wirtschaft verdrängt. Aber losgeworden sind wir sie nicht. Sie sind immer noch da, hier in unseren deutschen Städten, unter uns, jeden Tag.«

»Sie denken an die Errichtung von Ghettos wie in Polen?«, warf Heydrich ein.

Göring lächelte. »Ghettos? O nein, das wäre keine Lösung. Ist es, wie ich höre, auch im Osten nicht. Die haben da ein echtes Lagerproblem. Millionen von Juden, überfüllte Ghettos und diese Krankheiten. Was uns das alles an Zeit, Personal und finanziellem Aufwand kostet.«

»Natürlich könnte man auch im Osten neue Ghettos bauen und sämtliche deutsche Juden dorthin …«

Göring hob abwehrend die Hand, und Heydrich schwieg. »Der Führer ist davon überzeugt, dass unsere bisherige sogenannte Auswanderungspolitik nicht funktioniert. Wer will die Juden haben? Wer soll sie aufnehmen? Die Amerikaner?«

»Die werden sich bedanken.«

»Eben, Heydrich, eben. Niemand will die Juden haben. Nicht mal die Polen, die haben selbst genug davon. Wie viele sind es da drüben?«

»Zweieinhalb, drei Millionen?«

Göring wedelte mit der Hand, als müsste er sich bei dieser Zahl Luft zufächeln.

»Drei Millionen. Und wenn wir demnächst den Krieg gegen die Russen gewinnen, kommen noch mal fünf Millionen dazu.

Und für die alle sollen wir neue Ghettos bauen?« Er schnaubte. »Ghettos, Heydrich, ziehen das Problem nur in die Länge, statt es zu lösen, verstehen Sie, was ich meine?«

Heydrich schwieg einen Augenblick. Dann sagte er: »Ich glaube, ich habe Sie verstanden.«

»Wunderbar.« Göring schlug sich mit beiden Händen auf die Knie. »Ich möchte nämlich, dass Sie sich der Sache annehmen. Ich erteile Ihnen hiermit offiziell den Auftrag, alle organisatorischen, materiellen und sachlichen Vorbereitungen für eine endgültige Gesamtlösung der Judenfrage zu treffen. Und wenn ich ›gesamt‹ sage, dann meine ich ›gesamt‹. Reinigen wir endlich unseren europäischen Lebensraum.«

»Sie übertragen mir die alleinige Verantwortung?« Heydrich konnte seine Überraschung nicht verbergen.

»Sagen wir, die Federführung und oberste Verantwortung«, erwiderte Göring. »Aber natürlich müssen wir Vertreter aller an der Judenfrage beteiligten Instanzen einbeziehen, sie pro forma anhören, wenn Sie verstehen, was ich meine. Ich schlage vor, Sie berufen eine Konferenz ein.«

»In der Tat. Es wäre gut, wenn wir in dieser Frage alle an einem Strang ziehen würden. Allerdings fallen mir auf Anhieb ein paar ein, die bei einer radikal-pragmatischen Lösung möglicherweise moralische Magenschmerzen bekommen werden.«

»O ja, ich weiß, wen Sie meinen.« Göring lachte. »Und genau da ist rhetorisches Fingerspitzengefühl gefragt. Eine sachlich-neutrale Ausdrucksweise. Vermeiden Sie Ausdrücke wie töten, umbringen, hinrichten oder andere unschöne Wörter. Konzentrieren Sie sich auf das Pragmatische. Was meinen Sie, wie sollten wir das Ganze nennen?«

Heydrich überlegte. »Warum behalten wir nicht den Begriff

bei, den wir vorher schon verwendet haben, als wir noch glaubten, die Juden loswerden zu können, indem wir sie aus Deutschland evakuieren?«

Göring verstand nicht sofort.

»Evakuierung«, präzisierte Heydrich. »Nur dass wir sie diesmal nicht in andere Länder verfrachten, sondern sie eben vollständig…« Er lächelte.

Göring lachte laut. »Hervorragend. So machen wir es.«

»Bleibt die Frage nach dem Wie.«

Göring winkte ab. »Das Problem wurde technisch bereits gelöst. Diesen Sommer haben wir zwanzig sogenannte Gaswagen gebaut. Deren Auspuffgase werden direkt in den Transportraum geleitet. Platz für mehrere Dutzend Juden. Ein paar davon wollen wir demnächst in Polen einsetzen, im Lager Chełmno. Unsere Techniker arbeiten aber auch an effektiveren Lösungen. Ich denke, dass wir schon bald Gaskammern verwenden können, dann brauchen wir die Laster nicht mehr. Das wird effizienter und auch wesentlich kostengünstiger. Und glauben Sie mir: Es funktioniert.«

»Sie lassen mir alle nötigen Informationen zukommen?«, fragte Heydrich.

»Aber natürlich. Sie sind ab jetzt mein direkter Ansprechpartner. Allerdings sollten Sie auch einen Stellvertreter wählen. Fällt Ihnen da jemand ein?«

Heydrich musste nicht lange überlegen. »Adolf Eichmann aus dem Reichssicherheitshauptamt. Zuständig für Räumungsangelegenheiten und jüdische Auswanderung.«

»Aber natürlich!« Göring schnalzte mit dem Finger. »Eine hervorragende Wahl. Und zu Ihrer Konferenz sollten Sie auf jeden Fall unseren Freund Bühler einladen. Den Stellvertre-

ter des Gouverneurs des polnischen Generalgouvernements. Außerdem Stuckart, der an den Nürnberger Gesetzen mitgearbeitet hat. Vielleicht auch Müller, den Chef der Gestapo, und Rudolf Lange, Kommandeur der Sicherheitspolizei in Lettland. Ein sehr fähiger Mann.«

»Um Kritzinger aus der Reichskanzlei werden wir wohl auch nicht herumkommen.« Heydrich zog zweifelnd die Augenbrauen hoch.

Göring lehnte sich schwer im Sessel zurück und nippte an seinem Cognac. »Nein, leider nicht. Aber wir brauchen Kritzingers Zustimmung – wenigstens formell. Na ja, Sie kriegen das schon hin. Da verlasse ich mich ganz auf Sie.«

Heydrich nickte bedächtig, und Göring hob sein Glas. »Auf die Endlösung, Heydrich!«

»Auf die Evakuierung!«

Kapitel 18

»Herein!«

Die Tür öffnete sich einen Spalt, und ein junger, blasser Mann im schwarzen Priestergewand steckte vorsichtig den Kopf durch die Tür. Er hatte dünnes blondes Haar und trug eine Brille mit Drahtgestell.

»Ja, bitte?«, fragte Irka freundlich.

Der Mann wirkte verlegen. »Eigentlich wollte ich zu Frau Sendler. Ist sie nicht im Haus?«

Irka sah auf die Uhr. »Sie macht Hausbesuche. Das wird wohl noch zwei, drei Stunden dauern. Sie können aber gerne mit mir sprechen. Ich arbeite eng mit Frau Sendler zusammen.«

Der junge Mann zögerte, dann öffnete er die Tür ein wenig weiter.

Irka kam hinter ihrem Schreibtisch hervor und streckte ihm die Hand entgegen. »Irka Schultz. Wie kann ich Ihnen helfen?«

Der junge Priester trat ein und nahm Irkas Hand, doch er wirkte noch immer unschlüssig. Schließlich setzte er sich auf den angebotenen Stuhl.

»Ich bin Pater Wiktor«, fing er an. »Ich bin hier, weil wir

in unserem Gemeindehaus drei Flüchtlinge aufgenommen haben. Sie haben alles verloren und stehen mit leeren Händen da.«

Er erklärte die Lage, und Irka versprach, sich der Sache anzunehmen. Doch mit einem Mal hatte es der junge Priester gar nicht mehr eilig. Stattdessen sprach er über die Suppenküche seiner Gemeinde und die Not der Obdachlosen.

»Aber ich sollte nicht klagen«, meinte er schließlich. »Meine Kirche steht wenigstens noch, und wir können uns nützlich machen.« Irka nickte, wusste aber nicht, was sie erwidern sollte. Der Priester schien keine Antwort zu erwarten. »Einem befreundeten Priester in Lwów ist die ganze Kirche abgebrannt.«

»Das ist ja schrecklich!«, rief Irka.

»Ja, schrecklich.« Er nickte. Seine Finger wanden sich ineinander. Dann fügte er hinzu: »Zusammen mit allen Dokumenten. Nur ein paar leere Geburtsurkunden sind noch übrig.«

Eine Pause entstand. Irka wartete darauf, dass er weitersprach, doch der Pater schwieg. Mit einem Mal traf es Irka wie ein Schlag. Leere Geburtsurkunden waren Dokumente, mit denen man neue Identitäten schaffen konnte, und mit einer solchen neuen Identität konnte man bei den Deutschen offizielle Kennkarten beantragen, ein neuer Mensch werden, einer, der sicher war. Die Gedanken jagten durch Irkas Kopf. Hatte der junge Priester die leeren Urkunden tatsächlich aus diesem Grund erwähnt? Schwebte ihm dasselbe vor wie ihr? Was, wenn er nur zufällig darauf gekommen war? Fieberhaft dachte sie nach. Wie oft hatten sie, Irena und die anderen darüber gesprochen, wie gut es wäre, wenn sie für ihre auf der arischen Seite versteckten jüdischen Freunde polnische Identitäten schaffen könnten, aber bislang hatten ihnen die entsprechenden Dokumente gefehlt.

Trotzdem musste sie vorsichtig sein. Sie überlegte noch, was sie sagen sollte, da unterbrach der junge Mann das lange Schweigen durch ein Räuspern. »Nun, zuerst habe ich mir gedacht, ich lasse mir die Geburtsurkunden mit der Post schicken, aber die Deutschen öffnen ja viele Briefe, und wenn sie die leeren Urkunden finden, denken sie Gott weiß was.« Er sah Irka mit übertriebener Heiterkeit an.

Das ist kein Zufall, dachte sie. Nie und nimmer. Sie beschloss, es zu wagen.

»Es sei denn, jemand würde sie abholen«, sagte sie leichthin, als wäre das Thema nur ganz am Rande interessant.

»Ja.« Er nickte eifrig. »Daran habe ich auch schon gedacht. Aber die Reise nach Lwów ist weit, beschwerlich und …« Er stockte.

Und gefährlich, fügte Irka in Gedanken hinzu.

»Ich alleine komme auch ganz schlecht hier weg. Aber wenn Sie, also, wenn Ihre Behörde …? Ich meine ja nur. Das Warschauer Sozialamt hat ja sicher überregionale Kontakte.«

»Durchaus.« Irka lächelte. »Warum nicht?«

»Gut.« Nun hatte es der junge Priester plötzlich doch eilig. Er stand auf, beugte sich über ihren Schreibtisch und schrieb zwei Namen und Adressen auf einen Zettel. »Falls tatsächlich jemand bei meinem Kollegen vorbeikommt, sagen Sie mir Bescheid, dann kündige ich Sie an.«

»So machen wir das.« Irka lächelte und stand ebenfalls auf. Würde uns jemand zuhören, er könnte meinen, wir wollten uns gegenseitig unsere Lieblingsbücher ausleihen, dachte sie verschmitzt.

Als der junge Priester ihr Büro verlassen hatte, ballte sie beide Fäuste in einer Siegergeste. Sie hatten es geschafft! Schon bald würden ihnen leere Geburtsurkunden zur Verfügung stehen. Irka konnte es kaum abwarten, Irena davon zu erzählen.

Die Reaktion der anderen fiel aus wie erwartet. Alle waren enthusiastisch.

»Das einzige Problem ist das Risiko«, wandte Jaga ein, als sie am Spätnachmittag zusammensaßen.

Auch Janka nickte. »Die Reise nach Lwów ist lang. Und wenn die Deutschen auf der Rückfahrt den Zug kontrollieren und die leeren Geburtsurkunden finden, können sie sich denken, was du damit vorhast. Die Sache ist lebensgefährlich.«

Einen Augenblick schwiegen alle.

»Ich mache es«, sagte Irena plötzlich. »Ich fahre.«

»Kommt nicht infrage«, unterbrach Irka so schnell und bestimmt, dass Irena sie überrascht ansah. »Ich habe das Ganze angeleiert. Jetzt bringe ich es auch zu Ende.«

Dabei blieb es. Nur wenige Tage später saß Irka im Zug. Sie hatten lange darüber diskutiert. Langstreckenzüge gab es nur noch wenige, da die Deutschen alle modernen Züge für ihre Zwecke beansprucht hatten. Übrig blieben alte Wagen, die aussahen, als wären sie abgewrackt gewesen, bevor man sie wieder auf die Schienen geschleppt hatte. Mehrmals musste Irka umsteigen. Die Waggons waren überfüllt mit Menschen, die Koffer, Pakete und Bündel mit sich herumschleppten, die Gesichter erschöpft und in sich gekehrt. Es wurde kaum gesprochen. Am Fenster zogen Wälder, Wiesen, Seen und abgeerntete Korn- und Kartoffelfelder vorbei. Ab und zu sah man Bauern mit ihren Wagen. Ansonsten war die Landschaft seltsam leer.

In einem kleinen Ort vor Lwów stieg Irka aus. Von dort waren es noch zwei Kilometer Fußmarsch bis zu einem winzigen Dorf, in dem der Priester ohne Kirche bei seiner Schwester untergekommen war.

Die Häuser des Ortes waren intakt. Nicht einmal die Deutschen hatten es für nötig befunden, einen Ort mit weniger als fünfzig Einwohnern zu bombardieren. Der braune Staub der knochentrockenen Straße legte sich auf Irkas Schuhe und Unterschenkel. Vor einem Gartentor lag ein schlafender Hund. Margeriten, Astern und Sonnenblumen blühten hinter schiefen Holzzäunen. Nirgendwo war ein Mensch zu sehen. Nur eine Gardine bewegte sich kurz, als Irka vorbeiging.

Still blieb es auch, als sie an der blauen Tür klopfte, die ihr beschrieben worden war. Sie klopfte noch einmal. Nichts rührte sich, dennoch musste jemand auf Zehenspitzen zur Tür gekommen sein.

»Ja?«, fragte eine misstrauische Stimme.

»Pater Antoni? Ich bin Frau Schultz«, flüsterte Irka und setzte hinzu: »Pater Wiktor ist unser gemeinsamer Freund.« Die Tür wurde entriegelt, und ein dünner Mann mittleren Alters kam zum Vorschein. Er hatte etwas Vogelhaftes an sich. Lag es an der langen, gebogenen Nase oder den kleinen, wachsamen Augen? Der Mann führte sie in das größere der drei Zimmer, wo eine Frau sie begrüßte, die Irka selbst in einer Menschenmenge als seine Schwester erkannt hätte. Nebenan stand eine Schüssel, in der sie sich waschen konnte, dann lud die Schwester des Priesters sie ein, das Essen mit ihnen zu teilen. Sie hatte eine einfache, aber schmackhafte Mahlzeit aus Gemüsesuppe, Brot und Eiern vorbereitet.

Von den leeren Urkunden war keine Rede. Erst als seine Schwester ins Bett gegangen war, öffnete Pater Antoni einen Schrank und holte einen dünnen Umschlag hervor. Irkas Herz sank. Es war ihr nicht eingefallen, den Warschauer Priester zu fragen, wie viele leere Urkunden sein Kollege besaß. Der legte den Umschlag schweigend vor ihr auf den Tisch. Irka sah hinein. Es mochten sieben oder acht sein, vielleicht auch zehn. So wenige, dachte sie. Enttäuschung stieg in ihr auf. Sie hatte wie selbstverständlich angenommen, dass der Priester ihr einen regelrechten Stapel überlassen würde. Jetzt war sie also den ganzen Tag für eine Handvoll Urkunden unterwegs gewesen.

Sie hatte den Gedanken kaum zu Ende gedacht, da schüttelte sie über sich selbst den Kopf. Acht Urkunden waren acht Menschenleben. Acht Leben, die in Sicherheit gebracht, vielleicht gerettet werden konnten! Sie dankte dem Pater mit einem Lächeln.

»Wie werden Sie den Umschlag transportieren?«, wollte der wissen.

»Unter einer sehr weiten Bluse, in den Rocksaum gesteckt und am Körper fixiert, falls es Kontrollen gibt. Da ist das Gepäck immer zuerst dran.«

Doch der Priester sah sie alarmiert an. »Die Deutschen kontrollieren nicht nur das Gepäck. Sie machen auch Körperkontrollen. Den Koffer können Sie zur Not stehen lassen und weggehen, aber wenn die Deutschen den Umschlag unter Ihrer Bluse finden, ist es aus.«

Irka erschrak. Pater Antoni hatte recht. Sie würde sich etwas anderes ausdenken müssen.

In dieser Nacht schlief Irka schlecht. Mal war es ihr in dem kleinen Haus zu still, mal waren die Rufe der Käuzchen und das vereinzelte Bellen der Dorfhunde zu laut. Immer wieder ging sie im Kopf die Möglichkeiten durch. Als sie in aller Frühe aufstand, fühlte sie sich wie gerädert und war froh, als ein Bauer aus dem Dorf sie zum Bahnhof des nächstgelegenen Ortes mitnahm. Das Pferd zog seine überschaubare Last aus Kürbissen, Äpfeln und Karotten so langsam, dass Irka zu Fuß schneller gewesen wäre. Dennoch war sie dem Mann dankbar. Eine endlose Fahrt in heißen, alten Waggons stand ihr bevor. Dazu kam, dass sie nun keine einfache junge Frau mehr war, die angeblich ein paar Tage bei Verwandten im entfernten Lwów verbracht hatte. Wenn es heute die Kontrollen gab, die am Vortag ausgeblieben waren, würde alles von ihrer Geistesgegenwart und sehr viel Glück abhängen.

Die Stunden in den überfüllten Waggons vergingen unendlich langsam. Endlich saß Irka im letzten Zug des Tages. Keine halbe Stunde mehr, dann war sie in Warschau. Irkas Handflächen schmerzten, so oft hatte sie den ganzen Tag über ihre Fingernägel hineingegraben. Zum Glück war alles gut gegangen.

Bis jetzt. Kreischend und ächzend kam der Zug in einem kleinen Ort zum Stehen – und da waren sie: deutsche Stimmen. »Kontrolle!«, »Taschen auf!«, »Jeder bleibt, wo er ist«. Einen Augenblick war Irka gelähmt vor Schreck, dann zwang sie sich, an das zu denken, was sie für diesen Fall vorbereitet hatte.

Sie stand auf. Die Stimmen waren von der Vorderseite des Zuges gekommen, also lief sie nach hinten. Die Ankündigung einer Kontrolle hatte auch die Mitreisenden aufgescheucht. Hektisch versuchten viele, ihre Taschen und Bündel zu verstecken, weshalb Irka nur schlecht vorankam. Endlich hatte sie die Waggontür erreicht, doch durch das Fenster am Ende des Wagens konnte sie die Deutschen auch im letzten Waggon sehen.

Ich muss aussteigen und den nächsten Zug nehmen, jagte es Irka durch den Kopf, da sah sie, wie die Deutschen die Aussteigenden filzten. Sie begann zu schwitzen, ihr Kopf arbeitete fieberhaft, während sie ihrem Gesicht einen teilnahmslosen Ausdruck zu verleihen versuchte, aber die Fakten ließen sich nicht verbiegen. Kontrollen hinter ihr, Kontrollen vor ihr. Und wenn sie den Koffer irgendwo im Waggon stehen ließ, würden die Deutschen die leeren Urkunden finden und ihre Wut wahllos an arglosen Mitreisenden auslassen. Kollektive Gerechtigkeit nannten sie das. Konnte der Schuldige eines Vergehens nicht gefunden werden, mussten an seiner statt viele Unschuldige mit dem Leben bezahlen.

Da fiel Irka der Spalt zwischen der offenen Wagentür und der Wand auf. Es war ein miserables Versteck, und sie konnte kaum darauf hoffen, dass er unbemerkt blieb, doch eine bessere Idee hatte sie nicht. So gut sie konnte, schob Irka den Koffer in den Zwischenraum und entfernte sich. Schweiß lief ihr über Gesicht und Rücken, während die Deutschen jeden einzelnen Reisenden filzten. Jedes Brot, jeder Apfel wurde konfisziert. Irka selbst zeigte ihre Papiere vor. Sie waren tadellos, und die Deutschen verloren keine Zeit mit ihr. Trotzdem hielt sie es kaum aus. Jeden Augenblick rechnete sie damit, dass der Koffer gefunden wurde. Von dort, wo sie stand, konnte sie ihn nicht sehen, aber nun war ein weiterer Deutscher in den Wagen gekommen. Wollte er über den Fund Bericht erstatten?

»Alles klar, wir gehen.«

Alles klar – das hatte Irka verstanden. Die Deutschen sagten das ziemlich oft. Konnte es bedeuten, was es zu bedeuten schien? Tatsächlich. Die ersten Soldaten sprangen aus dem Zug und liefen den Bahnsteig entlang. Schließlich waren alle weg. Ruckelnd und unendlich mühsam fuhr der Zug wieder an. Irka zwang sich, stehen zu bleiben, bis er den Bahnhof verlassen hatte, dann setzte sie sich in Bewegung. Wenn es ein Trick war, würde sie einen Deutschen neben dem Koffer vorfinden, der nur darauf wartete, dass der Besitzer sich zeigte.

Als sie ans Ende des Ganges kam, blieb ihr das Herz stehen. Neben der nun geschlossenen Wagentür stand eine Bäuerin unbestimmten Alters. Ihr Gesicht war wettergegerbt, die graublonden Haare lagen in dünnen Zöpfen um den runden Kopf. Sie war nicht groß, dafür umso fülliger und trug ein unförmiges weites Kleid. Als sie Irkas erschrockenes Gesicht sah, grinste sie gutmütig und trat einen Schritt zur Seite. Hinter ihr stand der Koffer.

Irka war wie vor den Kopf gestoßen. Die Frau hatte sich vor den Koffer gestellt und ihn während der Kontrolle hinter ihrem Kleid verborgen. Sie musste begriffen haben, dass er etwas Verbotenes enthielt, und hatte ihn den Blicken der Deutschen entzogen, ohne zu hinterfragen, in welche Gefahr sein Inhalt sie bringen konnte oder für wen sie das tat. Jetzt wusste sie es und lachte mit einer Mischung aus Stolz und Befriedigung.

Irka griff nach dem Koffer. »Danke«, stammelte sie und wollte schon gehen, doch dann drehte sie sich noch einmal um und drückte die beleibte Frau kurz und heftig. »Danke!«, sagte sie noch einmal.

Kapitel 19

Die schlechten Nachrichten erreichten Warschau mit den ersten schweren Regenfällen des Herbstes. Die Zeitungsjungen schrien die letzten Meldungen im Schutz der Hofeingänge heraus: Deutschland hatte die Kesselschlacht um Kiew gewonnen und brüstete sich, weit über sechshunderttausend Kriegsgefangene genommen und fast dreitausend Geschütze erbeutet zu haben. Die russische Frontlinie klaffte auf einer Länge von vierhundert Kilometern auf. Für die Sowjetunion eine Niederlage von geradezu schwindelerregendem Ausmaß, für die polnische Bevölkerung und, allen voran, die Juden, eine bittere Enttäuschung. Unter euphorischem Jubel der deutschen Bevölkerung hatte Hitler den Marsch auf Moskau verkündet. Und obwohl Adam nicht zu denen gehörte, die ihre Hoffnung auf einen russischen Sieg gesetzt hatten, war auch er in den Tagen danach schweigsam.

Der Oktober hatte gerade begonnen, da ging der Regen in Schnee über. Ein hässlicher Wind peitschte Irena wässrige Flocken ins Gesicht, als sie am Spätnachmittag das Ghettotor passierte. Sie trug zwei Mäntel übereinander. Sollte ihr doch jemand nachweisen, dass sie sie nicht für sich selbst brauchte. Kalt genug war es schließlich. Doch sie hatte Glück.

Eine der Wachen am Tor war ein deutscher Wehrmachtssoldat, den Irena auf kaum zwanzig schätzte. Seit sie ihn zum ersten Mal gesehen hatte, war er erkältet. Ein blasses Gesicht über einem dünnen Hals, rot geränderte Augen hinter einer Nickelbrille, eine immer gerötete Nase, die Brust schmächtig. Er machte den Eindruck, als wäre er überall lieber als auf dieser Welt. Kein Buch über die deutsche Herrenrasse würde ihm auch nur eine Zeile widmen, hatte Irena erst vor Kurzem gedacht. Doch dann hatte sie ihn dabei erwischt, wie er wegsah. Er bemerkte nicht die Wölbung unter dem Mantel einer älteren Arbeiterin, sah nicht, dass ein Mann bei der Rückkehr von der arischen Seite zwei Paar Schuhe trug. Seitdem hatte sie ihn beobachtet. Entweder war seine Brille nicht auf dem neuesten Stand, oder...

Irena passierte die Wache ohne Probleme und ging zügigen Schritts weiter. Ein junges Ehepaar hatte erst vor Kurzem ein Kind bekommen. Die vom Hunger geschwächte Mutter hatte die Geburt nur mit Mühe überlebt und hatte kaum Milch, um den winzigen Piotr zu stillen. Das Baby selbst war so schwach, dass Irena es noch nicht einmal weinen gehört hatte.

Sie klopfte an die Wohnungstür des Paars. Leise erst, dann lauter. Niemand öffnete. Sollten die Woźniaks tatsächlich ausgegangen sein? Bei dem Wetter und der Kälte? Mit ihrem Neugeborenen? Sie klopfte noch einmal – erfolglos. Erst als sie schon wieder an der Treppe war, ging eine Tür auf, doch es war die falsche. Das Gesicht einer älteren Nachbarin lugte durch den Spalt. Als sie Irena sah, wurde der Spalt breiter. Irena trat näher und stellte sich vor.

»Mein Name ist Irena Sendler. Ich bin Sozialarbeiterin und

betreue die Familie Woźniak. Können Sie mir sagen, wo sie sind?«

Die weißhaarige Frau schluckte heftig und presste eine Hand auf den Mund. »Es gab eine Razzia«, erzählte sie schließlich. »Polnische Polizisten, die Männer für die Zwangsarbeit gesucht haben. Als wir sie unten im Treppenhaus hörten, sind wir alle in unser Versteck auf dem Dachboden gelaufen, auch Dorota mit dem Baby. Aber nicht ihr Mann. Der war noch nicht von der Arbeit zurück. Und dann kam er tatsächlich, noch während die Polizisten die Wohnungen durchsuchten. Plötzlich haben wir ihn schreien hören. Er war ihnen genau in die Arme gelaufen. Ich wollte Dorota zurückhalten, aber als sie mit ihm das Haus verließen und es still wurde, hielt sie es nicht mehr aus. Sie hat sich losgerissen und ist runtergerannt, um ihm zu helfen.«

»Und das Baby?«, fragte Irena atemlos.

Wieder presste die Frau einige Sekunden die Hand auf den Mund. In ihren Augen sammelten sich Tränen. »Ich wollte ja, dass sie mir Piotr gibt, aber sie sagte, ein Neugeborenes würde das Herz der Polizisten vielleicht erweichen. Nachgerufen habe ich ihr, bis sie auf den Treppen war. Irgendwann fiel ein Schuss. Sie haben sie einfach erschossen. Erschossen, weil sie um ihren Mann gekämpft hat. Auf der Straße lag sie. Ihren Mann haben sie mitgenommen. Vom Baby keine Spur. Wahrscheinlich haben sie Piotr getötet und irgendwo …« Sie sprach nicht weiter.

Irena hörte ungläubig zu. Durch ihren Kopf raste ein einziger Gedanke. Das Kind! Hätten die Deutschen es getötet, dann hätte man es auf der Straße gefunden. Ob sie es mitgenommen hatten? Unwahrscheinlich.

Irena ging auf die Tür der Woźniaks zu. Vielleicht war sie ja offen? Sie drehte am Knauf, und die Tür sprang auf. Das Zimmer, in dem noch bis vor Kurzem fünf Personen gelebt hatten, war verlassen, aber sauber und aufgeräumt, so wie Irena es kannte. Alles war still. Zögernd lief sie zur Wiege und traute ihren Augen kaum. Das Baby lag in seine Decke gehüllt und sah Irena aus apathischen Augen an.

Sie hat es sich im letzten Moment anders überlegt und den Kleinen in seine Wiege gelegt, bevor sie nach unten gerannt ist, dachte Irena. Vielleicht hat sie geahnt, dass sie in den Tod geht.

Ein Wechselbad der Gefühle stürmte über Irena herein. Erleichterung, dass das Baby am Leben war. Sorge, was nun weiter geschehen sollte.

»Er ist da!« Die alte Frau war neben sie getreten. Wieder hatte sie Tränen in den Augen. Sie streckte ihre runzelige Hand aus und streichelte die eingefallene Wange des winzigen Jungen, der einen seufzenden Laut von sich gab.

»Können Sie das Kind nehmen?«, fragte Irena spontan.

»Oh.« Die Frau sah sie groß an. »Das würde ich so gern. Aber wir leben zu siebt in einem Raum. Wir haben selber nichts zu essen, und mein Schwager hat Fleckfieber.« Sie überlegte kurz. »Aber der kleine Wurm hat ja niemanden mehr. Vor ein paar Wochen erst sind seine Großeltern an Fleckfieber gestorben. Vielleicht kann ich ja doch …«

Irena hörte nur noch mit halbem Ohr zu. Die alte Frau hatte ein gutes Herz. Sie würde den Kleinen zu sich nehmen. Aber sie hatte recht: Sie hatten selber nichts. Dazu die Krankheit im Haus. Ihnen das Neugeborene zu überlassen, wäre die einfachste Lösung … und gleichzeitig das Todesurteil für den Kleinen.

Plötzlich fiel Irena die verschnupfte Wache am Tor ein. Der zweite Mantel, den sie trug und den sie den Woźniaks hatte bringen wollen. Es war waghalsig, völlig unverantwortlich, und trotzdem. In ihrer Wohnung wartete eine letzte leere Geburtsurkunde. Mit ihrer Hilfe konnten sie den Kleinen in einem Waisenhaus außerhalb des Ghettos unterbringen, wo er eine Chance aufs Überleben hatte. Jetzt oder nie.

»Ich nehme ihn mit«, sagte sie kurz, aber bestimmt.

Die Frau sah sie erstaunt an. Dann lächelte sie und tätschelte Irenas Arm. »Sie sind ein gutes Mädchen«, sagte sie leise.

Irena zog den zweiten Mantel aus und drückte ihn der alten Dame in die Hand. Dann suchte sie in der einzigen Kommode nach einem Hemd und fand es. Ein Blick auf die Uhr. Bald war Wachablösung. Sie hatte keine Minute zu verlieren. Die alte Frau half Irena, den Säugling fest auf ihren Bauch zu binden, dann den Pullover und den Mantel darüber. Das Kind war so schmächtig, dass man nicht den geringsten Unterschied sah.

Hoffentlich weint er nicht. Hoffentlich kriegt er genug Luft. Hoffentlich ist der Verschnupfte noch da. Irena wiederholte die drei Sätze in ihrem Kopf ein ums andere Mal, während sie durch das dichter werdende Schneegestöber auf das Tor zulief. Wie oft hatten sie und ihre Freundinnen davon gesprochen, Menschen aus dem Ghetto zu schmuggeln. Aber bei Erwachsenen war es fast unmöglich. Mit Kindern konnte es unter großem Risiko gehen, doch auch das musste gut vorbereitet sein. Dazu die Papiere, die die Kinder anschließend brauchten und von denen sie nur noch eines hatten. Alle anderen, die Irka aus Lwów mitgebracht hatte, waren an Familien gegangen, die in einem Versteck auf der arischen Seite lebten, unter ihnen auch der Puppenmacher, Professor Witwicki. Ein Baby aus dem Stegreif heraus nach drüben zu schmuggeln glich reinem Selbstmord.

Das Tor kam in Sichtweite. Irena drückte sich in einen Hofeingang. Es galt, den richtigen Moment abzuwarten, in dem sie wie zufällig an die Reihe käme, wenn die anderen Wachen gerade beschäftigt, der Verschnupfte dagegen frei war. Die Minuten verstrichen, und es wurde immer später. Schon sahen die ersten Wachen auf die Uhr. In Kürze war Ablösung. Jetzt! Der Moment war da. Als Irena auf den jungen Mann zueilte, sah sie, wie sich von der anderen Seite des Tores ebenfalls eine Frau im Laufschritt auf ihn zubewegte. Sie hat auch auf ihn gewartet, fuhr es ihr durch den Kopf.

Irena lief noch schneller. Wenn sie jetzt nicht drankam, konnte es sein, dass die Abfertigung durch die Ablösung unterbrochen wurde oder in der Zwischenzeit ein anderer Wachmann frei wurde. Gerne hätte sie der Frau auf der anderen Seite ein flehendes Zeichen gegeben, aber sie wagte es nicht.

Sie hatte Glück. Der junge Mann drehte sich in ihre Richtung, als sie nur noch wenige Schritte von ihm entfernt war. Sie zog den Passierschein aus der Tasche, den sie schon in der Hand hielt. Er nickte nur.

»Sie schon wieder. Ging ja schnell«, sagte er. »Alle Besorgungen erledigt?«

»Fast«, antwortete Irena und biss sich beinahe selbst auf die Zunge. Was für eine dämliche Antwort. »Nur noch ein paar Kartoffeln kaufen und dann endlich nach Hause.«

»Ich bin zum Glück auch gleich fertig. Eine Tasche hatten Sie keine dabei, wenn ich mich recht erinnere?«

»Nein.«

»Gut, Sie können gehen.« Mit einem müden Kopfnicken winkte der junge Mann sie durch. Wie im Traum entfernte sich Irena Schritt für Schritt vom Tor. Sie spürte ihren Körper kaum und fühlte sich schwindelig. Als sie um die nächste Straßenecke bog, musste sie der Wachablösung ausweichen, die auf dem Weg zum Tor war.

Eine halbe Stunde später bog Irena in die Lekarska-Straße ein. Jaga wohnte in unmittelbarer Nähe des deutschen Militärkrankenhauses. Überall liefen Deutsche herum. Mit dem Baby hierherzukommen war verrückt, und dennoch fühlte Irena sich sicher. Die Deutschen gingen nicht davon aus, dass sich jemand traute, illegale Geschäfte direkt vor ihrer Nase durchzuführen. Die Lekarska-Straße war eine der wenigen, in der sie noch nie kontrolliert worden war. Aber das war nicht der Grund, warum Irena bei Jaga klingelte.

Jaga lebte mit ihren Eltern, ihrer Schwester, ihrem Mann und ihrer kleinen Tochter Hana in einer geräumigen Wohnung, in der immer viel los war. Falls das Baby weinen sollte, würde es bei ihr am wenigsten auffallen. Zumindest über Nacht musste es gehen. Schon am nächsten Morgen würden sie die Geburtsurkunde fälschen und den kleinen Piotr ins Vater-Boduen-Kinderheim für polnische Babys, Kleinkinder und obdachlose Mütter bringen. Irena hatte schon viel mit dem Heim zu tun gehabt. Die Hausmutter Władka war eine Freundin von ihr.

Jaga und ihre Familie reagierten genauso, wie Irena es erwartet hatte. Ohne die geringste Sorge um die eigene Sicherheit kümmerte sich Jagas Mutter um das unterernährte Baby, das noch immer keinen Laut von sich gegeben hatte. Irena zog sich mit Jaga in deren Zimmer zurück. Ausführlich berichtete sie, was geschehen war.

»Puh«, machte Jaga. »Ich weiß nicht, ob ich den Mut gehabt hätte. Aber du hast alles richtig gemacht.«

»Hab ich nicht!«, sagte Irena heftiger, als sie vorgehabt hatte.

Jaga zog erstaunt die Augenbrauen hoch.

»Überleg mal. In meinem Größenwahn habe ich nicht nur mich selbst in Lebensgefahr gebracht, sondern auch den kleinen Piotr«, fuhr Irena fort. »Es war leichtsinnig, ihn ohne jede Vorbereitung durch das Tor zu tragen.« Sie machte eine kurze Pause und fuhr dann fort. »Damit meine ich natürlich nicht, dass ich es allgemein für zu gefährlich halte. Im Gegenteil. Wir haben ja schon oft darüber gesprochen, und ich bin entschlossener denn je, es zu versuchen. Wir müssen so viele Kinder wie möglich aus dieser Hölle holen. Der Winter steht vor der Tür. Bald werden die Menschen wieder verhungern und erfrieren. Aber wir müssen systematisch vorgehen. Wie und wo können Kinder herausgeschmuggelt werden? Wo können wir sie anschließend für ein paar Tage unterbringen, und welche permanenten Unterkünfte gibt es für sie? Dazu die Frage der Geburtsurkunden. Wir brauchen neue Dokumente, ohne die geht gar nichts.«

Jaga nickte. »Was leere Urkunden angeht, habe ich eine Idee. Ich habe ein paar Kontakte zu Priestern hier in der Gegend. Wir könnten nachfragen, ob sie uns welche … abtreten.« Sie grinste. »Und in den ersten Tagen nach der Flucht können die Kinder zu mir oder zu anderen vertrauenswürdigen Freunden, die schon kleine Kinder im Haus haben und bei denen ein weiteres für ein paar Tage nicht auffällt.«

Irena dachte nach. »Klingt gut«, meinte sie schließlich. »Und danach können wir sie ans Vater-Boduen-Kinderheim weiterleiten.«

»Genau!«, rief Jaga, senkte aber sofort wieder die Stimme. »Außerdem schlage ich vor, dass wir Jan Dobraczyński einweihen. Er hat weitreichende Kontakte zu den klösterlichen Konventen in der Umgebung. Sie haben in den letzten Wochen immer wieder polnische Waisenkinder aufgenommen. Wenn wir ihn ins Boot holen, würde sich das Netzwerk um ein Vielfaches erweitern.«

Irena schnitt eine Grimasse. »Jan Dobraczyński? Du weißt schon, dass er kein Freund der Juden ist, oder? Ich bezweifle, dass er sich und andere in Gefahr bringt, nur um ein paar jüdische Kinder zu retten. Und was ist, wenn wir ihm von unseren Plänen erzählen und er nicht mitmacht? Vielleicht würde er uns sogar anzeigen.«

»Anzeigen? Niemals. Du tust ihm unrecht. Aber müssen wir den Konventen überhaupt sagen, dass die Kinder jüdisch sind?«

Irena lachte. »Jaga, eine falsche Geburtsurkunde macht noch kein christliches Kind. Die Kleinen werden sich durch jiddische Ausdrücke verraten oder dadurch, dass sie kein einziges Gebet können. Wer immer sie aufnimmt, wird hart mit ihnen arbeiten müssen, um sie unsichtbar zu machen. Wenn sie auffallen und denunziert werden, ist das nicht nur ihr Todesurteil, sondern auch das all derer, die sie aufgenommen haben. Verstehst du jetzt, was ich meine?« Sie sah Jaga eindringlich an.

Jaga nickte. »Ja klar. Aber denk noch mal über Dobraczyński nach. Als seine Sekretärin kenne ich ihn besser als du. Er ist nicht so gemein, wie du ihn immer darstellst, nur weil ihr aus zwei feindlichen politischen Lagern kommt. Jetzt im Krieg spielt das doch keine Rolle mehr. Dobraczyński ist vielleicht kein Judenfreund. Aber sie vor den Deutschen zu schützen ist ein schlichter Akt von Patriotismus. Widerstand gegen das Unrechtsregime. Und wenn Dobraczyński etwas ist, dann Patriot.«

Irena nickte zwar, doch ihre Zweifel blieben. Sie griff nach einem der Zigarettenpapierchen, die auf Jagas Schreibtisch lagen, und nahm sich einen Stift.

»Was machst du da?«, wollte Jaga wissen.

Irena schrieb. Dann hielt sie der Freundin das Papier hin.

Piotr Woźniak >> Pawel Mazur. Geboren: 18. September 1941. Nalewki-Straße 4.

Jaga warf Irena einen fragenden Blick zu.

»Damit die Kinder später einmal wissen, wer sie wirklich sind – und vielleicht eine Chance haben, irgendwelche Familienmitglieder wiederzufinden«, erklärte Irena. »Ich weiß, es ist riskant. Aber es ist das Mindeste, was wir für sie tun können.«

Kapitel 20

Der Winter hatte ungewöhnlich früh begonnen und war geblieben. Die Schneeberge türmten sich, und Temperaturen um minus fünfundzwanzig Grad waren nichts Ungewöhnliches. Die polnischen Mädchen und Jungen fuhren auf der Weichsel Schlittschuh, während im Ghetto jeden Morgen die erfrorenen und verhungerten Bettler auf Wagen geladen und abtransportiert wurden, um die mühsam ausgehobenen Massengräber auf dem Friedhof zu füllen. Adam war in zynisches Gelächter ausgebrochen, als die Deutschen im Januar bekannt gaben, dass alle Juden ihre Pelzmäntel abzugeben hatten.

»Die Deutschen brauchen unsere Pelze, weil ihre Soldaten im russischen Winter frieren«, meinte er. »Aber wie ich höre, schneiden die meisten Leute Löcher hinein, bevor sie sie abgeben. Meine Mutter hat ihren von den Schmugglern auf der anderen Seite der Mauer verkaufen lassen.«

»Und, was hat sie dafür bekommen?«, murmelte Irena in seine Armbeuge. Sie lag neben ihm unter der dicken Decke und hatte ihren Körper an seinen geschmiegt. Seit ihrem ersten Kuss hatte es für sie beide kein Zurück mehr gegeben. Sie sahen sich, wann immer sie konnten. Und trotz der Gefahr, die es barg, wagte Irena immer öfter, eine Nacht bei Adam im Ghetto zu verbringen. Allein sein konnten sie nur in seinem unbeheizten Zimmer, doch das war ihnen egal. Sie waren zusammen. Nur das zählte.

»Viel gekriegt hat sie nicht«, sagte Adam jetzt. »Aber immer noch besser, als ihn den Deutschen in den Rachen zu werfen.«

»Hier drinnen jedenfalls wärme ich dich«, flüsterte Irena lächelnd.

Adam zog sie noch fester an sich und küsste sie langsam und intensiv. »Es wirkt schon«, murmelte er, und sie lachte leise. »Aber vielleicht wäre es noch effektiver, wenn wir …?« Er schob seine Hand unter ihren Pullover, und sie fühlte seine Finger unter ihrem BH.

»Deine Mutter schläft noch nicht«, flüsterte Irena, doch im nächsten Augenblick ließen seine streichelnden Finger sie wohlig aufstöhnen. Sie drehte sich um und zog ihn auf sich.

Danach lagen sie schweigend in der dunklen Stille. Aus der Küche drangen die letzten Geräusche, dann verschwand der erleuchtete Spalt unter der Tür.

»Bist du noch wach?«, fragte Irena.

Adam öffnete schläfrig die Augen. »Natürlich.«

»Gut.« Irena stützte sich auf einen Ellenbogen und sah ihm ins Gesicht. »Konntest du bei deinen Kontakten in den Schmugglerkreisen etwas herausfinden? Über Öffnungen in der Mauer, wo wir eventuell das ein oder andere Kind herausschmuggeln könnten?«

»Hm«, machte Adam. Es klang unwillig.

»Du hast nicht mit ihnen gesprochen«, sagte Irena enttäuscht.

»Doch«, antwortete Adam gedehnt. »Aber du weißt, was

ich davon halte. Es ist so gefährlich, und ich will dich nicht verlieren.« Er nahm ihren Kopf in beide Hände und sah sie eindringlich an.

»Adam, wir werden es in jedem Fall tun. Ewa hat mir von ein paar Kellern erzählt, die Ausgänge sowohl auf der Ghettoseite als auch auf der arischen Seite haben. Aber da besteht das Risiko der Hausmeister, denen man nicht immer trauen kann. Viele lassen sich von der Gestapo bezahlen und halten die Augen offen. Auch Alas Krankenwagen ist eine Option. Die Fahrer haben einen Passierschein für die Tore, und in dem Wagen kann man Kinder gut verstecken. Aber wenn das mit den Maueröffnungen auch ginge, würde uns das helfen. Je mehr Optionen wir haben, desto mehr können wir zwischen ihnen hin und her wechseln. Das ist weniger auffällig.«

»Du bist unverbesserlich«, entgegnete Adam lächelnd. »Aber habt ihr überhaupt schon genügend leere Geburtsurkunden?«

Irenas Lächeln erlosch. »Leider noch fast gar nichts. Aber gerade heute hat Ala mir von einer anderen Krankenschwester erzählt. Sie heißt Helena Szeszko, und ihr Mann Leon fälscht Dokumente. Er soll gut sein, und er nimmt nicht viel.«

Adam machte große Augen.

»Siehst du? Unser Netzwerk wächst«, meinte Irena befriedigt und kuschelte sich wieder an ihn.

»Allerdings. Wodurch es aber auch immer riskanter wird.«

»Ich weiß. Und deshalb haben wir uns Codenamen zugelegt. Nicht jedes Glied im Netzwerk muss wissen, wie alle anderen mit richtigem Namen heißen.«

»Lass mich raten. Du nennst dich Amelia.«

»Amelia?« Irena runzelte die Stirn. »Wieso das denn?«

»Ist doch ein schöner Name, oder?«

Irena lachte. »Keine Chance. Ich habe Jolanta gewählt.«

»Jolanta?« Adam setzte sich auf. »O Gott! Der unerotischste Name, den es gibt.«

»Keine Sorge.« Irena zog ihn wieder zu sich herunter. »Wenn ich bei dir bin, werde ich immer zu hundert Prozent Irena sein.«

Dann küsste sie ihn.

Am nächsten Morgen kam Irena eine Viertelstunde zu spät im Sozialamt an. Auf dem Gang vor Jan Dobraczyńskis Büro stand Irka. Es war offensichtlich, dass sie lauschte. Als sie Irena sah, winkte sie sie zu sich heran.

»Ein deutscher Polizeihauptmann ist gerade in Dobraczyńskis Büro gegangen«, flüsterte sie.

Auch Irena legte das Ohr an die Tür. Die Stimme des Deutschen war barsch, die des polnischen Übersetzers kannte Irena nicht. Es war keiner von ihnen.

»Die ganze Stadt wimmelt von Bettlerkindern, und ich rede hier nicht vom jüdischen Ghetto, sondern vom arischen Warschau, für das Ihre Behörde verantwortlich ist. Eine Schande ist das!«

»Viele sind Waisen«, warf Dobraczyński ein. »Kinder von Flüchtlingen oder Eltern, die an Fleckfieber gestorben …«

»Sehe ich so aus, als ob mich das interessieren würde? Es ist mir egal, woher die verlausten Bälger kommen. Ich bin hier, damit Sie sie von der Straße kratzen, ehe sie ihre Krankheiten unter uns verbreiten. Also sammeln Sie die Blagen gefälligst ein. Entlausen, waschen, irgendwo unterbringen. Das ist doch wohl nicht zu viel verlangt.« Er machte eine bedeutungsschwangere Pause. »Oder Sie überlassen die Angelegenheit uns. Wir handhaben solche Probleme sehr effektiv.«

Irka und Irena sahen sich bestürzt an. Sie konnten sich ausmalen, was die Deutschen unter effektiver Problemlösung verstanden.

»Nein, wir kümmern uns darum. Sofort. Sie können sich darauf verlassen«, erwiderte Dobraczyński.

»Gut.« Man hörte Stühlerücken. Irena folgte Irka in deren Büro und schloss die Tür hinter sich. Sie hatten noch keine Gelegenheit gehabt, sich über das Gehörte auszutauschen, da wurde schon an die Tür geklopft, die sich im nächsten Augenblick öffnete. Jan Dobraczyński kam herein.

»Sie sind beide hier? Gerade recht«, sagte er anstelle einer Begrüßung. Kurz und knapp erklärte er ihnen, was sie ohnehin schon wussten.

»Ich lasse ein paar Transporter kommen«, schloss er. »Stellen Sie ein Team zusammen, und sammeln Sie die Kinder ein. Entlausen Sie sie, nehmen Sie ihre Daten auf. Name, Eltern, wo sie herkommen. Ich veranlasse dann die Einweisung in die Heime hier in der Stadt.« Schon drehte er sich wieder um. »Und machen Sie schnell«, sagte er noch. Dann war er aus der Tür.

Nur wenige Stunden später kletterten die ersten mageren Kinder in ihren zerlumpten Kleidern und Schuhen von den Laderampen. Kriegskinder, dachte Irena, als sie in die stillen, verschlossenen Gesichter sah.

Die Halle, welche Dobraczyński in aller Eile organisiert hatte, war kalt, dennoch erfüllte schon bald der Geruch von Seifenwasser den Raum. Immer mehr Kinder wurden abgeladen, während andere ausgezogen und abgeseift wurden. Irka,

Irena, Jaga und Janka gönnten sich keine Pause. Sie wuschen, bürsteten, schnitten Haare.

»Bitte nicht!« Ein kleiner Junge von etwa sechs Jahren hielt seine Hose mit beiden Händen fest und schloss fest die Augen, als Irena sie ihm herunterziehen wollte.

»Keine Angst, wir waschen dich nur«, sagte sie beruhigend. »Es passiert dir nichts und...« Sie sprach nicht weiter, als sie sah, was der Junge hatte verbergen wollen. »Verdammt«, rutschte es ihr heraus. Der am ganzen Körper zitternde Kleine war beschnitten. Sie zog seine Hose wieder hoch, nahm ihn an der Hand und ging zu Irka, die mit Jaga und Janka am anderen Ende der Halle stand. Bei ihnen waren drei Jungen und zwei Mädchen. Es stellte sich heraus, dass auch sie jüdische Kinder entdeckt hatten, die irgendwie auf die andere Seite der Mauer gekommen waren.

»Damit war zu rechnen«, sagte Irka. »Ich schlage vor, wir sammeln sie in einem Nebenraum und überlegen, wohin wir sie bringen können.«

Irka hatte recht. Auch Irena hatte mit dem ein oder anderen jüdischen Kind gerechnet. Womit sie nicht gerechnet hatte, war, dass am Ende des Tages fast die Hälfte aller Kinder jüdisch waren. Bei den Jungen erkannte man es an der Beschneidung, doch auch viele Mädchen verrieten sich durch jiddische Ausdrücke.

»Es sind Dutzende«, flüsterte Irka den anderen zu. Ihr Blick ging zu den deutschen Wachen, die am Spätnachmittag unerwartet aufgetaucht waren und gelangweilt an den Eingängen standen. Sie schienen sich nicht für die Prozedur zu interessieren, doch ihre Anwesenheit verhinderte, dass Irena und ihre Freundinnen einfach mit den Kindern verschwinden konnten. Sie zusammen mit den anderen in polnische Heime auf der arischen Seite einzuweisen war ohne Papiere nicht möglich. Sie mussten andere Unterkünfte für sie finden.

»Es sind zu viele, um sie in unseren Notunterkünften bei Freunden unterzubringen«, sagte Jaga bestimmt. Dann wandte sie sich an Irena: »Jetzt müssen wir wirklich Dobraczyński einweihen. Nur er hat die entsprechenden Kontakte, um kurzfristig eine Bleibe für sie zu organisieren.«

Irena starrte vor sich hin, ihre Gedanken jagten sich. Dobraczyński sollte ihnen helfen, Dutzende jüdische Kinder an den Deutschen vorbeizuschleusen und sie außerhalb des Ghettos verschwinden zu lassen? Jaga war fest davon überzeugt, dass er es tun würde, aber Irena teilte ihre Zuversicht nicht. Das Problem war nur, dass sie keine Wahl hatten.

Es waren genau diese Worte, die sie im Büro ihres Chefs wiederholte.

»Wir haben keine Wahl, Herr Dobraczyński. Auf das Verlassen des Ghettos steht die Todesstrafe. Sie wissen, was mit diesen Kindern passiert, wenn sie den Deutschen in die Hände fallen.«

Dobraczyńskis Gesicht drückte Irritation aus.

»Frau Sendler, das brauchen Sie mir nicht zu sagen. Aber Sie wissen auch, dass offizielle Heime für diese Kinder ausgeschlossen sind. Es würden nur polnische Pflegefamilien infrage kommen. Aber wer würde für diese jüdischen Findelkinder sein Leben riskieren? Es sind schlichtweg zu viele ...«

»Aber ...«

»Nein, Frau Sendler. Die letzte Entscheidung liegt bei mir.

Dutzende eindeutig jüdische Kinder ohne Papiere. Das lässt sich nicht geheim halten.«

Ohne ein weiteres Wort und ohne Irena nach draußen zu schicken, nahm er den Hörer ab.

»Ja, es sind jüdische Kinder darunter.« Irena hörte eine Stimme am anderen Ende der Leitung. »Ja, viele. Dutzende.«

Irena konnte sich denken, mit wem er sprach. Mit feuerroten Wangen verließ sie den Raum und ging direkt in ihr Büro. Sie wollte jetzt nicht mit Jaga sprechen, die so viel Vertrauen in diesen Feigling gesetzt hatte.

Minuten später betrat Dobraczyński ihr Büro. Er war weiß im Gesicht, und als er sich auf den Besucherstuhl setzte, sah Irena, dass seine Unterlippe zitterte.

»Wir haben eine Abmachung«, sagte Dobraczyński mit unsicherer Stimme. »Die Deutschen tun den Kindern nichts, wenn wir sie innerhalb von vierundzwanzig Stunden ins Ghetto zurückbringen. Oder besser gesagt, zurückschmuggeln. Inoffiziell. Niemand soll wissen, dass sie es überhaupt geschafft haben zu fliehen. Das könnte andere ermutigen.«

Irena schnaubte leise. Alle im Ghetto wussten, dass es möglich war. Nur die Furcht, auf der Flucht ertappt und erschossen zu werden, hielt die meisten davon ab. Sie bebte innerlich. Vor Erleichterung, weil die Kinder eine Überlebenschance hatten. Aber auch vor Wut, weil sie mithilfe ihrer eigenen Behörde ins Ghetto zurückgeschickt wurden.

»Ich bringe die Kinder nicht in diese Hölle zurück«, sagte sie kalt. »Und wenn es inoffiziell ist, heißt das auch, dass die Ghettowachen nichts wissen. Wenn sie die Kinder an der Mauer entdecken, werden sie sie erschießen. Das ist Irrsinn, da mache ich nicht mit.«

So hatte sie noch nie mit ihrem Vorgesetzten gesprochen, doch der war offenbar viel zu aufgewühlt, um es ihr übel zu nehmen.

»Und überhaupt, wo sollen sie denn im Ghetto hin?« Irena redete sich in Rage. »Ein paar haben Eltern dort und haben außerhalb des Ghettos um etwas Geld oder Brot für die Familie gebettelt. Aber die meisten sind Waisen.«

»Ich werde Dr. Korczak anrufen.« Dobraczyński erhob sich. »Und ich gehe selbst zur Ghettomauer.«

Hatte er richtig gehandelt?, fragte sich Jan Dobraczyński, als er Stunden später allein in seinem Büro saß und auf den unerbittlich vorrückenden Zeiger der Uhr sah. Aber waren ihm nicht die Hände gebunden? Oder war er tatsächlich der, für den Frau Sendler ihn hielt? Ein Feigling ohne Rückgrat, der wehrlose Kinder in die Hölle zurückschickte, aus der sie unter Lebensgefahr geflohen waren? Er fuhr sich durchs Haar.

Schon bald würde es so weit sein. Die Kinder selbst hatten ihm verraten, wo sich die neueste Öffnung in der Ghettomauer befand. Sicher würden die Deutschen die Stelle bald finden und wieder schließen, aber zumindest am Morgen war sie noch da gewesen. Als Zeitpunkt der Übergabe hatte er mit Janusz Korczak eine Stunde vor der abendlichen Ausgangssperre gewählt. Danach hatten die Deutschen den Befehl, jeden prompt zu erschießen, den sie auf den Ghettostraßen antrafen. Die Kinder mussten zurück, solange die letzten Menschen noch von der Arbeit oder irgendwelchen Besorgungen nach Hause hetzten. Mehrere von Dobraczyńskis Mitarbeitern würden die Kinder in kleinen, unauffälligen Gruppen zur entsprechenden Stelle an der Ghettomauer bringen, wo er sie in Empfang nehmen konnte.

Schließlich war der Moment gekommen. Dobraczyński hatte noch nicht lange an der Mauer gewartet, als die ersten Kinder auf ihn zuliefen. Kurze Zeit später waren alle da. Frierend drängten sie sich um ihn. Ein kleines blondes Mädchen mit einer roten Haarspange nahm ihn bei der eisigen Hand. »Dir ist auch kalt«, sagte sie schlicht.

Dobraczyński wurde bewusst, dass die Kinder ihm vertrauten. Aber was tat er eigentlich? War es nicht Verrat an diesem Vertrauen? Er wandte den Blick ab. Scham überkam ihn. Mechanisch rubbelte er das eisige Händchen des Mädchens mit der roten Spange. Ein paar Kinder scharrten mit den kalten Füßen auf dem vereisten Schnee. Ihr Atem färbte die Dunkelheit weiß. Auf der anderen Seite der Gasse klafften die hohlen Fenster eines zerbombten Hauses.

»Leise«, flüsterte Dobraczyński. In der hauchdünnen Februarluft schien jedes Geräusch an Schärfe zu gewinnen. Er ließ sich vor der Öffnung in der Mauer nieder und lauschte. »Korczaks Kinder«, sagte er leise. Es war das vereinbarte Codewort. Doch es kam keine Antwort.

Ein, zwei Minuten vergingen. Dobraczyńskis Knie schmerzten, und er spürte seine Zehen nicht mehr. Trotzdem wagte er nicht aufzustehen. Erfolglos rieb er sich die tauben Finger. Von den Kindern kam kein Mucks. Sie hatten die Mauer mehr als einmal durchquert, waren Experten der Stille. Unsichtbar, atemlos, wenn es sein musste.

Auf einmal war ein leises Knirschen im Schnee auf der anderen Seite der Öffnung zu hören.

»Korczaks Kinder«, wiederholte Dobraczyński leise.

»Die Türen sind offen«, kam das Signalwort von drüben.

Dobraczyński stutzte. Nicht Korczak selbst war gekommen, um die Neuankömmlinge abzuholen, sondern ein etwas älterer Junge. Wieder stieg Scham in Dobraczyński hoch. Diese Kinder sind viel mutiger als ich, dachte er bitter. Er machte eine Geste zu den Kindern hinter ihm und legte wieder den Finger an den Mund. Das erste Kind, ein Mädchen von etwa acht Jahren, bückte sich. »Auf Wiedersehen, Herr Dobraczyński«, sagte es leise und krabbelte durch die Öffnung.

Als Nächstes kam ein Junge, dessen Hosenbeine ihm nur bis zu den Knöcheln reichten. Socken trug er keine. Seine Beine waren rot vor Kälte. »Auf Wiedersehen, Herr Dobraczyński.« Sein Lächeln war müde.

Ein älteres Mädchen schickte zuerst seinen kleinen Bruder vor. »Geh, ich bin direkt hinter dir«, sagte die große Schwester, als er sie ängstlich ansah und ihre Hand gar nicht loslassen wollte. Dann gab sie ihm einen zärtlichen Klaps. Er verschwand, und sie folgte ihm.

Schließlich blieb nur noch das Mädchen mit der roten Haarspange. Dobraczyński hätte beinahe das Gleichgewicht verloren, als die Kleine plötzlich die Arme um seinen Kopf legte und ihn drückte. Seine Brille verrutschte, und er musste sich auf dem Boden abstützen.

»Gute Nacht, Herr Dobraczyński«, sagte auch sie und ließ ihn los.

»Wie heißt du?«, fragte er.

»Halina. Aber Mama hat immer Linabina zu mir gesagt.« Sie lächelte. Dann bückte sie sich und krabbelte in die Dunkelheit auf der anderen Seite der Mauer.

Kapitel 21

Dr. Stuckart, wissen Sie, warum genau wir hier sind?« Friedrich Wilhelm Kritzinger, Unterstaatssekretär in der Reichskanzlei, lehnte sich zu dem neben ihm stehenden Herrn. Sie gehörten zu den wenigen in dem elegant eingerichteten Raum, die keine Uniform trugen.

»Nein, eigentlich nicht«, meinte Stuckart. »Nur, dass es um die Judenfrage geht, aber…«

»Genau, die Judenfrage«, flüsterte Kritzinger nervös. »Aber die Judenfrage fällt in die Zuständigkeit der Reichskanzlei. Ich frage mich, warum diese Konferenz einberufen wurde, ohne dass meine Behörde auch nur weiß, worum es geht.«

Stuckart nickte. »Ich frage mich eher, warum wir uns nicht in Berlin treffen konnten. Warum hier draußen am Wannsee. Die Villa ist ja wunderschön. Der Garten und der See auch… im Sommer. Aber es war schon recht umständlich, heute bei Schnee und Nebel hier rauszufahren.«

»In der Tat. Wahrscheinlich ist Obergruppenführer Heydrich deshalb auch noch nicht da.« Kritzinger blickte auf seine Uhr.

In dem Moment waren auf dem Parkett in der Eingangshalle Stiefeltritte zu hören. SS-Obergruppenführer Heydrich betrat den Raum.

»Heil Hitler!«

»Heil Hitler!« Alle Gesichter waren ihm zugewandt.

»Ich bitte die Verspätung zu entschuldigen. Ich würde gerne sofort anfangen. Wir haben eine große Aufgabe vor uns. Aber keine Sorge, für Stärkung ist gesorgt. Wie ich weiß, wurde ein Büfett vorbereitet.« Er sah Adolf Eichmann an.

Der nickte. »Im Nebenraum.«

»Wunderbar.« Heydrich schenkte sich ein Glas ein und zeigte auf den Tisch. »Meine Herren, freie Platzwahl.«

Stühle wurden gerückt.

Obergruppenführer Heydrich legte einen Ordner vor sich auf die polierte Tischplatte. »Fürs Protokoll: Heute ist der 20. Januar 1942. Anwesend sind SS-Obergruppenführer Reinhard Heydrich, Gauleiter Dr. Alfred Meyer, Staatssekretär im Reichsministerium für die besetzten Gebiete, SS-Sturmbannführer Adolf Eichmann aus dem Reichssicherheitshauptamt, Dr. Josef Bühler, Staatssekretär im Amt des Generalgouverneurs in Krakau, SS-Sturmbannführer Dr. Rudolf Lange, Kommandant der Sicherheitspolizei und des SD in Lettland, Ministerialdirektor Friedrich Wilhelm Kritzinger aus der Reichskanzlei, Staatssekretär Dr. Wilhelm Stuckart aus dem Reichsministerium des Innern, Staatssekretär Dr. Roland Freisler aus dem Reichsjustizministerium …«

Er setzte die Liste fort. Als er geendet hatte, machte er eine Pause und sah die Teilnehmer einen nach dem anderen an.

»Meine Herren«, begann er schließlich. »Wir sind heute hier zusammengekommen, weil wir grundlegende Entscheidungen zu treffen haben. Ich möchte Sie darauf hinweisen, dass alles, was in diesem Raum gesagt wird, strengster Geheimhaltung unterliegt. Die Papiere in den Ordnern vor Ihnen sind nur

für Sie persönlich bestimmt. Falls Sie sich während der Sitzung Notizen machen, werden Sie diese am Ende des Tages an Sturmbannführer Eichmann aushändigen. Dieser wird Ihnen in den nächsten Tagen ein Protokoll der Sitzung zukommen lassen. Sie werden dieses Dokument niemandem außer Ihrem unmittelbaren Vorgesetzten zeigen und anschließend vernichten. Haben wir uns verstanden?«

Die Männer raunten zustimmend. Blicke wurden getauscht.

Kritzinger nahm die Pause zum Anlass für die Frage, die ihm auf den Nägeln brannte. »Obergruppenführer Heydrich, gestatten Sie mir die Frage, warum die Reichskanzlei nicht an der Planung dieser Konferenz beteiligt war? Wir …«

Heydrich brachte ihn mit einer Geste zum Schweigen. »Ich wurde von Reichsmarschall Göring persönlich beauftragt, die sogenannte Endlösung der Judenfrage vorzubereiten. Und zwar in organisatorischer, sachlicher und materieller Hinsicht.«

»Aber die Judenfrage ist Sache der Reichskanzlei«, beharrte Kritzinger überrascht.

»Jetzt nicht mehr.« Heydrichs Stimme klang ungehalten. »Die SS wird in allen heute zu klärenden Fragen die alleinige Entscheidungsgewalt haben. Wenn wir jetzt zur Sache kommen könnten?«

Kritzinger schwieg betroffen, und Heydrich fuhr fort.

»Wie Sie alle wissen, gründet unsere bisherige Judenpolitik auf den Nürnberger Gesetzen. Es ist nicht zu leugnen, dass diese Gesetze in den vergangenen Jahren zu ersten Verbesserungen bezüglich der Reinhaltung unserer Rasse geführt haben. Sie haben dazu beigetragen, die Juden weitgehend aus der deutschen Gesellschaft und Wirtschaft zu verdrängen. Dabei haben sich unsere Bemühungen vor allem auf die Auswanderung der

jüdischen Bevölkerung aus dem deutschen Lebensraum beziehungsweise ihre Konzentration in Ghettos beschränkt. Allerdings konnte bislang keine vollständige Entfernung aus allen deutschen Lebensgebieten erreicht werden. Wenn Sie bitte Ihre Ordner öffnen würden. Sie finden eine statistische Auflistung der jüdischen Bevölkerung in Europa und Russland.«

Papiere raschelten. Staatssekretär Meyer pfiff leise durch die Zähne.

»Eichmann? Würden Sie kurz die wichtigsten Zahlen zusammenfassen?«

Dieser nickte und rückte seine Brille zurecht.

»Im Altreich verbliebene Juden: 131 800. Ostgebiete: 420 000. Generalgouvernement: 2 284 000.« Wieder ein leises Pfeifen von Meyer. Eichmann fuhr unbeirrt fort. »Frankreich: 865 000 insgesamt. Die Sowjetunion: fünf Millionen.« Er las den Rest der Liste und legte sie dann vor sich ab.

Heydrich hob theatralisch die Arme. »Fünf Millionen allein in Russland! Meine Herren, ich glaube, Sie sind meiner Meinung. Wir sprechen hier von einer Judenschwemme!« Zustimmendes Murmeln und leises Gelächter waren zu hören.

»Genau deshalb sind wir hier.« Heydrich lächelte. »Was wir brauchen, ist eine praktikable und kostengünstige Lösung, die uns das Problem ein für alle Mal vom Tisch schafft. Unser Führer hat sich deshalb für eine definitive Evakuierung der Juden ausgesprochen.«

»Eine Evakuierung?«, fragte Bühler, der Stellvertreter von Hans Frank im Generalgouvernement. »Ich will nicht hoffen, dass Sie vorhaben, all diese Juden zu uns in die Ostgebiete zu verfrachten. Unsere Ghettos sind jetzt schon hoffnungslos überfüllt. Wir haben weder das Geld noch die Absicht, all diese Men-

schen am Leben zu erhalten. Der Gestank ihrer Krankheiten und Verwesung verpestet jetzt schon die polnische Luft.«

Vereinzeltes Lachen erklang.

Heydrich hob die Hand und fuhr fort. »Nun, angestrebt wird in der Tat eine endgültige Evakuierung der Juden. Eine physische Entfernung aus dem europäischen und russischen Lebensraum.«

Schweigen entstand, während die Anwesenden seine Worte abwogen.

»Evakuierung?«, meldete sich Lange zu Wort. »Inwieweit ist das etwas anderes als die Deportationen, die ohnehin schon stattfinden?«

Heydrich sah ihn nur ruhig an.

Endlich erschien ein Lächeln auf Langes Gesicht. »Oh«, sagte er. »Wir werden die Juden … vollständig evakuieren.« Er machte eine Geste in die Luft.

Heydrich nickte. »Das ist der Plan.«

»Einen Augenblick.« Stuckart hatte seine Stimme nicht ganz im Griff. »Habe ich das richtig verstanden? Aber derartige Schritte sind durch die aktuelle Gesetzgebung gar nicht abgedeckt. «

»Höre ich da eine Vorliebe für die Juden heraus?«, fragte Staatssekretär Meyer belustigt.

»Wohl kaum.« Stuckarts Stimme klang irritiert. »Lesen Sie die Nürnberger Gesetze noch mal nach, dann wissen Sie, wo ich stehe. Aber letztlich gibt es da rechtliche Fragen zu klären. Was zum Beispiel machen wir mit jüdisch-arischen Mischlingen ersten und zweiten Grades? Sollen die auch evakuiert werden, oder sind sie ausgenommen? Sie sehen, die Sache ist komplizierter, als sie aussieht, und …«

»Dr. Stuckart«, unterbrach Heydrich ihn spitz. »Darf ich Sie daran erinnern, dass wir alle verpflichtet sind, die Ziele des Führers zu unterstützen? Sie alle sind hier, um die hinter Ihnen stehenden Instanzen im Hinblick auf eine gemeinsame Linienführung zu parallelisieren. Jede Behörde wird ihren Beitrag leisten. Das ist unabdingbar.«

Stuckart schwieg.

»Ich sehe die Frage ganz pragmatisch«, sagte SS-Sturmbannführer Lange in die entstehende Stille hinein. »Und da stellt sich mir die folgende Frage: Unsere Liste hier spricht von elf Millionen Juden in Europa und der Sowjetunion. Wie die meisten von Ihnen wissen, hat das zeitweilig unter meinem Kommando stehende Einsatzkommando 2 in Lettland bis zum vergangenen Dezember circa sechzigtausend Juden erschossen. Eine stolze Zahl, wie ich meine, aber eine Aktion von enormem zeitlichen, personellen und finanziellen Aufwand. Doch elf Millionen? Das halte ich kaum für machbar. Dazu kommt, dass unsere Soldaten ein moralisches Problem mit solchen Sachen haben.« Er machte eine abschätzige Geste. »Sie wissen schon. Der vielen Frauen und Kinder wegen.«

Heydrich lächelte. »Natürlich ist Erschießung nicht praktikabel. Eichmann, wollen Sie übernehmen?«

Adolf Eichmann nickte. »Rein technisch gesehen bietet sich Gas an. Reines Kohlenmonoxid. Wie Sie alle wissen, wurde bereits in unseren Euthanasieprogrammen damit experimentiert. Allein in der Erwachseneneuthanasie konnten auf diese Weise Zehntausende Nervenkranke oder Behinderte effektiv entfernt werden. Seit letztem Jahr sind Spezialwagen zur Vergasung im Einsatz. Aufgrund ihrer begrenzten Kapazitäten sind diese aber nur eine Übergangslösung. Unser Ziel ist es, an stra-

tegisch günstigen Lagern Gaskammern mit weit höheren Kapazitäten zu bauen.«

»Lagern?«, fragte Meyer.

Eichmann nickte. »Bełżec im Osten wurde bereits ausgewählt. Zwei weitere Lager werden folgen. Eines davon in der Nähe von Sobibór, das dritte ist noch in der Planung, wird sich aber in der Nähe von Warschau befinden. Auch Auschwitz gehört zu den Vernichtungslagern.« Er nahm die Brille ab.

Heydrich sah befriedigt in die Runde. »Na, meine Herren, wie klingt das? Und wenn wir Glück haben, liefern uns unsere Wissenschaftler demnächst Gase, die kostengünstiger sind. Auch Alternativen wie Elektrizität sind noch im Gespräch. Ginge schneller.«

»Apropos schnell«, warf Bühler ein. »Wäre es möglich, dem Generalgouvernement bei der Evakuierung Priorität zu geben? Wie gesagt, wir platzen aus allen Nähten.«

»Leider nein, so gut ich Sie verstehe«, antwortete Heydrich. »Aber machen Sie sich keine Sorgen. Erste Deportationen aus den Vorranggebieten sind bereits in wenigen Tagen geplant. Es wird also nicht mehr lange dauern, bis Ihr Generalgouvernement an der Reihe ist. Arbeiten Sie gerne schon mal an den Zugfahrplänen.« Er grinste. Bühler nickte und schwieg. Der Generalgouverneur würde irritiert sein, aber daran ließ sich wohl nichts ändern.

»Nun, meine Herren«, sagte Heydrich schwungvoll. »Kommen wir zum Abschluss. Das Büfett ruft, und ich gehe davon aus, dass nicht nur mir der Magen knurrt.«

Kapitel 22

In Warschau war der letzte Schnee getaut und hatte kaltem Regen Platz gemacht. Die aufgetauten Müllberge, die sich über die Wintermonate im Ghetto angehäuft hatten, stanken. Schmutziges Wasser lief in Rinnsalen über die Straßen. Irka Schultz hielt den Schirm vor sich, um sich vor dem Regen zu schützen, den der Wind ihr von vorne ins Gesicht trieb. Ihre Schuhe waren durchweicht, Strümpfe und Füße nass. Endlich winkte der deutsche Soldat am Ghettotor sie durch. Sie hatte Ala in der Klinik besucht und wollte ins Büro zurück.

In einer kleinen Seitenstraße blieb sie stehen. War das eine Stimme gewesen? Sie lauschte. Alles still. Doch als sie weitergehen wollte, hörte sie es erneut. Ein leises Schluchzen, fast schon ein Winseln. Eine Katze? Oder doch ein Mensch? Sie sah sich um, ging in den nächstgelegenen Hofeingang, sah hinter zwei große Mülltonnen. Nichts. Kopfschüttelnd wollte sie aufgeben, aber da war es wieder, diesmal ganz nah. Und es kam von unten. Ihr Blick fiel auf einen Gullydeckel. Konnte das wirklich sein? Sie vergewisserte sich, dass niemand in der Nähe war, dann beugte sie sich vor und sah in den dunklen Untergrund.

Ein kleines Mädchen mit einem schmutzigen Gesicht blickte sie aus großen, verängstigten Augen an.

»Wer bist du?«, flüsterte Irka. »Und wie bist du da hinuntergekommen?«

Das Mädchen schniefte, sagte aber nichts.

»Sprichst du Polnisch?«, fragte Irka.

Keine Antwort.

Fieberhaft dachte sie nach. Wenn sie das Mädchen hier zurückließ, um Hilfe zu holen, lief sie Gefahr, dass jemand anders es fand. Jemand, der es möglicherweise der polnischen Polizei oder, noch schlimmer, den Deutschen übergab. Denn die blonden Haare und blauen Augen des Mädchens würden niemanden darüber hinwegtäuschen, wer es war: ein jüdisches Kind, das durch die Kanalisation aus dem Ghetto gelangt war und nun darauf wartete, dass jemand ihm nach oben half.

Dieser Jemand bin ich, dachte Irka. Ich habe sie gefunden, und das ist ihr Glück. Wieder sah sie sich um, die Straße war noch immer menschenleer. Irka legte den Schirm neben sich und packte den Gullydeckel mit beiden Händen. Er bewegte sich kaum. Der Regen prasselte auf ihren Rücken und durchnässte ihren Mantel.

»Auf jetzt, mach schon«, murmelte sie leise und zog mit voller Kraft an dem Deckel. Als er sich mit einem schmatzenden Geräusch löste, verlor sie fast das Gleichgewicht.

»Komm, schnell, klettere die Sprossen hoch.« Irka hielt ihr die Hand entgegen.

Ohne zu zögern, folgte das Mädchen ihrer Anweisung. Irka zog sie heraus und reichte ihr den Schirm, um sie vor neugierigen Blicken zu schützen. Hastig drückte sie den Gullydeckel an seinen Platz, nahm die Kleine an der Hand und zog sie mit sich. Das Kind war in einem furchtbaren Zustand.

Abgemagert, Schuhe und Beine verschlammt, schmutziges Wasser rann ihr aus den blonden Strähnen übers Gesicht. In der nächsten Straße zog Irka sie in einen Hofeingang. Wortlos nahm sie ein Taschentuch aus der Tasche und rieb ihr den nötigsten Dreck ab. Obwohl die Kleidung des Kindes durchweicht und schmutzig war, konnte Irka erkennen, dass es sich um ihre besten Sachen handeln musste. Eine Mutter, die sie liebte, hatte sie sorgfältig angezogen und ihr Spangen ins Haar gesteckt, bevor sie sie losschickte. Irka stöhnte innerlich. Dann stand sie auf und hastete mit dem Kind weiter. Erst als sie in ihrer Wohnung die Tür hinter sich abschloss, atmete sie einen Augenblick durch.

»Warte einen Moment.« Sie ließ das triefende Kind in der Küche stehen und rief Irena im Büro an.

»Ich habe ein Problem. Ein Rohrbruch bei mir in der Wohnung. Kannst du sofort kommen und mir helfen?« Schon vor Monaten hatten die Freundinnen sich angewöhnt, am Telefon nicht mehr über heikle Angelegenheiten zu sprechen. Irena verstand sofort. Als sie eine halbe Stunde später bei Irka ankam, hatte die das Mädchen abgeseift und ihm frische, wenn auch etwas zu große Kleider angezogen. Stumm, mit ehrfürchtigem Gesichtsausdruck saß die Kleine am Tisch und verfolgte Irkas Bewegungen, während die ihr Marmeladenbrote schmierte.

»Wie heißt sie?«, wollte Irena wissen, nachdem Irka ihr die Geschichte erzählt hatte.

»Keine Ahnung. Sie spricht nicht. Aber dieser Zettel hing mit einer Sicherheitsnadel an ihrem Kleid.« Sie reichte ihn Irena.

»9?« Irena sah Irka an.

Die nickte. »Sie ist neun Jahre alt. Eine Nachricht ihrer Mutter an den, der ihre Tochter findet.«

»In der Hoffnung, dass es ein mitleidiger Mensch ist.« Irena seufzte. »Wer immer sein kleines Mädchen allein ins Ungewisse schickt, muss völlig verzweifelt sein. So verzweifelt, dass er oder sie für das Kind keine andere Hoffnung mehr sieht.« Irena dachte nach. »Wahrscheinlich hat sie einen jüdischen Vornamen, deshalb nur das Alter. Und vermutlich hat man ihr auch eingebläut, dass sie erst mal nichts sagen soll, um sich nicht durch jiddische Ausdrücke zu verraten.«

»Sie ist so schwach«, sagte Irka. »Sie braucht ärztliche Hilfe. Zu ihrem eigenen Glück erfüllt sie alle Klischeevorstellungen eines blonden arischen Mädchens. Was meinst du, können wir es wagen, sie ins Vater-Boduen-Kinderheim zu bringen?«

»Die Gestapo überwacht das Heim, und im Augenblick haben wir keine Papiere für die Kleine. Ich muss erst wieder welche bei dem Mann von Alas Kollegin besorgen«, warf Irena ein.

»Trotzdem glaube ich nicht, dass Władka sie ablehnt«, meinte Irka.

»Du hast recht. Lass es uns versuchen. Bei ihrem Aussehen wird niemand gleich Verdacht schöpfen. Und die Papiere reichen wir nach.« Irena zog die Stirn in Falten. »Hoffentlich spricht sie Polnisch.«

Irka rief ihre Bekannte Władka Marynowska an, die im Kinderheim arbeitete, und teilte ihr mit, dass sie in Kürze den geliehenen Schal zurückbringen werde. Das einzige Wort, das zählte, war »Schal«. Dann machte sie sich mit dem Mädchen auf in die Nowogrodzka-Straße. Das Heim war ein wuchtiges Backsteingebäude mit gotisch anmutendem Eingang und großen Fenstern. Władka wartete bereits in der Eingangshalle.

»Na? Wen haben wir denn da?« Sie lächelte warmherzig, doch das Mädchen sah sie nur mit ernsten Augen an.

»Dann komm mal mit«, sagte Władka leichthin. »Wir werden das Kind schon schaukeln.«

Irka fasste Władka am Arm. »Da ist noch etwas.« Sie zögerte einen Augenblick. Es war das erste Mal, dass sie ihre Freundin bat, ein solches Risiko einzugehen, aber es gab keine Alternative. »Das Mädchen hat noch keine Papiere«, flüsterte sie. »Und wir wissen nicht mal, ob sie Polnisch spricht.«

Władka sah sie ernst an. »Ach, Irka, du weißt doch, dass die Gestapo ihre Augen überall hat. Wir können uns nicht auf jeden hier im Haus verlassen.« Sie seufzte und beugte sich zu dem Mädchen hinunter. »Na gut. Aber wenn du sprechen willst, dann vorerst nur mit mir, ja?«

Das Kind nickte.

»Sie versteht Polnisch.« Władka und Irka lächelten sich erleichtert an.

In diesem Moment hallten Schritte auf dem Flur. Eine Frau rannte ihnen entgegen. Ihr brauner Pferdeschwanz wippte auf und ab. Mit einer Hand presste sie das Stethoskop auf die Brust. Es war eine junge Ärztin, die erst vor wenigen Monaten eingestellt worden war.

»Frau Marynowska«, rief sie atemlos. »Die beiden Lewandowski-Brüder prügeln sich wieder. Keiner wird ihrer Herr. Die Jungen hören nur auf Sie. Bitte, schnell!«

Władka zögerte, sah Irka an, dann die Ärztin.

»Kümmern Sie sich bitte um das Kind?«, bat sie. »Ein polnisches Flüchtlingsmädchen.« Ein kurzer Blick zu Irka, dann verschwand sie im Gang.

»Ein Findelkind?« Die Ärztin kniete sich vor das Mädchen und musterte es. »Dafür bist du aber sehr sauber.«

»Ich habe sie gewaschen«, erklärte Irka.

Die Ärztin stand wieder auf und musterte Irka mit ihren graugrünen Augen. Der wurde unbehaglich zumute. »Ich gehe dann mal wieder.« Sie strich dem Kind über die Wange und drehte sich um.

»Nein, bleiben Sie!«, sagte die Ärztin.

Dabei klang sie so bestimmt, dass Irka keine andere Wahl blieb. Sie konnte es sich nicht leisten, die Frau misstrauisch zu machen, indem sie mit fliegenden Fahnen aus dem Gebäude stürmte.

»Bitte kommen Sie mit«, fuhr die Ärztin fort.

Schweigend folgte Irka ihr und dem Mädchen in ein Behandlungszimmer.

»Setzen Sie sich!« Die Ärztin zeigte auf einen Stuhl an der Wand. Dann zog sie dem Mädchen Bluse und Pullover aus und untersuchte es, während draußen noch immer der Regen gegen die Scheibe prasselte. Schon begann das trübe Tageslicht in eine frühe Dämmerung überzugehen, und auch die kalte Deckenbeleuchtung des Behandlungszimmers hatte nichts Tröstliches. Irka wurde immer unwohler. Was wollte die Frau von ihr? Musste sie Formulare ausfüllen? Schließlich war die erste Untersuchung abgeschlossen. Die Ärztin setzte sich hinter ihren Schreibtisch, griff nach einer Lesebrille und notierte etwas auf einem Schreibblock.

Schließlich sah sie auf. »Unterernährt, aber auf den ersten Blick gesund.«

Irka lächelte unsicher. »Das freut mich.«

Wieder dieser prüfende Blick. Dann sagte die Ärztin plötzlich in einem schneidenden Ton: »So, und jetzt sagen Sie mir doch einfach die Wahrheit!«

»Die Wahrheit? Was für eine Wahrheit?« Irka fühlte, wie sie rot wurde. Bei dem arischen Aussehen des schweigenden Mädchens konnte die Frau doch unmöglich die Wahrheit erraten haben. Was also wollte sie von ihr? Mit beherrschter Stimme wiederholte sie noch einmal die Geschichte, die Irena und sie sich zurechtgelegt hatten.

Doch der Ausdruck der Frau wurde immer härter. »Jetzt hören Sie doch auf, mir die Zeit zu stehlen!«, herrschte sie Irka an. »Sehen Sie sich das Kind an, die Haare, die blauen Augen. Es ist Ihnen wie aus dem Gesicht geschnitten. Sie sind die Mutter. Lassen Sie mich raten, unverheiratet, oder? Und bisher haben Sie das Kind noch mehr schlecht als recht durchgebracht. Aber jetzt wird es Ihnen zur Last, und Sie wollen es abschieben. Sie glauben gar nicht, wie oft ich das schon erlebt habe.«

Irka protestierte heftig. Das Mädchen, das noch immer auf der Liege saß, fing an zu wimmern.

»Sehen Sie nicht, was Sie Ihrer Tochter antun?«, fauchte die Ärztin und hob den Telefonhörer ab.

Ungläubig hörte Irka sie sprechen. »Polizei? Ja, hier das Vater-Boduen-Kinderheim. Ich habe eine Frau bei mir, die ihr Kind loswerden will.«

Irena erfuhr von der Katastrophe, als sie am Nachmittag aus dem Ghetto in ihr Büro zurückkam. Sie hatte mit Alas Kollegin Helena Szeszko über den Kauf neuer gefälschter Papiere gesprochen, die deren Mann Leon für sie anfertigen sollte. Schon auf dem Gang hörte sie ihr Telefon klingeln. Hastig trat sie ein und nahm ab. Es war Władka.

»Die Polizei hat Irka und das Kind mitgenommen«, schloss diese verzweifelt. »Sie sind auf der Hauptwache. Irena, wir müssen etwas tun. Selbst für das, was die Polizei Irka im Augenblick vorwirft, kann sie ins Gefängnis kommen. Aber wenn das Kind irgendwann redet und sich verrät, sind wir alle dran. Sie werden das ganze Heim auf den Kopf stellen und alles aufdecken. Wir müssen Irka und das Mädchen da rauskriegen. Irena, bitte lass dir etwas einfallen.«

Als Władka auflegte, ließ sich Irena auf ihren Stuhl fallen und sah an die Decke. »Absurd«, flüsterte sie. »Normalerweise haben wir Probleme mit Kindern, die zu jüdisch aussehen. Und jetzt das!«

Hektisch dachte sie nach. Natürlich konnten Sie versuchen, angebliche Zeugen zu finden. Leute, die Irka nicht persönlich kannten und die angeblich dabei gewesen waren, als sie das Kind fand. Irkas Nachbarn würden ebenfalls befragt werden, und irgendwann würde man feststellen, dass Irka tatsächlich nicht die Mutter war. Aber all das kostete Zeit. Zeit, die sie nicht hatten. Dem Mädchen musste nur ein einziges jiddisches Wort herausrutschen, dann waren sie alle geliefert. Irena nahm einen Stift und tippte nervös auf die Schreibtischoberfläche. Klack, klack … klack, klack. Dann stand sie auf. Es war Wahnsinn, aber es gab nur eine Möglichkeit. Sie würden die Ärztin ins Vertrauen ziehen und darauf hoffen, dass sie sie nicht verriet.

Es war ein großes Risiko, denn sie wussten nichts, aber auch gar nichts über diese Frau und ihre Gesinnung. Es war riskant.

Aber nur wenn die Ärztin ihre Anschuldigung unter irgendeinem Vorwand fallen ließ, würde die Polizei Irka gehen lassen – und zwar heute noch.

Irena griff nach ihrem Mantel und hastete los. Das Heim war nicht weit vom Sozialamt entfernt. Sie suchte Władka, dann klopften sie gemeinsam am Sprechzimmer der Ärztin. Irena übernahm die Führung. Sie vermied es, weitere Lügen aus dem Ärmel zu ziehen. Wenn sie eine Chance haben und sich nicht weiter verstricken wollten, dann nur mit der Wahrheit. Sie sprach schnell, aber ausführlich. Die Ärztin unterbrach sie nicht. Als Irena endete, zeigte sich Bestürzung auf ihrem Gesicht, und sie ließ sich gegen die Rückenlehne ihres Stuhls fallen. Irena und Władka hielten innerlich den Atem an.

»Was habe ich bloß getan«, sagte die junge Frau schließlich.

»Sie trifft keine Schuld«, versicherte Irena beschwichtigend. »Sie haben nur Ihre Pflicht getan und wollten das Beste für das Kind. Aber wie Sie jetzt sehen, ist die einzige Chance für das Mädchen ein Platz in diesem Heim.«

Die Ärztin ließ die Hände in den Schoß fallen und nickte stumm, dann stand sie resolut auf. »Ich werde das wieder hinbiegen. Verlassen Sie sich auf mich.«

Irena und Władka fassten sich bei den Händen und drückten sie heftig. Eine ganze Stunde verging, in der sie kaum zu sprechen wagten. Würde es der Ärztin gelingen, die Aussage glaubhaft zurückzuziehen?

Es gelang. Ohne vorheriges Klopfen sprang die Tür auf. Irka und das Kind traten ein, gefolgt von der Ärztin. Unendliche Erleichterung stand ihr ins Gesicht geschrieben.

»Danke!«, sagte Irena und reichte der Frau die Hand.

»Entschuldigung«, antwortete diese. »Ich habe einen Eid geschworen zu helfen, und nicht zu schaden. Aber manchmal ist der Grat sehr schmal.«

Irena nickte. »Wir werden uns sicher bald wiedersehen.«

Zum Abschied bückte sich Irka zu der Kleinen und strich ihr eine Strähne aus der Stirn. »Hier bist du sicher. Sei schön brav, ja?«

Die Kleine murmelte etwas auf Jiddisch und erschrak. »Das werde ich sein«, korrigierte sie schnell auf Polnisch.

Die Ärztin legte ihr lächelnd eine Hand auf die Schulter. »Das kriegen wir schon hin«, meinte sie.

Kapitel 23

Ich wiederhole«, sagte Ludwig Fischer energisch. »Effizienz ist oberstes Gebot. Organisatorisch dürfte es möglich sein, sechstausend Juden pro Tag zu transportieren und zu liquidieren, vorausgesetzt, das Vernichtungslager liegt nicht zu weit von Warschau entfernt. Wenn alles nach Plan läuft, dürfte die erste Phase der Aktion Reinhardt etwa zwei bis drei Monate in Anspruch nehmen. Alles hängt davon ab, wie effektiv das Lager arbeiten kann. Sie haben mir Pläne mitgebracht?«

SS-Hauptsturmführer Richard Thomalla nickte und entrollte einen Plan. Mit seinem dicklichen Zeigefinger deutete er auf mehrere Rechtecke, die von vielen kleinen Kreisen umgeben waren. Er spürte die Müdigkeit. Zwar hatte er sich bei den Plänen für das neue Lager von seiner Arbeit in Bełżec und Sobibór leiten lassen, aber letztlich erforderten die geografischen Besonderheiten immer auch individuelle Lösungen, und er hatte mehrere Wochen über dem Vorhaben gebrütet.

»Mein Vorschlag, Herr Gouverneur. Ich habe verschiedene Möglichkeiten gegeneinander abgewogen und bin zu dem Schluss gekommen, dass Treblinka der beste Ort für das neue Lager ist.«

»Treblinka? Da gibt es bereits ein Arbeitslager.«

»Genau. Mitten im Wald, wo sich Fuchs und Hase Gute

Nacht sagen. Abgelegen. Dabei ist es nur etwa achtzig Kilometer von Warschau entfernt, und es gibt schon eine Straße und eine Bahnstrecke zum jetzigen Arbeitslager. Um die Infrastruktur müssten wir uns also keine Sorgen mehr machen.«

»Interessant.« Fischer beugte sich näher über den Plan. »Da liegt der Steinbruch, und diese Strukturen gleich daneben sind das jetzige Arbeitslager?«

»Genau. Ich nenne es im folgenden Treblinka I. Und hier drüben würden wir das Vernichtungslager bauen. Treblinka II.«

»Ein idealer Ort«, meinte Fischer anerkennend. »Abgeschieden und zugleich in der Nähe von Warschau. Und die Zwangsarbeiter aus Treblinka I könnten dann auch die Bauarbeiten übernehmen.«

Thomallas Mundwinkel verzogen sich leicht. Ein hauchdünner Schweißfilm stand auf seinem Gesicht. »Mit Verlaub. Ich würde es vorziehen, mit deutschen Juden zu arbeiten, der Sprache wegen. Das macht alles einfacher. Soweit ich weiß, ist kürzlich eine ganze Ladung von Juden aus Berlin und Hannover ins Warschauer Ghetto deportiert worden. Wenn Sie gestatten, suche ich mir die entsprechenden Leute heraus.«

»Natürlich. Sie sind der Bauleiter. Sie haben völlig freie Hand. Aber was haben Sie mir noch mitgebracht?«

Fischer zeigte auf ein architektonisches Modell aus Pappe.

Thomalla lächelte stolz. »Ich habe mir erlaubt, eine kleine Vorschau zu erstellen.«

Fischer trat näher. »Sehr hübsch. Wirklich sehr hübsch.«

Thomalla räusperte sich. Er entnahm seiner Jackentasche einen ausziehbaren Zeigestab. »Wie Sie sehen, ist das Lager in drei verschiedene Zonen unterteilt. Hier Zone 1, die Verwaltungsgebäude sowie der Wohnbezirk für die Wachmannschaften und die Häftlingsbaracken. Das Halten von Häftlingen wird zur Beseitigung der sterblichen Überreste notwendig sein.« Er warf Fischer einen kurzen Blick zu. Der nickte bestätigend, und Thomalla fuhr fort. »Diese Rampe hier ist der Bahnsteig, wo die Entladung stattfindet. Von dort aus kommt man direkt zum Auffanglager. Hier ist der Schalter, wo die Juden ihre Wertsachen abgeben. Nur zur Aufbewahrung, während sie sich duschen.« Thomalla grinste Fischer vielsagend an. »Gleich daneben dann die Baracken, wo sich Männer und Frauen getrennt voneinander ausziehen. Hier werden sie auch geschoren.«

»Und das da?«, fragte Fischer.

»Der Lagerraum für das Gepäck. Groß genug, um es auch gleich vor Ort sortieren zu können. Sie sagten, jeder darf fünfzehn Kilo mitbringen?«

»Richtig.«

»Das ist gut. Da werden sie nur ihre besten und wertvollsten Sachen dabeihaben. Vieles wird noch brauchbar sein.«

»Und dann das Herzstück.« Fischer lächelte.

»Das Herzstück. Hier oben, leicht erhöht. Diese Zone ist von den anderen völlig abgeschirmt, um Unruhen zu vermeiden. Ein kleines Wäldchen, ein zusätzlicher Erdwall. Dahinter dann die Gaskammern mit ausreichend Platz für die Massengräber.«

Thomalla zeigte auf weitere Strukturen. Werkstätten, Kantinen für die Angestellten, Sanitätseinrichtungen.

Als er geendet hatte, pfiff Fischer leicht durch die Zähne. »Beeindruckend, Thomalla. Sehr beeindruckend. Nur ein paar kleine Anmerkungen hätte ich noch.«

Thomalla zog den Rücken gerade. »Sehr gerne, Herr Gouverneur.«

»Hier an der Laderampe. Machen Sie bitte einen doppel-

ten Bahnsteig daraus. Einen für die Ankunft und einen für die Abfahrt.«

»Für die Abfahrt?« Thomalla zog die Augenbrauen hoch. »Ich verstehe nicht. Ich dachte, die Leute kommen an und werden dann …«

»Natürlich.« Fischer lachte. »Treblinka ist Endstation. Aber das müssen die Ankömmlinge ja nicht wissen. Wir verkaufen ihnen den kleinen Ausflug als Umsiedlung. Deshalb dürfen sie ja auch Gepäck mitnehmen. Machen Sie es authentisch. Ein richtiger kleiner Bahnhof mit Uhr und Fahrplänen, Ankunfts- und Abfahrtszeiten. Eine schöne Theaterkulisse. Und stellen Sie ein Schild auf mit irgendeinem erfundenen Ortsnamen. Treblinka kennen die schon alle vom Arbeitslager. Das klingt nicht gut. Da werden sie schon bei der Ankunft nervös. Denken Sie sich was aus. Irgendeinen Namen, der nett klingt.«

»Natürlich«, erwiderte Thomalla schnell. »Kein Problem. Und in diesem Sinne wäre es vielleicht auch gut, die Einfahrt durch den ersten Ring aus Stacheldraht zu tarnen. Wir könnten das Tor mit einem Wäldchen verbergen.«

»Sehr gut, Thomalla. Ich sehe, Sie haben verstanden, worum es geht. Und dann ein Letztes noch. Einen Lautsprecher am Bahnsteig. Ich dachte an ein bisschen Musik während der Entladung. Schließlich denken die Juden, sie wären auf der Durchreise. Die Musik gibt ihnen das Gefühl, willkommen zu sein. Ich weiß nur noch nicht, welche geeignet wäre.«

»Ich werde mir darüber Gedanken machen.«

Fischer betrachtete wieder das Modell. »Bis wann könnten Sie fertig sein?«

»Drei, vier Monate?«

»Gut. Ich nehme Sie beim Wort.«

Kapitel 24

Mara schlief zusammengerollt im Schacht eines Kellerfensters, in den sie mit angezogenen Beinen gerade so hineinpasste. Sie war vierzehn Jahre alt und nur eine von Tausenden bettelnden Menschen auf den Straßen des Ghettos – und ständig wurden es mehr, denn fast täglich trafen Hunderte Neuankömmlinge auf Lastwagen ein. Juden aus anderen Teilen Polens und Deutschland, die die Deutschen im Warschauer Ghetto »sammelten«. Sie lebten auf der Straße oder zusammengepfercht in großen Hallen ohne sanitäre Einrichtungen und vegetierten dem Hungertod entgegen.

Die elternlose Mara war eine von ihnen. An ihr hatte Irena das langsame Erlöschen jeder Hoffnung mitverfolgt. Anfangs hatten Maras Augen noch geleuchtet, wenn Irena vorbeigekommen war, und wie alle jungen Mädchen hatte sie gerne und viel von sich erzählt. Jetzt war Mara verstummt, die Augen waren stumpf geworden, und als Irena sich an diesem Morgen zum Kellerschacht hinunterbeugte und sie ansprach, drehte Mara sich nur unwirsch auf die andere Seite. Irena steckte dem Mädchen ein paar Brotscheiben in die Rocktasche und versprach wiederzukommen.

»Sie entspricht leider nicht dem deutschen Ideal des arischen Mädchens«, sagte sie kurze Zeit später zu Adam, als sie sich in seiner Küche gegenübersaßen. »Dazu ihr Alter. Babys und Kleinkinder zu schmuggeln ist schon schwierig genug, aber eine Jugendliche? Da bleiben uns nur die Öffnungen in den Mauern, die die Schmuggler benutzen. Aber die Deutschen kontrollieren wie verrückt und mauern sie zu, wo sie können. Dann öffnen die Schmuggler neue, aber ich renne den Informationen ständig hinterher. Stell dir vor, du kommst mit einem Kind an die Mauer, und statt eines Lochs steht ein Soldat da? Ich will kein Kind auf diese Weise verlieren.«

»Hm«, machte Adam nur.

»Und selbst wenn ich es schaffen sollte, Mara durch ein Schmugglerloch nach draußen zu bringen... Bei ihrem Aussehen würden die Deutschen Verdacht schöpfen, da helfen auch keine falschen Papiere. Offizielle Heime kommen nicht infrage. Wir bräuchten eine permanente Pflegefamilie, die bereit ist, ein älteres Kind bei sich zu verstecken. Ein Risikokind. Aber das ist schwierig. Wenn Jan Dobraczyński nur nicht so überkorrekt wäre. Wir brauchen sein Netzwerk an Kontakten so dringend. Er könnte uns sämtliche Türen öffnen, um Kinder jeden Alters unterzubringen. Ich habe mich sogar schon gefragt, ob wir es noch mal bei ihm versuchen sollten. Irgendwie kam er mir in letzter Zeit verändert vor. Vielleicht hat ihm die Sache mit den Straßenkindern doch zu denken gegeben. Was meinst du? Sollen wir es wagen?«

Irena sah Adam an. Der spielte mit einer Serviette und schien kaum zu bemerken, dass sie geendet hatte.

»Adam? Hörst du mir zu?«

Adam schreckte auf. »Natürlich.«

»Und, was meinst du?«

»Ich habe gestern jemanden kennengelernt, der im Gerichtsgebäude ein und aus geht. Du weißt ja, das Gericht hat zwei Ausgänge, einen auf der arischen und einen auf der jüdischen Seite. Und der Mann kennt den Hausmeister, der ihm gegen ein kleines Entgelt die Türen aufmacht. Vielleicht könnte er mit ihm reden.«

»Was? Tatsächlich?« Irena beugte sich über den Tisch und gab Adam einen Kuss. »Das wäre wunderbar! Ich war neulich im Gericht. Da wimmelt es nur so von Menschen. Wenn wir einen Kontakt hätten, der uns die entsprechenden Türen öffnet, würde das bei dem Getümmel niemand mitbekommen.« Sie sah Adam erwartungsfroh an, doch der war schon wieder mit der Serviette beschäftigt.

Irena seufzte. »Willst du mir vielleicht endlich sagen, was los ist?«

Stille.

»Adam?« Sie strich ihm leicht über die Wange.

»Jetzt haben wir Gewissheit.« Er sah sie aus seinen dunklen Augen an. »Ich war gestern bei meinem Freund Domek. Er hatte Informationen von einem Freund aus der Nähe von Chełmno. Der Mann hat offenbar die Gegend um das Lager dort ausgekundschaftet.«

»Du meinst das Arbeitslager?«, fragte Irena.

»Genau. Aber er sagt, irgendwas stimmt an der Sache nicht. In letzter Zeit treffen jeden Tag neue Lastwagen mit Menschen ein. Das Lager müsste längst überfüllt sein. Domeks Freund sagt auch, dass nie irgendwelche Arbeitstrupps aus dem Lager kommen. Stattdessen liegt ein seltsamer Geruch in der Luft.«

»Du denkst an die Gerüchte, die in letzter Zeit umgehen«, sagte Irena.

Adam nickte. »Was, wenn sie die Menschen da drinnen umbringen?«

»Hat dieser Mann denn Schüsse gehört?«

Adam schüttelte den Kopf.

»Das ist doch immerhin ein gutes Zeichen«, meinte Irena.

Adam nickte nachdenklich. »Ich habe mich nur gefragt, wer die Menschen sind, die dort angekarrt werden, und woher sie kommen.«

»Du meinst, es könnte was dran sein an den Gerüchten, dass die Deutschen die Menschen aus den Ghettos umsiedeln wollen?«

Adam nickte wieder. »Genau. Angeblich soll die Umsiedlung zu einer Verbesserung der Lebensbedingungen führen. Für die Umgesiedelten und für diejenigen, die bleiben. Wenn man bedenkt, dass wir uns hier schon stapeln, wäre so eine Umsiedlung sogar sinnvoll. Aber genau das macht mir Angst.« Er sah Irena eindringlich an. »War irgendetwas, was die Deutschen bisher mit uns gemacht haben, sinnvoll?«

Adams Worte gingen Irena nicht aus dem Kopf, als sie kurze Zeit später auf dem Weg ins Sozialamt war. Sie spürte ein Kribbeln im Körper, als hätte sie jemand unter Strom gesetzt. Bisher war die mögliche Umsiedlung von Ghettobewohnern in den Osten nur eines von vielen wilden Gerüchten gewesen, die in diesen Monaten auf den Straßen kursierten. Aber was, wenn es stimmte? Und was, wenn es sich gar nicht um eine Umsiedlung handelte, sondern um …

Irena schob den Gedanken von sich. Er war so unglaublich, dass er nur lähmen konnte. Und genau das durfte er nicht. Im Gegenteil. Wenn die Deutschen wirklich etwas Neues planten, hatten sie keine Zeit mehr zu verlieren, und das schloss ihre Zweifel an Dobraczyński mit ein.

Im Sozialamt angekommen, betrat sie, ohne anzuklopfen, Irkas Zimmer. Kurz darauf saßen auch Jaga und Janka neben ihnen. Irena berichtete von dem Mann aus Chełmno, dann sah sie Jaga an. »Dobraczyński hat uns mit den Straßenkindern übel hängen lassen und sogar ihr Leben riskiert. Aber mittlerweile sehe ich keinen anderen Ausweg mehr, als noch einmal mit ihm zu sprechen.« Sie stand auf. »Ich gehe zu ihm.«

»Ich komme mit«, rief Jaga.

»Ich auch«, sagten Irka und Janka gleichzeitig.

Dobraczyński zog alarmiert die Augenbrauen hoch, als die vier Frauen sich vor seinem Schreibtisch aufbauten.

»Es ist Zeit, Farbe zu bekennen«, sagte Irena ohne große Einleitung und stemmte die Hände in die Hüften, während Dobraczyński sich in seinem Stuhl nach hinten lehnte, als wollte er ein paar zusätzliche Zentimeter Raum gewinnen. »Sie wissen doch längst, dass wir Dokumente fälschen und jüdische Kinder im Vater-Boduen-Kinderheim unterbringen, oder nicht?«

Dobraczyński errötete. »Natürlich weiß ich von Ihren … Aktivitäten. Ich bin ja nicht blöd. Und blind bin ich auch nicht. Allerdings bin ich keineswegs der Mistkerl, für den Sie mich offenbar halten.«

Die Frauen zogen erstaunt die Augenbrauen hoch.

»Nun, ich denke, wenn Sie so offen sind, kann auch ich Ihnen die Wahrheit sagen.« Er senkte die Stimme. »Ich bin ebenfalls im Widerstand. Meine Entscheidung mit den Straßenkindern … nun ja, die war nicht ganz so gelungen, das gebe ich zu.« Er sah eine Weile schweigend auf seine Hände. »Na gut, was brauchen Sie?«

»Telefonanrufe und Ihre Unterschrift«, sagte Jaga. »Sie sprechen mit Ihren Kontakten in katholischen Konventen, Heimen und Pflegefamilien in und um Warschau, wann immer wir einen Platz brauchen. Sie kennen die Institutionen und die Menschen. Sie wissen, wer zu was bereit ist. Und dann unterschreiben Sie die Papiere. Mehr nicht.«

»Nur Telefonanrufe und Unterschriften?«, fragte Dobraczyński. »Und der Rest? Wer sucht die Kinder aus? Wer schmuggelt sie aus dem Ghetto? Wer kümmert sich um die Erstversorgung? Und woher kommen die Papiere? Ohne Papiere kann selbst ich nichts machen, das wissen Sie schon, oder?«

»Darum kümmern wir uns«, versicherte Irena.

Dobraczyński sah sie überrascht an. »Um alles?«

Irena nickte. »Um alles. Also, sitzen wir in einem Boot?«

Ein paar Sekunden vergingen, dann zuckte er mit den Schultern. »Auf dass die Wellen uns verschonen mögen.«

»Dobraczyński im Widerstand, ehrlich?« Ala saß am Küchentisch und half ihrer Tochter Rami, Rübenmarmelade aufs Brot zu schmieren. Die Kleine arbeitete hoch konzentriert. Sie wusste, dass nichts danebengehen durfte.

Irena grinste. »Ja, ja, stille Wasser sind tief.« Sie sah auf die Uhr über der Anrichte. »Wann musst du in die Klinik zurück?«

»Meine Mittagspause ist in einer Stunde vorbei.« Fahrig fegte Ala ein paar Krümel vom Tisch in die Hand, doch sie stand nicht auf.

Irena machte sich Sorgen um ihre Freundin. Die Anstrengungen im Krankenhaus, der Schmerz, nicht genug tun zu können, zehrten an Ala. Ihre Wangen waren eingefallen, die schwarzen Haare stumpf, und unter den Augen hatte sie dunkle Ringe.

»Ich wollte aber vorher noch einen Hausbesuch bei einer jungen Frau machen. Sie hat vor zwei Monaten entbunden und sollte letzte Woche zur Kontrolle kommen, ist aber nicht erschienen. Ich mache mir Sorgen. Ihr Mann ist in einem Arbeitslager. Sie hat seit Monaten nichts mehr von ihm gehört.« Dann wandte sie sich ihrer Tochter zu. »Iss auf, Rami, dann liest Oma dir was vor, und du machst Mittagsschlaf.«

Rami sah sie vorwurfsvoll an. »Musst du schon wieder weg?«

Ala strich ihr zärtlich über den Kopf. »Ich komme aber ganz bald wieder.«

»Das sagst du immer, und dann stimmt es nie«, sagte die Kleine naseweis und schob sich das letzte Stück Brot in den Mund.

Ala seufzte leise. Dann räumte sie den Teller ab. »Magst du mitkommen, Irena? Es ist gleich um die Ecke.«

»Gern. Vielleicht kann ich ja helfen.« Irena sah auf die Uhr. Ein wenig Zeit hatte sie noch.

Die junge Mutter wohnte drei Straßen weiter.

»Frau Zielińska?« Ala klopfte, nachdem die Klingel keinen Mucks von sich gegeben hatte, doch auch jetzt blieb alles still. Sie sah Irena an. »Vielleicht macht sie gerade irgendwelche Besorgungen.«

»Ja, vielleicht.«

Ala drehte am Knauf, und die Tür öffnete sich.

»Frau Zielińska?« Sie trat ein. »Hier ist Ala Gołąb-Grynberg, Ihre Krankenschwester aus der Klinik. Wenn Sie hier sind, erschrecken Sie bitte nicht. Ich komme jetzt rein.«

Irena folgte ihr. Die Wohnung war schmutzig, die Luft heiß und abgestanden, es roch nach Kot. Alarmiert ging Ala durch die Küche in den Wohnraum.

»O nein!«

Sie eilte auf die Matratze am Boden zu. Die junge Frau lag auf dem schmutzigen Laken, die Augen geschlossen, ihr Gesicht glühte. Das Baby musste sie ursprünglich im Arm gehabt haben, doch im Schlaf hatte sich ihr Griff gelockert, und das schwache Mädchen war von der Matratze auf den Boden gerollt.

Ala fühlte den Puls der Mutter, während Irena das Kind aufhob.

»Verdammt«, murmelte Ala. »Ich spüre den Puls kaum noch. Irena, lauf runter in den Laden und ruf im Krankenhaus an. Die sollen den Wagen herschicken.«

Irena reichte ihr den Säugling, der schwache Laute von sich gab, und rannte los.

Ala streichelte die eingefallenen Wangen des Kindes. Seine Augen waren geschlossen, die dünnen Ärmchen hingen reglos herunter.

»Wach auf, meine Kleine. Mama geht es auch gleich wieder besser. Du heißt Hedi, oder? So hat dich doch deine Mama genannt.«

Ala eilte in die Küche und hielt mit der einen Hand eine Tasse unter den Wasserhahn, doch es kam nichts. Das Baby musste völlig dehydriert sein. Ala öffnete alle Fenster und warf einen Blick nach unten. Wo Irena nur blieb?

Sie lief auf den Hausflur und klopfte an mehrere Türen, doch niemand machte auf. »Wenn man einmal jemanden braucht«, zischte sie. Doch sie wusste, dass sie ungerecht war. Im Grunde war sie nur wütend auf sich selbst, weil sie nicht früher gekommen war. Sie hatte doch gewusst, dass die junge Frau unterernährt war und völlig allein lebte. Da konnte manchmal schon eine Grippe oder ein fiebriger Husten zur Katastrophe führen …

Wenn nur im Krankenhaus nicht immer so viel los wäre, dachte Ala. Es ist einfach alles viel zu viel. Und dennoch hätte ich kommen müssen.

Erneut ließ sie sich mit dem Baby auf dem Arm neben der Mutter nieder und fühlte den Puls. Ihre Augen füllten sich mit Tränen. Zu spät. Sie war zu spät gekommen.

So fand Irena sie, als sie kurz darauf atemlos ins Zimmer stürzte.

»Das Telefon im Laden war kaputt, und das im nächsten Geschäft war abgestellt. Also bin ich selbst zum Krankenhaus gerannt. Aber der Wagen ist gerade anderweitig unterwegs. Es kann dauern, bis er kommt.«

Sie holte Luft. Ihr Gesicht war hochrot.

»Ala?« Sie ging auf die Freundin zu, der Tränen über die Wangen liefen. »Ala, was ist los?«

»Hedis Mutter ist tot«, flüsterte ihre Freundin.

Irena fühlte sich, als würde jegliche Luft aus ihren Lungen gesogen. Sie ließ sich auf den Boden sinken.

»Warum bin ich nicht früher gekommen?«, murmelte Ala.

Irena hörte die unterdrückte Wut in ihrer Stimme. »So etwas darfst du nicht einmal denken.«

Aber Ala hörte sie gar nicht.

Irena nahm ihr das Baby ab. Dann berührte sie Ala am Arm. »Die Kleine lebt. Wir müssen uns um sie kümmern. Komm«, sagte sie entschlossen und stand auf. Ala rappelte sich hoch und folgte ihr.

Kurz darauf betraten sie die Klinik. »Hol deine Kollegin Helena«, flüsterte sie Ala zu. »Ich melde so lange die tote Mutter.«

Wenig später standen die drei Frauen in einem kleinen Untersuchungsraum.

»Zumindest ist unsere kleine Hedi nicht unterkühlt«, meinte Helena, während sie Flüssignahrung zubereitete. Sie warf einen Seitenblick auf Ala, die abwesend neben ihnen stand, dann wandte sie sich an Irena. »Und was machst du hier? Braucht ihr wieder Papiere von Leon?«

Irena schüttelte den Kopf. Diesmal brauchten sie keine gefälschten Dokumente, stattdessen benötigten sie Leon in seiner Eigenschaft als Trambahnfahrer.

»Ehrlich gesagt, hatte ich diesmal an etwas anderes gedacht.« Irena trat etwas näher an Helena heran. »Dein Mann schmuggelt doch manchmal Sachen aus dem Ghetto, oder nicht?«

Helena nickte. »Frühmorgens auf der ersten Fahrt nimmt er öfter Päckchen mit, die er unter der letzten Bank der Trambahn versteckt. Meistens kleinere Wertsachen, die er im Auftrag der Ghettobewohner auf der arischen Seite verkauft. Früher hat der Verkehr sogar in beide Richtungen funktioniert, aber mittlerweile kontrollieren die Deutschen die Trambahnen auf dem Weg ins Ghetto so gründlich, dass nichts mehr reingeschmuggelt werden kann. Warum fragst du? Will jemand etwas drüben verkaufen?«

»Nein, das ist es nicht. Es geht um das Kind.«

»Das Kind? Welches Kind?« Helena war ganz auf die kleine Hedi konzentriert. Erst als keine Antwort kam, fiel der Groschen. »Was? Du meinst dieses Baby? Das ist ein Scherz, oder?«

»Nein.« Irenas Stimme war leise, aber entschlossen. »Hedi hat niemanden mehr. Die Waisenhäuser im Ghetto sind voll. Sobald sie etwas kräftiger ist, können wir ihr eine winzige Menge Beruhigungsmittel geben, und Leon nimmt sie mit der Frühbahn mit. An der ersten Haltestelle draußen steige ich zu und übernehme.«

Sie sah Helena eindringlich an, aber deren Gesicht war verschlossen. Nur an der Röte ihrer Wangen konnte man erkennen, was in ihr vorging.

»Sie nuckelt«, sagte Helena plötzlich, als Irena schon ungeduldig wurde. »Schau, sie trinkt … hoppla, nicht zu schnell.«

Irena spürte, dass sie Helena Zeit lassen musste, und überschlug andere Möglichkeiten. Das Wetter war mittlerweile zu warm, um mit weiten Mänteln am Kontrollposten vorbeizulaufen, zumal der junge Deutsche, der häufiger nicht so genau hingeschaut hatte, schon seit Längerem nicht mehr dort Dienst tat.

»Ich werde mit Leon sprechen«, sagte Helena mitten in Irenas Gedanken hinein.

»Du bist ein Schatz!«, rief Irena und nahm Helena spontan in den Arm. »Dann regle ich inzwischen alles auf der anderen Seite.«

Wenige Tage später war es so weit. Ala, die als Oberkrankenschwester auch außerhalb der Ausgangssperre auf der Straße sein durfte, hatte die Nacht im Krankenhaus bei der kleinen

Hedi verbracht und ihr Luminal in einer geringen Dosierung gegeben. Um halb fünf sollte sie Leon im Depot der Trambahn am nördlichen Ende des Ghettos treffen. Obwohl es noch dunkel war, trug sie keine Jacke. Jeder sollte schon von Weitem ihre Krankenschwesteruniform erkennen können. Das Baby lag in einer breiten schwarzen Arzttasche.

Ich bin eine ganz normale Krankenschwester auf dem Weg zu einem frühen Notfall, dachte Ala bitter. Der Tod von Hedis Mutter hatte ihr zugesetzt. Das Kind zum Depot zu bringen, war das Mindeste, was sie tun konnte. Helenas Mann hatte ihnen erzählt, dass die Wache vor dem Depot immer sofort nach Hause ging, wenn Leon um halb fünf kam, obwohl ihr Dienst erst um fünf endete. Dann musste es schnell gehen, damit sie ihm das Kind übergeben konnte, solange es noch dunkel war.

Jetzt trennte Ala nur noch eine Hausecke von der breiten Straße vor dem Depot. Als sie um die Ecke sah, stellte sie fest, dass die Wache noch vor dem geschlossenen Tor stand. Von Leon keine Spur. Sie sah auf die Uhr. Verdammt! Zu früh. Wie hatte das passieren können? Sie musste schneller gelaufen sein als geplant. Noch herrschte Ausgangssperre. Ala betrat einen Innenhof und suchte sich einen toten Winkel. Zwei Minuten vergingen, dann drei. Draußen hallten einsame Schritte. Konnte das Leon sein? Kurz darauf hörte sie die Stimmen zweier Männer. Sie konnte nicht verstehen, was sie sagten, doch dann schienen sie sich zu verabschieden. Stille. Und wieder Schritte vor dem Hofeingang. Das musste die Wache gewesen sein.

Ala zählte bis sechzig. Dann verließ sie langsam ihr Versteck und ging auf die Hausecke zu. Tatsächlich. Jetzt war das eiserne Tor geöffnet. So lange wie möglich lief Ala noch an der Häuserzeile entlang. Erst im letzten Moment löste sie sich von der Wand, überquerte die breite Straße und schritt durch das Tor. Links halten, hatte Leon gesagt, bis du zu einer Baracke kommst. Da war sie.

Ala umrundete den kleinen Schuppen und fand die Tür. Ein weißes Taschentuch leuchtete im schwachen Schein einer Laterne. Es sah aus, als ob jemand es aus Versehen fallen gelassen hätte, doch es war das vereinbarte Zeichen. Ala stellte die Tasche ab. Plötzlich wurde ihr das Herz schwer, und sie legte ihre Hand auf das abgewetzte Leder.

»Mach's gut, Hedi. Viel Glück!«, flüsterte sie. Dann entfernte sie sich. Als sie noch einmal zurückblickte, sah sie Leons schwarze Silhouette in den gräulichen Fenstern der dunklen Trambahn. Mit vorsichtigen Bewegungen strebte er dem Ende des Wagens zu. Ala lief weiter.

Wenige Minuten später hörte sie hinter sich Eisen auf Eisen knirschen. Sie ging langsamer. Als die Bahn an ihr vorbeiratterte, wagte sie einen Seitenblick. Leon hob die Hand an die Schiebermütze. Ala nickte ihm zu. Bald würden die ersten Arbeiter aus dem Ghetto zusteigen. Sie konnte nur hoffen, dass die Tasche unter der Bank niemandem auffiel.

An der ersten Haltestelle auf der anderen Seite der Ghettomauer fieberte Irena der Bahn entgegen. Da! Rasselnd bog sie um die Ecke. Ein paar Menschen stiegen aus. Niemand trug eine Arzttasche. Gut! Sie stieg ein und setzte sich auf die freie Bank am Ende. Auch andere Menschen waren zugestiegen. Ohne nach unten zu sehen, tastete sie vorsichtig mit der Ferse unter ihren Sitz – und stieß auf Widerstand. Erleichterung überkam sie. Mit einem Blick, von dem sie hoffte, dass er der frühen Stunde entsprechend müde und gelangweilt wirkte, sah sie sich um und merkte sich, wer mit ihr eingestiegen war. Dann ging ihr Blick aus dem schmutzigen Fenster hinaus in das erste Licht des neuen Tages. Zwanzig Minuten musste sie warten, bis alle alten Fahrgäste die Bahn verlassen hatten. Als die nächste Haltestelle in Sicht kam, griff sie wie selbstverständlich nach der Tasche. Auf dem Weg zur Tür trafen ihre Augen die von Leon im Rückspiegel. Sie konnte sehen, dass er lächelte.

Die Türen schwangen auf. Zehn Schritte. Zwanzig. Die erste Hausecke, dann die zweite. Es war geschafft. Das Morgenlicht legte goldene Seide über das Kopfsteinpflaster. Es war der 1. Juni 1942. Das Baby in ihrer Tasche hieß jetzt Helena, und heute begann sein neues Leben.

Kapitel 25

»Bist du dir sicher, dass wir hier richtig sind?«, flüsterte Irena. »Um Mitternacht neben der Pforte, die in den Hof der Allerheiligenkirche führt«, wisperte Adam. »So hat man es mir gesagt.«

Irena lauschte. Im Ghetto brannten nachts keine Straßenlaternen. Sie hielt sich das Handgelenk mit der Armbanduhr vor die Augen, aber die Dunkelheit war so dicht, dass sie nichts erkennen konnte. Ein warmer Windhauch brachte die Blätter der Eiche im Kirchhof zum Rascheln. Langsam wurde sie nervös. Es musste eine halbe Stunde vergangen sein, seit sie gekommen waren, und noch immer waren die Schmuggler nicht erschienen, mit denen sie sich treffen sollten.

»Vielleicht ist etwas passiert«, flüsterte Adam beunruhigt. »Wer weiß, sie könnten aufgeflogen sein. Am Ende sind wir in Gefahr, wenn wir noch länger hier stehen. Wir sollten gehen.« Mit der einen Hand tastete er nach der Kirchhofmauer, mit der anderen nach ihrer Hand, doch Irena drückte sie nur kurz.

»Eine Minute noch ...« Sie brach ab. War das nicht der leise Ruf eines Käuzchens gewesen? Das verabredete Zeichen? Als Antwort warf Irena den Kiesel, den sie schon bereitgehalten hatte, über die niedrige Mauer. Einen Augenblick lang geschah nichts, dann schwang die Hofpforte von innen auf. Irena sah Adam an, seine Augen flackerten nervös. Mit der Hand machte sie eine Geste: Komm!

Er folgte ihr in den Kirchhof. Im Inneren war es so dunkel wie draußen. Sie tasteten sich ein paar Meter vor und blieben stehen. Langsam kristallisierten sich aus der Finsternis drei Gestalten heraus. Irena schluckte.

Es waren Kinder – das älteste ein Mädchen von etwa fünfzehn, die beiden Jungen mochten acht und elf Jahre alt sein. Sie hatten ihre Gesichter mit Ruß geschwärzt. Irena hatte schon oft gehört, dass viele der Schmuggler Kinder und Jugendliche waren. Anfangs hatten sie sich auf die arische Seite durchgeschlagen, um jenseits der Ghettomauern für ihre Familien Almosen oder Essen zu erbetteln, dann war mehr daraus geworden. Viele dieser Kleinen waren Profis und verdienten gut, doch der Preis war hoch. Wer erwischt wurde, bezahlte mit dem Leben. Kein Wunder, dass die Lebensmittel auf dem Schwarzmarkt teuer waren. Im Preis war das Risiko enthalten, das die Schmuggler Nacht für Nacht auf sich nahmen.

»Jolanta?«, flüsterte die Älteste tonlos. Trotz der Wärme trug sie eine Mütze, unter der die Haare verborgen waren. Sie war nicht mager, wie die meisten Kinder im Ghetto, aber in ihren Augen lag etwas Lauerndes, eine unkindliche Wachsamkeit.

»Jolanta«, bestätigte Irena leise.

»Unser Kontakt hat uns gesagt, dass ihr Kinder rüberschmuggelt und unsere Übergänge nutzen wollt.«

»Ja«, sagte Irena nur.

Die drei Kinder wechselten Blicke. Irena konnte erkennen, dass sie mit den Augen kommunizierten.

»Generell haben wir nichts dagegen«, sagte das Mädchen schließlich. »Aber wir müssen uns absprechen. Wir können nicht riskieren, dass zu viele auf einmal an einem Punkt auftauchen. Das könnte auffallen. Einer unserer Übergänge ist diese Kirche. Sie hat einen Ausgang zur anderen Seite. Der Pfarrer arbeitet mit uns zusammen. Außerdem wollen wir die Abwasserkanäle auskundschaften. Das könnte eine weitere Möglichkeit sein. Die Löcher in der Mauer und der Friedhof sind unsicher geworden.« Sie machte eine kurze Pause, in der sie Irena noch einmal von oben bis unten musterte. Dann sagte sie: »Wir arbeiten nachts. Ihr könnt den Tag haben. So kommen wir uns nicht in die Quere.«

Irena war einverstanden. Sie tauschten zusätzliche Informationen aus.

Eine knappe Stunde später schloss Adam lautlos die Tür zu seiner Wohnung auf. Seine Mutter sollte nicht wissen, dass er während der Sperrstunde draußen gewesen war.

In seinem Zimmer war es warm, denn es war gefährlich, nachts die Fenster aufzulassen. Irena und Adam zogen sich aus und legten sich aufs Bett, aber sie deckten sich nicht zu. Irena schmiegte sich mit ihrem ganzen Körper an ihn und schlang ihre Beine um seine. So lagen sie eine Weile da, ohne zu sprechen. Irena fuhr mit der Hand ganz leicht über seinen Rücken, sein Becken. Sie spürte seine Knochen, die Muskeln unter der warmen Haut. Adam hatte das Gesicht in ihren Haaren vergraben, seine Lippen berührten ihr Ohr, sein Atem war warm.

»Woran denkst du?«, fragte Irena.

»An diese Kinder, die ihr Leben riskieren, um Essen ins

Ghetto zu schmuggeln«, sagte er. »Und an dich, die du ebenfalls dein Leben riskierst.«

»Und du? Riskierst du dein Leben etwa nicht? Indem du im Ghetto bleibst, statt dich auf der arischen Seite zu verstecken?«

Irena erschrak. Sie hatten immer wieder über die Möglichkeit einer Flucht gesprochen, und sie wusste, dass das Thema für Adam ein rotes Tuch war. Warum hatte sie jetzt davon angefangen? Es war ihr herausgerutscht, weil etwas an seinen Worten sie irritiert hatte. Sie hatten wie ein Vorwurf geklungen. Glaubte er etwa, sie hätte sich die Situation ausgesucht? Glaubte er, sie oder diese Kinder riskierten gerne ihr Leben?

»Mein Vater hat immer gesagt, wenn du einen Menschen siehst, der am Ertrinken ist, dann springst du ins Wasser und hilfst. Da gibt es kein Nachdenken oder Abwägen. Man tut es einfach«, setzte sie nach. »Wir tun, was wir tun, weil wir keine andere Wahl haben.«

»Ach, und ich bin dann also der Feigling, der nicht tut, was er muss«, platzte es aus Adam heraus, der zunächst geschwiegen hatte. »Aber so einfach ist das nicht. Ich habe eine Mutter und Tante. Ich kann nicht nur an mich denken.«

»Ich habe auch eine Mutter, und sie ist sogar krank. Aber ich benutze sie nicht als Vorwand.« Irena hatte sich aus der Umarmung befreit.

»Als Vorwand? Als Vorwand für was?«

»Fürs Treibenlassen. Du hast eine Wahl, Adam. Aber du wählst nicht.«

»Ist das nicht auch eine Wahl?« Er lächelte zynisch.

»Vielleicht war es das mal. Aber wenn es stimmt, was alle sagen, dass die Deutschen die Menschen deportieren wollen … dann musst du hier raus. Und deine Mutter auch. Und deine Tante Dora mit ihrem Mann. Sich außerhalb des Ghettos zu verstecken ist gefährlich, aber möglicherweise ist es eure einzige Chance. Die Allerheiligenkirche, von der die Schmugglerkinder heute erzählt haben, wäre eine Möglichkeit für euch. Und du bist derjenige in deiner Familie, der diese Entscheidung treffen muss – für euch alle. Du hast Verantwortung nicht nur für dich, sondern auch für sie.«

»Jetzt bin ich also auch noch verantwortungslos!« Adam starrte sie wütend an. »Damit gehst du zu weit.« Er drehte sich um und zog das Laken über sich.

Irena drehte sich auf den Rücken und starrte an die Decke. Ihre Augen füllten sich mit Tränen. Es waren Tränen der Wut, aber auch der Angst. Die deutschen Behörden hatten ausdrücklich erklärt, dass keine Umsiedlung des Warschauer Ghettos geplant sei. Auch der Judenrat versicherte das immer wieder. Dennoch hatte Irena das Gefühl, als läge eine Spannung in der warmen Juniluft. Sie lag auf den staubigen Straßen, in den angespannten Gesichtern der Menschen, dem unbestimmten Warten und Ausharren. Etwas ist im Anzug, dachte sie. Egal, was offziell gesagt wird.

Der Satz ihrer Freundin Maria Palester fiel ihr wieder ein. Das Ghetto ist eine Falle, hatte sie gesagt.

Irena ballte die Fäuste und drängte die Tränen zurück. Sie musste jetzt schlafen. Morgen wartete viel Arbeit auf sie.

Kapitel 26

Ein filigranes Netz aus Licht lag auf dem Waldboden zu beiden Seiten der Straße. Es war lange her, seit sie das letzte Dorf passiert hatten und in das dichte Grün eingetaucht waren. Durch das heruntergelassene Autofenster strömte der Duft getrockneter Tannennadeln. Ludwig Fischer dachte an seine Familie in Deutschland, die Wanderungen im Pfälzer Wald. Hätte er es nicht besser gewusst, er hätte schwören können, jetzt dort zu sein. Auf ihn hatte der Wald schon immer eine beruhigende Wirkung gehabt. Er lehnte sich auf dem Rücksitz zurück und sog die würzige Luft ein.

»Wie weit noch?«, fragte er den jungen Soldaten, der ihn fuhr.

»Höchstens eine Viertelstunde, Herr Gouverneur.«

Ludwig Fischer sah aus dem Rückfenster. Hinter ihnen fuhr ein weiterer Wagen, in dem Thomalla, der Ingenieur und Bauleiter des neuen Lagers in Treblinka, saß, und neben ihm Heinz Auerswald, der Kommissar des Warschauer Ghettos.

Die Straße machte eine Kurve, und auf der rechten Seite sah Fischer die Bahnschienen, die nun parallel zur Straße verliefen. Sie passierten eine Abzweigung, an deren Ende Stacheldrahtzäune und Baracken lagen. Treblinka I, das Arbeitslager. Dann konnte es jetzt nicht mehr weit sein.

Fischer lehnte sich zwischen den Sitzen nach vorne. Etwa fünfzig Meter vor ihnen lag eine Lichtung mit einem Bahnsteig. Der zweieinhalb Meter hohe Stacheldrahtzaun war so gut getarnt, dass man ihn tatsächlich erst sah, wenn man nach ihm Ausschau hielt. Schneidige Blasmusik drang an sein Ohr. Fischer setzte seine Mütze auf und rückte sie zurecht.

Neben dem Bahnsteig kamen die beiden Wagen zum Stehen. Auf der Plattform neben der Blaskapelle erkannte Fischer SS-Unterscharführer Kurt Seidel, einen der Bauleiter. Hinter ihm standen zwei weitere Männer. Fischer, Thomalla und Auerswald stiegen die Stufen zur Plattform hinauf.

»Heil Hitler!«

»Heil Hitler!«

»Darf ich vorstellen«, sagte Seidel. »SS-Scharführer Josef Hirtreiter. Er wird die Juden an der Laderampe in Empfang nehmen und auch im Auffanglager überwachen. Und hier SS-Unterscharführer August Miete. Er wird unter anderem im Lazarett und am Sortierungsplatz Aufsicht führen.« Die Männer salutierten. Fischer sah sich um. Sein Blick glitt über den Bahnsteig. An einem Pfeiler war ein Lautsprecher angebracht.

»Für die Musik, die wir bei der Ankunft spielen werden«, kommentierte Thomalla, der dem Blick des Gouverneurs gefolgt war.

Fischer näherte sich den Schildern, auf denen die An- und Abfahrtspläne angebracht waren.

»Mit Verlaub. Die angegebenen Ankunftszeiten entsprechen ungefähr den geplanten Ankunftszeiten der Züge«, hörte er Hirtreiters Stimme. »Das macht die erfundenen Abfahrtszeiten glaubwürdiger. Das heißt, wenn wirklich einer Zeit haben sollte, sie zu lesen.«

Fischer drehte sich um. »Respekt, Thomalla. Die perfekte Kulisse.«

»Wenn ich Sie dann durchs Lager führen dürfte?«

Fischer und Thomalla gingen mit Seidel voran, die beiden anderen folgten. Nach etwa hundert Metern erreichten sie zwei große Baracken, davor ein kleineres Gebäude. Ihre Dächer blitzten in der fast senkrecht stehenden Mittagssonne. Fischer schwitzte in seiner Uniform und war erleichtert, als sie in den Schatten des großen, leeren Raumes eintraten.

»Hier entkleiden sie sich«, sagte Thomalla. »Sie sehen, wir verlieren keine Zeit.« Er zeigte auf einen Tresen am anderen Ende der Baracke. »Dort vorne geben sie ihre Wertsachen ab, die sie angeblich nach der Dusche wieder zurückbekommen. Dahinten werden Koffer und Kleider abgeliefert. Allerdings bleiben sie dort nicht. Hinter der Baracke ist ein Sortierplatz.« Sie verließen das Gebäude durch eine andere Tür. Sofort hatte die Mittagshitze sie wieder fest im Griff.

»Auf diesem Platz werden die Kleider und anderen persönlichen Gegenstände sortiert. Was brauchbar ist, wird weitergeleitet. Der Rest verbrannt, dort hinten, hinter dem Lazarett.« August Miete zeigte auf das kleine Gebäude mit dem aufgemalten roten Kreuz.

»Lazarett?«, fragte Fischer und sah Thomalla an. »Ich erinnere mich gar nicht mehr, dass wir von einem Lazarett gesprochen hatten.«

»Es ist auch keins. Zumindest nicht für unsere Gäste auf der Durchreise.« Thomalla lächelte. »Kommen Sie.«

Im Inneren des kleinen Raumes befand sich eine voll eingerichtete Krankenstube.

»Nur für die Wachen und das andere Personal«, erklärte

Thomalla. »Trotzdem ist die Bezeichnung auch für die Juden passend. In der Ankunftsbaracke, wo sie sich ausziehen, sondern wir sofort die Kranken, Verletzten und Gebrechlichen aus. Die leiten wir um.« Thomalla führte sie aus der Krankenstube durch einen breiten Gang auf die Rückseite des Gebäudes. Auch hier befand sich ein großer Platz, dahinter ein tiefer Graben.

»Mit den Kranken machen wir kurzen Prozess, damit sie die reibungslose Abfertigung der anderen nicht stören. Wir stellen sie vor den Graben und …« Er holte seine Waffe aus dem Halfter und tat, als ob er zielte.

»Sehr vernünftig«, meinte Fischer.

Gemeinsam liefen sie über die asphaltierte Hauptstraße des Lagers auf ein kleines Wäldchen zu, wobei sie weitere Gebäude passierten.

»Die Wohnbezirke der Wachen und des anderen Personals«, erklärte Seidel. »Backstube, Küche, Essräume. Alles sehr schön eingerichtet mit Möbeln, die den Juden in Warschau abgenommen wurden. Aber da gehen wir später hin. Wir haben auch eine kleine Erfrischung vorbereiten lassen. Jetzt möchten Sie sicher erst mal unser Herzstück sehen.«

»Ich kann es kaum erwarten.«

»Dort hinten.« Am Ende des Lagers bogen Thomalla und Seidel in den Wald ein. Ein auf beiden Seiten mit Stacheldraht begrenzter Pfad führte in die grüne Stille. Wohin, war nicht ersichtlich.

»Wir haben die Gaskammern bewusst räumlich vom ersten Teil des Lagers abgegrenzt, um Panik zu vermeiden. Den Weg durch den Wald hier nennen wir übrigens die Himmelstraße. Wer hat sich den Namen noch mal ausgedacht?« Thomalla sah

Seidel an, doch der schüttelte den Kopf. »Das weiß ich auch nicht mehr. Eines Tages war der Name einfach da.«

Der Weg war zu Ende. Vor ihnen lagen mehrere flache, unscheinbare Gebäude. Seidel öffnete eine Seitentür. Sie befanden sich in einem Maschinenraum.

»Unser Verbrennungsmotor«, erklärte Thomalla. »Die Abgase werden direkt in den sogenannten Duschraum geleitet.«

»Spätestens da werden sie wissen, was die Stunde geschlagen hat«, bemerkte Fischer, während sie in die weiß gekachelte Gaskammer traten. »Ohne Geschrei wird das nicht abgehen.«

»Leider«, seufzte Seidel. »Weshalb wir ja auch hoffen, dass die Techniker bald eine elektrische Lösung finden. Strom wäre schneller und dementsprechend leiser.«

»Möchten Sie auch die Gruben hinter den Baracken sehen?« Fischer fürchtete die erneute Sonne, trotzdem stimmte er zu.

»Für den Anfang verwenden wir das altbewährte System«, erklärte Thomalla. »Zur Beseitigung der Kadaver in den Gruben benutzen wir Gefangene selbst. Den Wachen ist eine solche Arbeit nicht zumutbar.«

»Werden die Gruben denn auf die Dauer ausreichen?«, Fischer zog zweifelnd die Stirn in Falten. »Immerhin gehen wir von etwa sechstausend Toten täglich aus.«

»Sehen Sie dort hinten? Wir arbeiten bereits an einer Lösung durch Verbrennung«, berichtete Thomalla. »Einer Art Scheiterhaufen, wenn Sie so wollen.«

»Sehr gut, ich dachte schon …«, meinte Fischer erleichtert. »Und zeitlich gesehen?«

»Wir rechnen damit, dass zwischen Entladung und Liquidierung nicht viel mehr als eine halbe Stunde vergehen wird. Na ja, vielleicht ein bisschen mehr.« Er wiegte den Kopf.

»Hm, gut.« Fischer fasste sich an den Kragen seiner Uniform. »Diese Hitze … man könnte geradezu meinen, das Feuer würde schon brennen.«

»Dann lassen Sie uns doch zurückgehen«, schlug Seidel vor. »Die Erfrischungen stehen bereit.«

»Ich hoffe, Sie haben kaltes Bier«, bemerkte Fischer lachend.

»Kaltes Bier, kalten Braten und frisch gebackenes Brot. Das erste Brot übrigens, das in unserer Backstube gebacken wurde. Ich habe die zukünftigen Backfrauen extra dafür herbestellt.«

»Seidel, Sie verwöhnen uns. Hervorragende Arbeit, Thomalla. Treblinka steht Bełżec und Sobibór in nichts nach. Sie haben sich wieder mal selbst übertroffen.«

Thomalla lächelte geschmeichelt. »Danke, Herr Gouverneur!«

Fischer schlug ihm auf die Schulter. »So, und jetzt ran an die kalten Platten, bevor wir hier noch umkommen.«

Kapitel 27

Sie hatten Monate gebraucht, um genügend Holz für eine kleine Bühne zusammenzubekommen. Die Jugendlichen in Dr. Korczaks Kinderheim hatten sie unter Anleitung eines befreundeten Schreiners selber gebaut. Jetzt war der Tag der Aufführung da. In dem großen Raum, der normalerweise als Mensa diente, waren die Stühle in langen Reihen angeordnet, doch sie reichten bei Weitem nicht aus. Irena und Adam, die erst kurz vor der Aufführung gekommen waren, saßen auf dem Boden an die Wand gelehnt. Trotz der Julihitze waren die Fenster geschlossen, und die Zuschauer unterhielten sich mit gedämpften Stimmen. Sie durften auf keinen Fall die Aufmerksamkeit der Deutschen auf die Veranstaltung lenken.

Jetzt betrat Janusz Korczak die Bühne. Er war noch hagerer geworden, seit Irena ihn das letzte Mal gesehen hatte. Seine dunklen Augen saßen in tiefen Höhlen hinter der kleinen Brille. Schweißperlen standen ihm auf der hohen Stirn. Im Saal wurde es still. Einen Augenblick sah er ins Publikum, dann begann er zu sprechen, und in seiner Stimme lag die charakteristische Selbstironie.

»Was sage ich den Zuschauern?, habe ich mich gestern gefragt. Bedanke ich mich dafür, dass Sie gekommen sind, obwohl selbst der Weg hierher schon eine Gefahr darstellt? Oder preise ich das Stück an? *Das Postamt* von Tagore? Gibt es irgendetwas Gutes oder Schönes, was ich Ihnen in diesen Zeiten erzählen könnte? Na, fällt Ihnen da auf Anhieb etwas ein?« Einige im Publikum lachten leise.

»Und doch stehen ein paar Dinge auf meiner Liste.« Er zog ein verkrumpeltes Blatt Papier aus der Hosentasche und rückte die Brille zurecht.

»Ich habe sie gestern Abend aufgeschrieben, nachdem ich verbotenerweise bei Dunkelheit noch draußen in unserem Hinterhof war, was in diesen Zeiten ja schon fast an Selbstmord grenzt.« Wieder erklang leises Lachen aus dem Zuschauerraum.

»Jedenfalls gab es plötzlich eine leichte Abendbrise. Es war wunderbar. Und die Blumen, die wir in einer Ecke gepflanzt haben und die sich tagsüber in der Hitze verschließen, verströmten einen zarten Duft. Ich ging näher und sog ihn ein, so tief ich konnte. Und plötzlich war ich nicht mehr allein.«

Er machte eine Kunstpause. Der Saal hielt den Atem an, doch an dem verschmitzten Blitzen in seinen Augen erkannte Irena, dass hier der »alte Doktor« der früheren Radiosendungen sprach.

»Ich war nicht mehr allein«, wiederholte er. »Ein leuchtendes Pünktchen bewegte sich vor mir im Dunkeln. Ein Glühwürmchen!« Wieder Lachen, diesmal etwas lauter.

»Gibt es einen Gott?«, fragte Korczak. »Ja, vielleicht. Und wenn es ihn gibt, sollten wir ihm danken. Dafür, dass er den Blumen den Duft geschenkt hat und dem Glühwürmchen das Leuchten. Dafür, dass die Luft zur Brise werden kann. Und dafür, dass der Mensch als Kind geboren wird. Kinder …« Er schob die Liste wieder in die Tasche. »... sind für uns Erwachsene wie der Duft der Blume. Sie sind das Glühen des Glühwürmchens, und ich danke meinem Schicksal jeden Tag, dass es sie so zahlreich zu mir spült wie die Wellen die Muschelschalen.«

Er sah sein Publikum an, als würde er zu jedem Einzelnen persönlich sprechen. Dann fragte er:

»Waren Sie schon einmal dabei, wenn ein ganzer Schlafsaal von Kindern aufwacht?«

Manche unter den Zuschauern schüttelten unwillkürlich die Köpfe.

»Augen gehen langsam auf und wieder zu. Ein Kind reibt sich die Augen. Ein anderes streckt ein Bein unter der Decke hervor. Es gibt immer einen, der mit einem Satz aus dem Bett springt, andere, die mit ihrer Puppe im Arm vage in den Raum sehen, ohne etwas wahrzunehmen. Ein Junge kratzt sich vielleicht an der Nase, ein Mädchen fasst sich in die Haare. Und ich liege in meinem Bett in der Mitte des Saals und darf dieses erste Erwachen miterleben. Jeden Tag.« Er lächelte wieder. »Wenn es etwas Schönes zu erzählen gibt, dann das. Und viele dieser Kinder haben nun letzte Nacht kaum geschlafen, denn sie sind aufgeregt. Sie haben ein Stück für Sie eingeübt, und wir hoffen alle, dass es Ihnen gefallen wird.«

Das Publikum applaudierte. Einen Augenblick dachte niemand an die Welt vor den Fensterscheiben. Korczak verließ die Bühne, und die ersten kleinen Schauspieler kamen hinter einer Wand aus Karton hervor. Das Stück ging los. Irena kannte es bereits. Es war vor dem Krieg einmal in einem Theater in der Altstadt aufgeführt worden, und es war nicht schwer zu erraten, warum Korczak es ausgewählt hatte – auch wenn die kleinen Schauspieler die tiefere Bedeutung hinter ihrem Spiel kaum erahnten.

In dem Stück des bengalischen Autors Rabindranath Tagore ging es um einen kleinen Jungen, der unter einer unbegreiflichen, tödlichen Krankheit litt, weshalb er sein Zimmer nicht verlassen durfte. Am Leben vor seinem Haus nahm er nur durch Gespräche mit Menschen teil, die dort draußen ihrem Tagwerk nachgingen und sich mit dem kleinen Jungen unterhielten. Sein größter Traum war es, königlicher Postbote zu werden. Und obwohl der bevorstehende Tod nie beim Namen genannt wurde, konnte man nicht umhin, die traurige Wahrheit zu erkennen: Nur er würde den Jungen aus seinem Gefängnis befreien.

»Starker Tobak für ein Kinderstück«, flüsterte Adam ihr zu, während sie eine Stunde später mit den anderen klatschten. Die Kinder standen in einer Reihe auf der Bühne. Leuchtende Augen, rote Gesichter, verschwitzte Strähnen in der Stirn. Sie hielten sich an den Händen, und immer, wenn das Kind am rechten Ende eine Verbeugung begann, verbeugten sich auch die anderen. Manche von ihnen berührten im Überschwang fast die Knie mit der Nase, andere blieben steif und zurückhaltend.

Adam und Irena standen auf und mischten sich unter die Zuschauer. An der Längsseite des Raumes waren Wasserkrüge und Becher aufgestellt. Sie strebten darauf zu, tranken und wechselten dabei Worte mit Besuchern, die sie kannten.

»Dr. Korczak!« Irena trat auf den Heimleiter zu, als sich dieser gerade von einer Dame verabschiedete.

»Gratuliere«, sagte Adam. »Die Kinder haben wunderbar gespielt.«

Korczak nickte lächelnd, doch im Gegensatz zu seiner energischen Rede am Anfang des Nachmittags wirkte er plötzlich erschöpft. So, als hätten sein Optimismus und die Freude über das gelungene Stück seine Kräfte verbraucht, anstatt sie zu beflügeln. Plötzlich schwankte er und stützte sich an der Wand ab.

»Geht es Ihnen gut?«, fragte Irena besorgt.

»Es ist nichts«, kam die beinahe unwirsche Antwort. »Ich bin nur ein wenig müde. Ich schlafe schlecht.«

»Es ist sicher nicht leicht, dieses große Waisenhaus zu führen«, meinte Adam. »Auch wenn die Kinder Ihr Leben erleuchten wie Glühwürmchen, machen sie doch Arbeit.«

Es hatte ein Scherz sein sollen, doch Korczak nahm Adam beim Wort.

»Die Kinder selbst machen keine Arbeit«, antwortete er. »Arbeit macht es nur, sie in diesen Zeiten am Leben zu erhalten, die nötigen Mittel zu finden. Jeden Morgen drehe ich meine Runden, suche die auf, die noch etwas zu geben haben. Treppen rauf und wieder runter. Ich bitte und bettle. Eine Spende, ein Sack Kartoffeln. Ich rede mir die Zunge wund. Und wissen Sie, was letzte Woche dabei hängen geblieben ist? Fünfzig Złoty und das Versprechen, jeden Monat weitere fünf zu geben.« Er schnaubte leicht. »Wie soll man damit zweihundert Kinder ernähren? Manchmal komme ich morgens kaum aus dem Bett, so müde bin ich geworden. Außerdem macht mir das Gerücht von der Umsiedlung Sorgen.«

»Der Vorsitzende des Judenrates dementiert, dass solche Pläne wirklich existieren«, warf Irena schwach ein.

»Czerniaków? Ja, mir hat er neulich dasselbe gesagt. Er hat das Wort der Deutschen. Aber ich traue dem Braten nicht.«

»Den Deutschen ist nicht zu trauen«, stieß Adam bitter hervor.

»Da haben Sie recht, junger Mann.« Korczak klopfte Adam leicht auf die Schulter. »Aber glauben Sie nicht, dass der Rest der Menschheit ohne Fehl und Tadel wäre. Letztlich ist der Mensch nur ein Tier, das Karriere gemacht hat.«

Irena lachte kurz. Typisch Korczak! »Haben Sie je daran gedacht, sich außerhalb des Ghettos in Sicherheit zu bringen?«, fragte sie und bemerkte, dass Adam sie von der Seite ansah.

Korczak lachte. »Fangen Sie jetzt auch noch damit an? Mein früherer Sekretär war vor Kurzem bei mir und wollte mir helfen, auf der anderen Seite unterzutauchen. Aber ohne meine Kinder? Ich versuche übrigens gerade etwas zu finden, was wir hier im Heim für die Deutschen herstellen könnten. Eine Art Kinderfabrik, wenn Sie so wollen. Falls es mit diesen Plänen der Umsiedlung etwas auf sich hat, werden sie die verschonen, die ihnen nützlich sind. Leider bin ich mit dem Projekt noch nicht weitergekommen. Aber Sie sehen, für eine Flucht habe ich keine Zeit.«

Irena nickte nur. Sie hatte keine andere Antwort erwartet.

Kapitel 28

»Madame?« Janusz Korczak steckte seinen Kopf durch die Tür.

Adam Czerniakóws Sekretärin sah überrascht auf. »Der Herr Doktor? Ach je, haben Sie mich erschreckt.« Sie stand auf und strahlte ihn an. »Eigentlich müsste ich jetzt sagen, dass Dr. Czerniaków keine Zeit hat. Aber bei Ihnen ist das etwas anderes.«

Korczak machte eine kleine Verbeugung. »Frau Tyszka, Sie hätten Blumen verdient, wenn es im Ghetto welche zu kaufen gäbe.«

»Sie alter Schwerenöter!«

Die Sekretärin klopfte an Czerniakóws Büro und ließ Korczak eintreten.

»Janusz!« Czerniaków schüttelte seinem Bekannten die Hand und bat ihn, sich zu setzen.

»Ein offizieller Besuch hier in meinem Büro verheißt nichts Gutes. Was kann ich für dich tun? Gibt es Probleme mit der Versorgung?«

Korczak verzog das Gesicht. »Wann gäbe es die nicht? Aber das ist nicht der Grund, warum ich hier bin. Ich habe darüber nachgedacht, im Waisenhaus eine Art Produktionsstätte einzurichten. Wie nennen sich die Betriebe, die hier im Ghetto für die Deutschen produzieren?«

»Shops.«

»Richtig. Shops. Ich habe zweihundert Kinder im Heim. Viele davon sind schon Jugendliche. Wir könnten etwas herstellen oder letzte Hand anlegen an Dinge, die aus anderen Shops kommen oder ...«

Czerniaków hob die Hand. »Janusz. Augenblick, warum solltet ihr das tun?«

»Warum? Das fragst gerade du? Das Ghetto wird möglicherweise umgesiedelt, und diejenigen, die etwas für die Deutschen herstellen, sind normalerweise von solchen Aktionen ausgenommen. Wie die Leute vom jüdischen Ordnungsdienst oder vom Judenrat.«

Czerniaków wurde rot, doch er schluckte seine Irritation herunter. »Janusz, ich habe schon mehrfach bei den deutschen Instanzen nachgehakt, und man hat mir versichert, dass keine Umsiedlung geplant ist. Niemand weiß etwas von einer angeblichen ...«

»Ach nein? Dann hast du noch gar nicht das Neueste gehört? Angeblich stehen schon vierzig Waggons zum Abtransport bereit. Es heißt, dass morgen Abend die Aussiedlung von dreitausend Menschen beginnen soll. Seit heute Morgen erzählen Kohn und Heller das jedem, der es hören will, und die müssen es wissen. Die haben schließlich selbst ein Transportunternehmen. Herrgott, du sitzt hier in deinem Elfenbeinturm und kriegst nicht mit, dass da draußen die Panik umgeht.«

Czerniakóws Gesicht versteinerte sich. »Ich kann dir nur sagen, was man mir versichert.«

»Ja, ja. Aber deswegen bin ich ja auch nicht hier. Bitte, sprich mit denen von der Transferstelle. Lass uns einen Shop eröffnen im Waisenhaus … bitte.«

»Ich tue, was ich kann.«

»Gut.«

Sie schüttelten sich zum Abschied die Hände, dann verließ Korczak den Raum.

Czerniaków trat ans Fenster seines Büros. Konnte es wirklich sein, dass die Deutschen vorhatten, Hunderttausende Menschen aus Warschau wegzuschaffen? Dass sie das alles organisiert hatten, ohne dass etwas durchgesickert war? Denn diese Gerüchte um eine angebliche Umsiedlung – das war doch alles völlig haltlos!

Er drehte sich um und nahm seinen Hut. »Ich muss etwas klären«, rief er seiner Sekretärin im Vorraum zu, dann trat er hinaus in die Julihitze. Vor der Tür döste sein Chauffeur im Auto.

»Zur Transferstelle.« Irritiert tippte er dem jungen Mann auf die Schulter. Der riss die Augen auf. »Pardon«, sagte er und fuhr los. Auf den notorisch überfüllten Ghettostraßen waren noch mehr Leute unterwegs als sonst. Ein paar junge Männer erkannten Czerniaków Wagen und hinderten ihn am Weiterfahren. Sofort war er von einer Menschentraube umgeben, die schnell anwuchs.

»Czerniaków ist ein Verräter!«, schrie einer.

»Wann wolltest du uns sagen, dass sie uns morgen abholen?« Fäuste klopften an die Scheiben. Einige bespuckten den Wagen. Der Chauffeur hupte.

»Henker der Deutschen!«, schrie ein anderer.

»Was zahlen die dir dafür, dass du uns verkaufst?«

Czerniaków sah starr geradeaus. Schweißperlen liefen ihm in den Hemdkragen. Er atmete schwer. Schließlich ließ der Chauffeur den Motor aufheulen. Ein paar sprangen zur Seite. Er gab Gas, fuhr ein Stück an, dann noch ein Stück. Schließlich gab die Menge klein bei. Doch als der Wagen endlich vor der Transferstelle hielt, blieb Czerniaków sitzen. Er sah, dass der Chauffeur ihn im Rückspiegel anblickte. Als ihre Augen sich trafen, senkte der junge Mann den Blick.

»Ich habe es mir anders überlegt«, sagte Czerniaków. »Fahren Sie zum deutschen Ghettokommissariat.«

Diesmal kamen sie problemlos durch.

Dann begann das Warten. Es dauerte Stunden, bis Czerniaków in das Büro von Heinz Auerswald eingelassen wurde. Der Kommissar für das Ghetto saß hinter einem beinahe unordentlich wirkenden Schreibtisch. Wie immer war sein Gesicht glatt rasiert. Die angehobene Augenbraue bei gleichzeitig heruntergezogenem Mundwinkel verlieh seinem Gesicht etwas Schiefes, Verrutschtes. Auerswald legte die Fingerspitzen aneinander und wartete, bis Czerniaków sich gesetzt hatte.

»Sie sind unangemeldet«, konstatierte er. »Worum geht es? Wieder um eine Ghettofeuerwehr, ein neues Waisenhaus, oder wollen Sie noch einen Garten für Kinder einrichten?« Ein Lächeln erschien auf seinem Gesicht, doch Czerniaków erwiderte es nicht.

»Ich bitte ein für alle Mal um Auskunft. Präzise, eindeutige Auskunft«, erklärte er. »Die Gerüchte über eine Umsiedlung nehmen kein Ende, und sie werden konkreter. Es heißt, vierzig Waggons stünden für eine Aussiedlung bereit, die schon morgen beginnen soll.«

»Vierzig Waggons?« Auerswalds Lächeln wurde breiter. »Das sind wilde Übertreibungen. Es sind nur zwanzig, Czerniaków, und sie sind nicht für eine Umsiedlung gedacht. Morgen sollen weitere siebenhundertzwanzig Männer in die Lager gebracht werden. Das ist alles.«

»Also definitiv keine Umsiedlung?«

Auerswald hob beide Handflächen. »Nicht, dass ich wüsste. Und ich müsste es ja wohl als Erster erfahren.«

»Dann kann ich das den Menschen glaubhaft versichern?« Czerniaków's Stimme blieb barsch.

»Aber natürlich«, erklärte Auerswald schwungvoll. »Alles nur Unfug. Sie können ganz beruhigt sein. Wer sich Sorgen machen sollte, bin ich. Wo haben die Menschen diesen Quatsch her? Ich werde mich umgehend um eine Ermittlung in dieser Angelegenheit bemühen.«

Czerniaków wollte aufstehen. Es gab nichts mehr zu sagen. Trotzdem hielt ihn etwas auf dem Stuhl. Er verspürte den Impuls, die Frage noch einmal zu stellen. Ein zweites, ein drittes Mal, immer wieder. Wird es eine Umsiedlung geben? Morgen? Ein Bild huschte durch seinen Kopf. Er, der Auerswald am Kragen rüttelte und ihm die Frage ins Gesicht schrie, bis dem die Brille vom Kopf rutschte. Brüsk stand er auf, nickte zum Abschied und verließ den Raum.

Erst als er im Auto saß, atmete er tief durch. Was wollte er denn? Er hatte eine klare Frage gestellt. Mehrmals. Und eine ebenso klare Antwort erhalten. Jetzt blieb ihm nichts anderes zu tun, als seine Termine für den Rest des Tages abzusagen und zu versuchen, die Menschen persönlich zu beruhigen.

Die knochigen Finger des Bettlermädchens Mara hielten Irenas Hand so fest umklammert, dass es beinahe wehtat. Die Menschenmenge auf den Straßen schien ihr Angst zu machen, und Irena konnte es ihr nicht verdenken. Was war nur los? Dass man in manchen Straßen des Ghettos dicht an dicht ging, war normal. Aber heute lag eine Anspannung in der Luft, die ihr neu war. An einer Kreuzung scharte sich eine Menschentraube um einen schwarzen Wagen. Sie hörte Schreie, Fausthiebe. Irena konnte nicht sehen, wer in dem Auto saß, aber sie tippte auf ein Mitglied des Judenrates. Bei den Deutschen hätte sich das niemand erlaubt, und ansonsten hatte keiner im Ghetto die Erlaubnis, Auto zu fahren.

Irena zog Mara hinter sich her. Um diese Uhrzeit glühte das staubige Pflaster, und die Julisonne war so hell, das Irena blinzelte. In der breiteren Leszno-Straße ging es schneller voran. Endlich kam das Gerichtsgebäude in Sicht. Schon auf den Stufen zum Eingang saßen und standen Leute. Irena drängte sich mit Mara hinein. Die Luft in der großen Vorhalle hätte man mit dem Messer schneiden können. Unzählige Menschen drängten sich hier. Instinktiv drückte Irena den Rücken durch. Jetzt galt es, die Augen überall zu haben, ohne deswegen zögerlich zu erscheinen. Vor wenigen Tagen hatte sie mit dem Hausmeister verabredet, wo sie sich treffen würden und auf wen sie zu achten hatte. Er hatte ihr die Angestellten gezeigt, die sich nicht in der Vorhalle aufhalten durften, wenn sie die Treppen zum Untergeschoss hinabstieg. Zum Glück kamen sie in dem Gedränge ohnehin nur langsam voran. Unauffällig ließ Irena die Augen über die Köpfe der laut redenden und gestikulierenden Menschen schweifen.

Wie soll ich bei dem Gewirr feststellen, wer gerade alles hier ist?, dachte sie und änderte die Strategie. Mit Mara an der Hand drehte sie eine Runde und tat so, als suchte sie nach jemandem. Von den besagten Angestellten war keiner zu sehen. Also bewegte sie sich auf das Treppengeländer zu. Mara und sie würden bis zu dreißig Sekunden sichtbar sein, während sie ins Untergeschoss hinabstiegen. Jetzt war es Irena, die Maras Hand umklammerte. Auf der Treppe angekommen, bemühte sie sich, nicht zwei Stufen auf einmal zu nehmen. Immer mit der Ruhe, ein Lächeln im Gesicht.

Es war geschafft. Unten war es dunkler. Sie bog rechter Hand in einen Gang ein. Herr Duda, der Hausmeister, erwartete sie bereits. Als er sie sah, drehte er sich wortlos um und schloss eine Tür auf. Eilig folgten sie ihm, und der Schlüssel drehte sich hinter ihnen. Von da an ging es durch mehrere Gänge, rechts, links, wieder geradeaus. Die Luft war feucht und abgestanden. Der Hausmeister hatte kein Licht gemacht, und sie erahnten die Bewegungen seines wuchtigen Rückens mehr, als sie sie sahen. Er kannte den Weg auf den Schritt genau. Plötzlich blieb er stehen und drehte sich zu ihnen um. Er hielt einen Finger vor den Mund. Dann bedeutete er ihnen, zu bleiben, wo sie waren.

Irena hörte den Schlüssel im Schloss. Das musste der Ausgang auf die Ogrodowa-Straße sein. Gleißendes Licht fiel herein, als die Tür ein kleines Stück aufging. Sofort drang Wärme in den Kellergang. Vorsichtig steckte der Hausmeister den Kopf durch den Spalt – und zuckte zurück. Das Rumpeln eines Lastwagens war zu hören. »Transporter voller SS-Leute«, flüsterte er hektisch und schob die Tür bis auf einen winzigen Spalt zu. Wieder rumpelte ein Lastwagen vorbei.

»Verdammt, was ist denn heute los? Alles voller SS. Wo zum Teufel wollen die hin?«, fluchte er leise.

Irena und Mara standen mucksmäuschenstill. Endlich war alles ruhig.

»Wenn ihr draußen seid, schließe ich sofort ab. Das war's dann für mich«, sagte er kurz angebunden.

Irena nickte. Langsam öffnete Duda die Tür, noch ein kurzer Blick, dann eine rasche Kopfbewegung nach draußen. Irena schlüpfte mit Mara ins Freie. Ihr Herz schlug bis zum Hals, und sie hatte das Gefühl, alles um sich herum in Zeitlupe wahrzunehmen. Eine Frau, die am Ende der Straße in die andere Richtung lief. Ein Fahrradfahrer, der gerade einen Korb vom Gepäckträger hievte und dabei ein paar Kartoffeln verlor, nach denen er sich bückte. Niemand schenkte ihnen Beachtung. Als ein weiterer Transporter ratternd in die Straße einbog, hatten sie sich bereits ein wenig von der Kellertür entfernt.

Irena sah nicht hin. Erst als der offene Laster an ihnen vorbeifuhr, erkannte sie junge Männer in SS-Uniform. Wirklich seltsam, dachte sie und sagte dann laut: »Der Hausmeister hat recht. Was geht hier vor?« Mara drehte sich zu ihr, ihre Augen waren vor Angst geweitet. »Keine Sorge«, flüsterte Irena. »Die sind nicht deinetwegen da.«

Doch der Gedanke ließ sie nicht los: Warum waren auf einmal so viele SS-Leute hier? Was hatten sie vor?

Kapitel 29

Am nächsten Morgen war Adam Czerniaków schon um halb acht in seinem Büro, um sich auf die Ratssitzung in der jüdischen Gemeinde vorzubereiten. Er hatte das Fenster geöffnet, denn zu dieser frühen Stunde war die Luft noch angenehm. Sie hatte beinahe einen Hauch von Frische. Wehmütig erinnerte er sich an die Morgenstunden in seiner früheren Wohnung. Die Straße war von Linden gesäumt gewesen, die im Frühjahr einen betörenden Duft verströmten, und im Sommer pflanzte seine Frau Blumen auf dem Balkon. Vorkriegsdüfte und Farben, die ihm fehlten. Er drehte sich um und ging an seinen Schreibtisch zurück.

Als er das Fenster wenige Stunden später wieder schließen wollte, wurde hinter ihm die Tür aufgerissen. Seine Sekretärin stürzte herein. Mehrere Strähnen hatten sich aus ihrer sonst so peniblen Frisur gelöst.

»Dr. Czerniaków«, sagte sie atemlos. »Ich habe den Botengang für Sie erledigt…«

»Danke, Frau Tyszka, aber Sie hätten sich doch dabei nicht so verausgaben müssen.«

»Nein«, stieß sie hervor. »Es ist nicht deswegen. Es ist wegen der Truppen. Es müssen Spezialeinheiten sein. SS und Gestapo.

Sie haben einen Teil des Ghettos umstellt.« Von Czerniaków kam keine Reaktion, was seiner Sekretärin Angst machte. »Dr. Czerniaków, was geschieht da? Wissen Sie davon?«, fragte sie verstört.

»Danke, Frau Tyszka«, sagte der kurz angebunden. »Sie können wieder an Ihre Arbeit gehen. Ich kümmere mich darum.«

Einen Augenblick sah sie ihn mit offenem Mund an, dann schloss sie die Tür. Czerniaków war schon auf dem Weg zu seinem Hut, da überlegte er es sich anders. Er hob den Telefonhörer ab und wählte eine Nummer. Besetzt. Eine weitere. Wieder besetzt. In einem Anfall verzweifelter Wut, die ihn selbst erschreckte, knallte er den Hörer auf die Gabel.

Da klopfte es energisch, und im selben Augenblick ging die Tür auf. SS-Sturmbannführer Höfle stand im Raum. Czerniaków Herz sank. Er hatte bislang nicht viel mit ihm zu tun gehabt, wusste aber, dass er sich im Rahmen der Lager in Lublin und Bełżec einen Namen gemacht hatte. Seit einiger Zeit war er nun in Warschau … und jetzt hier in seinem Büro.

Einen Augenblick sagte niemand etwas, und in der angespannten Stille wirkte das Lachen und Spielen der Kinder, für die Czerniaków unlängst einen kleinen Garten auf der gegenüberliegenden Straßenseite eingerichtet hatte, unnatürlich laut. Auch Höfle schien darauf zu lauschen.

»Machen Sie das Fenster zu, und sorgen Sie dafür, dass man die Kinder von da unten wegschafft«, sagte er barsch. Czerniaków musste seiner Sekretärin, die in der Tür stehen geblieben war, nur zunicken. Sie verschwand.

»Höfle, SS-Sturmbannführer. Beauftragter für die Aussiedlung. Ich bin hier, um Ihnen mitzuteilen, dass um Punkt zehn Uhr heute Vormittag die Aktion Reinhardt beginnt.« Er sah auf seine Armbanduhr. »Das ist in fünf Minuten.«

Czerniaków öffnete den Mund, brachte aber nichts heraus.

Höfle sprach weiter. »Mit wenigen Ausnahmen werden alle Juden unabhängig von Geschlecht oder Alter in den Osten ausgesiedelt. Sie dürfen je einen Koffer mit fünfzehn Kilogramm Gepäck mitnehmen. Bis heute sechzehn Uhr sind die ersten sechstausend vom Umschlagplatz im Ghetto abzutransportieren. Waggons stehen dort bereit. Dieselbe Quote an jedem weiteren Tag.«

Czerniaków fand seine Sprache wieder. »Umsiedlung? Wohin genau? Und wozu? In Arbeitslager? In andere Ghettos?«

»Das muss Sie nicht interessieren.«

»Aber …«

»Sie und der jüdische Ordnungsdienst haften mir für die Einhaltung der Quoten. Ich weise Sie darauf hin, dass Ihre Frau sich in diesem Augenblick noch in Freiheit befindet. Sollten wir auf Widerstand stoßen, sehen wir uns gezwungen, sie als Geisel zu erschießen.«

»Sie haben von Ausnahmen gesprochen.« Czerniaków hatte sich nie hilfloser gefühlt. Von draußen drangen aus einiger Entfernung erste Schreie zu ihnen herauf. Spitze, gellende Frauenschreie, wütende, verzweifelte Männer, das Weinen von Kindern.

»Ausgenommen sind die Angestellten des Judenrates mit ihren Familien, die Angestellten des jüdischen Ordnungsdienstes, ebenfalls mit Familien, außerdem Müllkutscher, Krankenhauspersonal sowie die Inhaber von Arbeitsausweisen, also alle, die für deutsche Unternehmen im Ghetto arbeiten.«

»Und die Kinder? Die Waisenhäuser?«, stieß Czerniaków hervor.

»Gehören nicht dazu. Für die kommenden Tage wird ein spezieller Kindertransport vorbereitet.«

»Das können Sie nicht machen!«, schrie Czerniaków wie von Sinnen. »Ich …«

»Sie werden gar nichts. Ich bin nur hier, um Sie zu informieren. Guten Tag und Heil Hitler!« Er drehte sich um und verließ das Büro. Czerniaków sah, wie seine Sekretärin ihn von draußen anstarrte. Er ertrug ihren Blick nicht und schloss heftig die Tür.

Sein erster Impuls war, sich wieder ans Fenster zu stellen, wie immer, wenn er nachdenken musste. Doch die lauter werdenden Schreie der zusammengetriebenen Menschen hielten ihn davon ab. Wie versteinert stand er in der Mitte seines Büros. Er hatte Gärten für Kinder geschaffen, sich mit Problemen der Nahrungsmittelversorgung und Müllabfuhr herumgeschlagen. Eben erst hatte er ein neues Waisenhaus für Bettlerkinder eingerichtet und sich den täglichen praktischen Widrigkeiten des Ghettos gestellt. Nur die Menschen konnte er nicht schützen – denn dass es sich nicht um eine Umsiedlung handelte, war ihm klar. Die Deutschen schafften nicht sechstausend Menschen pro Tag aus Warschau fort, um sie an anderer Stelle wieder anzusiedeln. Er wusste nicht, was ihnen bevorstand – aber er wusste, dass sie sterben würden. Der Kampf war verloren. Und es war kein Kampf mehr um ihre Würde. Es war ein Kampf ums nackte Leben.

Er dachte an Janusz Korczak, der erst vor wenigen Tagen bei ihm gewesen war, und griff sich mit den Fingern an die Schläfen. Nun sollte er selbst dazu beitragen, hilflose Kinder in den Tod zu schicken.

Czerniaków ging zu seinem Schreibtisch und öffnete eine Schublade. Seine Hand tastete nach dem kleinen Blechkästchen ganz hinten. Er legte es vor sich auf den Tisch und starrte es an.

Ich kann nicht mehr, dachte er. Ich ertrage meine eigene Machtlosigkeit nicht mehr. Die Trauer, die Wut. Sie werden mich für feige halten, aber das bin ich nicht. Das war ich nie. Ich habe gekämpft, auf meine Art, von früh bis spät. Für ein bisschen Würde. Für jede kleine Verbesserung. Ich habe es nicht geschafft. Wenn ich Glück habe, wird mein Handeln die Menschen aufrütteln und zeigen, dass andere Wege notwendig sind.« Er öffnete das Kästchen, entnahm ihm die Zyankali-Pille und legte sie sich in den Mund.

Einen Augenblick fühlte er ihre runde Glätte, dann biss er zu.

Kapitel 30

Wie gestern, dachte Irena irritiert, als schon wieder ein offener Militärwagen an ihr vorbeifuhr. Die erhöhte Militärpräsenz in der Stadt war ihr unheimlich. Etwas stimmte nicht, und sie hatte ein ungutes Gefühl. An der nächsten Kreuzung bog sie kurzerhand Richtung Ghetto ab. Der Termin in der Suppenküche konnte warten. Sie trat schneller in die Pedale, und noch bevor sie den Kontrollpunkt erreichte, sah sie ihn: einen Ring von Militärfahrzeugen um die Ghettomauern. Auf den leeren Ladeflächen und zwischen den Fahrzeugen standen SS-Männer, die Maschinengewehre im Anschlag. Sie hatten das Ghetto umzingelt.

Die Aussiedlung, schoss es Irena durch den Kopf. Das muss es sein. Es stimmt also doch!

Nachdem sie ihr Fahrrad abgestellt hatte, näherte sie sich dem Kontrollposten. Sie spürte die vielen Augen, die auf sie gerichtet waren, doch sie sah streng geradeaus. Von innen war der Übergang schärfer bewacht als sonst. Sie nestelte ihren Passierschein aus der Tasche. »Ich bin beim Seuchenschutz.«

»Wir auch«, bemerkte die Wache ohne die geringste Gesichtsregung. »Weshalb wir solche wie Sie auch bald nicht mehr brauchen werden. Sind Sie sicher, dass Sie da reinwollen? Könnte Turbulenzen geben.«

»Ja, ich muss.«

»So, so, Sie müssen.« Jetzt lächelte der Mann ironisch. Dann gab er dem weiter vorn stehenden Mann ein Zeichen, Irena durchzulassen.

Im Inneren waren die Straßen so gut wie leer gefegt. Vereinzelte Schreie kamen aus der Richtung des sogenannten Kleinen Ghettos. Es war mit dem Großen Ghetto durch eine Holzbrücke verbunden, die über eine nicht zum Ghetto gehörende Straße führte. Irena hastete zu Adams Wohnung. Atemlos drückte sie auf den Klingelknopf und klopfte gleichzeitig mit der Hand.

»Adam? Frau Celnikier? Ich bin's. Irena!«

Die Tür ging auf. Adam war bleich wie eine Wand. Schnell trat Irena ein. Hinter der verschlossenen Küchentür hörte sie leises Schluchzen. Wortlos folgte sie Adam in sein Zimmer.

»Was weißt du?«, stieß er hervor.

»Das wollte ich dich gerade fragen.«

Resigniert ließ Adam sich auf die Bettkante fallen. »Nur, was an Gerüchten umgeht und was man hört und sieht. Das Kleine Ghetto ist abgeriegelt. Man sagt, sie wollen Tausende auf den Umschlagplatz bringen und umsiedeln. Irena, Tausende jeden Tag. Im Kleinen Ghetto fangen sie an. Hast du die Schreie gehört?«

Irena nickte.

»Wir brauchen Ausweise«, fuhr Adam fort. »Arbeitsausweise, die zeigen, dass wir in einem deutschen Betrieb angestellt sind. Wer so einen Ausweis hat, ist sicher. Sie kosten fünftausend Złoty pro Stück.«

»Adam«, unterbrach Irena seinen Redefluss. »Weder deine Mutter noch deine Tante und ihr Mann werden von einem deutschen Betrieb angestellt werden. Und wenn du selbst es schaffst, so einen Ausweis zu bekommen, willst du zusehen, wie die drei verschleppt werden? Außerdem wird dieser Ausweis nicht ewig helfen. Wenn die Gerüchte stimmen und sie das Ghetto leeren, dann sind die mit den Ausweisen vielleicht als Letzte dran, aber irgendwann ist es auch für sie so weit.« Irena wusste selbst nicht, woher sie die Kraft zu dieser kaltblütigen Analyse hatte.

Adam starrte sie an. »Das Ghetto leeren. Wie du das sagst.«

Irena fühlte einen kurzen Stich. Es klang brutal. So brutal, wie es war. Aber genau deshalb war sie es leid, um den heißen Brei herumzureden.

»Leeren, genau«, sagte sie ungewohnt scharf. »Wir wissen doch beide, dass die Menschen nicht umgesiedelt werden, oder?« Adam wich ihrem Blick aus, doch dann sah er sie wieder an, biss sich auf die Lippe und nickte langsam.

Irena ging vor ihm in die Hocke und nahm seine Hände. »Dann weißt du, was ihr jetzt zu tun habt. Ich organisiere Notunterkünfte für euch. Und sobald es geht, versuchen wir den Sprung auf die andere Seite.«

Adam sah sie nicht an. Er entzog ihr eine Hand, senkte den Kopf und rieb sich die Stirn. Dann nickte er. »Gut. Ich denke ernsthaft darüber nach, versprochen.«

Kurz darauf hastete Irena auf gespenstisch leeren Bürgersteigen Richtung Krankenhaus. Sie musste Ala finden.

Dabei stieß sie beinahe mit ihrer Freundin Ewa zusammen, die ihr an einer Hausecke entgegenkam.

»Irena, hast du meine Mutter gesehen?« Ewa stand der Schweiß auf der Stirn, ihre Augen waren weit aufgerissen.

»Nein, ich …«

»Sie ist heute Morgen aus dem Haus gegangen, zum Einkaufen, und bisher nicht wiedergekommen. Jetzt suche ich die Straßen ab und klingle bei Leuten, die wir kennen. Du weißt, was hier los ist, oder?«

Irena nickte. »Wollte sie ins Kleine Ghetto?«

»Eigentlich nicht, Gott sei Dank! Rachelas Bekannter vom Ordnungsdienst hat gesagt, dass sie systematisch vorgehen, immer eine bestimmte Zone pro Tag. Aber sie haben Quoten, und wenn sie die nicht erfüllen, was weiß ich …«

»Kann Rachela fragen, wo sie morgen sein werden? Und die Tage danach?«

»Keine Ahnung, ob ihr Bekannter das weiß. Obwohl, wahrscheinlich schon, denn sie zwingen den jüdischen Ordnungsdienst mitzumachen. Verstehst du? Jetzt treiben Juden ihre eigenen Leute aus den Häusern und zum Umschlagplatz.«

»Es wäre wichtig zu wissen, mit welcher Zone sie als Nächstes weitermachen. Dann können wir mit den Menschen reden, die dort wohnen. Vielleicht sind jetzt mehr Familien bereit, uns ihre Kinder anzuvertrauen und auf die andere Seite zu schicken. Du musst mit Rachela reden.«

Ewa fasste Irena am Arm. »Ich gebe dir Bescheid, versprochen, aber jetzt muss ich weiter.«

»Viel Glück!«

Auch Irena lief weiter. Als sie wenig später auf Alas Station ankam, erkundigte sie sich bei einer jungen Schwester nach ihrer Freundin.

»Ala? Die wollte mit Nachum auf den Umschlagplatz.«

»Was? Ala ist auf dem Umschlagplatz?«

»Ja, sie wollten …«

Doch Irena eilte bereits davon. Wenn Ala wirklich auf dem Umschlagplatz war, warum auch immer, dann musste sie sie finden.

Als sie kurz vor dem Güterverladeplatz um eine Hausecke bog, kam ihr ein langer Zug zusammengetriebener Menschen entgegen. Sie liefen zu mehreren in einer Reihe, in der Hand hastig gepackte Koffer und Bündel mit Habseligkeiten. Eine Frau trug einen Käfig mit einem Kanarienvogel. In den meisten Gesichtern stand nackte Panik. SS-Leute, ukrainische Soldaten und Männer vom jüdischen Ordnungsdienst trieben sie mit Gewehren, Peitschen und Knüppeln vorwärts. Ein Mann stolperte über ein Kind, das vor ihm hingefallen war. Während er versuchte, dem Kleinen aufzuhelfen, traf ihn ein Knüppel im Nacken, der ihn erneut taumeln ließ.

»Vorwärts! Ordnung halten!«, schrie ein SS-Mann an der Spitze.

Irena zog sich zurück und nahm eine Seitenstraße zum Umschlagplatz. Was sie dort sah, verschlug ihr den Atem. Der große Platz vor den Laderampen der Viehwaggons war schon voller Menschen. Es mussten weit über zweitausend sein. Dicht an dicht standen sie in der prallen Mittagshitze, aufgelöst und mit roten Gesichtern. Es gab keinen Schatten, kein Wasser, keine Toiletten. Zum Hinsetzen oder Hinlegen fehlte der Platz. Wie sollte sie Ala hier finden?

Irena drängte sich an den Menschen vorbei. Schweiß rann ihr den Rücken hinunter, und der Gestank von Exkrementen bereitete ihr Übelkeit. Ein Kind quengelte, ein zweites fiel ein. Ansonsten war es gespenstisch still. Plötzlich entdeckte sie ein Zelt am Rande des Platzes, auf dem ein aufgemaltes rotes Kreuz prangte.

Sie bahnte sich einen Weg dorthin. Ein SS-Mann stand neben dem Zelt, das Gewehr im Anschlag. Als er sie sah, trat er näher.

»Zurück!«

Irena erschrak, doch im gleichen Augenblick fühlte sie eine Hand auf ihrer Schulter. Sie drehte sich um.

»Irena Sendler, Seuchenschutz«, sagte der junge Mann hinter ihr mit fester Stimme. Irena erkannte ihn. Nachum Remba war ein Angestellter des Judenrates. Auf sein Stichwort zog sie ihren Ausweis aus der Tasche. Der SS-Mann trat zur Seite, und Nachum schob sie und die fiebrig aussehende Frau an seiner Seite in das Zelt.

»Ala!«, rief Irena.

Ihre Freundin drehte sich um. Vor ihr lag eine alte Frau auf einer provisorischen Trage.

»Irena, was machst du hier?«

»Dich suchen. Was machst du hier? Als sie mir sagten, dass du hier bist, dachte ich …«

»Nachum und ich haben diese kleine Notfallstation aufgebaut. Wir ziehen diejenigen aus der Menge, die transportunfähig sind, und lassen sie ins Krankenhaus bringen.«

»Wirklich? Ich kann nicht glauben, dass sie euch das gestatten.«

»Ich schon.« Ala grinste schief, dann senkte sie die Stimme. »Wir schlagen sie mit ihren eigenen Waffen. Sie wollen uns weismachen, die Menschen hier würden umgesiedelt, und wir tun so, als würden wir es glauben. Aber wenn es nur um eine Aussiedlung geht, dann soll ja niemand auf der Fahrt zu Schaden kommen, oder? Also spielen sie mit und lassen uns die Transportunfähigen wegbringen. Natürlich sind es nicht viele, aber wenn wir es schaffen, wenigstens ein paar von ihnen vor dem Abtransport zu retten …«

»Weißt du, wo sie die Menschen hinbringen?«, fragte Irena.

»Nein. Nur, dass die Umsiedlung eine Lüge ist.« Alas Stimme wurde noch leiser. »Ich habe mir die Nummer eines Waggons gemerkt, der heute Morgen abgefahren ist. Etwa zwei Stunden später war derselbe Zug wieder da. Wo immer sie die Menschen hinbringen, es muss in der Nähe von Warschau sein.«

Irena fühlte eine Faust im Magen. Natürlich hatte sie keinen Augenblick an die Aussiedlungslüge geglaubt, doch erst jetzt hatten sie den Beweis. Fieberhaft dachte sie nach. Gab es im Umkreis von Warschau ein Arbeitslager, das groß genug war, um Tausende Menschen pro Tag aufzunehmen und unterzubringen? Die Antwort lautete Nein, und was das bedeutete, war klar. Irgendwo da draußen gab es ein Vernichtungslager. All diese zusammengepferchten Menschen auf dem Platz fuhren in den sicheren Tod.

»Wir müssen den Kindern helfen«, sagte Irena noch am selben Abend zu Irka, Janka und Jaga. »Wir müssen sie da rausbekommen.«

»Aber das tun wir doch schon.« Irka sah sie hilflos an.

»Ja, natürlich. Aber zehn Kinder in der Woche? Das reicht nicht.«

»Wie stellst du dir das vor?«, fragte Jaga. »Schaffen wir denn mehr? Und woher sollen wir das Geld nehmen? Die meisten Pflegefamilien sind auf unsere finanzielle Unterstützung angewiesen, und die Mittel vom Sozialamt werden immer strenger von den Deutschen kontrolliert. Irgendwann wird auffliegen, wofür wir sie verwenden.« Jaga schüttelte den Kopf. Dann fügte sie bitter hinzu: »Und selbst wenn wir das Geld irgendwie zusammenkratzen und fünfzehn oder zwanzig Kinder pro Woche herausschmuggeln, was ist das schon im Vergleich zu sechstausend deportierten Menschen pro Tag!« Die geplante Quote hatte sich herumgesprochen. Jaga war außer sich.

»Ich weiß«, sagte Irena leise. »Aber wir müssen es versuchen. Jedes einzelne Kind zählt. Und die Eltern sind jetzt eher bereit, sich von ihnen zu trennen. Ewa hat mir vorhin von einer Familie erzählt, die mit mir sprechen möchte. Hanja Kosler hat vor sechs Monaten ein Baby bekommen, die kleine Beata. Die Koslers haben Hanja einen Arbeitsausweis in der Többens-Fabrik besorgt, aber sie kann Beata nicht mit zur Arbeit nehmen. Was ist, wenn ihre Familie deportiert wird, während Hanja arbeitet? Sie sind beinahe krank vor Angst um die Kleine.«

»Wann gehst du hin?«, fragte Janka nur.

»Morgen.«

Janka nickte. »Ich kümmere mich um die Notunterkunft.«

Am Tag darauf klopfte Irena leise bei den Koslers an. Im Inneren rührte sich nichts. Dennoch war es unwahrscheinlich, dass niemand da war. Noch einmal klopfte sie leise.

Der Mann, der ihr antwortete, musste schon hinter der Tür gestanden haben, denn diesmal kam die gedämpfte Stimme sofort.

»Wer ist da?«

»Jolanta«, sagte Irena gerade so laut, dass man sie auf der anderen Seite hören konnte. Die Tür blieb geschlossen. Irena lauschte, hörte aber keine Schritte. »Ewa Rechtmann schickt mich«, fügte sie leise hinzu.

In diesem Moment ging die Tür auf. Irena trat ein, und sofort wurde sie hinter ihr geschlossen. Ein groß gewachsener Mann mit schütterem Haar nickte ihr zu. Mit der Hand wies er in ein angrenzendes Zimmer. Auf dem Weg dorthin kamen sie an weiteren Räumen vorbei. Die Türen standen offen. In jedem von ihnen saßen oder standen mehrere Menschen, die sie mit stummer Neugier ansahen.

»Wir sind mehrere Familien in wenigen Zimmern«, erklärte der Mann ungefragt. »Insgesamt über zwanzig Personen. Ich bin Jerzy Kosler, der Vater des Kindes.«

In dem Zimmer, in das er sie führte, war es stickig. Durch das kleine Fenster zum Hinterhof drang kaum ein Luftzug. Als Irena den Raum betrat, standen alle auf. Eine junge blonde Frau kam auf sie zu.

»Ich bin Hanja Kosler«, sagte sie. Ihr Gesicht war blass, doch ihre grünen Augen glänzten, als sie hinzufügte: »Und das ist Beata, meine kleine Beata.« Irena sah in das Gesicht eines lächelnden Babys. Die Kleine lag in der Armbeuge ihrer Mutter, gab kleine gurgelnde Laute von sich und versuchte, nach dem Finger seiner Mama zu greifen, den diese ihr immer wieder spielerisch entzog.

»Sie ist wunderschön«, sagte Irena leise und fühlte den charakteristischen Kloß im Hals. Sie war hier, um diese Mutter von ihrem Kind zu trennen.

»Geboren in einem Schneesturm.« Hanja Kosler hatte nur Augen für ihr Baby. »Meine Hebamme, Stanisława, musste die ganze Nacht über hierbleiben. Ewa sagte, dass Sie sie kennen?«

»In der Tat. Ihre Wohnung ist eine unserer Notunterkünfte. Und genau zu ihr werden wir Beata bringen.«

»Oh.« Ein winziges Lächeln huschte über Hanja Koslers Gesicht. Es war ein Trostpflaster, zumindest für den Augenblick.

Irena sah in Beatas leuchtende Augen. Ein kleines Kind, voller Hoffnung auf das Leben. Nicht nur für ihre Eltern, auch für die anderen, von denen jetzt einige an der Tür standen, war Beata ein Lichtblick in der Hölle.

Ein gebeugter alter Mann trat neben Jerzy Kosler. Er stellte sich als Beatas Großvater vor.

»Wie gefährlich ist die Flucht? Wird auch alles gut gehen? Und was passiert danach? Wird man sie taufen? Wir haben von solchen Sachen gehört.« Seine Stimme klang hart, aber Irena wusste, dass nur die Angst aus ihr sprach.

Sie zögerte, dann sagte sie: »Beata aus dem Ghetto zu schmuggeln ist gefährlich, das kann ich nicht leugnen. Aber es ist ihre einzige Chance. Zu welcher Pflegefamilie sie am Ende kommen wird, kann ich Ihnen zu Beatas eigener Sicherheit nicht sagen. Aber ich führe Listen. Beatas wirklicher Name wird nicht verloren gehen. Sie bekommen Ihr Kind wieder. Nur, ob man sie taufen wird… das kann ich Ihnen nicht sagen. Ich wäre dagegen. Aber ich kann es Ihnen nicht versprechen.«

Beatas Familie schwieg betroffen.

Inzwischen gab die Kleine unwirsche Laute von sich und begann heftig mit den Beinchen zu strampeln. Vielleicht spürte sie, dass die Aufmerksamkeit ihrer Mutter jemand anderem galt, vielleicht fühlte sie auch nur deren Anspannung. Hanja beugte ihr Gesicht zu ihrer winzigen Tochter herunter. Leise begann sie zu singen: »Sch, sch, mein Sonnenschein, scheint auf meine Beata klein...« Zärtlich wiegte sie das Baby auf und ab. Die hatte die Melodie schon oft gehört. Ein Lächeln erschien auf ihrem Gesicht, und sie fing an, fröhlich zu gurgeln.

Hanja Kosler hörte auf zu singen und wandte Irena das Gesicht zu. Ihre Stimme klang erstaunlich fest, als sie sagte: »Wir werden Ihnen Beata anvertrauen. Geben Sie uns noch eine Woche, bevor Sie sie...« Ihre Stimme sank, als ihr klar wurde, was sie zu sagen im Begriff war.

Eine Woche. Irena erschrak. Bis dahin konnten Beata und ihre Familie längst auf den Umschlagplatz gebracht worden sein. Irena schüttelte den Kopf. Hanja Kosler sah sie fest an. Es war, als würden sie stumm und nur mit Blicken verhandeln. Vier Tage? Drei? Zwei?

»Wenigstens eine Nacht«, unterbrach Jerzy Koslers Stimme das stille Duell.

»Eine Nacht.« Irena nickte. »Morgen Vormittag um elf werde ich hier sein.«

Wie immer in den Nächten vor einer geplanten Aktion schlief Irena unruhig. Sie hatte den vorherigen Nachmittag damit verbracht, alles Nötige zu veranlassen. Der Stiefsohn der Hebamme, der Irena schon öfter geholfen hatte, würde sie am Morgen abholen und zu den Koslers fahren. Als Bauarbeiter hatte er ebenfalls einen Passierschein, und seine Werkzeugkiste war so präpariert, dass ein Säugling gerade so hineinpasste und Luft bekam. Auch neue Papiere gab es für das Baby.

Dennoch wachte Irena immer wieder auf. Egal, wie gut eine Aktion vorbereitet war, es gab immer hundert Variablen, die man nicht planen konnte.

Gegen fünf Uhr hielt sie es nicht mehr aus. Sie stand auf und setzte sich an den Küchentisch. Während es draußen hell wurde, zog sie ein hauchdünnes Zigarettenpapier aus einer Schachtel, nahm einen Stift und schrieb: Beata Kosler. Geboren: 3. Januar 1942. Neuer Name: Alicja Adamski. Sie faltete das Papier und steckte es zu den anderen in ein Einmachglas. Ihre Freundinnen tadelten sie dafür, dass sie die Namen und Daten der Kinder schon aufschrieb, bevor die Aktionen sicher über die Bühne gegangen waren. Sie sahen es als ein schlechtes Omen, den Tag schon vor dem Abend zu loben. Irena empfand es anders. Indem sie den Zettel für das neue Kind schon vorher zu den anderen legte, schaffte sie Fakten. Es war eine Art Beschwörung. Jetzt, wo es den Zettel gab, musste es einfach gut gehen.

Gegen zehn Uhr stand Michał vor ihrer Tür. Gemeinsam fuhren sie in seinem kleinen Laster durch den Kontrollpunkt. Die Wachen hatten kein Interesse an ihnen. Irena atmete auf. Wenn es beim Hinausfahren genauso gut ging, würde es ein Kinderspiel werden, ganz im Gegensatz zu dem, was ihr jetzt bevorstand: die Trennung einer Mutter von ihrem sechs Monate alten Baby.

Schon im Flur vor der Wohnungstür hörte Irena Hanja Koslers leises Weinen. Einen Augenblick hielt ihre Hand inne, dann klopfte sie. Diesmal wurde die Tür sofort geöffnet, und Irena trat ein. Wie beim ersten Mal ging Jerzy Kosler ihr voran. Alle Bewohner der Wohnung hatten sich versammelt, um gemeinsam mit Hanja und Jerzy Abschied zu nehmen.

Trotzdem war es totenstill. Hanja Kosler hörte auf zu weinen. Ihre Augen waren gerötet, ihr Gesicht starr und blutleer. Wie auch ihr Mann hatte sie tiefe Ringe unter den Augen. Zärtlich sprach sie zu ihrem Baby, dann presste sie ihre Lippen auf Beatas Stirn. Die Kleine wusste nichts von dem Schmerz ihrer Eltern. Gurgelnd und strampelnd lag sie im Arm ihrer Mutter. Jerzy Kosler beugte sich zu seiner kleinen Tochter hinunter und legte den Arm um seine Frau. Sein Vater stand hinter ihm. Er wirkte hilflos.

»Komm, Hanja.« Jerzy Kosler löste sich von seiner Frau und streckte die Hände nach seiner Tochter aus, doch Hanja schüttelte energisch den Kopf.

»Ich muss das selber machen. Es ist das Letzte, was ich für Beata tun kann.« Langsam ging sie auf die Werkzeugkiste zu und legte Beata auf der Decke im Kasten ab. Das Baby griff nach dem kleinen Finger seiner Mutter. Irena ging in die Hocke und gab Beata das süßlich schmeckende Beruhigungsmittel. Einen Augenblick verzog Beata das Gesicht, dann lachte sie vergnügt. Einige Minuten vergingen, in denen Hanja Kosler die Augen nicht von ihrem Baby nahm. Dann hörte Beata auf zu strampeln, ihre Augenlider sanken leicht. Als sich der Griff ihrer winzigen Hand um den Finger der Mutter löste, schluchzte Hanja Kosler auf und wandte sich ab. Irena schloss den Deckel.

»Nicht!« Hanja Kosler fasste nach Irenas Hand. »Nur einmal noch.«

Schweren Herzens hob Irena den Deckel an. Hanja holte etwas aus ihrer Tasche. Es war ein silberner Löffel mit zierlicher Gravur: *Beata – 3.1.1942*

Sie legte den Löffel neben ihrem Baby ab.

»Bitte, sagen Sie der Pflegefamilie, dass sie den Löffel nie verlieren dürfen.« Sie biss sich auf die Lippen und wischte sich mit dem Ärmel über die Augen. »Er wird sie an uns erinnern.«

Irena nickte und schloss vorsichtig die Werkzeugkiste. Einen Augenblick sahen sie sich an. Es gab nichts, was sie sagen konnte. Keine Worte des Trostes.

»Ich melde mich bei Ihnen.« Sie versuchte, sicher zu klingen. Dann wandte sie sich ab. Jerzy und Hanja Kosler begleiteten sie zur Tür. Wortlos trat Irena in den Flur. Auf der Treppe versuchte sie das Erlebte hinter sich zu lassen. Ein Kloß im Hals und Tränen hinter den Augen halfen nicht bei dem, was jetzt kam. Stärke und Klarsicht waren das Wichtigste.

Im Hinterhof nahm Michał ihr den Werkzeugkoffer ab. Während Irena auf den Beifahrersitz kletterte, hörte sie, wie er die Kiste zwischen Ziegeln und Backsteinen auf der Ladefläche verstaute. Endlich stieg er ein und ließ den Motor an. Sie wechselten einen kurzen Blick, dann fuhr er los.

Am Kontrollpunkt standen bereits mehrere Wagen. Verdammt, wie konnte es sein, dass plötzlich ein solcher Andrang herrschte? SS-Männer liefen um das erste Fahrzeug vor der Schranke herum.

»Mist«, stieß Michał hervor. »Sollen wir einen anderen Kontrollpunkt wählen?«

Irena überlegte. Eine Wache patrouillierte an der Schlange der Fahrzeuge entlang. Er sah in ihre Richtung. Sie schüttelte den Kopf. »Nein, wenn wir jetzt umkehren, fällt das auf.«

Michał rutschte unruhig auf dem Sitz hin und her. Er zog eine zerknautschte Zigarettenschachtel aus der Jackentasche und zündete sich eine an. Als er ihr die Packung hinhielt, winkte Irena ab.

»Ganz ruhig bleiben«, sagte sie, doch innerlich war sie selbst aufgewühlt. Wenn sie länger warten mussten, konnte es sein, dass das Beruhigungsmittel nachließ und Beata in der Werkzeugkiste zu weinen begann. In einiger Entfernung wurden in kurzer Abfolge mehrere Schüsse abgegeben. Es hat nichts mit uns zu tun, versicherte Irena sich selbst. Sie bohrte den Fingernagel ihrer rechten Hand in den linken Handballen. Langsam kamen sie in der Schlange voran. Dann traten zwei SS-Männer auf sie zu.

»Aussteigen, Papiere!«, bellte der eine. Langsam und bedächtig stiegen sie aus. Keine hastigen Bewegungen. Sie kannten die Prozedur. Michał reichte dem Mann die Dokumente. Sein Gesicht war ausdruckslos.

»Ladung?«

»Ziegel und Geräte.«

Der Mann mit den Papieren machte eine auffordernde Kopfbewegung in Richtung seines Kollegen, der sich sofort in Bewegung setzte. Irena erstarrte. Trotzdem versuchte sie ihre Gesichtsmuskeln zu lockern. Die Wachen hatten einen siebten Sinn für Angst. Wenn sie merkten, wie angespannt sie war, würden sie jeden einzelnen Ziegel umdrehen. Die Schritte des Mannes hallten auf der Laderampe wieder. Geräte wurden hochgehoben und klappernd wieder fallen gelassen, Ziegel verschoben. Sekunden, die Irena wie eine Ewigkeit vorkamen. Was, wenn das Baby aufwachte und zu schreien anfing? Was, wenn der Mann den Deckel des Werkzeugkoffers öffnete? Dann hörte sie ihn abspringen. Er kam um das Fahrzeug herum und machte eine gleichgültige Handbewegung. Die Wache vor ihnen gab Michał die Papiere zurück.

»Weiterfahren!«

Ohne sich anzusehen, kletterten sie in die Fahrerkabine. Michał drehte den Schlüssel herum, und der Motor sprang an, während vor ihnen die Schranke nach oben schwang. Auf der anderen Seite beschleunigte er.

»Das war knapp«, murmelte er.

Irena drückte kurz seinen Arm. Vor dem Haus seiner Stiefmutter hielt er an.

»Danke«, sagte sie nur, als er ihr die Werkzeugkiste von der Laderampe reichte.

Kapitel 31

Wenige Tage später saß Irena mit ihrer Freundin Ewa in Rachela Rosenthals Küche. Irena hatte Rachela nie vergessen, was sie an jenem Abend für Adam getan hatte, als die Ordnungspolizisten ihn weggeschleppt hatten, um ihn in ein Arbeitslager zu bringen. Ohne Rachelas Hilfe hätte sie Adam vielleicht nie wiedergesehen. Stattdessen waren sie seitdem ein Paar.

Doch seit Beginn der »Aktion« war die Gefahr, verschleppt zu werden, größer denn je. Und genau deshalb war Irena hier. Ewa, Rachela und ihre Familien durften nicht im Ghetto bleiben, genauso wenig wie Adam und Ala. Aus dem Nebenzimmer hörte Irena die fröhliche Stimme von Rachelas fünfjähriger Tochter Ava, die mit ihrem Vater ein Bild malte.

»Tu es für deine Familie«, beschwor Irena Rachela. »Mit jedem Tag, den ihr noch hier seid, wird das Risiko größer. Und dasselbe«, sie wandte sich an Ewa, »gilt auch für dich und deine Eltern.«

Rachela schüttelte den Kopf. »Mein Mann und ich haben beide Arbeitsausweise. Wir sind von den Deportationen ausgenommen, zumindest vorerst. Vielleicht wagen wir irgendwann den Sprung, aber erst, wenn es nicht mehr anders geht.

Das Risiko, dass einem von uns auf der Flucht etwas passiert, ist so groß. Und selbst wenn wir es schaffen sollten, könnten wir drüben nicht mehr zusammen sein. Wir wären auseinandergerissen, jeder für sich in irgendeinem Versteck mit ungewisser Zukunft.«

Irena sah kopfschüttelnd vor sich hin. Dann wandte sie sich an Ewa. »Und du? Hast du es dir überlegt?«

»Das muss ich nicht. Meine Meinung hat sich nicht geändert. Ich lasse die Kinder in meinem Jugendkreis nicht im Stich. Sie brauchen mich. Hier im Ghetto kann ich etwas für sie und ihre Familien tun. Was ist mein eigenes Leben schon wert, wenn ich dafür andere hängen lasse, die hier jeden Tag auf mich zählen? Du weißt doch, was ich immer sage: Viel mehr als Brot brauchen die Kinder im Ghetto jemanden, der zu ihnen hält.« Sie lächelte aufmunternd, als sie Irenas versteinerte Miene sah. »Komm, es wird schon gut gehen. Wir alle müssen unsere eigenen Entscheidungen treffen. Das, was wird, soll auch so sein …«

»Nein, Ewa! Genau das kann ich nicht akzeptieren! Glaub mir, ich verstehe dich und auch Ala, die mir gestern dasselbe gesagt hat. Ich weiß, dass ihr hier gebraucht werdet. Aber auch eure Töchter brauchen euch. Und sie brauchen euch lebend. Ich …«

In diesem Augenblick kam Rachelas Mann Aaron mit der kleinen Ava herein. Rachela legte schnell ihren Zeigefinger an die Lippen, und Irena verstummte.

»Schau mal, Mama, was ich gemalt habe!« Rachela beugte sich zu dem Bild hinunter. Es zeigte eine große, männliche Figur, die eine Frau und ein Kind an den Händen hielt. Daneben standen noch zwei weitere Figuren in Röcken.

»Das sind du, ich und Papa, und das da sind Irena und Ewa.«

Irena lachte. Sie hatte auch ohne Erklärung gesehen, dass sie die kleine Frauengestalt mit den kürzeren Haaren sein sollte, während Ewa an den langen Beinen, der blonden Löwenmähne und der Sonnenbrille zu erkennen war.

Der Augenblick der Heiterkeit verflog so schnell, wie er gekommen war, und Irena musste aufbrechen. Das schmutzige Pflaster schwelte in der Hitze, als sie aus Rachelas Hofeingang trat und den Weg zu Adams Wohnung einschlug. An der Tür hatte Rachela sich nach Adams Plänen erkundigt, doch Irena hatte nur den Kopf geschüttelt. Adam hatte versprochen, über eine Flucht nachzudenken, aber mit jedem Schritt, den Irena seiner Wohnung näher kam, wurde ihre Furcht größer. Was, wenn sich Adam erneut weigerte? Er brachte dieselben Argumente vor wie Ala, Ewa und Rachela, und sie wollte nur ungern als Egoistin dastehen, die Adam zur Flucht drängte, obwohl er im Ghetto gebraucht wurde und um die Sicherheit seiner Familie fürchtete. Aber sie konnte und wollte ihn einfach nicht verlieren. Wie so oft fiel ihr Mietek ein. Auch er saß nun schon so lange in einem deutschen Lager. Aber wenigstens waren die Bedingungen akzeptabel, und vor allem drohte den polnischen Kriegsgefangenen nicht der Tod. Warum wollten ihre Freunde diesen Unterschied nicht verstehen?

Irena nahm die letzten Treppen zu Adams Wohnung im Laufschritt. Heute würde sie die Sache ein für alle Mal klären. Sie musste Adam einfach zur Flucht bewegen. Er durfte nicht hierbleiben, und er durfte auch nicht länger warten. Vor Anspannung kamen ihr die Tränen. Verärgert wischte sie sie weg und holte tief Luft, als sie durch die Wohnungstür hindurch ein Schluchzen hörte. Es klang wie Adams Mutter. War Adam etwas zugestoßen? War er etwa …?

Bevor sie den Gedanken zu Ende denken konnte, klopfte sie heftiger als geplant an die Tür. Das Schluchzen verstummte. Keine Schritte, alles war still. Wahrscheinlich hatte ihr lautes Poltern bedrohlich geklungen. Noch einmal klopfte sie, diesmal leiser.

»Ich bin's. Irena.«

Die Tür ging auf.

»Adam!«

Vor Erleichterung fiel sie ihm um den Hals. Adam drückte sie an sich, doch er wirkte angespannt. Erneut war lautes Weinen aus der Küche zu hören.

Irena löste sich von ihm. »Was ist passiert?«

»Komm.« Er lotste sie in sein Zimmer. »Es ist Irena«, rief er dabei Richtung Küche.

»Sollen wir nicht zu deiner Mutter gehen?«, fragte Irena besorgt. »Ist ihr etwas zugestoßen?«

Adam schüttelte langsam den Kopf. »Mein Onkel Jakub ist bei ihr. Meiner Mutter ist nichts passiert …« Er sah auf den Boden. »Aber Tante Dora. Sie wurde vor ihrer Wohnung erschossen.«

»Was?«, rief Irena entgeistert.

Noch immer sah Adam sie nicht an. »Sie hat heute Morgen hier geklingelt, aber es war niemand da, weil ich mit meiner Mutter unterwegs war. Also ist sie wieder heimgegangen. Wir wissen nicht, wie oder warum es passiert ist. Wollten sie sie zum Umschlagplatz mitnehmen, und sie hat sich gewehrt? Oder wurde sie einfach so erschossen, wegen irgendeiner Kleinigkeit, wie so viele? Onkel Jakub hat den Schuss sogar gehört«, fuhr Adam mit brüchiger Stimme fort. »Aber er hatte Angst, ans Fenster zu gehen. Und er glaubte ja, Dora wäre bei uns. Erst zehn Minuten später hat er nach draußen geschaut, und da lag sie, dreißig Meter vom Hauseingang entfernt, auf dem Bürgersteig.« Er presste sich die Hände aufs Gesicht. Irena hörte ein ersticktes Schluchzen.

»Meine Mutter macht sich solche Vorwürfe, weil wir nicht zu Hause waren«, stieß er hervor. »Und ich auch, dabei weiß ich ja, dass wir nicht schuld sind. Theoretisch weiß ich das ...«

Irena spürte, dass es riskant war, ihn gerade jetzt auf die Flucht anzusprechen, doch sie konnte es nicht mehr aufschieben. Dazu fehlte die Zeit.

»Adam.« Sie schüttelte ihn leicht an beiden Armen. »Ihr müsst hier raus, hörst du? Ihr müsst hier weg.«

Adam wischte sich mit Daumen und Zeigefinger die Tränen aus den Augen und nickte. Irena empfand eine ungeheure Erleichterung, doch dann sagte er: »Ich weiß, aber ich habe gestern noch mal mit meiner Mutter gesprochen, und sie traut sich das Versteckspiel auf der arischen Seite einfach nicht zu. Du kennst sie doch. Und ohne sie gehe ich auf keinen Fall.«

Adam sah sie flehend an. Irena spürte eisige Kälte in sich hochsteigen. Seine Worte rissen ihr den Boden unter den Füßen weg. In diesem Augenblick erklang eine Stimme von der Zimmertür. Es war Adams Mutter. Irena wusste nicht, wie lange sie schon dort gestanden hatte, aber offenbar hatte sie mitgehört.

»Nein, Adam«, sagte sie, und ihre feste Stimme stand im Kontrast zu ihren verweinten Augen. »Irena hat recht. Wir werden gehen. Und zwar so schnell es geht.«

Irena hatte recht gehabt. In ihrer Verzweiflung traten immer mehr Eltern an sie und ihre Freunde heran, und es verging kein Tag, an dem sie nicht mehrere Kinder auf die arische Seite brachten.

Einen Tag nach der Rettung der kleinen Beata sollte der sechsjährige Sergiusz von Irka auf die andere Seite geschmuggelt werden.

Für jeden von Irkas Schritten musste der kleine Sergiusz zwei machen, als sie gegen zehn Uhr morgens mit dem Jungen auf das Gerichtsgebäude zulief. »Ganz ruhig«, sagte Irka, obwohl der schwarzhaarige Junge mit der großen Schiebermütze und dem viel zu engen Sonntagsanzug keinen Laut von sich gegeben hatte. Die Eingangshalle des Gerichts war erwartungsgemäß überfüllt. Sehr gut! Irka bahnte sich ihren Weg durch die Menge. Ein Mann diskutierte verzweifelt mit einer Angestellten, die beschwichtigend auf ihn einredete. Wie immer sah Irka sich vorsichtig um, dann lief sie mit Sergiusz die Treppe hinunter und bog in den dunklen Flur. Geschafft! Doch wo war der Hausmeister? Sie fühlte ein Kribbeln auf der Haut.

Ruhig, dachte sie. Ganz ruhig. Es konnte tausend Gründe geben, warum Herr Duda sich verspätete. Eine Minute nach der anderen verging.

»Wann …?«, setzte Sergiusz an.

»Sch!« Irka legte den Finger auf ihre Lippen. »Kein Wort«, flüsterte sie.

Der Junge nickte erschrocken. Irka wurde immer unruhiger. Mit jeder Minute, die sie allein im Kellergang standen, wurde ihre Lage gefährlicher. Es konnte jederzeit einer kommen, und dann? Wir müssen hier weg, dachte sie und zog Sergiusz die Treppe hinauf.

Nirgendwo war der Hausmeister zu sehen. Ein paar Minuten lang mischte sie sich mit dem Kind in die Menge, aber auch das konnte auffallen. Gestapospitzel lauerten überall, und früher oder später würde jemand bemerken, dass sie kein Anliegen vor Gericht hatte. Irka spürte, wie ihr unter der geblümten Bluse der Schweiß herunterlief.

»Komm mit«, murmelte sie.

Mit Sergiusz an der Hand bog sie in einen angrenzenden Flur und gab vor, die Türschilder zu lesen. Danach kehrte sie in die Vorhalle zurück. Immer noch nichts. Sie durfte den Jungen nicht beunruhigen, aber es fiel ihr schwer, ihre Nervosität unter Kontrolle zu halten. Sollten sie die Beine in die Hand nehmen und sehen, dass sie hier wegkamen?

Irka zog den Jungen die Stufen zur Galerie im ersten Stock hinauf. So konnte sie die Rolle der suchenden Bittstellerin weiterspielen und von oben einen Überblick gewinnen. Auf der Galerie war es nicht ganz so voll. Irkas Blick wanderte kurz zu den Schildern neben den Türen, dann trat sie an das Geländer und sah hinunter.

»Kann ich Ihnen helfen?«

Irka fuhr herum. Der Mann hinter ihr war in Zivil. Sie schätzte ihn auf etwa vierzig, blassblaue Augen, dünne Haare. Sein Lächeln war nicht unfreundlich, und er sprach Polnisch. Sie öffnete den Mund, um unter einem Vorwand nach dem Hausmeister zu fragen, doch in der letzten Sekunde pfiff sie sich selbst zurück. Was war es? Lag etwas Lauerndes in seinem Blick? Hatte sie den Hauch eines Akzents wahrgenommen? Wahrscheinlich stimmte keines von beiden, wahrscheinlich wollte der Mann einfach nur nett sein, aber es gehörte zu ihren Prinzipien, keine Fremden in ihre Aktionen mit einzubeziehen – abgesehen davon, dass es fahrlässig wäre, tatsächlich nach demjenigen zu fragen, den sie suchte.

»Nein danke.« Irka versuchte so natürlich wie möglich zu lächeln. »Ich brauche nur eine Information.« Vage deutete sie auf die nächstbeste Tür. »Aber der Herr ist leider nicht da.«

Sie erstarrte innerlich. Wie konnte sie nur! *Nie zu viel reden. Nichts preisgeben und schon gar nicht lügen.* Immer wieder schärften sie sich das ein. Jedes unnötige Detail konnte der Stein sein, der sie zum Stolpern brachte – so wie jetzt. Sie hatte in die ungefähre Richtung einer Tür gezeigt, ohne zu wissen, ob eine Frau oder ein Mann im Zimmer dahinter saß. Erstarrt beobachtete sie, wie der Mann auf die Tür zuging.

»Herr Wójcik«, las er. Was, wenn er jetzt auch noch die Klinke herunterdrückte und Herrn Wójcik in seinem Büro vorfand? Sie hatte sich schon fast entschlossen, mit Sergiusz davonzulaufen, da trat der Mann von der Tür zurück.

»Auf Wiedersehen«, sagte Irka knapp und zog Sergiusz hinter sich her die Treppe hinunter. In der Eingangshalle angekommen, drängte sie sich heftiger als nötig durch die wartenden Menschen.

Da sah sie ihn. Eine Tür war aufgegangen, und ein Gestapomann trat aus dem Büro. Im Zimmer stand der Hausmeister. An seinen Handgelenken blitzte etwas auf. Als hätte er mit ihr gerechnet, sah Herr Duda auf, und ihre Blicke trafen sich. Bevor die Tür wieder zufiel, erahnte Irka eine Kopfbewegung Richtung Straße. Wie von Sinnen hastete sie aus dem Gebäude. Der Gerichtsausgang war aufgeflogen.

Sergiusz' Tante war in Tränen ausgebrochen, als sie den Jungen zu ihr zurückgebracht hatte. Die Freude, ihn wieder bei sich zu haben, ging Hand in Hand mit der Sorge, ihn noch immer im Ghetto zu wissen. Würde es einen weiteren Versuch geben? Und wann? Irka vertröstete sie und versprach ihr, sich wieder bei ihr zu melden.

Danach hatte sie das Ghetto verlassen und war zum Sozialamt gelaufen, um den anderen zu berichten, was geschehen war. Schon an der Straßenecke kam ihr Irena entgegen.

»Du glaubst nicht, was passiert ist«, flüsterte Irka heftig.

»Pssst!« Irena griff nach ihrem Arm, drehte sie um und schob sie die Straße hinunter.

»Was ist los?«, fragte Irka alarmiert. Doch erst als Irena sie hinter die Mauer eines zerbombten Hauses gezogen hatte, ließ sie ihren Arm los und sagte: »Die Gestapo ist im Sozialamt. Sie haben Ungereimtheiten in der Dokumentation gefunden. Ich glaube nicht, dass es etwas mit unseren Akten zu tun hat.« Sie hielt eine Tasche hoch, die Irka noch gar nicht aufgefallen war. »Aber offenbar sind wir nicht die Einzigen, die tricksen. Zum Glück können sie nichts Eindeutiges nachweisen. Aber sie sind fuchsteufelswild, weil sie ahnen, dass wir sie hintergehen. Sie haben einen der Direktoren mitgenommen und drohen, ihn in ein Lager zu schicken.«

Irka riss erschrocken eine Hand vor den Mund.

»Und du?«, fragte Irena. »Was wolltest du mir sagen? Es ist doch alles gut gegangen mit Sergiusz, oder?«

Irka ließ die Hand sinken. Tränen schossen ihr in die Augen. »Ach, Irena …«

Kapitel 32

Der Hausmeister wurde mit Janek erwischt, einem unserer Schmuggler. Janek haben sie erschossen, und der Hausmeister ist im Pawiak-Gefängnis.« Das etwa fünfzehnjährige Mädchen vor Irena verzog keine Miene. Sie erwähnte nicht, dass Janek erst zwölf gewesen war. Es war ein Berufsrisiko, das sie alle trugen. Vor zwei Tagen war es Janek gewesen, das nächste Mal konnte es sie oder Irena treffen. »Tut mir leid«, fügte das Mädchen hinzu. Gemeint war die Tatsache, dass das Gerichtsgebäude nun für sie alle unbrauchbar geworden war. Für Irena ein herber Schlag, da es eine der wenigen Möglichkeiten gewesen war, auch Erwachsene aus dem Ghetto zu schleusen. Nun blieb nur noch die Allerheiligenkirche, in deren stockdunklem Vorhof sie gerade standen, wie schon bei ihrem ersten Treffen.

»Aber ich habe dir das hier mitgebracht«, fuhr das Mädchen fort. Im Dunkeln erahnte Irena eine Bewegung und streckte die Hand aus. Ihre Finger berührten etwas und griffen zu. Es war gefaltetes Papier.

»Der Plan der Schmugglerwege durch die Abwasserkanäle?«, flüsterte Irena.

»Ja. Wir nachts, ihr tagsüber. In Ordnung?«

Irena begehrte leise auf. »Aber es ist gefährlich, tagsüber hinunterzusteigen. Man muss den Gullydeckel abheben, dann das Kind nach unten klettern lassen, selbst hinterhersteigen und den Gullydeckel wieder an seinen Platz schieben. Das dauert. Jemand könnte das Ganze beobachten. Wir …«

Das Mädchen schüttelte den Kopf. »Zu unseren Bedingungen oder gar nicht. Das ist die Vereinbarung. Das Runter- und Raufschaffen von Waren dauert noch viel länger als das Runterklettern von Personen. Außerdem steht das Schmuggeln von Lebensmitteln im Vordergrund. Ihr bringt nur einzelne Menschen raus. Wir dagegen beschaffen Nahrung für alle hier drinnen.«

Irena gab auf. Gerne hätte sie das Mädchen umarmt, das es gewohnt war, kühl und berechnend Entscheidungen über Leben und Tod zu fällen, obwohl es selbst noch ein Kind war. Doch sie tat es nicht, denn vor ihr stand kein Kind. Vor ihr stand eine Kämpferin, der nicht mit einer Umarmung gedient war, sondern nur damit, dass Irena sich an ihre Regeln hielt, vorsichtig war und, falls sie auffliegen sollte, niemanden preisgab – nicht einmal unter Schlägen und Tritten im Pawiak-Gefängnis.

In den Wochen seit Beginn der »Aktion« hatte Irena nur noch wenig geschlafen. Jeder Tag war ein neuer Kampf um einzelne Menschenleben, während täglich Tausende Ghettobewohner zusammengetrieben und mit Viehwaggons abtransportiert wurden. Mittlerweile wusste man auch, wohin. Das Lager hieß Treblinka. Die Deutschen hatten ein Vernichtungslager direkt neben das Arbeitslager gebaut. Irena und ihr Netzwerk arbeiteten auf Hochtouren. Neue Notunterkünfte mussten organisiert, gefälschte Papiere besorgt werden. Irena war nur noch nachts zu Hause und konnte sich an ihr Leben vor dem Krieg kaum mehr erinnern.

Dennoch wachte sie wenige Tage nach ihrem Treffen mit der jungen Schmugglerin noch früher auf als sonst. Heute war der Tag, an dem sie Adam aus dem Ghetto schmuggeln würde. Seine Mutter hatte es bereits geschafft. Adam hatte darauf bestanden, nach ihr zu gehen. Sie würden versuchen, ihn über die Allerheiligenkirche hinauszuschleusen, die Eingänge auf beiden Seiten des Ghettos hatte.

Den Vormittag verbrachte Irena im Büro. Anschließend hatte sie mehrere Besorgungen im Ghetto zu erledigen, bevor es am späten Nachmittag losgehen sollte.

Als Irena gegen Mittag den üblichen Kontrollpunkt passierte, sah sie ein Stück weiter Menschen an der Straße stehen. Sie schienen auf etwas zu warten. Seltsam. In den letzten Wochen waren die Straßen verwaist gewesen. Wenn die Deutschen ihre Quoten in dem für den Tag ausgewählten Gebiet nicht erfüllten, trieben sie jeden zum Umschlagplatz, der ihnen zufällig über den Weg lief. Menschen mit Einkaufstüten, Kinder, die von einem Freund nach Hause kamen. Jede Besorgung, jeder Besuch war lebensgefährlich. Wie kam es, dass heute so viele auf den Straßen waren? Es machte Irena stutzig, doch sie hatte es eilig und ging weiter. Dann bog sie auf die Żelazna-Straße ab. Es war eine der Hauptstraßen des Ghettos, und auch hier standen die Menschen schweigend am Straßenrand, so weit das Auge reichte.

Vor einem alten Mann in abgenutzter, aber sauberer Kleidung blieb sie stehen. »Entschuldigen Sie, warten Sie auf etwas? Was ist hier los?«

»Das Waisenhaus von Doktor Korczak«, sagte er leise. »Sie haben es geräumt. Bald werden sie auf dem Weg zum Umschlagplatz hier vorbeikommen.«

Irenas Mund öffnete sich, doch kein Wort kam heraus. Sie wusste, dass die Deutschen Kinder nicht verschonten. Hunderte waren bereits mit ihren Eltern zum Umschlagplatz gebracht worden. Trotzdem hatte sie gegen jede Vernunft gehofft, dass sie beim Waisenhaus eine Ausnahme machen würden.

»Wir stehen hier, um Zeugnis abzulegen«, fuhr der alte Herr fort. »Heute versteckt sich keiner von uns in seiner Wohnung. Sie werden diese Kinder nicht heimlich, still und leise auf leeren Straßen abführen, sondern unter unser aller Augen. Wenn sie uns auch mitnehmen wollen, bitte …«

Irena schwieg noch immer. Sie fühlte sich wie betäubt. Ohne nachzudenken, stellte sie sich neben den alten Herrn und wartete. Tu das nicht, sagte eine Stimme in ihrem Kopf. Du kannst das nicht sehen. Du musst das nicht sehen. Du tust, was du kannst. Nur das zählt. Aber sie blieb stehen.

Eine halbe Stunde später hörte sie das Geräusch von Schritten, dann erschien der Zug derer, die zum Umschlagplatz geführt wurden. An seiner Spitze, gleich hinter den ersten SS-Männern, erkannte sie Janusz Korczak. An jeder Hand führte er ein kleines Kind. Er hielt sich sehr gerade, und sein Blick hinter den runden Brillengläsern war nach vorne gerichtet. Hinter ihm kamen seine Kinder in ordentlichen Viererreihen. Sie trugen ihre besten Kleider, viele hatten sich an den Händen gefasst. Die meisten Gesichter waren ernst, manche lächelten unsicher. Als der Zug an Irena vorbeikam, hörte sie, dass sie ein Lied sangen. Es stammte aus dem Theaterstück, das die Kinder erst wenige Wochen zuvor aufgeführt hatten. Als Irena sah, dass die meisten von ihnen die Puppen an sich drückten, die Professor Witwicki für sie gebastelt hatte, hätte sie beinahe laut aufgeschrien, doch die Fassungslosigkeit schnürte ihr die Kehle zu.

So musste es auch den anderen gehen. Niemand weinte, niemand schrie. Selbst die Menschen im Zug schwiegen, und die beinahe feierliche Stimmung schien sich absurderweise auf die begleitenden Wachen zu übertragen.

Jetzt begannen die Menschen am Rand des Zuges mitzulaufen, und auch Irena setzte sich in Bewegung. Als sie auf dem Umschlagplatz ankamen, teilte sich die Menge der dort Wartenden und nahm die Kinder in ihre Mitte auf. Keiner sprach. Irena erkannte Ala und ihren Kollegen Nachum vor dem Rotkreuzzelt und eilte zu ihnen. Tränen liefen über Alas Wangen, als sie sich umarmten.

»Ich kann das nicht hinnehmen«, stieß Nachum hervor. Noch ehe Irena und Ala reagieren konnten, hatte er sich einen Weg durch die Menge gebahnt. Als er bei Korczak angekommen war, redete er heftig auf ihn ein, doch der Doktor blieb völlig ruhig und schüttelte nur ab und zu den Kopf. Schließlich antwortete er knapp, klopfte Nachum väterlich auf die Schulter und bedeutete ihm, zurückzugehen.

»Ich habe ihm angeboten, ihn für transportunfähig zu erklären, aber er kann und will seine Kinder nicht alleine lassen«, berichtete Nachum mit brüchiger Stimme, als er wieder vor Irena und Ala stand. »Er hat ihnen gesagt, dass sie einen Ausflug an einen schönen Ort machen.« Seine Gesichtszüge verrutschten, und er presste seine Hand auf die Augen. Für einige Minuten verschwand er im Zelt, dann stellte er sich wieder neben Irena und Ala. Eine Stunde verging unter der brütend heißen Sonne. Immer mehr Menschen trafen auf dem Umschlagplatz ein. Und trotzdem nichts als diese unheimliche Stille.

Schließlich ertönte ein Pfiff. Mehrere SS-Männer liefen auf die Türen der Viehwaggons zu und schoben sie auf. In Irenas Augen mischte sich Schweiß mit Tränen. Übelkeit stieg in ihr auf, als Korczak jedem einzelnen Kind half, in die Waggons zu klettern. Dann verschwand auch er.

Als die Schiebetüren einrasteten und mit Stacheldraht gesichert wurden, griff Irena unwillkürlich nach Alas Hand und drückte sie fest. Sie fühlte den unbändigen Wunsch, wegzulaufen, zu vergessen, was hier geschah. Doch die Worte des alten Mannes hallten in ihr nach: *Wir sind hier, um Zeugnis abzulegen.*

»Wir sind hier, um Zeugnis abzulegen. Wir sind hier, um Zeugnis abzulegen«, flüsterte Irena so leise, dass nicht einmal Ala es hören konnte. So verbissen konzentrierte sie sich auf die immer gleichen Worte, dass sie Nachums Schluchzen neben sich wie aus weiter Ferne wahrnahm.

Ein lang gezogener Pfeifton, dann stieß die Maschine Dampf aus, und der Zug fuhr an.

Als Irena am selben Nachmittag Adams Zimmer betrat, stand sie völlig unter Schock. Adam erging es nicht anders. Er hatte den Zug der Kinder in einer anderen Straße miterlebt, war ihm aber nicht zum Umschlagplatz gefolgt.

Irena ließ sich auf einen Stuhl fallen. Einen Augenblick sahen sie sich nur an. Dann drehte sich Adam um, stellte sich ans Fenster und wandte ihr den Rücken zu. Irena spürte, dass er etwas sagen wollte. Auch sie wollte über die Kinder sprechen. Sie wusste nur nicht, wie. Worte versagten angesichts dessen, was sie an diesem Morgen gesehen hatte. Als Adam sprach, verstand sie nicht gleich, was er sagen wollte.

»Ich kann nicht gehen.«

»Nicht gehen? Wohin?«

»Auf die arische Seite.«

Irena fuhr vom Stuhl auf, ging zu ihm und drehte ihn zu sich um.

»Adam, was soll das, warum nicht?«

Seine Augen funkelten. »Die Kinder, Irena! Wie kann sich noch irgendjemand feige in Sicherheit bringen, nach dem, was heute geschehen ist?«

»Sich in Sicherheit zu bringen ist nicht feige!«, stieß Irena hervor. »Leben wollen und leben dürfen ist nicht feige. Es ist das Recht, mit dem wir alle geboren werden. Das Einzige, was feige wäre, ist, dieses Recht nicht einzufordern und zu verteidigen.«

»Irena ...«

»Nein, du hörst mir jetzt zu. Du fühlst dich schuldig, weil du eine Chance bekommst, die die Kinder nicht hatten. Und das verstehe ich. Aber diese Chance nicht wahrzunehmen wäre feige. Darauf zu warten, dass die SS dich zum Umschlagplatz treibt, das wäre feige. Ein alter Mann heute Morgen sprach davon, dass wir Zeugnis ablegen müssen. Er hat recht. Aber das können wir nur, wenn wir am Leben bleiben. Wenn du erst mal hier raus bist, kannst du anderen helfen, ebenfalls zu fliehen. Außerdem braucht deine Mutter dich. Hast du schon mal an sie gedacht? Wenn du mich fragst, Adam, hast du die verdammte Pflicht, am Leben zu bleiben.«

Bei Irenas letzten Sätzen hatte sich Adams Gesicht entspannt. Er sah sie an. »Ich frage mich oft, woher du diese Kraft nimmst. Ich habe mir immer eingebildet, stark zu sein. Aber im Vergleich zu dir bin ich nichts. Wie schaffst du das? Immer kämpfen, kämpfen, kämpfen. Du gibst nie auf.«

»Ich bin nicht stärker als andere. Ich kann es mir nur nicht leisten, schwach zu sein. Und du auch nicht.« Sie sah auf ihre Armbanduhr. »Adam, wir müssen los!«

Einen Augenblick sah es so aus, als wollte er erneut protestieren, doch dann nickte er, ging zu seinem Kleiderschrank und zog sich um.

Vor dem Eingang der Allerheiligenkirche auf der arischen Seite stand eine deutsche Wache, die sich die Kennkarten all derer zeigen ließ, die hinein- und hinausgingen. Wer eintrat, wurde auf einer Liste vermerkt, und nur diejenigen, die von der arischen Seite aus die Kirche betreten hatten, konnten auch wieder heraus. Deshalb hatte Irena schon vor Wochen nach einem vertrauenswürdigen Mitglied ihres Netzwerks gesucht, das Adam ähnlich sah – und war tatsächlich fündig geworden.

Sie und ihr Bekannter Tomasz würden in einer Stunde die Kirche von der arischen Seite aus betreten wie jedes beliebige Pärchen, das eine Kerze anzünden wollte. Irena mit ihrer eigenen, Tomasz mit Adams gefälschter Kennkarte. Adam dagegen musste einen guten Augenblick abpassen, um unbemerkt von der Ghettoseite aus in die Kirche zu schlüpfen, was seit Beginn der sogenannten Umsiedlung einfacher geworden war, da der jüdische Ordnungsdienst alle Hände voll zu tun hatte und der Kirche kaum mehr Aufmerksamkeit schenkte. Im Inneren würden Tomasz und Adam ihre Kleider tauschen.

Anschließend musste Tomasz die Kirche auf der Ghettoseite verlassen und mit seinem eigenen Passierschein durch einen Ghetto-Kontrollpunkt auf die arische Seite zurückkehren, während Irena und Adam als Pärchen wieder aus der Kirche treten konnten.

»Stimmt alles?«, fragte Adam.

Irena sah ihn prüfend an. Weißes Hemd, schwarze Hose, Hosenträger, Schiebermütze. Die Haare nach hinten gegelt. So hatten sie es mit Tomasz verabredet. Irena nickte. Dann umarmte sie ihn fest. Einen Augenblick blieben sie so stehen. Adam nahm ihr Gesicht in seine Hände und küsste sie zärtlich.

»Wir sehen uns in der Kirche«, flüsterte Irena, als sie sich voneinander lösten.

»In der Kirche.« Noch einmal küsste er sie, dann verließen sie das Haus.

Tomasz erwartete Irena schon am vereinbarten Treffpunkt. Hand in Hand schlenderten sie auf den Eingang der Allerheiligenkirche zu. Schatten spendende Bäume gab es keine, daher hatte sich der deutsche Wachmann an der Kirchentür in den Schattenstreifen der Hauswand zurückgezogen. Trotzdem sah er in seiner dicken Uniform so aus, als würde er bald einen Hitzschlag bekommen.

»Kennkarten«, sagte er nur, als Irena und Tomasz auf die Tür zuliefen. Er prüfte die Dokumente. Das war der erste heikle Moment. Wenn ihm auch nur der leiseste Verdacht kam, dass die auf Adams neuen Namen Stefan Zgrembski ausgestellte Karte gefälscht war, konnte alles passieren. Im schlimmsten Fall würde er seine Pistole zücken und Tomasz und sie auf der Stelle erschießen. Doch es geschah nichts. Der Mann trug ihre

Namen auf einer Liste ein und zog sich wieder in den Schatten zurück.

Im Inneren der Kirche war es düster und angenehm kühl. Zu Irenas Erleichterung war sie leer. Schnell verschwanden Tomasz und sie in der Sakristei, deren Tür der Pfarrer nur angelehnt hatte, und drückten sie hinter sich ins Schloss. Im nächsten Moment nahm Irena aus dem Augenwinkel eine Bewegung wahr. Hinter einem Ständer mit Messgewändern trat Adam hervor. Irena fiel ein Stein vom Herzen. Der erste Schritt war geschafft. Sie waren alle drei hier. Die beiden Männer lächelten sich zu. Sie sahen sich tatsächlich verblüffend ähnlich.

»Schnell«, mahnte Irena. Adam und Tomasz zogen sich aus und tauschten Hemden und Hosen, die zwar ähnlich, aber nicht völlig identisch waren.

»Du siehst noch schlechter als ich«, kommentierte Adam trocken, als er Tomasz' Brille aufsetzte. »Wehe, du lässt dich am Kontrollpunkt aufhalten. Ich will meine Brille so schnell wie möglich wiederhaben.«

»Gleichfalls.« Tomasz grinste. Als sie fertig umgezogen waren, drängte Irena zur Eile.

»Tomasz, wir geben dir eine Viertelstunde, dann bist du hoffentlich schon aus dem Ghetto raus, wenn wir die Kirche verlassen«, flüsterte sie. »Mach schnell, denn wenn die Wache am Eingang Verdacht schöpft, werden sie drinnen auch nach dir suchen.«

Tomasz nickte nur, dann verschwand er in dem Gang, der die Sakristei mit dem Ghettoausgang verband. Kurz darauf hörten sie die Tür leise ins Schloss fallen.

Irena spähte durch die Sakristeitür in den Innenraum der

Kirche. Verdammt, eine alte Frau mit Kopftuch saß in der ersten Reihe. Sie sah harmlos aus, trotzdem wusste man nie, wem man trauen konnte. Zwei junge Leute, die aus der Sakristei kamen und nach draußen gingen, konnten Aufsehen erregen. Es war besser zu warten. Irenas Blick war auf die Zeiger der Wanduhr gerichtet. Wie lange blieb man am helllichten Tag und ohne Messe in einer Kirche, um zu beten oder eine Kerze anzuzünden? Zehn Minuten? Zwanzig? Viel Zeit blieb ihnen nicht mehr, dann würden sie es wagen müssen, mit oder ohne Zeugin. Doch sie hatten Glück. Die Frau bekreuzigte sich murmelnd, erhob sich mühsam und wackelte mit steifen Beinen zur Tür. Kaum war sie ins Freie getreten, schlüpften Irena und Adam in den Kirchenraum und gingen auf den Ausgang zu. Vorsichtig lugte Irena durch das kleine Fenster. Die Alte hinkte schnurgerade davon, ohne sich auch nur nach der Wache umzudrehen. Sie sah, wie der Mann einen Namen ausstrich.

»Ich habe Angst«, hörte sie Adam hinter sich flüstern. »Der Mann ist doch nicht blöd. Natürlich sieht der, dass ich nicht derselbe bin, der vorhin reingegangen ist.«

Irena legte streng einen Finger auf die Lippen. »Hör auf. Du musst daran glauben. Halt ihm einfach sofort deine Kennkarte hin. Und jetzt los.« Irena nahm ihn bei der Hand und öffnete die Tür. Der Angst begegnete man am besten, indem man sich in die Höhle des Löwen stürzte, bevor sie einen lähmte.

»Auf Wiedersehen«, sagte sie in Richtung des Wachmanns. Dabei hielten sie und Adam ihm ihre Ausweise entgegen. Es klappte. Anstatt sie beide näher in Augenschein zu nehmen, richtete der Mann seinen Blick auf die Karten, die er wiedererkannte. Mit einem Kopfnicken entließ er sie.

»Was willst du heute Abend essen?«, fragte Irena, als sie gerade noch in Hörweite waren. Sie waren ein ganz normales Pärchen, das für den Rest des Tages keine größere Sorge hatte als den Einkauf für das Abendessen. Oder zumindest sollte der Mann das glauben.

Eine halbe Stunde später standen sie vor der Wohnung, in der Adam sich von nun an verstecken sollte. Hier lebte Maria Kukulska mit ihrer halbwüchsigen Tochter. Adams Mutter hatte aus Sicherheitsgründen Unterschlupf in einer anderen Wohnung gefunden.

Maria war eine gute Freundin, und ihre Wohnung fungierte schon seit Längerem als Notunterkunft für Kinder, die aus dem Ghetto geschmuggelt worden waren. Dennoch hatte Irena gezögert, bevor sie Maria bat, Adam aufzunehmen. Es war eine Sache, für ein paar Tage ein Kind zu beherbergen, von dem man den Nachbarn zur Not erzählen konnte, dass es Bekannten gehörte und nur zu Besuch war. Eine andere Sache war es, einen erwachsenen Mann permanent zu verstecken. Adam würde nie auch nur in die Nähe der Fenster gehen dürfen und musste leise auftreten. Kein Laut durfte zu den Nachbarwohnungen dringen, wenn Maria nicht im Haus war, denn Denunzianten gab es überall. Sie konnten das Gesicht eines langjährigen Nachbarn oder Postboten haben, auch das des Gemüsehändlers auf der anderen Seite der Straße. Die Deutschen zahlten gut für jeden Tipp, und nicht alle konnten der Versuchung widerstehen. Dazu kam, dass Adam ein Mann war. Eine untergetauchte jüdische Frau mit blonden Haaren und passablen Schauspielqualitäten konnte sich in ihrer Rolle als katholische Polin frei auf der Straße bewegen. Ein Mann dagegen konnte jederzeit durch seine Beschneidung als Jude enttarnt werden. Und wenn er dann auch noch so aussah, wie sich die Nazis einen Juden vorstellten, kam nur ein völliges Abtauchen infrage – da half auch die neue Kennkarte nicht.

»Sicher angekommen in meinem komfortablen Gefängnis«, bemerkte Adam mit einem ironischen Lächeln, als Maria ihn erleichtert umarmte.

»Komm, ich zeig dir dein Zimmer. Das hast du ganz für dich allein.«

Sie folgten Maria, die eine Tür öffnete. »Ruht euch kurz aus«, sagte sie. »Und dann müsst ihr mir alles erzählen. Es gibt Limonade.«

Als Maria sie allein gelassen hatte, sahen sich die beiden an. Irena konnte es kaum glauben. Adam war in Sicherheit, wie zerbrechlich diese auch war. Er war nicht mehr im Ghetto eingeschlossen und der unmittelbaren Gefahr des Umschlagplatzes entzogen.

»So wird es irgendwann mal wieder sein«, flüsterte sie und spürte Tränen in den Augen.

»Was meinst du?«

»Na, du und ich. In einem ganz normalen Zimmer, in einer ganz normalen Stadt. Frei und sicher.«

Adams Gesicht verdüsterte sich. »Wer weiß, wann das sein wird.«

»Aber es wird kommen«, sagte Irena trotzig. »Und bis dahin versprichst du mir, dich an Marias Anweisungen zu halten und am Leben zu bleiben.«

Adam stand stramm. »Zu Befehl.«

Sie schlangen die Arme umeinander und hielten sich fest.

Kapitel 33

Trotz des offenen Fensters war es unsagbar schwül in Irenas Büro. In den letzten Wochen hatte sie ihre reguläre Arbeit im Sozialamt vernachlässigt. Die Koordination der Rettungsaktionen erforderte ihre ganze Zeit und Kraft. Jan Dobraczyński ließ sie gewähren. Mittlerweile waren sie Verbündete in einem Kampf, der jeden Tag erbitterter wurde. Erschöpft und fassungslos hatte Irena die Zahlen in der von den Deutschen herausgegebenen Zeitung zur Kenntnis genommen: Bis Mitte August waren knapp zweihunderttausend Menschen aus dem Ghetto deportiert worden. Die Stimmung unter den Eingeschlossenen schwankte zwischen Verzweiflung und abgestumpfter Gleichgültigkeit.

Irena griff zu einem Aktenordner, schlug ihn auf und versuchte sich zu erinnern, was zu tun war: Sozialgeld, Suppenküchen. Angesichts der täglichen Menschenjagd im Ghetto kamen ihr die alltäglichen Sorgen der Bedürftigen außerhalb der Ghettomauern belanglos vor. Plötzlich ging die Tür auf, und Irka stand vor ihr.

»Was ist los?«, fragte Irena, als Irka sie nur schweigend anstarrte.

»Ich weiß nicht, ob es stimmt«, sagte sie tonlos. »Aber

Dobraczyński hat gerade gehört, dass die Deutschen das Kleine Ghetto vollständig liquidieren wollen.«

»Was?« Irena fuhr hoch. Beinahe panisch überschlug sie die Konsequenzen. Sie wusste, dass ein Großteil der Bewohner des Kleinen Ghettos deportiert worden war. Jetzt wollten die Deutschen es offenbar komplett auflösen. Und Irena war sich sicher: Das Kleine Ghetto zu liquidieren war nur der erste Schritt auf dem Weg zur Auslöschung des gesamten Ghettos. Sie versuchte einen klaren Gedanken zu fassen, doch es gelang ihr nicht.

Irka war einen Schritt weiter. »Ewas Jugendkreis ist im Kleinen Ghetto«, sagte sie in Irenas Gedankenchaos hinein.

»Ewa? Nein!«, stieß Irena hervor. Sie lief los. »Komm mit!«

Auf den Straßen des Großen Ghettos kamen ihnen Dutzende Menschen mit Bündeln und Taschen entgegen. Offenbar hatten sie es noch geschafft, aus dem kleineren Teil herauszukommen, bevor der Bezirk abgeriegelt worden war. Jetzt wussten sie nicht, wohin. Ein Paar mit einem Baby stand an einem Hofeingang und drückte wahllos auf Klingelknöpfe in der Hoffnung, in irgendeiner Wohnung Zuflucht zu finden. Die meisten rannten einfach kopflos an Irena und Irka vorbei.

»Warte mal, das ist doch…« Irena griff nach dem Arm eines etwa fünfzehnjährigen Mädchens.

»Lass mich los!«, schrie es hysterisch.

Irena verlor keine Zeit. »Du bist doch in Ewa Rechtmanns Jugendkreis, oder nicht? Ich bin eine Freundin von Ewa.«

Verdutzt sah das Mädchen sie an. Dann nickte es. »Ja, warum?«

»Hast du Ewa heute schon gesehen?«

»Der Jugendkreis hat sich heute Morgen getroffen«, sagte das Mädchen atemlos. »Aber als die Nachricht kam, hat Ewa alle heimgeschickt, die Erwachsene zu Hause hatten. Sie selbst ist bei den Kindern geblieben, die allein waren.«

Irena ließ den Arm des Mädchens los. »Wann war das?«

»Vor zwei oder drei Stunden«, hörte Irena noch, während das Mädchen sich schon umdrehte und losrannte, auf der Suche nach irgendeinem Winkel, irgendeinem Versteck.

Irena und Irka hatten sich beratschlagt. Ihre beste Chance lag darin, Ala und Nachum auf dem Umschlagplatz einzubeziehen. Während Irka mit Nachum auf dem Platz zurückblieb, um dort nach Ewa Ausschau zu halten, fuhren Irena und Ala im Krankenwagen los, den Ala normalerweise dazu verwendete, die angeblich transportunfähigen Menschen vom Umschlagplatz zum Krankenhaus zu fahren.

»Wenn wir nur wüssten, ob Ewa noch im Kleinen Ghetto ist oder schon auf dem Umschlagplatz? Vielleicht konnte sie sich auch irgendwo verstecken«, meinte Ala.

Irena schnaubte. »Verstecken? Mit mehreren großen und kleinen Kindern? Die SS treibt die Leute einzeln aus jedem Zimmer, jeder Besenkammer, jedem Dachverschlag …«

»Wir müssen trotzdem hoffen.« Ala bog rasant in eine Kurve, und Irena umklammerte den Türgriff.

»Achtung!«, rief sie. Ala trat auf die Bremse, und der Wagen schlitterte zur Seite. Im Schritttempo passierten sie eine Kolonne auf dem Weg zum Umschlagplatz. Irena hielt Ausschau, doch Ewa war nicht dabei.

Jetzt näherten sie sich dem Kleinen Ghetto. An der Holzbrücke standen Wagen mit schwer bewaffneten SS-Männern. Ala drosselte die Geschwindigkeit und versuchte ihre Gesichtsmuskeln zu entspannen. »Lass mich machen«, flüsterte sie.

Schon kamen zwei Männer auf sie zu. »Wir haben einen medizinischen Notfall da drinnen. Es ist dringend«, sagte Ala und versuchte zu lächeln.

»Die beiden haben einen medizinischen Notfall.« Der vordere Mann grinste seinen Kollegen vielsagend an.

»Bitte«, stieß Ala verzweifelt hervor, obwohl sie am liebsten etwas ganz anderes gesagt hätte.

»Alles voller Straßensperren da drinnen. Ihr werdet nicht weit kommen.«

»Wir wollen es wenigstens versuchen.«

Der Mann, der zuletzt gesprochen hatte, zuckte mit den Schultern und sah den anderen an. Der grinste noch immer. »Wenn es euch Spaß macht…« Er bedeutete ihnen, durch die Sperre zu fahren.

Irena und Ala atmeten auf. »Wenn sie sich versteckt hat, dann in der Nähe des Jugendkreises. Da kennt sie sich aus«, meinte Irena gepresst.

Ala nickte nur.

Der SS-Mann hatte recht gehabt. Überall waren zusätzliche Sperren errichtet worden, um die Menschen an der Flucht zu hindern. SS-Männer und Vertreter des jüdischen Ordnungsdienstes schwärmten durch die Straßen und in die Wohnhäuser. An Sammelpunkten standen zusammengetriebene Menschen. Einige Bilder prägten sich Irena unauslöschlich ins Gedächtnis ein: der Junge mit nur einem Schuh, ein Mann mit einem halben Brotlaib in der Hand, die alte Frau neben ihm hatte kein Gepäck, dafür einen kleinen schwarzen Hund an der Leine.

»Medizinischer Notfall! Wir müssen hier durch!«, rief Ala an einer Sperre, doch die Wache kam mit erhobener Pistole auf sie zu.

»Macht, dass ihr hier wegkommt! Zack, zack!«

»Eine gelähmte Frau, gleich in der Straße dahinten«, versuchte Ala es noch einmal. Der Mann hob die Pistole und schoss zweimal in die Luft. Ala legte den Rückwärtsgang ein und fuhr mit quietschenden Reifen an.

»Es gibt noch einen anderen Zugang zu Ewas Straße«, sagte Irena atemlos, doch natürlich war auch dieser Weg versperrt.

Diesmal stieg Ala aus. Ein SS-Mann um die fünfzig mit einem vollen rötlichen Gesicht kam auf sie zu.

»Wir müssen eine gelähmte Frau abtransportieren. Sie kann ohnehin nicht mehr zum Umschlagplatz laufen«, rief Ala ihm zu, noch bevor er sie erreicht hatte.

»Ihren Ausweis?«

Ala schöpfte Hoffnung. »Hier, bitte.«

Der Mann warf einen kurzen Blick darauf und gab ihn ihr zurück. »Eine gelähmte Frau also …« Er sah sie prüfend an.

»Ja, gelähmt.« Ala versuchte seinem Blick standzuhalten, doch sie spürte, wie ihre Augen flackerten. Natürlich weiß er, dass ich lüge, dachte sie resigniert. Tatsächlich huschte ein Lächeln über das Gesicht des Wachmanns, doch statt sie wegzuschicken, sah er sich schnell um. Sein Kollege schien beschäftigt zu sein.

»Machen Sie schnell.« Mit einer minimalen Handbewegung bedeutete er ihr, loszufahren. Ala drehte sich um und lief auf die Fahrertür zu. Ihr Gesicht glühte.

»Heinrich, gibt's Probleme?« Die Stimme musste dem Kollegen gehören.

»Nur ein Notfall, eine gelähmte Frau irgendwo in der Straße.«

»Hier kommt keiner rein.« Die Stimme des Kollegen klang

herrisch. Mit schnellen Schritten kam er näher. »Weg hier, aber schnell!« Er versetzte der Motorhaube einen scheppernden Hieb.

Ala, die schon wieder hinterm Steuer saß, sah den ersten Mann flehend an, doch dessen Gesicht hatte sich verschlossen. »Sie haben es gehört: Fahren Sie weg!«

Noch zwei weitere Stunden durchkämmten Ala und Irena die Straßen des Kleinen Ghettos in der Hoffnung, Ewa an einem Sammelpunkt zu entdecken oder an einer Sperre durchgewinkt zu werden. Sie hatten die verzweifelte Hoffnung, dass alles gut werden würde, wenn sie Ewa nur endlich fänden, doch vergeblich.

Auf dem Umschlagplatz hatten auch Irka und Nachum erfolglos unter den Tausenden Menschen nach Ewa gesucht. Wie erstarrt sahen Irena und die anderen dem letzten Zug des Tages hinterher, während er den Umschlagplatz verließ. War Ewa in einem der Waggons? Oder war sie bereits vor Stunden in Treblinka angekommen?

Völlig ausgehöhlt lag Irena am späten Abend auf Adams Bett, ihr Gesicht dem dunklen Rechteck des Fensters zugewandt. Adam hatte von hinten seine Arme um sie geschlungen. Irenas Augen brannten, ihre Kehle war trocken.

»Sie hat immer gesagt: ›So wie es kommt, soll es kommen‹«, stieß sie hervor. Ihr Körper verkrampfte sich. »Und jetzt, Ewa? Ist es wirklich so gekommen, wie du wolltest?« Sie krallte ihre Fingernägel in Adams Arme und schluchzte auf. Adam hielt sie fest und grub seinen Kopf in ihren Nacken.

»Du Dummkopf!«, schrie Irena und dann: »Komm zurück, Ewa, meine dumme, dumme, liebe Ewa.« Ihr ganzer Körper bebte, und sie weinte bitterlich.

Kapitel 34

Ludwig Fischer nahm sich noch eine Scheibe Braten und einen Kloß, schnitt ihn klein und goss Soße nach. Das Personal hatte er aus dem Raum geschickt. Ihm gegenüber am Esstisch saß Heinz Auerswald, der Kommissar für den jüdischen Wohnbezirk. Die großen Flügelfenster von Fischers Wohnung waren weit geöffnet und ließen eine angenehme warme Abendbrise in den Salon. Bislang hatten sie nur gegessen und über Belangloses gesprochen. Jetzt brachte Fischer die Sprache auf den eigentlichen Grund der Einladung.

»Laut Ihren Berichten verläuft die ›Aktion Reinhardt‹ befriedigend …«

Heinz Auerswald tupfte sich mit der weißen Stoffserviette die Lippen ab. »Überaus. In den ganzen Wochen kein nennenswerter Widerstand. Es war beinahe zu einfach und bestätigt unsere Einschätzung der jüdischen Rasse als niedriges Element. Diese Elemente sind nicht zum Kampf oder zur Verteidigung geschaffen.«

Fischer nickte. »Was meinen Sie, wie lange werden wir noch brauchen?«

»Höchstens ein paar Wochen. Einen Großteil des Ghettos haben wir bereits bearbeitet. Die Waisenhäuser sind leer. In

Kürze sind die Krankenhäuser dran. Die werden dann ohnehin nicht mehr gebraucht.« Er lächelte. »Schluss mit dem falschen Schein. Bis Ende September sollte das Ghetto evakuiert sein.«

»Mit Ausnahme derer, die noch für die Arbeit in den deutschen Betrieben in Warschau gebraucht werden.« Ludwig Fischer nippte an seinem Wein. »Die Zahlen habe ich gerade nicht mehr im Kopf.«

»Der letzte Bericht geht davon aus, dass wir bis Ende September etwa dreihundertachtzigtausend Ghettoinsassen nach Treblinka verlagert haben werden. Offiziell bleiben dann für die Zwangsarbeit noch etwa dreißigtausend.«

»Offiziell?« Fischer zog die Augenbrauen hoch.

Auerswald zögerte einen Augenblick. »Nun ja, trotz aller Gründlichkeit müssen wir natürlich davon ausgehen, dass es noch eine Dunkelziffer gibt. Gewisse Elemente schaffen es immer wieder, sich der Säuberung zu entziehen, obwohl sie offiziell nicht von ihr ausgenommen sind.«

Ludwig Fischer begann der bürokratische Jargon seines Gegenübers auf die Nerven zu gehen. Obwohl er selbst promovierter Jurist war, nannte er die Dinge gerne beim Namen.

»Sie meinen, einige Juden sind uns schlichtweg durch die Lappen gegangen und verstecken sich irgendwo im Ghetto.«

»Genau.«

»Wie viele?«

Auerswald zog eine Grimasse. »Wir gehen von weiteren dreißigtausend aus.«

»Dreißigtausend? Tatsächlich!« Fischer seufzte. »Die sind wie Staub. Den kriegt man auch nie aus den Ecken raus.« Auerswald lachte, doch Fischer fuhr fort. »Egal. Jetzt lassen wir die mal kurzfristig zur Ruhe kommen und machen in Treblinka

Platz für andere Ghettos. Und wenn sich die Verbliebenen hier wieder sicher fühlen, arbeiten wir nach.«

»Haben Sie schon eine zeitliche Vorstellung?«

Fischer legte Messer und Gabel auf dem leeren Teller ab und warf die Serviette daneben. »Lassen wir erst mal Weihnachten vergehen. Ich denke Januar. Aber das hängt natürlich nicht nur von mir ab.« Er sah, dass Auerswald ebenfalls aufgegessen hatte. »Ein Cognac gefällig?«

Kapitel 35

Irena erwachte davon, dass ein früher Sonnenstrahl auf ihr Gesicht fiel. Sie öffnete die Augen und erkannte das Zimmer nicht. Ein eisernes Bettgestell, ein wackliger Tisch, und neben ihr lag ein alter Teddy mit einem offenbar wiederangenähten Arm. Erschrocken setzte sie sich auf. Wo war sie? Sie spürte, wie Panik sie ergriff, da erinnerte sie sich. Natürlich! Sie befand sich im Kinderzimmer von Rachelas kleiner Tochter. Das Bett des Mädchens war schon leer, ebenso wie die Matratze auf dem Fußboden neben ihr. Hier hatte der sechsjährige Sergiusz geschlafen, dessen Flucht durch das Gerichtsgebäude fehlgeschlagen war. Heute sollte ein neuer Versuch stattfinden.

Irena ließ sich zurück auf den Boden sinken, und sofort war er wieder da, der Gedanke: Ewa war tot. In den Tagen nach ihrem Verschwinden hatten sie noch überall nach ihr gesucht – ohne Erfolg. Seitdem drückte die Trauer Irena nach jedem neuen Aufwachen in die Kissen zurück. Ihre Augen füllten sich mit Tränen, und sie fühlte sich bleischwer. Ich kann nicht aufstehen, dachte sie. Und ich kann auch Sergiusz nicht durch die Kanalisation nach drüben schleusen. Dazu braucht man Mut und Energie. Mein Wille reicht nicht einmal aus, um von dieser Matratze hochzukommen. Sie spürte, wie ihr heiße Tränen übers Gesicht liefen. Sie ließ sie trocknen, dann stand sie mit einem Ruck auf, zog sich an und ging in die Küche.

»Ich wollte dich gerade wecken. Ist alles in Ordnung?« Rachela sah Irena besorgt an. Die nickte müde. Sergiusz saß am Tisch und hielt eine Scheibe Brot in der Hand.

»Entschuldigung, er hatte solchen Hunger. Und jetzt ist nichts mehr da. Ich habe Aaron mit Ava zum Bäcker geschickt. Sie müssten gleich wieder da sein.«

Irena versuchte sich an einem Lächeln. Praktische Dinge regeln, das war gut. Ein Bein vor das andere setzen. So musste sie es machen, genau wie Rachela. Natürlich hatte Rachela eine Tochter und einen Mann, die es ihr leichter machten. Aber was beklagte sie sich. Sie selbst hatte eine Mutter, sie hatte Adam. Und fast jeden Tag ein neues Kind, dessen Leben von ihrer Geistesgegenwart abhing.

Sie trank das Glas Wasser, das Rachela vor sie hinstellte, und spürte, wie der Kampfgeist zurückkehrte. Wenn sie sich jetzt unterkriegen ließ, hatten die Deutschen schon gewonnen.

Irena sah auf die Uhr und stellte fest, dass sie nicht mehr viel Zeit hatten. Sie hatte extra mit Sergiusz bei Rachela übernachtet, damit sie so früh wie möglich den Abstieg in die Kanalisation wagen konnten.

»Aaron muss wirklich jeden Moment wiederkommen«, wiederholte Rachela, als hätte sie Irenas Gedanken erraten. Weitere Minuten vergingen in angespanntem Schweigen. Irena nestelte an ihrer Armbanduhr, Rachela wusch Sergiusz' Teller ab und fegte die Brotkrümel vom Tisch.

»Wir müssen los«, sagte Irena schließlich und stand auf. Sie strich Sergiusz übers Haar. »Bist du bereit für das große Abenteuer?« Der Kleine nickte mit großen Augen.

»Ich lasse für Aaron und Ava die Tür offen. Wahrscheinlich stehen sie beim Bäcker in der Endlosschlange«, meinte Rachela entschuldigend.

Sie verließen das Haus. Wie immer in den letzten Wochen war es in den Straßen ruhig, nur vor den Geschäften standen die Menschen bis auf den Gehsteig, in der Hoffnung, einige wenige Lebensmittel kaufen zu können. Als sie aus der Entfernung die Bäckerei passierten, hielt Rachela in der Schlange der Wartenden Ausschau. Aaron und Ava waren nicht darunter. Wahrscheinlich standen sie bereits im Geschäft. Rachela kniff die Augen zusammen, doch hinter der Scheibe des Ladens waren nur vage Umrisse zu erkennen. Einige Minuten später kamen sie in einer stillen Sackgasse an.

»Alles wie immer, das ist gut«, flüsterte Irena. »Du bleibst hier. Falls jemand kommt oder du jemanden in den Fenstern siehst, beugst du dich runter und bindest dir die Schuhe. Der Gullydeckel liegt nur lose auf. Wenn alles gut geht, sind wir in weniger als einer Minute unten.«

Rachela nickte. Es war nicht das erste Mal, dass sie für Irena Wache stand. Ruhig und konzentriert wanderten ihre Blicke über die Fenster der umliegenden Wohnungen. Alle waren geschlossen, viele abgedunkelt. Die Straße hinter ihr war leer. Sie sah, wie Irena sich bückte, den runden Deckel abhob und ihn genau neben das Loch legte. Dann half sie dem Jungen, die Füße auf die obersten Eisenstreben zu setzen. Sekunden später war er offenbar so weit unten angekommen, dass Irena ihm folgen konnte.

Erneut prüfte Rachela ihre Umgebung. Als sie zur Straße zurücksah, schob sich der Gullydeckel gerade wieder über das Loch. Irena hatte recht gehabt. Es hatte keine Minute gedauert. Ein paar Sekunden blieb Rachela noch stehen, dann trat sie den Rückweg an.

An der Bäckerei hatte sich die Schlange noch verlängert. Trotz der frühen Stunde war es schon sehr warm, und Rachela lief mit schnellen Schritten nach Hause. Als sie ins kühle Treppenhaus trat, atmete sie auf. Alles war gut gegangen, und eine Scheibe Brot konnte jetzt nicht schaden.

»Hallo, ich bin wieder da!«, rief sie, als sie die Wohnungstür öffnete. Im Inneren blieb es still.

»Aaron?« Rachela betrat die Küche. Sie war leer, ebenso wie das Kinder- und Schlafzimmer. »Aaron? Ava? … Aaron?« Rachela lief in die Küche zurück, dann noch einmal in die Zimmer. Neben Avas Bett hob sie den Teddy auf und starrte ihn sekundenlang an. »Ava«, flüsterte sie noch einmal.

Dann rannte sie nach draußen.

In der Zwischenzeit watete Irena mit Sergiusz durch die niedrigen Gänge der Kanalisation. Die Dynamotaschenlampe ließ ihre gebückten Schatten an den nassen, schmierigen Wänden auf und ab hüpfen, und ihre Füße machten schmatzende Geräusche im knöchelhohen Schlamm. Die heiße, faulige Luft nahm Irena beinahe den Atem, und sie kämpfte gegen den Brechreiz.

»Wie lange noch?«, kam Sergiusz' klägliche Stimme.

»Es ist nicht mehr weit«, antwortete Irena mechanisch. Sie musste sich konzentrieren, wenn sie in dem weitverzweigten System die richtigen Gänge erwischen wollte, die sie sich eingeprägt hatte. Von oben kamen erste Verkehrsgeräusche. Irgendwo rumpelte ein Transporter. Ein Auto hupte, und das scharfe Stakkato von Hufen war zu hören. Sie näherten sich der arischen Seite.

Doch plötzlich blieb Sergiusz stehen. »Ich will nach Hause.« Seine Mundwinkel bogen sich nach unten. »Ich habe Angst ... Tante Luda. Ich will zu Tante Luda ...« Seine Mundwinkel verzogen sich, und Tränen rollten aus den Augen.

»Pst«, machte Irena. »Ganz leise.« Sie beugte sich zu ihm, ließ seine Hand los und wischte ihm die Tränen ab. »Da, wo du hinkommst, gibt es eine Spielwiese, wie ich dir erzählt habe. Und auch andere Kinder. Ich habe es dir doch versprochen.«

»Und Tante Luda?« Es war die Frage, die Irena am schwersten beantworten konnte. Sergiusz würde in einem Waisenhaus Unterschlupf finden, das durch ein katholisches Nonnenkonvent in der Nähe von Warschau betreut wurde. Die Nonnen waren wunderbare Frauen, die alles für die Kinder taten und viel riskierten. Es würde ihm gut gehen. Nur ein Wiedersehen mit seiner Tante, der einzigen Angehörigen, die ihm noch geblieben war, konnte sie nicht garantieren. Sie hatte eine bettlägerige Mutter, die sie nicht alleinlassen wollte.

»Sie kommt dich besuchen, sobald sie kann«, flüsterte Irena schweren Herzens. Trotzdem begann Sergiusz zu schluchzen. Ausgerechnet in diesem Moment hörte Irena das Aufschlagen von Militärstiefeln in der Nähe. Hastig griff sie nach Sergiusz' Hand und riss ihn mit sich fort, egal wohin, nur weg vom Hallen der Stiefel. Vor Überraschung hörte der Junge auf zu weinen, und kurz darauf war es wieder still. Zu still. Wo waren die Verkehrsgeräusche? Verdammt! Irena biss sich auf die Lippen.

Welchen Gang hatte sie in der Aufregung genommen? War sie einfach nur zurückgelaufen, oder hatte sie aus Versehen eine Abzweigung erwischt? Wieder hörte sie die Hufschläge und beschloss, auf das Geräusch zuzugehen.

Es war die richtige Entscheidung. Kurz darauf standen sie vor einer Biegung, die sie wiedererkannte, und nur Minuten später sah sie die schwachen Lichtpunkte des Gullydeckels. Als sie genau darunter standen, legte sie den Zeigefinger auf die Lippen und lauschte. Zunächst hörte sie nichts. Dann Schritte, die kamen und sich entfernten. Wieder Stille. Endlich vernahm sie ein Pfeifen. Es war die vereinbarte Melodie: Die Luft war rein.

Irena machte Sergiusz ein Zeichen und stieg die Eisenstreben hinauf.

Die Nachricht, dass Rachela verschwunden war, erreichte Irena am Tag nach der Flucht mit Sergiusz. Die Nachbarn hatten ihr berichtet, dass Aaron und Ava nicht mehr von ihrer Besorgung zurückgekehrt waren. Sie hatten noch versucht, Rachela aufzuhalten, doch die hatte sich losgerissen und war seither nicht mehr gesehen worden. Sie gingen davon aus, dass Rachela zum Umschlagplatz gelaufen war, um nach den beiden zu suchen, und dabei ebenfalls nach Treblinka verschleppt worden war.

Irena empfand einen stumpfen Schmerz, der sie von ihrer Umgebung trennte wie eine Milchglasscheibe. Sie fühlte sich fern von allem und jedem, auch von sich selbst.

Allerdings kannte Irena nur die halbe Wahrheit: Rachelas Mann und Tochter waren tatsächlich in Treblinka umgekommen, Rachela selbst jedoch hatten die Deutschen einer Gruppe von Zwangsarbeitern zugeschlagen. Jeden Morgen in aller Frühe wurde die Truppe auf die arische Seite geführt, um dort in einer Werkstatt Lumpen zu sortieren.

Rachela ließ alles willenlos über sich ergehen. Es war, als hätte das Verschwinden ihrer Familie jeden Überlebenswunsch in ihr ausgelöscht. Sie wusste nicht mehr, wie viele Tage oder Wochen seit der Deportation von Aaron und Ava vergangen waren. Mit starrem Blick setzte sie einen Fuß vor den anderen, ohne die anderen Männer und Frauen in ihren schmutzigen Arbeitskleidern neben ihr auch nur wahrzunehmen. Sie fühlte sich stumpf, leer, eine Marionette, der es egal war, welches Stück als Nächstes kam und ob man sie zerschlagen oder ausrangieren würde.

Auch an diesem Herbstmorgen hatte sie mit den anderen den Kontrollpunkt passiert. Ihre Personalien waren aufgenommen worden. Jetzt standen sie seit mehreren Stunden an den langen Arbeitstischen. Mechanisch wühlten Rachelas Hände in den alten Kleidungsstücken. In der Werkstatt war es stickig. Es stank nach Schweiß und schmutzigen Lumpen.

Erst mit Verspätung drang in Rachelas Bewusstsein, was ihre Tischnachbarin ihr zugeflüstert hatte.

»Heute ist der Tag. Wir kehren nicht ins Ghetto zurück. Achte auf das Stichwort, dann geht es los.«

Rachela empfand nichts. Keine Aufregung, keine Angst. Sie wusste nicht, wie das Stichwort lautete, und es war ihr auch egal. Sie arbeitete weiter, als wäre nichts geschehen.

Dann zerriss ein Schuss die Stille, gefolgt von Schreien.

»Hierher! Zurück!«, brüllten die Wachen. Um sie herum stoben die Arbeiter auseinander, einige schrien vor Angst, als neue Schüsse ertönten. Jetzt rannte auch Rachela. Sie hatte nicht darüber nachgedacht, wusste nicht einmal, wo sie hinwollte. Wie ein Schaf in der Herde lief sie mit den anderen auf einen Seitenausgang zu. Erneute Schüsse, ein Mann neben ihr fiel getroffen zu Boden. Rachela rannte weiter. Vor ihr wurde eine Tür geöffnet, dahinter lag die Straße. Diejenigen, die es geschafft hatten, liefen in alle Richtungen auseinander. Rachela rannte und rannte. Ihr heißer Atem rieb an der trockenen Kehle. Schweiß lief ihr aus den Haaren. Sie spürte ihren Körper kaum, ihr Kopf war leer. Die Schüsse in ihrem Rücken hörten auf, aber sie rannte immer weiter.

In einer Straße, die ihr unbekannt vorkam, blieb sie stehen. Die Häuser um sie herum drehten sich, Schweiß lief ihr in die Augen, und ihre Knie wurden weich. Sie atmete keuchend, ihre Lunge brannte und wollte mehr Luft. Menschen machten einen großen Bogen um sie, stießen sich an, tauschten vielsagende Blicke und sahen zu, dass sie wegkamen. In ihrer Arbeitskleidung mit dem Davidstern war Rachela sofort als jüdische Zwangsarbeiterin erkennbar. Jeden Augenblick konnte ein Passant Alarm schlagen. Doch in ihrem Kopf herrschte noch immer Leere.

»Rachela? Um Gottes willen!« Eine Hand packte sie am Arm, und Rachela sah in ein Gesicht, dass ihr vage bekannt vorkam. Zwei grüngraue Augen blickten sie erschrocken an. Dann wurde der Griff fester.

»Du musst hier weg. Schnell.«

Rachela ließ sich in einen Hauseingang ziehen.

Ala teilte Irenas Trauer. Das Verschwinden von Ewa und Rachela war unerträglich. Sie mussten davon ausgehen, dass beide in Treblinka umgekommen waren. Aber die Trauer um ihre Freundinnen war nicht der einzige Grund, warum Ala in den letzten Nächten schlecht geschlafen hatte. Seit ein paar Tagen war ihre Tochter Rami bei einer Pflegefamilie auf der arischen Seite. Sie selbst hatte eine Flucht abgelehnt, sich aber schließlich schweren Herzens von Rami getrennt. Sie in Sicherheit zu wissen tat gut. Gleichzeitig vermisste sie ihr kleines Mädchen, sein fröhliches Lachen, wenn es ihr abends um den Hals fiel. Rami war ihr einziger Lichtblick gewesen, vor allem, seit sie und Nachum ihre Notfallstation am Umschlagplatz hatten aufgeben müssen. Je weniger Menschen im Ghetto zurückblieben, desto weniger Wert legten die Deutschen darauf, den Schein zu wahren. Eines Morgens hatten sie ihre Station kurzerhand abgerissen und Nachum und ihr nahegelegt, sich nicht mehr auf dem Umschlagplatz blicken zu lassen. Seitdem verbrachte sie ihre Tage wieder in der Klinik, doch das Gefühl, versagt zu haben, war allgegenwärtig. Jede Nacht plagte sie die Erinnerung an die Gesichter der vielen, die sie nicht hatte retten können, und in der Klinik war es am Ende nicht anders.

Müde stieß sie die Tür zu dem großen Gebäude auf.

»Wir treffen uns gleich im Schwesternzimmer!«, rief eine Kollegin ihr im Vorübergehen zu. Ala hob die Augenbrauen, doch sie fragte nicht nach. Da es in dem spärlich eingerichteten Raum keine freien Stühle mehr gab, lehnte sie sich an die Wand. Immer mehr Krankenhausangestellte drängten in den Raum. Neben der Tür stand ein älterer Arzt und musterte die Versammlung mit zunehmender Unruhe.

»Dann beginnen wir jetzt«, sagte er, als niemand mehr hinzukam. Er rückte seine Brille zurecht und zog ein Blatt

Papier aus der Kitteltasche. Ala erkannte es sofort als deutsche Bekanntmachung. Etwas in ihr zog sich zusammen. Nach all dem Leid und Tod der letzten Monate, was konnte jetzt noch kommen? Ihre Kollegen tuschelten leise.

»Ruhe!«, rief der Arzt, den Ala sonst als durch und durch liebenswürdigen Menschen kannte. »Heute Morgen wurde dieser Zettel überall in der Stadt ausgehängt. Ab sofort garantieren die Deutschen allen Polen Amnestie, wenn sie die Juden verraten, denen sie geholfen oder die sie versteckt haben.«

Keine Reaktion.

Schließlich sagte eine junge Lernschwester: »Aber die Polen, die Juden geholfen haben, werden doch nicht plötzlich ihre Meinung ändern und sie denunzieren?«

»Das weiß man nie«, fuhr ein Pfleger sie an. »Manchem wird die Mühe und Verantwortung vielleicht mittlerweile lästig geworden sein, und er ist froh, wenn er heil wieder aus der Sache rauskommt.«

»Wenn ihr mich fragt, ist das der Anfang vom Ende«, sagte der Arzt, der die Bekanntmachung gebracht hatte. »Offenbar wollen die Deutschen jetzt auch noch diejenigen Juden finden, die schon länger untergetaucht sind. Sie wollen alle bis auf den letzten Mann.« Er sah von einem zum anderen. »Ihr wisst, was das auch für uns bedeutet?«

Einen Augenblick herrschte wieder Schweigen, dann sagte eine junge Ärztin: »Unsere Familien hier im Krankenhaus!«

Der Arzt nickte. Viele Ärzte, Schwestern und Pfleger hatten ihre Angehörigen in die Klinik gebracht und als Patienten registrieren lassen, um sie vor den Deportationen zu schützen. Eine einzige Kontrolle würde reichen, um das System auffliegen zu lassen.

»Wer Kinder, Eltern oder Ehepartner hier in der Klinik hat, sollte sie in ein anderes Versteck bringen und…« Der Arzt brach ab, als die Flügel der Eingangstür im Erdgeschoss gegen die Wand knallten. Im nächsten Moment waren Stiefel auf dem Linoleumboden zu hören. Die Schritte verteilten sich, eine deutsche Stimme bellte Anweisungen. Erste Rufe hallten durch die Gänge: »Raus aus dem Bett! Mitkommen!«

Einen Augenblick standen alle wie erstarrt, dann sagte eine junge Pflegerin, und ihre Stimme klang, als wollte sie eine einfache Feststellung machen: »Ich glaube, jetzt sind wir dran. Wir werden evakuiert.«

Ohne ein weiteres Wort rannten alle auseinander. Erst auf dem Gang kam Ala wieder zu sich. Wo wollte sie hin? Fliehen? Aber wie? Dann schoss ihr ein anderer Gedanke durch den Kopf. Die Kinderstation! Wenn es hier noch irgendetwas zu retten gab, dann die Kinder…

Im Laufschritt hastete sie den Gang entlang. Als sie um eine Ecke bog, sah sie einen SS-Mann vor einer Liege im Flur, auf der ein älterer Mann lag.

»Aufstehen… Los!«

»Das ist Herr Pollock«, rief Ala, ohne nachzudenken. »Er kann nicht mehr gehen. Er…«

Ala hatte den Satz noch nicht zu Ende gebracht, da zog der SS-Mann die Pistole und schoss dem Mann in den Kopf. Dann drehte er sich zu Ala um. Intuitiv rannte sie zurück in die Richtung, aus der sie gekommen war. Es gab noch andere Wege in die Kinderstation.

Von überallher waren schrille Schreie und Weinen zu hören. Schritte hallten, Menschen rannten kopflos aneinander vorbei, ohne zu wissen, wohin. Vor den Ausgängen standen

Wachen. Es gab keinen Ausweg. An einer offenen Zimmertür sah Ala aus den Augenwinkeln eine befreundete Ärztin am Bett einer Patientin stehen.

»Milena?« Schnell trat sie ein. Die Ärztin sah erschrocken auf. »Komm mit, bitte«, stieß Ala hervor. »Ich will in die Kinderstation. Vielleicht können wir noch etwas machen.« Sie stutzte. Milenas Gesicht war erstarrt, in ihren Augen standen Tränen, und Ala war sich nicht sicher, ob sie sie verstanden hatte. Was war los? Ihr Blick fiel auf das Bett, die weißhaarige Frau mit den eingefallenen Wangen, dann auf zitternde Hände, die eine kleine Dose hielten. Sie begriff. Die alte Frau war Milenas Mutter und in dem Döschen das einzige Geschenk, das Milena ihr noch machen konnte: ein friedlicher Tod aus der Hand einer liebenden Tochter.

»Ich komme nach, so schnell ich kann«, sagte Milena tonlos. Ala nickte. Sie wollte noch etwas sagen. Irgendein Wort der Stärkung oder des Trostes, aber da gab es nichts. Einen Augenblick sah sie Milena noch an, dann hastete sie weiter.

Kurz vor der Kinderstation rannte ihr Damian entgegen, ein Junge von etwa fünfzehn Jahren, der vor Wochen im Krankenhaus Zuflucht gesucht hatte und seither als Küchenhilfe arbeitete. Geistesgegenwärtig riss Ala ihn herum. Er starrte sie panisch an und erkannte sie erst auf den zweiten Blick. Ala war eine Idee gekommen.

»Damian, hör zu. Du musst etwas für mich tun, verstanden?«

Er nickte.

»Renn in die Küche, und sag, dass sie den Lieferwagen mit leeren Kisten und Säcken beladen sollen. Wenn alles gut geht, komme ich gleich mit ein paar Kindern runter, ja?«

»Ja.«

Sie rannte weiter. Die Idee war gewagt, aber eine andere fiel ihr nicht ein. Die Kellerfenster der Küche gingen auf eine Nebenstraße hinaus. Auf dieser Seite des Gebäudes gab es keine Tür und, wenn sie Glück hatten, auch keine Deutschen, die Wache standen. Der Lieferwagen parkte tagsüber immer auf dieser Straße vor den Kellerschächten. Falls die Luft rein war, konnten sie mit den Kindern nach draußen klettern und sie zwischen den Kisten im Lieferwagen wegfahren. Es war gewagt, aber sie hatten nichts zu verlieren.

Auf der Kinderstation herrschte das gleiche Chaos wie im Rest der Klinik. Zum Glück waren die Deutschen noch nicht hierher vorgedrungen, aber die Kinder, verstört durch die Schreie im Haus und die Verzweiflung der Pfleger, hatten ihre Betten verlassen und irrten weinend durch die Gänge.

Geistesgegenwärtig griff Ala zu einem Löffel und einer Bettpfanne und begann einen blechernen Rhythmus zu schlagen. Das Weinen wurde leiser, und die ersten Kinder und Pfleger fingen an, sich um sie zu sammeln. Schon bald war sie von mehreren Dutzend Kindern umringt. Jetzt weinten nur noch wenige.

»Hört gut zu«, sagte sie betont ruhig. »Wir gehen jetzt zusammen nach draußen. Es passiert euch nichts, wenn wir leise sind, ja? Jedes größere Kind nimmt zwei kleinere an die Hand. Wer ein Baby tragen kann, tut das bitte. Lasst niemanden zurück. Ich will am Ende nur leere Betten sehen. Aber wir müssen schnell machen. Dann kommt ihr mit mir nach unten. So, und jetzt los.«

Minuten später folgten ihr über dreißig Kinder und ein paar Pfleger auf Schleichwegen in die Küche. Dort standen bereits zwei Küchenhilfen neben den geöffneten Kellerfenstern.

»Der Lieferwagen ist voller Kisten«, sagte eine von ihnen mit einer Kopfbewegung nach draußen.

»Gut, fangen wir an. Wir brauchen Leute auf der Straße, die die Kinder entgegennehmen und verstecken. Wir reichen sie euch raus.« Wortlos machten sie sich an die Arbeit. Die Kleinen hatten intuitiv verstanden, worum es ging. Aufmerksam verfolgten sie jede Handbewegung der Erwachsenen und ließen sich still in den Schacht heben und von helfenden Händen herausziehen. Alles ging erstaunlich schnell.

Wenn uns nur genügend Zeit bleibt, bevor sie die Küche erreichen, betete Ala.

Sie wurde erhört. Als der Lieferwagen wenig später um die Straßenecke bog, konnte Ala es kaum glauben. Sie hatten es tatsächlich geschafft! So viele Kinder auf einmal durch den Kontrollpunkt zu fahren war natürlich ein Ding der Unmöglichkeit. Viel würde davon abhängen, ob es ihnen gelang, sie fürs Erste an verschiedenen Stellen des Ghettos zu verstecken, bevor Irena und die anderen sie hinausschmuggeln konnten. Doch das war der übernächste Schritt. Nun mussten sie und die anderen Pfleger sich selbst in Sicherheit bringen.

Kapitel 36

Ende September wurden die Transporte nach Treblinka eingestellt. Das Ghetto war so gut wie leer. Fünfundachtzig Prozent seiner Bewohner waren in Treblinka gestorben. Unter denen, die man aufgrund ihrer Arbeitsausweise verschont hatte, waren auch Ala, ihr Kollege Nachum Remba und Beatas Mutter Hanja Kosler. Darüber hinaus lebten Tausende weiterer Menschen »wild« im Ghetto, versteckt in Kellern, auf Dachböden und zwischen doppelten Wänden. Viele von ihnen waren Kinder jeden Alters, die keine Familie mehr hatten. Irena war verzweifelt. Sie mussten ihre Anstrengungen noch einmal verdoppeln. Doch wie? Die Pflegefamilien der geschmuggelten Kinder mussten finanziell unterstützt werden, aber die finanziellen Mittel ihres Netzwerks reichten hinten und vorne nicht, zumal die Deutschen die Gelder des Sozialamts auf ein Minimum reduziert hatten.

Dann kamen die ersten starken Regenfälle des Oktobers und spülten den Staub des Sommers in braunen Bächen die Straßen entlang. Irenas Socken waren feucht, als sie in Stanisława Bussolds Küche Platz nahm. Die Pflegemutter der kleinen Beata stellte eine dampfende Tasse Ersatzkaffee auf den blau lackierten Küchentisch, dann setzte sie sich ihr gegenüber. Beata war in ihrer Armbeuge eingeschlafen, ihr Gesicht war noch gerötet vom Weinen.

»Sie hat letzte Nacht nicht gut geschlafen«, sagte Stanisława jetzt und setzte hinzu: »Eigentlich war es ja gar nicht geplant, dass ich sie behalte. Es sollte ja nur für die ersten paar Tage sein. Aber als sie erst mal hier war, konnte ich sie einfach nicht wieder hergeben.«

»Ich bin so froh, dass du sie behalten hast«, sagte Irena und nippte an ihrem Kaffee. »Hast du Nachrichten von Beatas Familie?«

Stanisława seufzte. »Ja. Hanja Kosler arbeitet immer noch für die Többens-Fabrik im Ghetto, was ein Segen ist. Ab und zu lässt ein Vorarbeiter sie hier anrufen. Dann spricht sie zu Beata, und die hört mit großen Augen zu, lacht und quietscht. Natürlich erkennt sie die Stimme ihrer Mama. Wenn Hanja dann die Tränen kommen, legt sie auf, und danach quengelt Beata meistens, und ich komme mir schuldig vor, dass ich die Kleine bei mir habe und nicht ihre Mutter.« Sie machte eine kurze Pause und fuhr dann fort. »Beatas Vater ist übrigens tot. Erschossen am Umschlagplatz. Es heißt, er habe sich geweigert, in den Waggon einzusteigen. Aber der Großvater lebt noch. Sie haben ihn einem Arbeitstrupp zugeteilt, der auf der arischen Seite in einem deutschen Betrieb arbeitet.«

Irena nickte langsam. »Für den Augenblick ist die ›Aktion‹ der Deutschen erst mal vorbei. Wenn Beata Glück hat, wird sie irgendwann zu ihrer Mama und ihrem Opa zurückkehren können. In der Fabrik ist Hanja jedenfalls einigermaßen geschützt, auch wenn ich dem scheinbaren Frieden nicht traue.«

»Ich auch nicht.« Einen Augenblick schwiegen sie, dann sagte Stanisława mit etwas unsicherer Stimme: »Ach ja, ich wollte dir noch sagen, dass Beata bald getauft wird.«

»Was?« Es kam lauter als beabsichtigt. Dann setzte Irena etwas ruhiger hinzu: »Aber warum denn? Das ist doch gar nicht notwendig.«

»Es trägt zu ihrer Tarnung bei. Sie wird ein echtes katholisches Mädchen. Wer könnte da noch Verdacht schöpfen?«

»Du weißt, dass ich dir genauso gut einen gefälschten Taufschein besorgen kann. Gleich morgen gehe ich…«

»Nein.« Stanisławas Stimme klang trotzig. »Irena, Beata ist jetzt in meiner Obhut, und ich halte es für das Richtige.«

»Und ich nicht«, widersprach Irena scharf. »Auf diese Weise nehmen wir Beatas Familie auch noch das Letzte, nämlich die Zugehörigkeit ihrer Tochter zu ihrer eigenen Glaubensgemeinschaft.« Sie sah Stanisława eindringlich an, doch in deren Gesicht regte sich nichts, und Irena wusste, dass sie sie nicht umstimmen konnte.

Sie seufzte, denn obwohl sie ebenfalls katholisch war, irritierte sie die Tatsache, dass viele der geschmuggelten Kinder getauft und damit auch noch den Traditionen ihrer ursprünglichen Familien entfremdet wurden. Aber sie konnte nichts dagegen tun.

Nach ihrem Besuch bei Stanisława Bussold hatte Irena lange mit sich gerungen, dann aber einen Entschluss gefasst. Es nieselte leicht, und der Himmel war wolkenverhangen, als sie ihren Posten in der Nähe des Kontrollpunkts bezog, durch den Beatas Großvater mit seinem Arbeitstrupp jeden Abend ins Ghetto zurückkehrte. Wenn sie Glück hatte, würde die Abfertigung lange genug dauern, um ihm von Beatas bevorstehender Taufe berichten zu können. Es tat ihr leid, den gebeugten Mann noch trauriger machen zu müssen. Dennoch hielt sie es für ihre Pflicht, die Familie wenigstens zu informieren.

Sie hatte Glück. Eine halbe Stunde später entdeckte sie Herrn Kosler inmitten anderer Zwangsarbeiter. Während die Gruppe vor dem Kontrollpunkt wartete, trat Irena zu ihm.

»Herr Kosler?«, sagte sie leise. Sein Kopf wandte sich ihr zu, und ein Lächeln erschien auf dem zerfurchten Gesicht.

»Frau Sendler … wie geht es Beata?« Seine Augen leuchteten. Er zog sich die Schiebermütze vom Kopf und strich sich die grauen Strähnen glatt. Es war offensichtlich, dass die Begegnung ihn in Aufregung versetzte. Irena verfluchte sich für ihren eigenen Vorsatz. Wie konnte sie ihm das antun? Aber es musste heraus.

»Beata geht es gut«, sagte sie lächelnd. »Manchmal kann sie ein richtiger kleiner Schreihals sein. Aber sie ist ein wunderbares Kind.«

Das Lächeln seiner dünnen Lippen wurde breiter. »Ein kleiner Dickkopf wird sie werden, wie alle in ihrer Familie«, sagte er stolz. Der Regen war stärker geworden. Irena fühlte die Nässe auf ihren Schultern, Herrn Koslers Glatze glänzte nass, doch anstatt sich die Mütze wieder aufzusetzen, knautschte er sie aufgeregt in einer Hand.

»Ich muss Ihnen etwas sagen.« Irenas Stimme klang zögerlich. Dann setzte sie schnell hinzu: »Beata wird bald getauft werden. Es tut mir sehr leid. Wenn es nach mir ginge, wäre es nicht so, aber leider habe ich darauf keinen Einfluss.«

Ein paar Sekunden sah der alte Mann sie sprachlos an. Sein Mund öffnete sich leicht, und die Unterlippe begann zu zittern. Irena sah, wie seine Augen feucht wurden. Dann machte er den Mund wieder zu und schluckte. Sein Adamsapfel bewegte sich heftig auf und ab. Der Regen wurde noch stärker. Von vorne ertönten Rufe, und die Truppe rückte ein paar Schritte vorwärts. Beatas Großvater drehte sich um und schloss zu den anderen auf. Auch Irena ging weiter. Sie erwartete, dass Herr Kosler sich noch einmal nach ihr umdrehen würde, doch sein Blick blieb starr nach vorn gerichtet.

Irena hatte fast den ganzen Nachmittag im Ghetto verbracht und war erst bei Anbruch der Dunkelheit noch einmal ins Büro zurückgekehrt. Nur unter wenigen Türen schien noch Licht hervor. Müde hängte sie ihren feuchten Mantel an den Haken, schob sich die Haare mit beiden Händen hinter die Ohren und setzte sich an den Schreibtisch. Nur noch ein paar obligatorische Berichte schreiben und dann zu Adam. Mehrere Male hallten Schritte auf dem Gang, kamen näher und verklangen. Die Glastür zum Treppenhaus klappte auf und wieder zu. Mittlerweile musste sie die Letzte sein. Irena hatte gerade ihre Unterschrift auf ein Papier gesetzt, da klopfte es.

»Herein?«, sagte sie überrascht. Die Tür ging auf, und eine junge Kollegin trat ein, mit der Irena sonst nur wenig zu tun hatte. »Hallo, Stefania! Bist du auch noch hier?«

»Darf ich mich setzen?«, fragte die Kollegin.

»Natürlich, was gibt's?«

»Machst du auch Abrechnungen?« Sie deutete mit dem Kopf auf Irenas Papiere.

»Nein, Berichte.« Irena konnte einen Anflug von Misstrauen nicht verbergen.

»Ich habe gerade Abrechnungen gemacht. Aber du weißt ja,

wie es ist. Seit die Deutschen uns alle Mittel gestrichen haben, ist für nichts mehr Geld da. Einfach traurig.«

»Allerdings«, sagte Irena und entspannte sich ein wenig, doch zu ihrer Überraschung stand Stefania wieder auf. Dabei legte sie schnell einen Zettel auf den Tisch. »Es gibt da Menschen, die uns in unserer Arbeit unterstützen können. Wir sind nicht allein. Bitte wirf die Adresse bald weg, egal ob du dich entscheidest hinzugehen oder nicht. Aber falls du gehst, frag nach Trojan.« Ein Lächeln huschte über Stefanias Gesicht. »Gute Nacht! Arbeite nicht zu viel.«

Noch bevor Irena etwas erwidern konnte, drehte sie sich um und verließ das Büro.

Irena griff nach dem Zettel und las: »Żurawia-Straße 24, Apartment 4, im dritten Stock.« Sie überlegte fieberhaft. Stefania gehörte nicht zu ihrem Netzwerk, aber ganz offenbar wusste sie mehr über Irenas Aktivitäten, als sie angenommen hatte. Oder ging sie nur davon aus, dass Irena dieselben Geldnöte plagten wie alle anderen im Amt? Aber warum dann so geheimnisvoll? Ein Zettel mit einer Adresse, die sie nicht aufbewahren sollte. Trojan, sicher ein Deckname …

Sie lehnte sich auf ihrem Stuhl zurück und furchte die Stirn. Solche scheinbar gut gemeinten Angebote konnten gefährlich sein. Vielleicht wollte ihre Kollegin sie ködern, um sie anschließend an die Deutschen zu verraten. Oder Stefania war selbst jemandem auf den Leim gegangen und zog jetzt unbeabsichtigt auch noch andere mit hinein.

Irena drehte den Zettel in der Hand. Dann stand sie auf, nahm ihren Mantel und verließ das Büro. Sie war nur ein paar Meter auf dem Fahrrad gefahren, als ein Gullydeckel in Sicht kam. Sie blieb stehen, holte den Zettel aus der Tasche und zerriss ihn in winzige Fetzen. Dann ließ sie sie in den Gully rieseln und fuhr weiter.

Żurawia-Straße 24, dachte Irena. Am liebsten hätte sie die Adresse wieder vergessen. Es war einfach zu gefährlich. Sie wusste nicht genug über ihre Kollegin. Wenn sie und ihre Freundinnen den Deutschen noch nicht ins Netz gegangen waren, dann nur, weil sie sich an ihre eigenen Regeln hielten.

Aber stimmte das wirklich? Sofort fielen Irena mehrere Kinder ein, die nur deshalb noch lebten, weil sie gegen jede Vernunft ein Wagnis eingegangen waren. Dazu kam, dass sie ihre finanziellen Möglichkeiten ausgeschöpft hatten. Es war schlichtweg kein Geld mehr da, um all den Kindern zu helfen, die noch im Ghetto ausharrten.

An der nächsten Kreuzung bog Irena nicht in die Straße ein, die zu Maria Kukulskas Wohnung führte, wo Adam sich versteckte. Stattdessen stellte sie kurze Zeit später ihr Fahrrad vor der Żurawia-Straße 24 ab. Das Herz klopfte ihr bis zum Hals, als sie leise an die Tür des Apartments 4 im dritten Stock klopfte.

Wenn sich jetzt niemand meldet, ist das ein Zeichen, dachte sie. Dann gehe ich und komme nicht wieder.

»Ja?«, erklang eine leise Frauenstimme.

»Jolanta«, flüsterte Irena zurück, obwohl sie keine Ahnung hatte, ob der Name ihr etwas sagen würde.

Die Tür öffnete sich, und eine schmächtige Frau mit kurzen grauen Haaren ließ sie ein. Ihre Augen flackerten nervös hin und her.

»Kommen Sie…«

»Ich soll nach Trojan fragen«, sagte Irena leise, als die Dame die Tür hinter ihr geschlossen hatte. Sie erhielt keine

Antwort. Am Ende eines Ganges öffnete die Frau die Tür zu einem abgedunkelten Raum.

»Hier ist er.«

Ein Mann, den Irena auf etwa fünfzig schätzte, erhob sich aus einem Sessel. Die kleine Petroleumlampe auf dem Seitentisch war die einzige Lichtquelle, und das Gesicht des Mannes lag im Schatten. Er war untersetzt mit dunklem Bart und buschigen Augenbrauen. Seine Augen musterten sie, während er näher kam.

Wenn es eine Falle ist, müsste sie jetzt zuschnappen, schoss es Irena durch den Kopf. Der Mann war an sie herangetreten und hielt ihr die Hand hin, nach der sie zögernd griff.

»Ich weiß, dass Sie Bedenken haben, aber das müssen Sie nicht«, sagte er und wies auf einen Stuhl. »Ich bin Trojan von der neu gegründeten Untergrundorganisation Żegota. Wir arbeiten unter dem Dach der polnischen Heimatarmee.«

Irena horchte auf. Von der heimlichen Widerstands- und Militärorganisation hatte sie schon gehört. Sie bestand aus freiwilligen Partisanen, die im Untergrund gegen die deutsche Besatzung kämpften.

»Die Heimatarmee gehört zum polnischen Untergrundstaat und wird von der Exilregierung in London unterstützt«, erklärte Trojan.

»Ich weiß.« Irena lächelte. Sie fühlte sich jetzt sicherer.

Trojan erwiderte ihr Lächeln. »Gut. Und ich weiß, dass Sie über ein gut funktionierendes Netzwerk verfügen, das jüdische Kinder aus dem Ghetto schmuggelt und sie versteckt.«

Sofort versteinerte sich Irenas Gesicht, doch Trojan fuhr schnell fort. »Żegota hat eine eigene Abteilung für Kinderfürsorge. Und wir haben die finanziellen Mittel. Die Gelder werden von der Exilregierung mithilfe von Fallschirmjägern ins Land gebracht. Was wir nicht haben, ist ein funktionierendes Netzwerk wie Ihres. Deshalb will ich Ihnen eine Zusammenarbeit vorschlagen. Steigen Sie bei uns ein. Wir werden uns nicht in Ihre Vorgehensweise einmischen. Die Verantwortlichkeit für Ihre Aktionen liegt ganz bei Ihnen, aber wir können Sie finanzieren, und Sie hätten Zugriff auf unsere geheimen Briefkästen... Treffpunkte, an denen Geld und Informationen die Hände wechseln. Außerdem haben wir eine konspirative Wohnung. Na, was sagen Sie?«

Irenas Gedanken rasten. Es war genau das, was sie brauchten. Geld zur Finanzierung ihrer Aktionen bei gleichzeitiger Autonomie. War es zu gut, um wahr zu sein?

»Mein richtiger Name ist übrigens Julian Grobelny«, sagte der Mann jetzt. »Damit wissen Sie mehr über mich als ich über Sie. Aber nach allem, was ich über Sie gehört habe, glaube ich, dass ich Ihnen vertrauen kann, und hoffe, dass das schon bald auf Gegenseitigkeit beruhen wird.«

»Irena Sendler, angenehm.«

Spontan streckte sie ihm die Hand hin.

Grobelny ergriff sie und schüttelte sie fest.

»Ich muss gehen, bald ist Sperrstunde«, sagte Irena ein paar Tage später leise zu Adam und schlang unter der Decke noch einmal die Arme um ihn.

»Du könntest über Nacht bleiben.« Adams Hand strich über ihren Rücken. »Es ist so kalt in der Nacht ohne dich.«

»Ich weiß«, Irena küsste ihn leicht und rieb ihre Wange an seiner. »Aber ich kann meine Mutter nicht immer alleine lassen. Ich vernachlässige sie ohnehin viel zu sehr.«

Noch einmal küssten sie sich zärtlich, dann löste Irena sich von ihm. Schnell zog sie sich an. Ihr Atem machte ein weißes Wölkchen in der kalten Dunkelheit von Adams Zimmer. Als sie sich zu ihm umwandte, hatte er sich auf den Rücken gedreht und starrte an die Decke.

»Ich muss los«, sagte sie noch einmal, doch Adam rührte sich nicht.

»Ich weiß, wie absurd das klingt«, sagte er schließlich. »Aber ich beneide dich. Du kannst etwas tun. Den Kindern helfen, für deine Mutter da sein. Und ich habe gehört, dass sich im Ghetto Widerstand formiert. Männer und Frauen. Es sollen schon Hunderte sein. Sie schmuggeln Waffen hinein und basteln sie selbst. Falls die Deutschen noch einmal eine Aktion starten, werden sie kämpfen. Endlich passiert etwas. Sie wehren sich, und ich könnte dabei sein.«

Irena sah ihn ernst an. »Und trotzdem bin ich froh, dass du nicht dort, sondern hier bist.«

Adam schnaubte leise. »Ja, hier … wo ich rumsitze wie ein Vogel im Käfig. Alles, was ich von morgens bis abends tue, ist von einem Zimmer ins andere gehen. Ich bin so unnütz wie ein Kropf. Im Gegenteil. Ich bringe Maria und ihre Tochter sogar in Gefahr.«

Irena warf einen flüchtigen Blick auf die Uhr. Es war spät. Trotzdem setzte sie sich noch einmal neben Adam aufs Bett.

»Vielleicht gibt es doch etwas, was du tun kannst«, sagte sie.

Adam setzte sich auf.

»Jetzt, wo wir durch Żegota mehr Geld zur Verfügung haben als je zuvor, bräuchte ich jemanden, der mir hilft, Buch zu führen. Im Augenblick stehen uns unglaubliche achtzigtausend Złoty pro Monat zur Verfügung, mit denen wir falsche Papiere, Transporte und den Unterhalt unserer Schützlinge bezahlen können. Und wahrscheinlich wird es in den nächsten Monaten sogar noch mehr werden. Aber natürlich geben wir das Geld nicht einfach so aus. Wir werden alles penibel abrechnen. Nur dass für die Buchführung wahrscheinlich kaum Zeit bleiben wird. Was meinst du, könntest du uns dabei helfen?«

»Buchführung statt Widerstandskampf? Na toll!«

Irena sah ihm fest in die Augen. »Ich kann dich nicht gegen deinen Willen hier einsperren. Und wenn du dich den Widerstandskämpfern im Ghetto anschließen willst, kann dich niemand daran hindern. Aber eines musst du wissen. Ich brauche dich. Und deine Mutter auch.«

Lange sagte Adam nichts. Dann: »Ich brauche dich auch.« Irena zog seinen Kopf zu sich heran und küsste ihn heftig. Als sie sich wieder von ihm löste, fiel ihr Blick auf die Uhr. Sie erschrak. »O nein! Die Sperrstunde fängt gleich an.«

Hastig verabschiedete sie sich von ihm und rannte die Treppen nach unten zu ihrem Rad. Für den Nachhauseweg würde sie circa eine Viertelstunde brauchen. Das war nicht zu schaffen. Die dunklen Straßen lagen bereits verwaist. Irena fuhr auf dem Bürgersteig dicht an den Hauswänden entlang. Trotz der feuchten Kälte schwitzte sie. Warum war sie nicht bei Adam geblieben?

Plötzlich gingen bei einem parkenden Auto direkt vor ihr die Scheinwerfer an. Irena erschrak. Das grelle Licht blendete sie, und ihr Fahrrad machte einen Schlenker. Beide Türen gingen auf, und zwei Uniformierte stiegen aus.

»Stehen bleiben!«

Irena dachte nicht daran. Sie riss ihr Fahrrad herum und fuhr in die Richtung, aus der sie gekommen war. In ihrem Rücken klickte es. Sie wusste, wie es klang, wenn Pistolen entsichert wurden, aber sie hielt nicht an, und nach einer Hausecke hatte sie sich fürs Erste aus der Schusslinie gebracht. Sie hörte, wie die Autotüren wieder zugeschlagen und der Motor angelassen wurde.

Denk nach, betete sie. Du kennst die Stadt besser als die Deutschen. Und tatsächlich hatte sie eine Idee. Eine der nächsten Seitenstraßen war nicht viel mehr als eine Gasse, breit genug für sie, nicht aber für ein Auto. Sie radelte so schnell sie konnte. In ihrem Rücken ahnte sie das Licht der Scheinwerfer mehr, als sie es sah. Dann kam die Gasse, und sie bog ab. Hinter ihr kam das Auto mit quietschenden Reifen zum Stehen. Wieder gingen die Türen auf. Doch bevor der erste Schuss erklang, war sie auf der anderen Seite um die Ecke gebogen.

Auf Schleichwegen war Irena schließlich zu Hause angekommen. Als sie ihre verängstigte Mutter an sich drückte, wurde ihr bewusst, wie viel sie riskiert hatte.

Erst eine Stunde später hatte Irena sich wieder einigermaßen beruhigt. Sie hatten etwas gegessen, und die Mutter hatte immer wieder die Hand ihrer Tochter gedrückt. Fragen stellte sie nicht. Sie wusste, dass Irena zu ihrer eigenen Sicherheit nichts von ihren Aktivitäten erzählen konnte. Als das Geschirr abgeräumt war, legte sie ein Päckchen vor ihr auf den Tisch.

»Das hat ein Mädchen heute Nachmittag gebracht«, sagte sie und verließ das Zimmer. Irena nahm es in die Hand. Ein Mädchen? Das musste ein Schmugglerkind gewesen sein. Der

Inhalt des Päckchens war weich, nur an einer Stelle konnte sie etwas Schmales, Hartes spüren. Vorsichtig riss sie es auf und hob den feinen weißen Spitzenstoff heraus. Im ersten Augenblick wusste sie nicht, was es war, dann füllten sich ihre Augen mit Tränen. Es war ein Taufkleid, daneben lag ein silbernes Kreuz. Ein letztes verzweifeltes Geschenk der Koslers an ihre kleine Beata, die bald getauft werden würde.

Irena sank auf den Stuhl. Erst als ihre Mutter das Zimmer betrat und sie von hinten an sich drückte, merkte sie, dass sie weinte.

Kapitel 37

Am Abend des 31. Dezember hatte es wieder zu schneien begonnen. Irena hatte sich am Spätnachmittag von ihrer Mutter und deren Freundinnen verabschiedet und war durch das dichte Treiben zu Maria Kukulskas Wohnung gelaufen, um den Abend mit ihr, ihrer Tochter und Adam zu verbringen. Das Einsinken ihrer Füße in den weichen Neuschnee, die Kinder, die sich an einer Straßenecke eine Schneeballschlacht lieferten, das warme Leuchten der Fenster in der frühen Dämmerung erinnerten sie an früher, die Zeit vor dem Krieg. Sie schien Lichtjahre entfernt.

Als Irena am Ghetto-Kontrollpunkt vorbeikam, versetzte es ihr einen Stich. Die Straßen dahinter waren verwaist. Keine Straßenlaternen brannten, kein Licht in den Fenstern. Alles war in Dunkelheit gehüllt, so als lebte niemand mehr in diesem Viertel, und doch gab es noch Menschen hier. Tausende, untergetaucht in eiskalten Kellern und auf zugigen Dachböden. Verängstigt und unsichtbar.

In Marias Wohnung war es warm. Zu Ehren der Silvesternacht hatte sie in allen Zimmern geheizt.

»Mmm, es duftet nach gefüllten Krapfen! Kann ich helfen?« Irena trat in die Küche.

»Klar, wir machen Pączki und backen Brot. Der Teig kann demnächst geknetet werden.«

Irena band sich eine Schürze um. Gemeinsam formten sie seltsame Tiere aus dem Brotteig, wie es am Neujahrsabend üblich war. Als sie ihre Kreationen in den Holzofen schoben, meinte Maria: »Eigentlich müssten wir ja heute Abend das Wahrsagerspiel spielen. Aber ich weiß nicht, ob es so passend ist. Ihr wisst schon, wegen der Erde.«

Irena überlegte. Das Wahrsagerspiel war eine Silvestertradition, die allen heilig war. Dabei wurden mehrere Gegenstände auf dem Tisch verteilt: ein Glas Wasser, ein Schälchen mit Erde, ein Schlüssel, ein Myrtenzweig, ein Rosenkranz und ein Ring. Jeweils einer Person wurden die Augen verbunden, die Gegenstände wurden neu angeordnet, und dann musste die Person quasi blind eines der Objekte erhaschen. Jeder Gegenstand hatte eine besondere Bedeutung, und das Objekt, welches man erwischte, galt als Vorausdeutung auf das kommende Jahr. Dabei stand die Erde für Tod und Begräbnis.

»Irgendwie hast du ja recht«, meinte Adam. »Aber sollen wir uns von den Deutschen auch noch unser Silvesterspiel nehmen lassen? Und selbst wenn einer von uns die Erde erwischt, was macht das schon? Den Tod erleben wir alle, und zwar täglich.«

»Adam hat recht«, sagte nun auch Marias Tochter Anna. »Ich habe keine Angst vor dem Spiel oder der Erde. Komm schon, Mama, lass uns spielen wie jedes Jahr.«

Maria lachte und stimmte zu.

Nach dem Abendessen ging es los. Anna fing an und griff nach dem Rosenkranz. Sie war enttäuscht. »Gottgefälligkeit, wie langweilig!«

»Das finde ich gar nicht«, sagte ihre Mutter und drückte sie kurz. »Das ist etwas Wunderschönes, was ich mir immer für dich wünsche.«

Anna verdrehte die Augen, und die anderen lachten.

Als Nächstes kam Adam an die Reihe. Er erwischte den Schlüssel. »Gutes Haushalten?« Er machte ein skeptisches Gesicht in Richtung Anna. »Noch langweiliger als Gottgefälligkeit, würde ich sagen. Aber immerhin passend für meine neue Funktion als Buchhalter.« Anna grinste.

Schließlich war Irena dran. Sie legte sich die Binde um, und Adam ordnete die Gegenstände neu. Dann tasteten ihre Hände nach den Objekten.

»Oh!« Irena spürte, wie sie rot wurde. Sie hatte den Ring gefunden.

»Eine Verlobung, toll!«, rief Anna und ahmte mit den Lippen viele kleine Küsse nach. Irena schüttelte belustigt den Kopf, und ihr Gesicht wurde noch heißer.

»Ich habe Durst!«, rief sie fröhlich, bevor die anderen einen Kommentar abgeben konnten, und vermied dabei Adams Blick.

Dann war es Mitternacht. Sie tranken sich zu, umarmten und küssten sich.

»Du wirst es nicht glauben, aber ich habe schon oft daran gedacht, wie gerne ich dir einen Ring schenken würde«, flüsterte Adam, als sie alleine auf dem Sofa saßen, und fügte hinzu: »Wenn das nur möglich wäre.«

Es traf Irena unerwartet. Mit großen Augen sah sie ihn an. Innerlich jubelte es in ihr, aber Adams Blick war traurig, und sie wusste, warum. Da war der Krieg, ja. Aber das war nicht das Einzige. Obwohl sie und Mietek seit Jahren getrennt leben, waren sie auf dem Papier noch immer verheiratet.

Zärtlich strich sie ihm die Haare aus der Stirn. »Irgendwann wird dieser Krieg vorbei sein«, sagte sie leise. »Mietek wird zurückkommen, und dann werde ich… dann werden wir frei sein.« Sie küsste ihn schnell auf die Lippen. »Dich lasse ich jedenfalls nie mehr los.«

Adams Augen lächelten. Er zog sie an sich. »Ein gutes neues Jahr, Irena. Oder zumindest ein besseres. Zusammen, was immer es bringen mag.«

»Zusammen«, wiederholte sie.

Die guten Neujahrswünsche waren kaum verklungen, da zeigte das Jahr 1943 sein wahres Gesicht. Noch im Januar begannen die Deutschen eine neue »Aktion«.

»Diesmal werden sie das Ghetto endgültig liquidieren«, hörte man an jeder Ecke. Bei manchen klang es ehrfürchtig, bei anderen mitleidig.

Auch die Menschen im Ghetto wussten, dass es um alles ging. Am ersten Tag der »Aktion« war es einer Gruppe junger Leute gelungen, die Deutschen durch einen bewaffneten Angriff zurückzudrängen. Die Waffen hatten sie in den Monaten zuvor mühsam ins Ghetto geschmuggelt. Die Deutschen waren überrascht zurückgewichen. Dass die Juden sich verteidigen würden, war ihnen nie in den Sinn gekommen, und zum ersten Mal kamen deutsche Soldaten zu Tode. Doch schon am nächsten Tag waren sie mit Verstärkung erschienen und hatten die sogenannte Rebellion niedergeschlagen. Innerhalb weniger Tage wurden wieder Tausende nach Treblinka deportiert. Aufgescheucht und verzweifelt wagten immer mehr Menschen die Flucht aus dem Ghetto, und Irenas Netzwerk half, wo es konnte. Die Menschen brauchten Unterkünfte, Kleider, Geld, Papiere.

Dann, Ende Januar, ein herber Schlag. Die Passierscheine, mit denen Irena und ihre Freundinnen ins Ghetto gelangt waren, wurden für ungültig erklärt. Die lapidare Erklärung: Eine Seuchenkontrolle werde nicht mehr benötigt in einem Viertel, in dem schon bald niemand mehr leben würde. Auch die letzten Telefonverbindungen ins Ghetto wurden gekappt. Wer noch dort war, war auf sich allein gestellt. Auch Irenas Verbindung zu Ala brach ab, doch sie gab nicht auf. Stattdessen kam sie mit einer Gruppe jugendlicher Schmuggler überein, weiterhin Kinder durch die Kanalisation nach draußen zu führen, wo Irenas Netzwerk sie erwartete und weiterleitete. Es war ein täglicher Kampf ums Überleben, und je verbissener die Deutschen die Menschen im Ghetto aufspürten und abtransportierten, desto verbissener arbeiteten Irena und ihre Freundinnen an deren Rettung. Die Zahl der Zigarettenpapiere, auf denen Irena die alten und neuen Namen der Kinder notierte, stieg mit jedem Tag mehr.

Längst litt Irena nicht mehr an Schlafstörungen. Hatte sie früher noch nächtelang wach gelegen oder Albträume gehabt, fiel sie mittlerweile vor Erschöpfung ins Bett und schlief tief und fest. So auch an diesem Abend im frühen März. Deshalb hörte sie anfangs auch das Klopfen nicht.

»Was …?« Endlich wurde sie wach und sprang alarmiert auf. Mit einem Blick vergewisserte sie sich, dass das Einmachglas mit den Namenszetteln auf dem Küchentisch bereitstand. Falls die Gestapo zu ihnen kam, musste sie nur das Fenster öffnen, um die hauchdünnen Papierchen in den Hinterhof segeln zu lassen.

Da! Wieder das leise Klopfen. Das sind nicht die Deutschen, dachte Irena. Wenn die Gestapo kam, wurde es laut. Vorsichtig öffnete sie die Tür und sah in die verstörten Gesichter von vier schmutzigen Kindern. Neben ihnen stand ein etwa fünfzehnjähriges Mädchen, in ihren Augen die nackte Furcht.

»Jolanta?«

Irena nickte. Mit einer schnellen Handbewegung ließ sie sie eintreten. Ihr Blick ging zur Tür auf der gegenüberliegenden Seite des Treppenabsatzes. Wie lange hatte das Mädchen geklopft, bevor sie es gehört hatte? Im Gegensatz zu ihr blieb die alte Dame in der dortigen Wohnung immer sehr lange wach.

Leise schloss sie die Wohnungstür, legte den Finger an die Lippen und führte die triefenden Kinder ins Bad.

»Was ist passiert?«, flüsterte sie.

Die Hand des jungen Mädchens zitterte, als es sich eine Strähne aus der Stirn strich. Dann sagte es: »Wir waren zu zweit. Eine meiner Freundinnen mit drei Kindern und ich mit diesen hier. Meine Freundin lief ein Stück vor uns, und dann kam eine Patrouille. Sie hatten keine Chance, aber wir konnten uns verstecken. Sie haben uns nicht bemerkt.«

Irena biss sich auf die Lippen. Die Deutschen hatten ein Schmugglermädchen mit drei Kindern gefangen. Ein schlimmeres Szenario gab es nicht, denn nun würden sie sie ins Pawiak-Gefängnis bringen und versuchen, unter Folter Informationen zu ihren Kontakten und Vorgehensweisen aus ihr herauszupressen. Würde das Mädchen durchhalten? So lange, bis sie irgendwann starb? Der Gedanke war unerträglich.

Doch nun standen erst mal diese Kinder vor ihr. Das Kuriermädchen wusch sich hastig und verabschiedete sich. Sie hatte es eilig.

Irena sah in die stillen Gesichter der Kinder.

»Ich muss euch waschen«, sagte sie. »Morgen früh, wenn die

Sperrstunde vorbei ist, bringe ich euch zu euren Unterkünften.« Als keine Reaktion kam, setzte sie hinzu: »Es ist alles gut, es passiert euch nichts.« Dabei dachte sie an das, was auch die Kinder wussten. Die Kleinen in der Gruppe vor ihnen waren alle tot. Wieder einmal hatte der Zufall entschieden, wer leben durfte und wer nicht. Irena heizte den Holzofen in der Küche an und setzte einen großen Topf Wasser auf.

Verdammt! Sie hatte vergessen, neue Seife zu kaufen. Würde es auch ohne gehen? Aber die Kleider der Kinder stanken nach Kloake. Irena sah auf die Uhr und dachte fieberhaft nach. Es war kurz nach eins ... und es gab nur eine Lösung. Sie verließ die Wohnung und klopfte an die Tür auf der anderen Seite des Treppenabsatzes. Die ging erstaunlich schnell auf.

»Frau Sendler«, sagte die alte Dame, doch sie klang nicht überrascht.

»Bitte entschuldigen Sie vielmals.« Irena lächelte freundlich. »Ich hätte nicht bei Ihnen geklopft, wenn ich nicht wüsste, dass Sie immer sehr spät schlafen gehen ... genau wie ich. Die Sorge um meinen Mann treibt mich um. Vor allem nachts. Sie wissen ja, er ist in einem deutschen Gefangenenlager.«

Die alte Frau tätschelte ihr den Arm. »Armes Kindchen.«

»Deshalb beschäftige ich mich abends immer so gut es geht«, log Irena weiter. »Heute Abend habe ich angefangen, Wäsche zu waschen, aber jetzt ist die Seife ausgegangen. Hätten Sie vielleicht noch ein Stück?«

Die Augen der Frau wurden schmaler. »Aber natürlich.« Sie drehte sich um. Einen Augenblick später kam sie mit der Seife wieder.

»Vielen Dank!«

Als Irena in ihre Küche trat, stand der große Wassertopf

nicht mehr auf dem Herd. Sie ging ins Bad. Ihre Mutter kniete vor einem kleinen Mädchen und half ihm beim Ausziehen.

»Mama?«

Ihre Mutter drehte sich um. Irena hatte es immer vermieden, sie in ihre Aktionen einzubeziehen, auch wenn sie sicher einiges ahnte. Aber je weniger sie wusste, desto geschützter war sie. Ganz abgesehen davon, dass Aufregung und Sorge ihrem schwachen Herzen schadeten.

»Was stehst du da wie angewurzelt?« Der Blick ihrer Mutter war warm, aber bestimmt. »Komm, gib mir die Seife und pack mit an, bevor sich die kleinen Racker in ihrem nassen Zeug den Tod holen.«

Irena konnte nicht anders. Sie bückte sich und drückte ihrer Mutter einen Kuss auf den Kopf. Dann half sie einem Jungen aus der Jacke.

Seit Irenas Passierschein ungültig geworden war und die Deutschen auch die letzten Telefonverbindungen ins Ghetto gekappt hatten, gab es nur noch einen Weg für Irena, sich zu vergewissern, dass es Ala gut ging: Sie musste auf der arischen Seite des Kontrollpunktes stehen, wenn Ala, die mittlerweile für die deutsche Többens-Fabrik im Ghetto arbeitete und in einem Kellerraum lebte, auf ihrem Rückweg von der Arbeit dort vorbeilief. Wenn sie Glück hatten, konnten sie mit Gesten ein paar Informationen austauschen. Über die Schmugglerkinder ließ Irena ihrer Freundin regelmäßig Essen und Medikamente zukommen, die diese an versteckt lebende Familien verteilte. Seit der Januaraktion trauten sich die verbliebenen Menschen im Ghetto nur noch nachts für ein paar Stunden nach draußen, um Luft zu schöpfen und Nahrungsmittel zu besorgen. Tagsüber lebten sie verborgen in selbst gebauten Wohnbunkern.

Doch an diesem wolkenverhangenen Aprilabend war alles anders. Als Irena um die letzte Hausecke vor dem Kontrollpunkt bog, blieb sie erschrocken stehen. Wie schon im letzten Sommer vor Beginn der ersten »Aktion« war das Ghetto von einem Ring aus schweren Transportern und schwer bewaffneten Männern umgeben. Waffen-SS, dachte Irena. Und es konnte nur eines bedeuten: Der letzte Kampf um das Ghetto hatte begonnen.

»He, Sie da! Weg hier!« Einer der Männer kam auf sie zu. Seine Hand lag auf einer Waffe. Irena warf einen letzten Blick auf die Straße jenseits des Kontrollpunkts. Ala war nicht da. Sie drehte sich um und verschwand hinter der Hausecke.

Wenige Minuten später ging es Ala auf der anderen Seite genauso. Mit gezogener Waffe kam eine der Wachen auf sie zu, kaum dass sie auf Höhe des Kontrollpunkts stehen geblieben war. Erschrocken lief sie weiter und erhaschte dabei einen Blick auf den Ring aus Männern und schwerem Gerät: Das Ghetto war umstellt!

Statt nach Hause zu gehen, hastete Ala zum Bunker ihrer Freunde. Seit Monaten hatte sie Kontakt zu den Frauen und Männern der ŻOB, der neuen jüdischen Kampforganisation. Viele von ihnen hatten vorher in den Kultur- und Jugendkreisen des Ghettos mitgearbeitet. All das war nun Geschichte, ein wie auch immer geartetes Leben im Ghetto nicht mehr möglich. Die Widerstandskämpfer waren sich einig, dass sie viel zu lange tatenlos zugelassen hatten, was die Deutschen mit den Menschen im Ghetto machten. Während der Januaraktion hatten sie sich zum ersten Mal zur Wehr gesetzt, doch da waren sie noch schlecht ausgerüstet gewesen und hatten sich innerhalb weniger Tage geschlagen geben müssen. Seitdem war viel passiert. Hunderte zusätzlicher Verstecke und Bunker waren im ganzen Ghetto gebaut worden, und die Menge an geschmuggelten Waffen und selbst gebauten Molotowcocktails war beachtlich gestiegen. Darüber hinaus hatten sie hart an ihrer Ausbildung gearbeitet.

Ala nannte ein Codewort und wurde in einen fensterlosen niedrigen Raum eingelassen. Er war durch zusätzlich eingezogene Mauern entstanden und hatte sogar Anschluss an die Kanalisation, doch die Luft war stickig. Dicht gedrängt saßen mehrere Frauen und Männer auf dem Boden.

»Das Ghetto ist umstellt. Die Deutschen planen eine neue Aktion«, stieß Ala atemlos hervor.

»Wir wissen Bescheid«, meinte ein junger Mann namens Marek.

»Sollen sie ruhig kommen«, lachte die blasse rothaarige Frau neben ihm. »Diesmal sind wir besser vorbereitet.«

»Ja«, sagte Ala. »Allerdings rechnen die Deutschen diesmal mit Gegenwehr. Nicht wie im Januar, wo wir sie überraschen konnten.«

Die junge Frau zuckte mit den Schultern. »Sie rechnen mit dem, was wir im Januar zu bieten hatten. Mittlerweile sind Hunderte hinzugekommen. Unsere Gruppen liegen überall im Ghetto auf der Lauer. Wir haben ein gutes Kommunikationsnetzwerk und Hunderte von Bunkern, die durch Tunnel und Kanalisation miteinander verbunden sind. Wir haben Verbindungsdurchgänge geschlagen zwischen den Kellern aller Häuser. Außerdem kennen wir uns hier aus, und wenn sie kommen, können wir von oben, von den Fenstern und Dächern, auf sie schießen. Das ist ein Vorteil.«

»Ja«, bestätigte Marek. »Diesmal werden wir ihnen den größtmöglichen Schaden zufügen. Wir werden bis auf den letzten Mann kämpfen, denn wir haben nichts mehr zu verlieren.«

»Bis auf den letzten Mann und die letzte Frau.« Die Rothaarige lachte. Es klang grimmig.

Ala blieb noch ein paar Minuten, dann musste sie gehen. In dieser Nacht schlief sie kaum. Sie dachte an ihre Tochter Rami und dankte Gott, dass sie auf der arischen Seite in Sicherheit war. Ihre Freundin Ewa hatte das Ghetto nicht überlebt. Welches Schicksal stand ihr selbst bevor? Würde sie sterben, vielleicht schon bald? Bevor es dazu kommt, werde auch ich kämpfen, dachte sie. Aber noch ist es nicht so weit, das spüre ich.

Plötzlich fühlte sie sich ruhiger. Es war unmöglich, auf lange Sicht der Schlagkraft der Waffen-SS zu trotzen, ihren Panzern und Panzerwagen. Aber es tat gut, sich endlich zu wehren. Ala dachte an die Widerstandskämpfer. Sie lagen auf der Lauer in ihren Kellern, Bunkern und auf Dachböden. Lange Stunden der Anspannung und Ungewissheit in der stickigen Dunkelheit.

Plötzlich fiel der erste Schuss, gefolgt von einer scharfen Detonation. Jemand hatte einen Molotowcocktail geworfen. Aus der Entfernung waren Schreie zu hören. Heftiger Schusswechsel folgte. Ala sah auf die Uhr: 6.03. Es war so weit.

Jürgen Stroop
SS- und Polizeiführer
Distrikt Warschau

An den
Höheren SS- und Polizeiführer Ost
SS-Obergruppenführer und General der Polizei Krüger
o. V. i. A.
Krakau
Warschau, den 23. April 1943

Tagesbericht zur Ghetto-Aktion am 23.4.1943
(fünfter Tag)

Einmarsch ins Ghetto um 6.00 Uhr mit dem Ziel der gründlichen Durchkämmung und Säuberung. Sofort sahen sich die Männer einem Angriff mit Feuerwaffen vonseiten der Juden und Banditen ausgesetzt. Ein Panzer und ein Schützenpanzerwagen wurden in Brand gesetzt. Unsererseits Einsatz einer zusätzlichen Kampfgruppe, ebenso Pioniere und schweres Gerät. Trotz erneuten Angriffs vonseiten der Insassen konnte ein großer Gebäudekomplex durchkämmt werden. Unzählige Bunker und unterirdische Gänge wurden aufgedeckt und gesprengt. Dabei wurden 300 Juden erfasst. Jedoch konnte eine Großzahl durch weitere Tunnel und Schlupfwinkel entweichen. Als Gegenmaßnahme ordnete ich an, den gesamten Häuserkomplex in Brand zu setzen. Die dadurch ausgeräucherten Juden wurden entweder liquidiert oder zur Evakuierung vorbereitet.

Die Anwesenheit von Banditen in der Kanalisation machte eine Unterwassersetzung bestimmter Teile notwendig. Nachdem entdeckt worden war, dass die hinterlistigen Juden Menschen in sogenannten Leichenwagen zum jüdischen Friedhof transportieren, wodurch ihnen die Flucht auf die arische Seite gelingt, sind auch hier umfassende Kontrollen angeordnet worden.
Insgesamt wurden circa 3500 Juden aus den noch bestehenden Arbeitsbetrieben im Ghetto erfasst und zwecks Verlagerung an den Umschlagplatz gebracht.
Bis zum heutigen Tag wurden zur Verlagerung erfasst: 19450.
Davon schon abtransportiert: 16950
Davon noch zu verladen: 2500.
Der nächste Transport geht am 24.4.1943.
Die Fortsetzung der Aktion ist für den 24.4.1943 um 10.00 Uhr geplant, um den Juden das Gefühl zu geben, dass die Aktion beendet sein könnte.

Einsatzkräfte:
SS-Panzergrenadiere
SS-Kavallerie
Ordnungspolizei
SD
Trawnikimänner
Gerät, siehe Vortag.

Der SS- und Polizeiführer
im Distrikt Warschau
Gezeichnet: Jürgen Stroop
SS-Brigadeführer und
Generalmajor der Polizei

Kapitel 38

Die einsetzende Maiwärme machte die Luft in den Bunkern nicht besser. Mittlerweile gingen die Kämpfe in die dritte Woche. Die anfängliche Euphorie über erste Erfolge aufseiten der Widerstandskämpfer war in verbitterte Ernüchterung umgeschlagen.

Den Strom hatten die Deutschen längst abgestellt, und Ala konnte ihre eigene Schrift kaum erkennen, als sie auf einem ergatterten Blatt Papier einen Brief verfasste. Sie wusste nicht, an wen sie sich eigentlich dabei richtete: an Irena oder an ihre Tochter Rami, die den Inhalt erst in vielen Jahren verstehen würde – falls es Ala überhaupt gelang, den Brief aus dem Ghetto schmuggeln zu lassen. Es war ein großes Risiko, weshalb sie keine Namen verwendete. Aber versuchen musste sie es. Zu groß war die Sehnsucht nach einer Verbindung mit den Menschen, die sie liebte. Als sie geendet hatte, las sie den Brief noch mehrmals durch. Es gab ihr das Gefühl, zu Rami, Irena und den anderen zu sprechen.

Meine Liebsten,
wie euphorisch waren wir hier drinnen noch vor ein paar Wochen, als die ersten Molotowcocktails in die Gruppen

deutscher Soldaten fielen und man sie schreiend wegrennen sah. Es war ein so ungewohnter Anblick, wir konnten es kaum fassen. Unsere Widerstandskämpfer sind keine geübten Schützen, aber manchen haben sie dennoch getroffen, und zum ersten Mal sahen wir die Deutschen verunsichert. Rennende Männer in Uniform mit Angst im Gesicht, könnt ihr euch das vorstellen? Zu lange haben wir auf diesen Anblick warten müssen. Aber natürlich hat es nicht lange gedauert, bis die SS das ausgefeilte System an Bunkern und unterirdischen Gängen entdeckt hat. Sofort stellten sie ihre Taktik um und kamen mit Spürhunden, um die Menschen in ihren Schlupfwinkeln aufzustöbern, und selbst das war ihnen nicht genug. Um auch noch den Letzten zu erwischen und unsere Kämpfer aus ihren Verstecken zu treiben, haben sie angefangen, ganze Häuserblöcke anzuzünden. Gestern konnten wir noch bis tief in die Nacht die Flammen in der Leszno-Straße sehen. Am Anfang viele Schreie. Ganze Familien warfen Matratzen und Bettzeug auf die Straße in der Hoffnung, den Sprung aus dem dritten oder vierten Stock zu überleben. Andere seilten sich mit Bettlaken ab. Vom Sturz verletzt, versuchten sie in Häuser zu fliehen, die noch nicht brannten, aber sie hatten keine Chance.

Am Anfang herrschte wenigstens nachts noch Ruhe. Da sah man dann Menschen auf den Straßen, die sich neuen Proviant besorgten oder ein wenig Luft schnappten. Je weniger Bunker es gibt, desto überfüllter sind die verbliebenen. Die Menschen sitzen Stunde um Stunde auf den harten, feuchten Böden, dicht an dicht, ohne sich zu rühren. Durch die Gliederschmerzen und den Sauerstoff-

mangel werden sie ganz verrückt. Ich habe gehört, dass manche sich dadurch verraten haben, dass sie untereinander zu streiten anfingen.
Ich höre mich um, wo ich kann. Auch in unserem Betrieb gibt es Nester von Widerstandskämpfern, aber die Nachrichten sind niederschmetternd. Es fehlt an allem. Wasser, Essen, Munition. Mit jedem Tag wird die Lage hier drinnen aussichtsloser. Das gilt auch für uns Arbeiter in den Betrieben. Die meisten wurden schon geräumt. Wie ich höre, gehen nicht nur Transporte nach Treblinka ab. Viele kommen auch in das Arbeitslager Poniatowa.
Neulich habe ich übrigens die Mutter der kleinen B. getroffen. Sie hat nur von ihrem Mädchen gesprochen und davon, dass sie nicht mehr bei ihrer Pflegemutter anrufen kann, um ihre kleine Stimme zu hören. Für sie gibt es nichts anderes mehr. Ich habe versucht, ihr Mut zuzusprechen, aber mit welchem Recht?
Überhaupt würde ich verzweifeln, wenn ich nicht wüsste, dass es euch gibt. Nicht nur an meiner eigenen Lage, sondern auch an der Menschheit insgesamt. Ihr werdet ja sicher den Jahrmarkt gesehen haben, der über die Osterfeiertage direkt vor der Ghettomauer stattgefunden hat. Wie viele Menschen dort mit dem Karussell gefahren sind, um von oben den Kämpfen im Ghetto zuzuschauen, als wäre es nur eine weitere Attraktion. Eine feine Attraktion, die daraus besteht, dass ihre vorherigen Mitbürger hier drinnen um ihr Überleben kämpfen, wie Tiere bei einer Hetzjagd.
Natürlich weiß ich, dass die polnische Untergrundarmee versucht hat, unseren Kämpfern von außen zu Hilfe zu

kommen. Aber offenbar ist es ihnen nicht gelungen.
Wie gerne würde ich mit etwas Schönem schließen. Ich denke jeden Tag an die vielen Stunden, in denen wir zusammen waren. Unser Lachen, unsere Scherze, das gute Essen, auch wenn ich mich an den Geschmack von vielen Dingen kaum mehr erinnere. Aber die Aussichtslosigkeit im Ghetto wird immer bedrückender. Nach dem, was man so hört, erwägen die wenigen verbliebenen Widerstandskämpfer, aus dem Ghetto zu fliehen und sich den polnischen Partisanen auf der anderen Seite anzuschließen. Auch ich zerbreche mir den Kopf, wie eine Flucht noch gelingen könnte, denn es wird immer schwieriger. Die Deutschen haben Gas in die Kanalisation geleitet. Viele, die auf diese Weise fliehen wollten, sind ums Leben gekommen.
Aber nun werde ich erst einmal versuchen, diesen Brief an euch auf den Weg zu bringen. Wenn ihr ihn in den Händen haltet, denkt an mich. Drückt und küsst mein Mädchen von mir. Vielleicht wird sie diesen Brief irgendwann lesen. Vielleicht wird es aber auch gar nicht nötig sein, weil ich ihr selber alles erzählen kann. Wünscht mir Glück. Ich werde es brauchen, denn zum Aufgeben bin ich nicht geschaffen.

Ala faltete den Brief so oft, bis nur noch ein kleines, mit Schnur umwickeltes Rechteck übrig war. Dann schlich sie sich nach draußen, entlang an dunklen Häuserwänden. Obwohl sie zu früh am Treffpunkt erschien, war der Schmugglerjunge schon da. Als sie ihn erreichte, hielt er wortlos die Hand auf. Ala gab ihm das winzige Stück Papier und einen Geldschein.

»Zu Jolanta«, flüsterte sie, obwohl er bereits Bescheid wusste. Der Junge drehte sich um und verschwand in der Dunkelheit.

Pass auf, wollte Ala noch sagen, doch es war zu spät. Plötzlich überkam sie eine große Niedergeschlagenheit. Was würden die nächsten Tage, Wochen oder Monate bringen … falls sie in solchen Zeiträumen überhaupt noch denken durfte. War dieser Brief vielleicht das letzte Band zwischen ihr und den Menschen gewesen, die sie liebte? Die sogenannten letzten Worte?

Hör auf, schalt sie sich. Wenn du anfängst, so zu denken, hast du schon verloren. Plötzlich wurde ihr bewusst, dass sie immer noch in dem dunklen Hofeingang stand. Jede Minute hier draußen im Freien erhöhte das Risiko, aufgegriffen zu werden. Im dunkelsten Dunkel der Hauswände eilte sie zu ihrem Keller zurück.

Jürgen Stroop
SS- und Polizeiführer
Distrikt Warschau

An den
Höheren SS- und Polizeiführer Ost
SS-Obergruppenführer und General der Polizei Krüger
o. V. i. A.
Krakau
Warschau, den 16. Mai 1943

Betrifft: Beendigung der Aktion im Ghetto Warschau

Nur mit unermüdlichem Einsatz bei Tag und bei Nacht konnte der zähe Widerstand der Juden und Banditen im

Warschauer Ghetto niedergeschlagen werden, wobei die Einsatzkräfte zu äußerster Härte gezwungen waren.
Am Ende war die Aktion von Erfolg gekrönt: Das ehemalige jüdische Wohnviertel Warschaus besteht nicht mehr.
Fazit: Seit ihrem Beginn am 19. April 1943 konnten insgesamt 56.065 Juden erfasst und vernichtet beziehungsweise auf Arbeitslager verteilt werden. Eine genaue Aufschlüsselung erfolgt in einem separaten Bericht. In dieser Zahl nicht enthalten sind solche, die bei den nötigen Sprengungen und Brandlegungen vernichtet wurden und zahlenmäßig nicht erfasst werden konnten.
Die Großaktion wurde am 16. Mai 1943 um 20.15 Uhr mit der Sprengung der großen Synagoge abgeschlossen.
Im jüdischen Wohnbezirk befindet sich derzeit kein Arbeitsbetrieb mehr. Alle in den vorherigen Betrieben vorgefundenen Rohstoffe und Maschinen wurden abtransportiert. Bis auf acht Gebäude, darunter Polizeiunterkunft und Krankenhaus, wurde das Ghetto durch Sprengung und Brandlegung vollständig zerstört.
Zur weiteren Verwertung finden sich noch große Mengen an Steinen und Schrott auf dem Areal.
Ein endgültiger Schlussbericht folgt.

Der SS- und Polizeiführer
im Distrikt Warschau
Gezeichnet: Jürgen Stroop
SS-Brigadeführer und
Generalmajor der Polizei

In den Monaten nach der Zerstörung des Ghettos saß der Schock für Irena und ihre Freundinnen tief. Hunderttausende waren vor den Augen der Welt ermordet worden. Die Zahlen waren schwindelerregend und kaum zu fassen. Hinter jedem Einzelnen, den es nicht mehr gab, stand ein Leben, eine persönliche Geschichte. Wie wenige von ihnen hatten sie retten können im Vergleich zu denen, die ausgelöscht worden waren!

Der einzige Lichtblick war die Nachricht, dass sowohl Ala als auch Hanja Kosler die »Aktion« überlebt hatten. Die Deutschen hatten sie ins nahe gelegene Arbeitslager Poniatowa gebracht, wo sie für den deutschen Textilhersteller Többens Militäruniformen produzierten. Es war alles andere als eine frohe Botschaft, und doch machte sie Mut. Ala war eine Kämpferin. Wenn es eine schaffen konnte, dann sie.

Mit der Zerstörung des Ghettos endete auch der Schmuggel von Kindern. Niemand lebte mehr in den streng bewachten ausgebrannten Ruinen. Dafür waren die Straßen Warschaus voller Menschen, die es geschafft hatten, während der »Aktion« zu fliehen. Viele hatten weder Geld noch Kontakte und konnten sich nur unter größter Lebensgefahr auf der Straße sehen lassen. Mithilfe der Mittel von Żegota hatte Irena Wohnungen in den Warschauer Randbezirken gemietet, denn was die Verfolgten am meisten brauchten, war ein Rückzugsort, ein Versteck. Diese Schutzhäfen wurden von Mitgliedern ihres Netzwerkes geleitet, die als Einzige offiziell dort lebten, sämtliche Einkäufe erledigten und sich um ihre Schützlinge kümmerten. Es war eine nervenaufreibende Arbeit, die Mut und Fingerspitzengefühl verlangte, denn Denunzianten lauerten überall. Noch im Frühjahr hatte es ihre Kollegin Stefania erwischt, die Irena bei Żegota eingeführt hatte. Nach bangen Tagen dann die Gewissheit. Stefania war zusammen mit anderen Häftlingen erschossen worden. Trotz der Folter hatte sie nichts preisgegeben.

All diese Dinge gingen Irena durch den Kopf, als sie an einem feuchten Oktoberabend mit der Trambahn aus dem kleinen Ort Świder zurückkam, wo sie in einem der neuen Schutzhäuser nach dem Rechten gesehen hatte. Draußen zogen die dunklen Landschaften an ihr vorbei, dann endlich der Stadtrand von Warschau. In immer kürzeren Abständen hielt die Bahn an den Haltestellen. Irena sah auf die Uhr. Es war ihr Namenstag. Eigentlich unter den herrschenden Umständen kein Grund zu feiern. Trotzdem hatte ihre Freundin Janka darauf bestanden, bei ihr vorbeizukommen.

Irena rutschte auf dem abgenutzten Holzsitz nach vorne. Die Trambahn war spät dran, und sie wollte auf dem Heimweg noch bei der Wäscherei vorbei, die dem Untergrund als »heimlicher Briefkasten« diente.

Endlich kam die Bahn vor dem Hauptbahnhof zum Stehen. Irena fand ihr Rad und wischte den nassen Sattel mit dem Ärmel ihres Mantels ab. Sie musste sich beeilen, wenn sie noch vor Ladenschluss in der Wäscherei sein wollte.

Die Straßen der Stadt waren dunkel. Mehrfach gelang es Irena erst im letzten Moment, einem Schlagloch im Pflaster auszuweichen. Als sie von Weitem das Licht der Wäscherei sah, atmete sie auf. Sie lehnte das Rad an einen Laternenpfahl und drückte gegen die Tür, doch die leistete Widerstand. Irena rüttelte leicht: abgeschlossen. Sie presste die Nase gegen die große Scheibe. Niemand stand hinter dem Tresen, auf dem ein Stapel Kleidungsstücke darauf wartete, in die Waschräume gebracht zu werden.

Irena sah auf die Uhr. Noch gut zehn Minuten bis Ladenschluss. Leicht irritiert klopfte sie noch einmal gegen die Scheibe. Nichts. Sie klopfte lauter, doch niemand kam. Was sollte sie tun? In der Wäscherei warteten möglicherweise Geld und eine Nachricht auf sie. Wenn irgendwo ein jüdisches Kind gefunden wurde, das einen Unterschlupf brauchte, war Irena die Erste, die man informierte. Sie wagte nicht, lauter zu klopfen oder gar zu rufen, um die Aufmerksamkeit der Nachbarn nicht auf sich zu lenken.

Aus den Augenwinkeln glaubte sie eine Gardine zu sehen, die sich in der Wohnung nebenan bewegte. Ein letztes Mal klopfte sie, wartete kurz, dann ging sie zu ihrem Fahrrad zurück. Dass die Besitzerin der Wäscherei so früh geschlossen hatte, war seltsam, aber vielleicht hatte sie vor der Sperrstunde noch schnell eine dringende Besorgung zu erledigen gehabt. Irgendeine Erklärung gab es sicher. Sie würde einfach am nächsten Morgen wiederkommen.

Zu Hause begrüßte Irena ihre Mutter, wusch sich und kämmte die Haare, die Irka ihr kürzlich nachgeschnitten hatte. Sie waren links eine Idee länger als rechts, obwohl Irka verbissen versucht hatte, das Problem zu beheben. Erst als die Haare immer kürzer wurden, hatte Irena lachend um Gnade gebettelt und Irka die Schere abgenommen. Wie schade, dass sie und Jaga heute Abend keine Zeit gehabt hatten.

Draußen hörte sie, wie ihre Mutter die Wohnungstür öffnete und Janka begrüßte. Die nächsten Stunden verflogen bei selbst gebackenen Keksen und dem Likör, den Janka mitgebracht hatte. Sie würde bei ihnen übernachten, denn die Sperrstunde hatte längst begonnen.

Als Irena Stunden später in den Schlaf abdriften wollte,

schreckte sie noch einmal auf. Die Namen der Kinder! Sie hatte vergessen, das Einmachglas mit den Zetteln auf den Küchentisch vor das Fenster zu stellen. Seufzend rappelte sie sich hoch und holte es nach. Einen Augenblick stand sie noch vor dem dunklen Rechteck des Fensters zum Hof, dann kehrte sie ins Bett zurück und schlief ein.

Doch nur wenige Stunden später erwachte sie von einer Faust, die gegen die Wohnungstür donnerte.

»Aufmachen! Gestapo!«

Sie fuhr hoch. Auch Janka und ihre Mutter waren aufgewacht und standen mit ängstlichen Augen in der Küche. Irena hatte diese Situation schon hundertmal im Kopf durchgespielt. Mit wenigen Schritten war sie bei dem Einmachglas, öffnete das Küchenfenster … und schreckte zurück. Auf dem Hof standen uniformierte Männer, die an der Hauswand hochsahen.

»Verdammt! Ich kann die Zettel nicht runterwerfen«, flüsterte sie. Panisch sah sie Janka an. Ihre Freundin verstand sofort. Wenn die Deutschen die Zettel mit den Namen fanden, waren Tausende von versteckten Kindern in Lebensgefahr, genau wie die Menschen, bei denen sie lebten.

»Die sind wegen dir hier, nicht wegen mir«, sagte Janka und streckte die Hand nach dem Glas aus. Irena gab es ihr, und Janka stopfte sich in Windeseile die hauchdünnen Zigarettenpapiere in den BH.

In der Zwischenzeit wurde der Krach an der Tür immer lauter. Die Männer hatten ein Brecheisen angesetzt. Irena dachte an die Mappe mit den falschen Papieren, die unter ihrem Bett lag, aber die Dokumente waren zu sperrig, und sie hatten keine Zeit mehr.

Janka nickte ihr zu, und Irena öffnete die Tür. Sofort trieb eine ganze Horde von Männern sie und ihre Mutter in eine Ecke, während der Anführer einer zweiten Gruppe Befehle zubrüllte. Die Männer schwärmten aus. Geschirr flog aus dem Küchenschrank, und die Bücher, die Irena nach der Verbarrikadierung ihrer Straße hatte retten können, fielen ein zweites Mal aus dem Regal. Stühle stürzten polternd um. Federn flogen, als einer der Männer ihr Kopfkissen aufschlitzte.

Irena kaute auf der Innenseite ihrer Wange, bis sie Blut schmeckte. Was, wenn die Gestapo sie alle drei einer Leibesvisitation unterzog? Was, wenn sie die Papiere unterm Bett fanden? Durch die Tür zu ihrem Schlafzimmer sah sie, wie das Regal auf ihr Bett stürzte. Das alte Gestell gab nach und fiel in sich zusammen. Irena konnte es kaum fassen. Das Bett war über der Mappe zusammengebrochen, und die Männer machten keine Anstalten, es wieder anzuheben.

Wie viel Zeit vergangen war, konnte Irena am Ende nicht mehr sagen, doch draußen vor dem Fenster sammelte sich graues Licht, als der Anführer ihr befahl, sich anzuziehen. Eilig schlüpfte Irena in eine Hose und einen Pullover. Wenn sich die Deutschen nur auf sie konzentrierten, war alles gut. Hauptsache, sie ließen Janka und ihre Mutter gehen.

Als zwei Männer sie kurz darauf zur Tür schubsten, wagte Irena nicht, ihre Mutter anzusehen. Aus den Augenwinkeln nahm sie wahr, wie Janka einen Arm um die alte Dame legte, und war ihr dankbar. Die Türen der Nachbarn blieben verschlossen, und doch zweifelte Irena nicht daran, dass alle wach waren und lauschten. Wer von ihnen würde sich über ihre Verhaftung freuen und wer nicht? Irena war sich nicht bei allen sicher, auf welcher Seite sie standen.

Strömender Regen empfing sie vor dem Haus. Die Motoren der schwarzen Wagen summten bereits, und Irena wurde von einem Gestapomann ins Innere gestoßen. Als die Tür sich hinter ihr schloss, sah sie durch den Regenschleier nach oben in die Gesichter von Janka und ihrer Mutter, die in der Wohnung am Fenster standen.

Die Autos setzten sich in Bewegung. Irena wusste, wohin sie fahren würden: ins Schlachthaus, wie die Warschauer das Hauptquartier der Gestapo in der Szucha-Allee nannten. Dorthin brachte man die Gefangenen, von denen man sich noch Informationen erhoffte.

Wie schon so viele Male in den vergangenen Stunden dachte sie an Adam. Die Listen waren fürs Erste in Sicherheit. Nun war sie selbst das Risiko. Irena biss die Zähne aufeinander. Würde sie der Folter standhalten? Die Sicherheit Adams und ihrer Freunde, ja, des gesamten Netzwerkes hing davon ab.

Ihre Finger bewegten sich nervös in ihrer Manteltasche. Was war das? Sie fühlte Panik in sich aufsteigen. In der Tasche hatte sie noch die Liste der Pflegekinder, denen sie heute Geld bringen wollte. Sie kämpfte ihre Angst nieder. Aus den Augenwinkeln sah sie, dass die Wache neben ihr eingenickt war. So gut sie konnte, rieb sie mit den Fingern das dünne Papier zu winzigen Kügelchen. Die Scheibe des Autofensters war leicht heruntergekurbelt. Blitzschnell hob Irena die Hand und ließ die Schnipsel aus dem Fenster fliegen. Niemand hatte etwas bemerkt.

Die Dokumente unter dem Bett, die Namen in Jankas BH und jetzt dieser Zettel, dachte Irena. Hoffentlich habe ich mein Glück damit noch nicht aufgebraucht …

Ihre Schritte hallten, als Irena von zwei Wachen flankiert durch den langen Gang des Gestapo-Hauptquartiers geführt wurde. Etliche der Türen waren geöffnet. Trotz der frühen Stunde saßen bereits Männer und Frauen an klappernden Schreibmaschinen. Die Böden waren gewachst, die Stiefel der beiden Männer neben ihr glänzten schwarz. Die blitzblanke Bürokratie des Todes, dachte Irena bitter.

Vor einer der Türen blieben sie stehen. Ein Klopfen, dann ertönte ein »Herein!«. Im Raum saß ein Mann mit grauen Haaren und einem Lächeln, das in einem anderen Kontext sympathisch gewirkt hätte.

»Frau Sendler, guten Morgen, nehmen Sie Platz!« Irena setzte sich. Der Mann sprach Polnisch mit deutschem Akzent. »Vorname Irena?«

»Ja.«

Er notierte. »Wohnhaft in?«

Sie nannte die Straße.

»Geburtsdatum?«

»Wäre ich hier, wenn Sie das nicht alles schon wüssten?«, konterte Irena, hielt sich jedoch sofort wieder zurück. Provokation war in ihrer augenblicklichen Lage völlig unangebracht.

Tatsächlich unterbrach der Mann seinen Katalog banaler Fragen, lehnte sich auf seinem Stuhl zurück und sah sie mit leicht verengten Augen an. Jetzt überlegt er, was für ein Typ ich bin und wie er mich handhaben soll, dachte Irena irritiert – und sie hatte ihm eben ein Instrument dazu in die Hand gegeben.

»Frau Sendler«, hob der Mann lebhaft an. »Wir wüssten gerne, wo Konrad Żegota sich aufhält.«

Irena erschrak so heftig, dass sie Mühe hatte, ihre Gesichtszüge unter Kontrolle zu halten. Doch Sekunden später hatte sie sich wieder im Griff. Die Gestapoleute wussten tatsächlich von Żegota, doch offensichtlich nichts Genaues, denn sie waren auf den Trick hereingefallen. Żegota war eine Organisation und keine Person. Herrn Konrad Żegota hatten sie nur zu ihrem eigenen Schutz erfunden, um von der Tatsache abzulenken, dass ein ganzes Netzwerk dahinterstand.

Irena schüttelte den Kopf. »Konrad Żegota? Den Namen kenne ich nicht, wirklich.«

Der Mann sah sie mitleidig an. »Frau Sendler, wir haben einen Ihrer Treffpunkte aufgedeckt. Eine Wäscherei. Die Dame war so gut, uns Ihren Namen zu nennen.« Er öffnete eine Schublade und legte eine dicke Mappe auf den Tisch. Seine Hand ruhte auf dem braunen Karton. »Sie sehen, Leugnen ist zwecklos. Wir wissen, dass Sie mit dem Untergrund zusammenarbeiten. Also noch mal: Wer sind Ihre Kontaktpersonen? Wer ist Konrad Żegota?«

Irena kämpfte mit der Panik. Standen im Ordner wirklich Informationen über sie? Die Wäscherin, die man offensichtlich am Vortag verhaftet hatte, konnte ihnen höchstens den Namen Jolanta genannt haben. Woher wussten die Deutschen, dass sie dahintersteckte? Wie lange beobachteten sie sie schon? Wussten sie von den geschmuggelten Kindern? Und von Adam?

»Ich gehe manchmal in eine Wäscherei, das stimmt. Aber falls die Besitzerin mit dem Untergrund zusammenarbeitet, hat das nichts mit mir zu tun. Sie müssen mich mit jemandem verwechseln.«

Der Mann nickte gelangweilt. Er hatte keine andere Antwort erwartet. Am Anfang sagten sie immer alle dasselbe, aber nach ein paar Tagen wurden sie gesprächiger. Manchmal reichte auch schon eine einzige Sitzung. Er gab der Wache neben der Tür ein Zeichen.

»Abführen. Wir machen später weiter.«

Nach Irenas Verhaftung hatte Janka noch bis zur Aufhebung der Sperrstunde gewartet, dann war sie mitsamt den Zetteln in ihrem BH zur Wohnung von Maria Kukulska geeilt, um ihr von Irenas Festnahme zu erzählen.

Der Himmel vor dem Küchenfenster war bewölkt. Ab und zu ruckelte eine Windböe an den alten Fensterrahmen und ließ die Scheiben klirren. Im fahlen Licht des frühen Morgens wirkte Marias Gesicht grau.

»Um Gottes willen …« Sie hob die Hände zum Mund, als Janka geendet hatte. Schweigend versuchte sie die Folgen abzuschätzen – für Irena und für sie alle.

In diesem Augenblick ging die Tür zu Adams Zimmer auf.

»Hallo, Janka«, sagte er erstaunt. »Schon so früh hier? Was ist …?« Sein Blick fiel auf Marias Gesicht. Die nahm schnell die Hände herunter, doch sie konnte ihre Bestürzung nicht mehr verbergen.

»Irena wurde verhaftet. Sie ist im Gestapo-Hauptquartier«, sagte Janka.

»Was?« Entsetzt raufte sich Adam die Haare. Einen Augenblick sah er zur Seite. »Ich muss ihr helfen«, sagte er dann und ging auf die Wohnungstür zu.

»Adam, verdammt noch mal!« Gleichzeitig waren Janka und Maria bei ihm und packten ihn an beiden Armen. Adam versuchte sich loszureißen, doch Maria fuhr ihn an: »Dann geh, wenn du dich umbringen willst, aber die Verantwortung liegt bei dir, wenn mir und meiner Tochter etwas passiert.«

Adams Arme fielen leblos herunter. Sie führten ihn zum Tisch zurück. Den Kopf in die Hände gestützt, die Augen auf die Tischplatte gerichtet, lauschte Adam Jankas Erzählung.

Maria hörte nur noch mit halbem Ohr hin. Ihre Gedanken waren auf die nächsten Schritte gerichtet. Sie mussten etwas für Irena tun, und zwar so schnell wie möglich. Eine Idee reifte in ihr, aber sie war kostspielig.

»Und jetzt?«, hörte sie Adam bitter fragen. Janka schüttelte ratlos den Kopf.

»Jetzt musst du hier weg.« Maria übernahm das Ruder. »Du bist hier nicht mehr sicher.«

»Irena wird mein Versteck niemals preisgeben. Sie …«

»Sie ist eine starke Frau, ich weiß.« Maria griff nach Adams Hand. »Trotzdem musst du hier weg. Pack ein paar Sachen zusammen.« Dann zu Janka: »Kannst du noch ein wenig hierbleiben? Ich muss kurz etwas erledigen.«

Janka nickte, und Maria stand auf.

Kapitel 39

Als Irena sich am Abend im Pawiak-Gefängnis auf ihre Pritsche legte, konnte sie kaum glauben, dass sie nun wenigstens für ein paar Stunden Ruhe haben würde.

Stundenlang hatte sie in der Wartezelle gesessen, den Blick streng nach Anweisung auf den Hinterkopf ihrer Vorderfrau gerichtet. Nach und nach waren Gefangenentransporte aus dem Pawiak-Gefängnis im Gestapo-Hauptquartier eingetroffen, und die Gänge hatten sich mit Schreien, Weinen und dem Geräusch von Schlägen und Tritten gefüllt. Irgendwann war auch sie an der Reihe gewesen. Doch sie hatte nichts preisgegeben.

Nach weiteren Stunden in der Wartezelle hatte man sie zusammen mit zwanzig anderen Häftlingen ins Gefängnis zurückgebracht. Was ihr am morgigen Tag blühen würde, wusste sie nicht. In der Dunkelheit wanderte ihre Hand zur Schläfe und betastete das getrocknete Blut, die geschwollene, aufgesprungene Lippe.

Nicht an Adam denken, ermahnte sie sich. An niemanden denken. Alle Namen aus meinem Kopf verbannen. Sie schloss die Augen. Ihr Hals war trocken, die Zunge kam ihr größer vor als sonst, und das Schlucken fiel ihr schwer. Da fühlte sie eine Berührung am Arm.

»Irena.«

Die Stimme war kaum hörbar. Ganz langsam wandte Irena ihren dumpf hämmernden Kopf. Auf Augenhöhe ein Gesicht, dessen Konturen sie in der Dunkelheit nicht ausmachen konnte.

»Ich bin's. Basia.«

»Basia?« Irena wollte den Kopf noch weiter drehen, doch die Schmerzen hielten sie davon ab. Basia war eine alte Bekannte, und wenn die Gerüchte stimmten, war auch sie für den Untergrund aktiv. Trotzdem hatten sich ihre Wege in den letzten Jahren nur wenig gekreuzt. Basia schob eine Hand unter Irenas Kopf und hob ihn an, während die andere ihr einen Becher Wasser an die trockenen Lippen hielt. Ein schmerzender Blitz durchfuhr Irenas Schädel, und sie schluckte mühsam.

»Du bist nicht allein«, flüsterte Basia, als Irena getrunken hatte. »Es sind noch eine Menge anderer hier, du wirst sehen. Ein regelrechtes Schattennetzwerk des Untergrunds. So …«. Sie legte Irenas Kopf wieder ab. »Und jetzt ruh dich aus.«

Irena schloss die Augen, doch sie schlief nicht. Irgendwann hörte sie das leise Singen mehrerer klarer Frauenstimmen um sich herum. Es war ein polnisches Volkslied. Basias Stimme war ihr ganz nah. Die vertraute Melodie in der Dunkelheit der Zelle hatte etwas Körperloses, und ihr Kopfschmerz ließ nach. Sie schlief ein.

Julian Grobelny saß vornübergebeugt auf seinem Ohrensessel. Die Ellbogen hatte er auf die Knie gestützt, die Augen waren auf den Boden gerichtet. So saß er mehrere Minuten, in denen Maria Kukulska Zeit hatte, ihn zu betrachten. Seine Wangen waren eingefallen, der schwarze Bart länger als sonst, er trug einen Morgenmantel. Julian war an Tuberkulose erkrankt, dennoch führte er seine Geschäfte für Żegota von seiner Wohnung aus weiter. Die Nachricht von Irenas Verhaftung hatte auch ihn wie ein Schlag getroffen.

Endlich richtete er sich auf und rieb sich den Bart. »Das Geld ist nicht das Problem«, sagte er schlicht. »Die Exilregierung versorgt uns gut, und du hast recht. Wir müssen Irena da rausholen. Nicht zuletzt wegen des Risikos, das sie für alle anderen darstellt. Wenn sie unter der Folter nachgibt, kann das Tausende Leben kosten. Irena ist stark, das weiß ich, aber ist sie stark genug?«

Er heftete seinen Blick auf die gegenüberliegende Wand und schien nachzudenken. Dann wandte er sich wieder Maria zu. »Gut. Die Frage ist also nicht, ob wir etwas tun sollen, sondern was wir tun können. Wir brauchen jemanden, der Kontakte innerhalb der Gestapo hat und weiß, wer sich am ehesten bestechen lassen könnte.« Er seufzte und lehnte sich im Sessel zurück.

Maria zögerte einen Augenblick, dann sagte sie: »Es ist möglich, dass ich da jemanden kenne …«

»Innerhalb der Gestapo?« Julian zog die Augenbrauen hoch.

»Nein. Aber ich kenne eine Frau, Maria Palester. Sie war früher eine Kollegin von Irena und arbeitet selbst für den Untergrund und Irenas Netzwerk, aber nach außen gilt sie als deutschfreundlich. In ihrer Wohnung findet jede Woche eine Bridgerunde statt, an der auch Gestapo-Informanten teilnehmen. Mit ihrem Charme hat sie schon oft nützliche Informationen aus ihnen herausgeleiert, und wer weiß, vielleicht kennt einer dieser Männer jemanden bei der Gestapo, den er ansprechen kann.«

Julian schnalzte mit der Zunge. »Das wäre tatsächlich ein Ansatzpunkt, aber deiner Bekannten muss klar sein, dass es hier nicht nur um Informationen geht. Womöglich müssen mehrere hochrangige Gestapoleute bestochen werden. Wenn das schiefgeht, kann ihr niemand mehr helfen. Hat sie Familie?«

»Einen Mann, zwei Söhne und eine Tochter.«

Julian schnaubte leicht. »Glaubst du denn, sie würde das tun?«

»Ich weiß es.«

Julian nickte langsam und sah Maria dabei an. »Gut, versuchen wir es.«

Seit ihrem ersten Tag war Irena nicht mehr zur Vernehmung ins Gestapo-Hauptquartier in der Szucha-Allee gebracht worden. Beim morgendlichen Appell hatte man sie stattdessen der Gefängniswäscherei zugeteilt. Ihr war klar, dass es sich nur um eine Verschnaufpause handelte, aber sie war erleichtert, dass auch an diesem Morgen weder Basia noch sie für den Abtransport zum Verhör eingeteilt worden waren. Sie ging davon aus, dass ein weiterer harter Tag in der Waschküche vor ihr lag, aber wenigstens keine Folter.

Als die Namen derjenigen verlesen wurden, die sich in der Krankenabteilung zu melden hatten, hörte Irena nur mit halbem Ohr zu.

»Irena Sendler: Zahnarzt.«

Irena reagierte mit einer Sekunde Verzögerung.

»Was? Ich? Wieso?«

Basia stieß sie kurz, aber heftig in die Seite, und Irena schwieg.

Als sie kurz darauf mit einer Wache auf dem gebohnerten Flur zur Krankenstation lief, war ihre anfängliche Unruhe verschwunden. Basia hatte recht. Dass sie zum Zahnarzt musste, konnte nur eines bedeuten: Jemand aus dem Untergrund wollte Kontakt mit ihr aufnehmen. Sie betrat den kleinen grauen Raum, in dem neben einer Liege nur wenige Instrumente auf einem Beistelltisch lagen. Die Wache zog sich ans Fenster zurück und sah gelangweilt nach draußen. Im nächsten Moment erschien eine Frau im weißen Kittel. Vor Überraschung hätte Irena ihren Namen beinahe laut herausgerufen. Es war Hania Sipowicz! Irena wusste, dass sie und ihr Mann für den Widerstand arbeiteten und vor einiger Zeit verhaftet worden waren. Jetzt arbeiteten sie im Gefängnis als Ärzte. Hania zwinkerte ihr zu und bedeutete ihr, sich auf die Liege zu legen.

»Es geht um einen Backenzahn, der eine Füllung braucht, richtig?« Hanias Stimme war völlig neutral. Sie griff zu einem Instrument und näherte sich Irenas Gesicht.

»Äh, ja, ein Backenzahn, genau.« Irena öffnete den Mund. Hania beugte sich über sie. Gleichzeitig fühlte Irena etwas an ihrer Hand und griff zu. Es war ein kleiner Zettel.

»Oh, bei dem Zahn werden wir bohren müssen, dann kommt die Füllung.« Die Ärztin richtete sich auf, und Irena las die wenigen Worte in Julian Grobelnys Schrift: »Halte durch! Wir tun alles Menschenmögliche, um dich da rauszuholen.«

Irenas Blick traf den der Ärztin. Die steckte ihr schweigend einen Stift zu und drehte den Zettel um. Irena verstand sofort. Während Hania den Bohrer anschaltete, kritzelte Irena ihre Antwort an Julian: »Alle Namen sind sicher.«

In den folgenden Wochen begegnete Irena im Pawiak-Gefängnis immer mehr Freunden und Bekannten. Zu ihrem Entsetzen war Helena Szesko darunter, und auch ihr Mann Leon, der Tausende von Dokumenten für Irena gefälscht und mehrere Babys mit der Trambahn aus dem Ghetto geschleust hatte, war verhaftet worden. Wann immer es möglich war, wechselten Irena und Helena ein paar Worte. Sie wussten, was ihnen bevorstand, aber sie wussten auch, was von ihrem Schweigen abhing, und es war gut, vertraute Gesichter um sich zu sehen, wobei Irena jeden Tag hoffte, dass es nicht noch mehr würden.

Auch an Ala dachte sie viel. Das Letzte, was sie von ihr wusste, war, dass man sie ins Arbeitslager Poniatowa südöstlich von Warschau gebracht hatte, wo sie als Näherin arbeitete. Ob sie dort Gleichgesinnte gefunden hatte?

Irena lag mit ihren Überlegungen richtig. Nach nur wenigen Tagen im Arbeitslager hatte sich Ala einer kleinen Untergrundzelle angeschlossen, und wenig später wurde ein weiteres bekanntes Gesicht in ihre Baracke verlegt: Hanja Kosler, die Mutter der kleinen Beata.

Eines Abends ging Ala auf die allein in einer Ecke vor sich hin brütende Frau zu. Ala kannte Hanja nur flüchtig, aber sie wusste, wie sehr sie ihren toten Mann und ihr Töchterchen vermisste. Zunächst war es nicht einfach, mit Hanja ins Gespräch zu kommen. Sie war erschöpft und schien es vorzuziehen, ihren eigenen Gedanken und Erinnerungen nachzuhängen. Ala machte mehrere erfolglose Anläufe, doch erst als sie erwähnte, dass viele Arbeiter aus den umliegenden Baracken zum Ausheben von Gräben nach draußen verlegt worden waren, horchte Hanja auf.

»Da, wo ich vorher war, haben sie auch mindestens hundert Leute dafür abgestellt«, erzählte sie. »In den Arbeitshallen kommen wir mit den Näharbeiten kaum mehr nach. Es fehlen zu viele Leute. Was machen die bloß da draußen?«

»Angeblich heben sie Gräben zur Verteidigung des Lagers aus«, sagte Ala.

»Angeblich?«

Ala überlegte einen Augenblick, ob sie Hanja beunruhigen sollte, doch in ihrer Lage war die Wahrheit lebensnotwendig. »Ich weiß es natürlich nicht mit Sicherheit, aber auch hier im Lager gibt es ein Netzwerk von Widerstandskämpfern mit Kontakten nach draußen. Und was man so hört, läuft es nicht besonders gut für die Deutschen im Augenblick. In Treblinka gab es vor Kurzem eine Revolte von Neuankömmlingen, und auch in Auschwitz soll es zu Unruhen unter den Häftlingen gekommen sein.«

Hanja sah sie groß an. »Du glaubst, die Deutschen lassen Gräben bauen, um sich im Falle eines Aufstands gegen uns zu verteidigen?«

»Klingt nicht sehr plausibel, ich weiß«, gab Ala zu. »Wir haben hier drinnen zwar eine kleine Untergrundzelle und«, Ala senkte die Stimme, »sogar ein paar Waffen. Aber nichts, womit wir einen echten bewaffneten Kampf gegen die Deutschen führen könnten. Was ich eher befürchte, ist, dass denen die ganzen Lager mit den vielen Gefangenen unbequem werden. Sie werden immer mehr zum Risiko für sie.«

»Du meinst, die Gräben könnten für uns sein?«, rief Hanja schrill.

Ala schüttelte heftig den Kopf und fasste Hanja am Arm. »Bleib ruhig. Ich weiß es ja selber nicht. Aber wenn es dazu kommen sollte, das heißt, wenn die Deutschen uns tatsächlich loswerden wollen, werde ich jedenfalls nicht kampflos gehen. Unsere kleine Gruppe wächst jeden Tag, auch wenn wir nicht viele Waffen haben. Was meinst du, würdest du mitmachen?«

Hanja sah sie verblüfft an. Selbst nach Jahren der Unterdrückung und des Überlebenskampfes konnte sie sich einfach nicht vorstellen, zur Waffe zu greifen.

»Ich weiß nicht«, meinte sie zögernd. »Du weißt, ich habe eine kleine Tochter. Sie ist jetzt fast zwei Jahre alt. Ich will überleben, Ala. Für Beata. Ich muss einfach überleben. Und ein bewaffneter Widerstand? Ich glaube nicht, dass ich das kann.«

Ala nickte. »Ich verstehe dich. Ich habe auch eine Tochter. Sie heißt Rami und lebt in einer Pflegefamilie, so wie Beata. Ich möchte sie auch wiedersehen. Mehr als alles andere auf der Welt. Ob ich es schaffe, weiß ich nicht. Aber ich will es wenigstens versuchen, und da sehe ich meine beste Chance im Widerstand.«

Hanja nickte. »Ich überlege es mir.«

»Gut.« Ala drückte kurz ihre Schulter und stand auf.

Nach Wochen im Gefängnis und unzähligen brutalen Verhören war Irena vor allem eines klar: Ihr Leben hing an einem seidenen Faden, denn die Deutschen wussten nicht, wen sie wirklich vor sich hatten. Offenbar glaubten sie in Irena eine kleine Mitläuferin festgesetzt zu haben, die mit dem Untergrund geliebäugelt und hier und da einen Botengang erledigt hatte. Doch sie hofften, weitere Namen aus ihr herausprügeln zu können. Während einer Folter hatten sie ihr sogar das Bein gebrochen. Zwar war es notdürftig versorgt worden, doch seitdem war die Arbeit in der Wäscherei eine Qual.

Trotzdem lächelte Irena immer wieder bei dem Gedanken, dass ihre Peiniger selbst kleine Lichter waren und keine Ahnung hatten, dass die junge, blasse Frau vor ihnen eines der aktivsten Räder im Getriebe des Untergrunds war. Eine Frau, die Tausende Kinder gerettet hatte.

Wenigstens hatten sie heute in der Wäscherei etwas zu essen bekommen, denn es gab auch »gute« Aufseherinnen, die den Kindern der Häftlingsfrauen erlaubten, ein paar Kartoffeln oder Rüben aus den Vorratskammern zu holen. Die kochten die Frauen dann nebenher in einem kleinen Kochtopf, während die Wäsche in den großen Bottichen gereinigt wurde. Es war ein Festmahl!

Als Irena am Abend in die Zelle zurückgebracht wurde, sah sie Basia mit dem Kopf zur Wand auf ihrer Pritsche liegen. Sie setzte sich auf die Kante und strich ihr über den Arm, während sie mit den Augen Basias Gesicht und Körper nach Verletzungen absuchte. Basias Hand griff nach ihrer, doch sie drehte sich nicht um.

»Morgen«, sagte sie leise. »Morgen werde ich beim Appell meinen Namen hören, wenn sie die aufrufen, die erschossen werden sollen.«

»Basia«, flüsterte Irena bestürzt. »Wie kommst du darauf? Du weißt, dass es Unglück bringt, so etwas zu denken.«

»Ich habe es im Gefühl. Außerdem habe ich heute Zbigniew gesehen, den achtzehnjährigen Jungen, der als Kurier für uns im Kinderuntergrund arbeitet. Sie haben ihn direkt vor meinen Augen fast leblos über den Korridor geschleift.«

Irena erschrak. »Und? Hat er dich verraten?«

Basia drehte sich brüsk auf den Rücken, in ihren Augen standen Tränen. »Nein«, stieß sie hervor. »Aber ich ihn. Ich habe mir wohl versehentlich anmerken lassen, dass ich ihn kenne. Und jetzt werden sie eins und eins zusammenzählen.«

»Na komm«, meinte Irena. »Das bedeutet noch gar nichts. Zbigniew ist nur ein Kurier. Er weiß nicht viel, und die Deutschen wollen die großen Fische. Komm, wir singen etwas. Ohne deine schöne Stimme macht es keinen Spaß.«

Doch Basia schüttelte den Kopf und drehte sich wieder zur Wand. »Ich kann nicht«, sagte sie knapp. »Nicht heute Abend.«

Kapitel 40

Die Novembernächte waren eisig kalt in den Baracken des Arbeitslagers, aber das war nicht der einzige Grund, warum Ala nicht schlief. Seit ein paar Tagen waren die Gräben im Lager fertiggestellt. Die Arbeiter, die sie ausgehoben hatten, standen wieder an ihren Nähmaschinen, und bislang war nichts Auffälliges geschehen. Waren es tatsächlich nur Verteidigungsgräben, wie die Deutschen behauptet hatten?

In den frühen Morgenstunden wurde die Kälte unerträglich. Alas Glieder schmerzten vom langen Stehen am Tag und dem Liegen auf der harten Pritsche. Sie wäre gerne aufgestanden, aber das war verboten, also rollte sie sich zusammen, schlang die Hände um ihre Knie und dachte an ihre Tochter: Rami, wie sie ein Marmeladenbrot aß, Rami, wie sie sie umarmte, bevor Ala zur Arbeit musste. »Noch eine Minute«, hatte sie immer gesagt. »Nur noch eine Minute.« Mit einem Mal erschienen ihr selbst die Jahre im Ghetto noch schön. Wenigstens waren sie zusammen gewesen. Und jetzt?

Plötzlich hörte sie von draußen Stimmen und Schritte. Hunde bellten aufgeregt. Ala setzte sich auf. Auch um sie herum kamen die Häftlinge in Bewegung. Zwar hatte sie keine

Uhr mehr, aber ihre innere Stimme sagte ihr, dass es für den morgendlichen Weckruf noch zu früh war.

Dann krächzte draußen der Lautsprecher. »Appell für alle. Alle Häftlinge geordnet antreten. Appell für alle.«

»Für alle?« Das Herz schlug Ala bis zum Hals. Fragend sah sie die Frau an, die unter ihr schlief. Auch die war besorgt. Einen Morgenappell aller Häftlinge hatte es noch nie gegeben.

Die Frau auf der Pritsche gegenüber sah sie an und gab ihr ein Zeichen. Ala verstand sofort und leitete das Signal weiter. In den letzten Tagen hatten sie versucht, so viele Häftlinge wie möglich für den Widerstand zu mobilisieren. In einem Fall wie diesem lautete die Vereinbarung, nicht nach draußen zu gehen, sondern sich in der Baracke zu verschanzen. Überall um sie herum machten sich Frauen dafür bereit, die Baracke in einer geordneten Kolonne zu verlassen. Von draußen war die Stimme einer Wache zu hören.

Ala suchte mit dem Blick nach Hanja Kosler, die ihr seit ihrem Gespräch aus dem Weg gegangen war, doch sie konnte sie nirgends entdecken. In der Aufregung schien es niemandem aufzufallen, dass einige sich unter die Pritschen zwängten, während die anderen eine Schlange bildeten. Ala lugte unter ihrer Pritsche hervor – und plötzlich sah sie sie: Hanja stand nur wenige Meter entfernt. Ala konnte erkennen, wie sie auf ihrer Lippe kaute, ihre Hände zitterten stark.

Da ging die Barackentür auf. Befehle erklangen, und der Zug setzte sich in Bewegung. Plötzlich sah Hanja sich um. Nervös flackerten ihre großen Augen durch den Raum. Sucht sie mich?, dachte Ala. Von ihrem Versteck unter der Pritsche aus versuchte sie Blickkontakt zu Hanja aufzunehmen, doch ihre Augen trafen sich nicht. Dann tat auch Hanja die ersten

Schritte vorwärts. Wenige Minuten später war die Baracke leer.

Während das scharfe Rufen und Hundegebell von draußen in immer kürzeren Abständen zu ihnen hereindrang, begannen Ala und ihre Mitstreiterinnen sich in einer Ecke der Baracke zu verbarrikadieren. Sie überprüften ihre wenigen Waffen, und Ala spürte, wie ihr trotz der Morgenkälte Schweiß über den Rücken lief. Minutenlang hörte man keinen Laut. Plötzlich ein einzelner Schrei. Dann noch einer. Zwei Schüsse schnell hintereinander. Erneut war es still. Ala wurde unheimlich zumute. Was geschah dort draußen? Sollten die Menschen abtransportiert werden?

Da knatterte das erste Maschinengewehr. Schrille Schreie wurden übertönt von immer lauterem Kugelhagel. Ala war wie erstarrt, gleichzeitig liefen ihr Tränen über die Wangen. Sie hatte recht gehabt. Die Menschen dort draußen fielen in die Gräben, die sie selber ausgehoben hatten. Ala machte sich keine Illusionen. Ihr Fehlen musste längst bemerkt worden sein. Es war nur eine Frage der Zeit, bis sie kommen würden.

Und sie kamen. Aufgrund des Maschinengewehrfeuers von draußen öffnete sich die Barackentür lautlos und ohne Vorankündigung. Sofort verteilten sich mehrere Wachen mit Hunden im Raum.

Ala erschrak. Einen Augenblick hatte sie das Gefühl, keine Luft mehr zu bekommen. Auch die anderen waren überrumpelt, bis eine ältere Frau zu ihrer Rechten schoss – und traf. Der junge Deutsche ging zu Boden. Jetzt schossen auch die anderen. Die Deutschen erwiderten das Feuer, aber noch hielt die provisorische Barrikade aus Stühlen und Tischen.

Ala zielte, doch ohne Erfolg. Ich bin Krankenschwester,

dachte sie verzweifelt. Was mache ich hier? Sie biss die Zähne zusammen und schoss weiter. Als der dritte Deutsche fiel, zogen die Männer sich zurück. Ala rauschte das Blut in den Adern. Sie waren am Leben … noch! Was würden die Deutschen als Nächstes tun? Wenn sie nur die Baracke verlassen könnten! Aber eine Flucht war völlig unmöglich.

Minuten vergingen, die Ala endlos vorkamen. Niemand sprach. Dann rochen sie den Rauch. Gleichzeitig ging die Barackentür auf. Brandkörper landeten auf den Decken der Pritschen, und im nächsten Moment schossen hohe Flammen empor. Der Rauch biss in den Augen, und sie hustete. Eine junge Frau rannte zu einem der kleinen Fenster und wurde von einer Kugel getroffen. Die Baracke war umstellt.

Ala lehnte sich gegen die Wand, schloss die Augen und beschwor Ramis Bild herauf. Wieder schüttelte sie der Husten, aber sie hielt an dem Gesicht ihrer Tochter fest. Wenigstens bin ich nicht alleine, dachte sie. Rami ist bei mir, und sie wird leben.

Dann verlor sie das Bewusstsein.

Kapitel 41

Der Gestapomann war nervös. Er hatte so etwas noch nie gemacht, auch wenn er einige kannte, die im Pawiak-Gefängnis Geld für kleine Gefallen einsteckten. Verwandte zahlten gut dafür, dass ihren Angehörigen im Gefängnis ein Laib Brot zugesteckt wurde oder Briefe nach drinnen und draußen gelangten.

Doch was er hier tat, fiel kaum unter die Kategorie kleiner Gefallen. Einen Häftling vor der Exekution zu bewahren und aus dem Hauptquartier zu schleusen war etwas ganz anderes. Darüber hinaus musste er dafür sorgen, dass ihr Name trotzdem auf der Liste der Exekutierten stand. Einen Augenblick wurde ihm schwindelig. Es war Wahnsinn. Wenn man ihn erwischte, würde er standrechtlich erschossen.

Er trat von einem Bein aufs andere und knetete sich den verspannten Nacken mit der rechten Hand, sah auf die Uhr. Noch fünf Minuten. Verdammt, warum war er auch so früh gekommen? Er war in Zivil, und die Straße war abgelegen. Trotzdem. Niemand stand in dieser verdammten Stadt eine Viertelstunde grundlos an einer Stelle. Das war verdächtig. Er machte ein paar Schritte. Jetzt einfach gehen… es war noch nicht zu spät. Er blieb wieder stehen. Nein, das Geld. Es war eine unglaubliche

Summe. Damit konnte er sich nach dem Krieg zusammen mit seiner Frau etwas aufbauen. Wenn es nur schon so weit wäre.

Für wen zahlen die bloß so viel? Zum wiederholten Male schoss ihm dieser Gedanke durch den Kopf, aber er schob ihn beiseite. Wenn er die Sache durchziehen wollte, musste ihm das egal sein.

Erneut spähte er die Straße hinunter. Und tatsächlich, da kam jemand. Eine Frau im roten Kleid, wie angekündigt. Nein … Er stutzte.

Waren die von allen guten Geistern verlassen, ein junges Mädchen zu schicken? Es war höchstens vierzehn und trug einen Schulranzen auf dem Rücken. Die verdammten Polen, dachte er. Völlig verrückt. Glaubten die etwa, dass er bei einem Kind nicht in Versuchung geraten würde, es nach der Geldübergabe zu erschießen? Er wusste, dass manche das Geld nahmen und die Kuriere anschließend erschossen. Nichts leichter als das – und man hatte einen Mitwisser weniger. Sich bei seinem Vorgesetzten wegen eines erschossenen Polen rauszureden war keine Kunst. Wieder andere nahmen das Geld und taten dann trotzdem nicht, wofür sie bestochen worden waren, oder kassierten noch ein zweites Mal ab. Ich habe noch Zeit, es mir zu überlegen, dachte er. Bis morgen früh. Zur Not kann ich auch spontan entscheiden. Aber jetzt geht es erst mal um das Geld … und dieses Mädchen.

Die Kleine hatte ihn erreicht. Etwa zwei Meter vor ihm blieb sie stehen und sah ihm ruhig in die Augen. Ohne den Blick von ihm zu wenden, nahm sie den ledernen Ranzen ab und machte ihn auf. Als ihre Hand darin verschwand, umfassten seine Finger den Griff der Pistole in seiner Jackentasche.

Die Hand des Mädchens tauchte wieder auf, und mit ihr ein

Beutel, den es ihm hinstreckte. Er spürte seinen Herzschlag im Hals und griff zu. Das Mädchen schulterte den Ranzen, drehte sich um und lief die Straße hinunter, als käme es gerade von der Schule und hätte keine anderen Sorgen als die Hausaufgaben.

Erst als die Kleine um die Ecke bog, lockerte sich sein Griff um die Waffe.

Kapitel 42

»Irena Sendler.«

Irena hatte gewusst, dass sie ihren Namen irgendwann unter denen hören würde, die für die Exekution ausgewählt worden waren. Es war nur eine Frage der Zeit gewesen.

Beinahe hätte sie gelacht. Auf einmal spürte sie den Schmerz in ihrem gebrochenen Bein nicht mehr, dafür zitterten ihre Lippen, und der Mund war so trocken, dass ihr fast die Zunge am Gaumen klebte. Heute also, an diesem grauen Tag im Januar. Wann würden Adam und ihre Mutter es erfahren?

Ein ganzes Leben, dachte sie. Plötzlich auf ein paar Stunden reduziert.

Nur eine halbe Stunde später kam der Transporter, von vielen auch »der Todeswagen« genannt. Polnische Wächter brachten sie zur Ladefläche. In manchen Augen las sie Mitleid, in anderen gar nichts. Der Wagen erkauft uns ein bisschen Zeit, dachte Irena. Eine zusätzliche halbe Stunde? Oder sogar mehr?

Vom Pawiak-Gefängnis zur Szucha-Allee war es nicht weit, aber das Ein- und Ausladen kostete Zeit. Sie wusste, wie unsinnig es war, darüber nachzudenken, und dennoch hielten ihre Gedanken sich krampfhaft an diesen Berechnungen fest. Zehn Minuten für die Fahrt. Zehn weitere für das Ausladen… oder vielleicht doch nur fünf? Sie versuchte an Adam zu denken, an ihre Mutter… und konnte es nicht. Stattdessen klammerte sie sich an die Minuten, die immer schneller zu verrinnen schienen. Manchmal wurden die Häftlinge schon morgens im Gefängnishof erschossen, bisweilen auch auf irgendeiner öffentlichen Kreuzung direkt davor.

Ich habe Glück, dachte Irena. Ich bekomme wenigstens eine zusätzliche halbe Stunde, weil die Deutschen beim Tod die Abwechslung lieben. Beinahe hätte sie bei dem Gedanken gelacht.

Jetzt fuhr der Lastwagen an. Gerne hätte Irena noch einmal die Straßen ihrer Stadt gesehen, aber die Ladefläche war auf allen Seiten verschlossen. Anhand der Kurven versuchte sie zu erraten, in welcher Straße sie sich befanden, während ihr inneres Auge die entsprechenden Gebäude heraufbeschwor.

Im Hauptquartier trieb man sie in einen kahlen Wartesaal, und nur wenige Minuten später wurde die erste Frau abgeführt. Im Türrahmen stieß sie einen Schrei aus und versuchte sich aus dem Griff der Wache zu lösen. Ein Knüppel traf sie zwischen den Schulterblättern, und sie stolperte vorwärts. Die Tür zum Wartesaal blieb offen. Wie gebannt sah Irena eine Frau nach der anderen den Gang hinuntergehen und in der rechten Tür an seinem Ende verschwinden. Dann ein Schuss. Heute starb jede von ihnen allein. Nie hatte Irena sich einsamer gefühlt, und noch immer gelang es ihr nicht, Adams Bild heraufzubeschwören. Wie sich Basia wohl gefühlt hatte? Die Vorahnung hatte ihre Freundin nicht getrogen. Am Morgen nach ihrer düsteren Ankündigung war sie tatsächlich auf dem Gefängnishof hingerichtet worden.

»Irena Sendler.«

Wie in Trance folgte sie der Wache. Ihr Atem ging flach. Automatisch steuerte sie auf die rechte Tür am Ende des Ganges zu.

»Links«, kam die leise, aber scharfe Stimme der Wache. Sie zögerte erschrocken. Würde sie noch einmal verhört werden? Gab es doch noch einen Aufschub?

»Links«, wiederholte die Stimme noch dringlicher. Hinter der linken Tür kam ein langer Gang. Der Griff um ihren Arm wurde fester, der Schritt des Mannes schneller. Irena stolperte vorwärts, der Schmerz in ihrem gebrochenen Bein war unerträglich. Die Wache schloss eine Tür auf. Dahinter lag eine stille Seitenstraße der Szucha-Allee. Wortlos zog der Mann sie mit sich.

Wo wird er es tun?, fragte sich Irena. Ihre Augen flackerten nervös umher. Fünfzig Meter weiter war eine Kreuzung, und Kreuzungen waren bei Exekutionen beliebt, aber auch jede beliebige Wand würde ausreichen.

Plötzlich blieb der Mann stehen. Seine Hand löste sich von ihrem Arm. »Geh … schnell!«

Irena verstand nicht und blickte ihn mit offenem Mund an. Was wollte er von ihr?

»Lauf! Mach, dass du wegkommst, na los!«, zischte er.

Irena war überrascht. In seinen Augen lag Angst. Konnte das sein?

»Meine Kennkarte. Ohne Kennkarte kann ich nicht …«

Irena wurde bewusst, wie verrückt es war, in diesem Augenblick nach der Kennkarte zu fragen, die man ihr bei der Verhaftung abgenommen hatte, aber es war ihr einfach herausgerutscht. Ohne Kennkarte war man Freiwild.

Sie brachte den Satz nicht zu Ende. Wie aus dem Nichts traf sie ein heftiger Schlag ins Gesicht, und sie schmeckte Blut.

»Zum letzten Mal, hau ab!«

Irena lief, langsam erst, dann immer schneller. Schließlich rannte sie. An der nächsten Straßenecke wagte sie einen Blick zurück. Der Mann war weg.

Irena rannte wieder, doch schon fünfzig Meter weiter bekam sie keine Luft mehr, die stechenden Schmerzen in ihrem Bein raubten ihr fast die Sinne. Keuchend lehnte sie sich gegen das Schaufenster eines Ladens. Sie wollte nachdenken, doch in ihrem Kopf war nur Schwindel. Neben ihr erklang ein Glöckchen. Eine Frau in Kittelschürze trat heraus. Irenas erster Impuls war die Flucht. Mit letzter Kraft stieß sie sich von der Scheibe ab, aber bevor sie einen Schritt tun konnte, schloss sich eine Hand um ihren Arm und zog sie mit sich ins Geschäft.

An den Regalwänden standen ein paar Dosen und Reinigungsmittel. Die Frau führte Irena in ein Hinterzimmer und steuerte einen Stuhl an, doch bevor sie ihn erreichten, sank Irena auf den Boden. Die Frau trat an ein Waschbecken und ließ Wasser in ein Glas, das sie ihr reichte.

»Bleiben Sie hier sitzen.« Sie verließ den Raum. Irena trank mit hastigen Schlucken. Ihre Hand zitterte, und die Hälfte ging daneben. Sie verschluckte sich und hustete heftig. Kurz darauf war die Frau wieder da. Über dem Arm trug sie einen Pullover, Hosen und einen Mantel.

»Ziehen Sie die Gefängnissachen aus. Schnell. Hier können Sie nicht bleiben.« Erst jetzt wurde Irena bewusst, dass sie eine Gefangenenuniform trug. Sie machte sich an die Arbeit, aber ihre Bewegungen waren unkoordiniert. Plötzlich forderten die monatelange Angst und Anspannung, die Folter und die Mangelernährung ihren Tribut. Die Frau half ihr in die Sachen.

»Haben Sie einen Ort, wo Sie hinkönnen?«

»Zu meiner Mutter, in die Ludwikistraße.«

»Gut.« Die Frau wirkte erleichtert. Sie ging in den Laden, und Irena hörte, wie sie die Kasse öffnete. Kurz darauf drückte sie ihr ein paar Münzen in die Hand.

»Die Trambahnlinie 5 hält gleich an der nächsten Ecke und fährt fast bis zu Ihnen nach Hause. Schaffen Sie das?«

Irena nickte schwach. Sie hatte keine Ahnung, ob sie es schaffen würde, aber es blieb ihr nichts anderes übrig, als es zu versuchen.

Die Bahn war bereits überfüllt, als Irena zustieg. Sie griff nach einer Halteschlaufe, verfehlte sie und angelte erneut nach ihr, als ein alter Mann aufstand und sie auf seinen Platz drückte.

Ich muss aussehen wie ausgespuckt, dachte Irena und hätte beinahe gelächelt. Langsam begriff sie, dass sie frei war. Ihr Kopf begann zu arbeiten, ihre Sinne schärften sich.

Eine halbe Stunde später klopfte sie an die Tür ihrer Wohnung. Die öffnete sich einen Spalt, und Irena erkannte das Gesicht ihrer Cousine.

»Irena! Um Gottes willen!« Die Tür flog auf, und zwei Arme umfingen sie. Irena ließ sich hineinfallen.

»Du bist ja nur noch Haut und Knochen. Komm …«

Ihre Cousine half ihr zum Sofa.

»Ich hole dir Brot und Tee.«

»Wo ist Mutter?«

Die junge Frau schluckte. »Irena, es geht ihr nicht gut. Ihr Herz. Es hat sich sehr verschlechtert in letzter Zeit. Der

Arzt kann ihr nicht mehr helfen. Wir wissen nicht, wie lange sie …« Sie brach ab. Offenbar wollte sie ihrer Cousine keine Vorwürfe machen.

Irena waren Tränen in die Augen geschossen. Ihre Mutter lag im Sterben, und es war ihre Schuld. Ihre Verhaftung, die langen Monate der Ungewissheit, die Angst um ihr Leben waren Gift für ihre Mutter gewesen. Sie hatte es geahnt. Jeden einzelnen Tag im Gefängnis hatte sie genau das vorhergesehen.

Irena stützte sich an der Sofalehne ab und stemmte sich hoch. Die Schlafzimmertür knarrte leise, als sie eintrat, doch ihre Mutter öffnete die Augen nicht. Vorsichtig setzte Irena sich auf die Bettkante. Wie schmal sie geworden war! Die Decke wölbte sich kaum über dem mageren Körper, und das blasse Gesicht lag tief im Kissen. Obwohl sie ihre Mutter nicht wecken wollte, konnte Irena der Versuchung nicht widerstehen, ihr zart über die eingefallenen Wangen zu streichen. Ihre Mutter schlug die Augen auf. Im ersten Moment wirkte sie orientierungslos, dann schlich sich ein Lächeln in ihre Augen, und ihre Hände tasteten beide gleichzeitig nach Irenas.

»Meine liebste Mama.«

»Du …«, sagte ihre Mutter mit zittriger Stimme. Irena wagte nicht, ihren Kopf auf die Brust ihrer Mutter zu legen. Stattdessen griff sie nach ihren Händen und legte sie sich an die Wangen. Sie waren kalt. Trotzdem tat es so gut, dass Irena die Tränen in die Augen schossen. Auch ihre Mutter hatte nasse Wangen, doch in ihren Augen stand das Glück.

»Sie ist sehr schwach.« Die Hand ihrer Cousine legte sich von hinten auf Irenas Schulter. »Lass sie noch ein bisschen schlafen, und komm etwas essen.«

Ein paar Tage später war Irena immer noch im Haus ihrer Mutter. Sie hatte geschlafen und gegessen und war kräftig genug, um wieder klar denken zu können. Ihr Kopf sagte ihr, dass es Wahnsinn war, in dieser Wohnung zu bleiben. Falls ihre Flucht doch noch bemerkt wurde, würde man hier als Erstes nach ihr suchen. Doch ihre Mutter wurde von Tag zu Tag schwächer. Irena konnte einfach nicht gehen.

Dann stand Janka vor der Tür. Ihre Begrüßung war kurz, aber intensiv. Irena konnte sehen, dass ihre Freundin mit einem Kloß im Hals kämpfte.

»Kommst du, um meine Mutter zu besuchen?«, fragte Irena, als sie sich nebeneinander aufs Sofa gesetzt hatten.

Janka schüttelte den Kopf.

»Aber woher weißt du, dass ich wieder hier bin?« Irena sah ihre Freundin groß an, dann fiel der Groschen. »Du… ihr… hat Żegota also wirklich?«

Janka lächelte. »Wer sonst?«

Irena nickte. Natürlich. Wer sonst?

»Aber jetzt musst du hier weg«, sagte Janka. »Sofort.«

Irena schüttelte trotzig den Kopf. »Ich habe meine Mutter so viel allein gelassen in den letzten Jahren. Sie war so krank, und ich war für alle da, nur für sie nicht.«

»Irena.« Jankas Stimme war nicht ohne Schärfe. »Du hast keine Wahl. Hier…« Sie zog ein Blatt aus ihrer Tasche und entfaltete es. »Diese Plakate hängen überall in der Stadt.«

»Bekanntmachung«, las Irena laut. »Liste der am 20. Januar 1944 Hingerichteten.« Sie überflog die Namen und entdeckte ihren eigenen: »Irena Sendler. Grund der Hinrichtung: Judenhilfe.« Sie lachte kurz auf, doch Janka griff nach ihrem Handgelenk und drückte fest zu.

»Au!«

»Irena, das ist nicht witzig. Noch glauben die, dass du tot bist. Aber irgendeiner von denen, die dich in den letzten Tagen hier gesehen haben, wird diese Liste lesen und begreifen, dass du flüchtig bist. Dann ist es nur noch eine Frage der Zeit, bis du denunziert wirst, und wenn sie dich hier finden, war alles umsonst. Das kannst du nicht machen. Du trägst Verantwortung, auch uns gegenüber.«

Erneut zog sie etwas aus der Tasche und legte es vor Irena auf den Tisch. Es war eine Kennkarte auf den Namen Klara Dąbrowska, daneben ein Blatt mit eng beschriebenem Text. »Das bist jetzt du«, sagte Janka. »Zusammen mit deiner Legende. Lern diese neue Identität auswendig. Du hast Tausenden geholfen, dasselbe zu machen. Jetzt bist du dran. Wenn die Gestapo erfährt, dass man dir zur Flucht verholfen hat, wird ihnen klar werden, wie wichtig du für Żegota bist, und dann stehst du bei denen ganz oben auf der Liste. Sie werden dich jagen.«

»Ich kann in den obersten Stock zu einer Nachbarin ziehen. Sie hat es mir angeboten.«

»In den obersten Stock hier im Haus? Bist du wahnsinnig?«, rief Janka ungläubig. »Nein, wir bringen dich fürs Erste nach Otwock zu Julian. Du wirst Adam wiedersehen.«

Bei Adams Namen flackerten Irenas Augen kurz auf, doch dann sagte sie fest: »Nein. Ich gehe zu meiner Nachbarin, und das ist mein letztes Wort. Ich muss in der Nähe meiner Mutter bleiben. Du kannst mich nicht zwingen.«

Janka sah sie stumm an. Dann schüttelte sie verärgert den Kopf, doch Irena hatte recht. Sie konnte sie nicht zwingen.

Seit Jankas Besuch waren mehrere Tage vergangen. Nachts schlief Irena bei ihrer Nachbarin, die in der Dachgeschosswohnung lebte, aber tagsüber war sie bei ihrer Mutter. Sie saß an ihrem Bett, half ihr, zu essen und zu trinken, und erzählte – vor allem von früher. Erinnerungen an die Zeit vor dem Krieg, an ihren Vater, Freunde und Verwandte. Ihre Mutter war zu schwach, um viel zu sprechen. Ihr Atem ging schwer und rasselnd. Dennoch zauberten Irenas Geschichten und Erinnerungen immer wieder ein Lächeln auf ihr Gesicht.

Als Irena an einem kalten Abend Ende Januar in die Wohnung ihrer Nachbarin zurückkam, ging sie direkt ins Bad. Ihre Mutter hatte ihr angedeutet, dass sie Appetit auf weißes Brot hatte. Irena konnte sich nicht vorstellen, dass es solches Brot noch irgendwo zu kaufen gab. Zumindest hatte sie schon seit Jahren keines mehr gesehen. Dennoch war sie wild entschlossen, danach zu suchen.

Im Bad öffnete sie das Schränkchen unter dem Waschbecken und nahm ein Tütchen Henna heraus. Janka hatte es ihr gebracht, damit sie sich die Haare färbte, doch bisher hatte sie nicht die Absicht gehabt, es zu benutzen.

Sie warf einen Blick in den Spiegel. Die dunkelblonden Haare waren länger als je zuvor, und ihr Gesicht war schmal geworden. Sie lächelte sich zu, trotzdem blieb ihr das eigene Spiegelbild fremd. Sie dachte an Adam, den Abend im Café Sztuka, die Haarspange, die Ewa ihr geliehen hatte, und den Lippenstift. Ihr Lächeln erlosch. Ewa gab es nicht mehr, genauso wenig wie das Café. Plötzlich sehnte sie sich nach Adam, seiner Wärme, seinen Armen. Bei ihm würde sie sich wiederfinden … irgendwann.

Sich die Haare zu färben war komplizierter, als sie angenommen hatte. Das Waschbecken wieder sauber zu bekommen war eine Aufgabe, und am Ende erschrak sie geradezu über die lange dunkelrote Mähne. Ohne groß nachzudenken, griff sie zu einer Schere und begann zu schneiden. Wenn schon Veränderung, dann richtig.

»Irena? Was in aller Welt…?« Ihre Nachbarin Lara stand in der Türöffnung und machte große Augen. Dann lachte sie. »Endlich kommst du zur Vernunft. Aber so, wie du das machst, geht das nicht. Gib mal her.« Kurz entschlossen nahm sie Irena die Schere ab. Nach einer halben Stunde konzentrierter Arbeit hatte Irena einen Kurzhaarschnitt. Ihre Blicke trafen sich im Spiegel.

»Na, was sagst du?«

Irena sah sich eindringlich an. Schließlich lächelte sie. »Ein neuer Mensch. Eigentlich gar nicht schlecht.«

Zu Irenas Erstaunen empfand sie tatsächlich so etwas wie spontane Leichtigkeit, als sie wenig später mit Lara beim Essen saß. Plötzlich ein dumpfer Knall. Er musste von der Haustür im Erdgeschoss stammen, denn im selben Moment hörten sie laute Stiefelschritte und Männerstimmen im Treppenhaus. Irena konnte die Worte nicht erkennen, aber sie klangen nicht polnisch. Sie sah Lara an, der das Blut aus dem Gesicht gewichen war. Klirrend stellte sie mit zitternder Hand das Glas auf den Tisch.

»Sind die deinetwegen hier?«, fragte sie beinahe atemlos.

»Ich weiß nicht, vielleicht…«

So hilflos hatte sich Irena noch nie gefühlt – und auch nicht so dumm. Wut kam in ihr hoch. Was hatte sie getan? Eine Dachgeschosswohnung als Versteck? Das war lächerlich. Wo sollte sie jetzt hin? Die Deutschen würden jede Wohnung durchsuchen und nicht nur sie finden, sondern auch Lara mitnehmen. Ihre Nachbarin würde sterben … ihretwegen. Laras weit aufgerissene Augen zeigten, dass ihr ähnliche Gedanken durch den Kopf gingen.

»Räum das Geschirr weg«, sagte Irena gepresst. Sie rannte zu dem Schrank, in dem sie ihre neuen Papiere aufbewahrte. Dann schlüpfte sie unter die Bettdecke und streckte sich flach aus, doch sie hatte keine Hoffnung. Natürlich würde man sie finden.

Im Treppenhaus wurde weiter an Türen geklopft. Immer näher kamen die Schritte und Stimmen. Irena hörte, wie Möbel gerückt wurden. Vereinzelt eine klagende Stimme, doch überwiegend ließen die Menschen alles wortlos mit sich geschehen.

Und dann hörte sie ihn tatsächlich, ihren Namen. Die Gestapo hatte herausgefunden, dass ihr Tod nur vorgetäuscht war.

Was, wenn sie meine Mutter mitnehmen? Das wird sie nicht überleben, dachte Irena. Sie erwog, sich zu stellen. Vielleicht konnte sie so wenigstens Lara und ihre Mutter retten. Am Geräuschpegel erkannte sie, dass die Gestapomänner im Stockwerk unter ihnen angekommen waren. Immer wieder hörte sie ihren Namen und die verneinenden Antworten der Nachbarn.

Entschlossen stand Irena auf und zog sich an, doch sie war noch nicht in der Diele angekommen, da schlug die Wohnungstür in der Etage unter ihnen zu. Schritte hallten im Treppenhaus, aber sie entfernten sich. Konnte das sein? Ihr Blick traf Laras. Angestrengt lauschten sie. Tatsächlich, die Männer gingen nach unten. Die Haustür fiel ins Schloss, dann war alles still.

Nach einem Schweigen, das Irena wie eine Ewigkeit vorkam, sagte Lara: »Sie haben meine Wohnung übersehen. Ich kann es nicht fassen. Sie wussten nicht, dass hier oben noch jemand wohnt.«

Lara schluchzte vor Erleichterung auf, und Irena legte die Arme um sie. In dem Moment klopfte es leise an die Tür.

»Ich gehe«, sagte Lara sofort und wischte sich die Tränen ab. Kurz darauf stand Irenas Cousine im Zimmer.

»Gott sei Dank!« Sie umarmten sich. Dann gab sie ihr ein gefaltetes Blatt und sah sie bedeutungsschwer an. »Von deiner Mutter.«

Irena nahm den Zettel und überflog die wenigen, krakelig geschriebenen Worte: *Mein geliebtes Mädchen. Wenn du mich liebst, gehst du jetzt. Komm nicht mehr in die Wohnung. Nicht einmal, um dich zu verabschieden. Es ist zu gefährlich. Es gibt nichts, wofür du dich schuldig fühlen müsstest. Du bist die beste Tochter, die ich mir wünschen konnte. Bring dich in Sicherheit. Nur das schuldest du mir. Deine dich liebende Mama.*

Irena schluckte, doch sie wusste, dass ihre Mutter recht hatte. Sie war schwach gewesen und hatte nicht nur sich selbst, sondern auch andere in Lebensgefahr gebracht. Auf dem Küchentisch lagen ihre neuen Papiere. In der Welt da draußen war sie jetzt Klara Dąbrowska.

Kapitel 43

Klara. Eigentlich auch ein schöner Name«, sagte Adam schmunzelnd.

»Was du immer mit schönen Namen hast …« Irena lachte leise und schlang von der Seite ihre Arme um ihn. Auch Adam umarmte sie fest.

Schon seit einer guten Viertelstunde saßen sie dick eingepackt auf der kleinen Veranda der konspirativen Wohnung in Otwock und betrachteten die wenigen zarten Schneeflocken, die fast zögerlich zu Boden fielen. Es war dunkel im Garten und völlig windstill. Aus den Fenstern hinter ihnen fiel ein warmer Lichtschein auf die verschneiten Holzbohlen. Obwohl es kalt war, froren sie nicht.

Seit einigen Wochen war Irena nun schon bei Adam untergeschlüpft, und sie wusste, dass ihre gemeinsame Zeit zu Ende ging. Es war zu gefährlich, lange an einem Ort zu bleiben, denn Janka hatte recht gehabt. Durch Irenas Flucht war der Gestapo erst klar geworden, was für ein Fisch ihnen durch das Netz geschlüpft war. Seitdem stand Irena ganz oben auf ihrer Fahndungsliste, die überall an Plätzen und Straßenecken hing.

»Keine Sorge«, meinte Adam, und Irena konnte sein Lächeln

nur erahnen. »Irena finde ich noch schöner. Aber wir könnten den Namen aufheben.« Er machte eine kleine Pause. »Für später mal. Du weißt schon, wenn wir irgendwann mal einen Namen brauchen.«

Irena wurde heiß. Hatte Adam tatsächlich das gesagt, was sie glaubte, verstanden zu haben? Hatte er von einer gemeinsamen Tochter gesprochen? Sie drückte ihn fest. Nichts wünschte sie sich mehr.

»Manchmal habe ich Angst, dass es nie passieren wird. Dass dieses Morgen nie kommt.«

»Das darfst du nicht einmal denken«, antwortete Adam leise und sah sie liebevoll an. »Unsere Zukunft liegt nur ein paar Schritte vor uns. Ich kann sie schon fast sehen. So wie die Zukunft von diesen Kleinen da.« Er machte eine Kopfbewegung in Richtung des großen Einmachglases mit den feinen Zigarettenpapierchen. Es war Irenas Lebensliste, die die alten und neuen Namen der geretteten Kinder enthielt.

»Bist du dir sicher, dass wir das Einmachglas vergraben sollen?«, fragte Adam plötzlich. »Das birgt doch auch Risiken.«

Irena nickte. »Ich habe lange darüber nachgedacht, aber ich glaube, es ist das Beste. Ewa und Ala sind tot, Rachela sicherlich auch. Basia wurde hingerichtet. Unser Netzwerk ist in Auflösung begriffen. Das Risiko ist noch viel größer, wenn wir die Namen immer mit uns herumschleppen. Sie dürfen einfach nicht in die falschen Hände geraten. Unter keinen Umständen. Und wenn wir sie nicht selbst wieder ausgraben können, wird sie irgendwann jemand anders finden.« Irena versuchte ihrer Stimme einen festen Klang zu geben.

»Wir werden sie wieder ausgraben, verlass dich drauf«, sagte Adam. »Aber erst mal muss ich es schaffen, in diesen gefrorenen Boden überhaupt ein Loch zu graben.« Er löste seine Arme von Irena, sprang auf und griff zum Spaten. Unter einem alten Apfelbaum schippte er den Schnee weg. »Hier?«

Irena nickte. Adam begann den gefrorenen Boden zu bearbeiten. Schon bald ging sein Atem stoßweise, und auf seiner Stirn glänzte Schweiß. Irena zog ihre Handschuhe aus und griff nach dem Einmachglas. Es war kalt. Sie drückte es an sich und spürte, wie ihre Hände das Glas langsam wärmten.

Ein seltsames Gefühl. Wie viele Schicksale lagen in diesem unscheinbaren Behältnis. Es waren Tausende von Menschenleben, die gelebt werden wollten. Vor ihrem inneren Auge sah sie die kleine Beata in der Werkzeugkiste. Ihre Mutter Hanja war tot, gestorben im selben Lager wie ihre Freundin Ala. Aber Beata lebte. Ebenso wie Sergiusz, der in der Kanalisation vor Angst geweint hatte. In schneller Abfolge sah sie kleinere und größere Gesichter vor sich. Sie kannte alle ihre Namen. Keinen einzigen hatte sie vergessen, obwohl sie die meisten Kinder nur wenige Stunden gesehen hatte.

»Puh! Fertig. Reicht das?«

Irena schreckte auf.

»Nanu, wo habe ich dich denn hergeholt?« Adam lachte.

»Ach, nichts.« Irena stand auf und betrachtete das Loch. Es war tiefer, als sie gedacht hatte. »Gute Arbeit. Vielen Dank, Adam!« Dann bückte sie sich und legte das Einmachglas vorsichtig hinein.

»Alles Gute uns allen«, sagte sie leise. Sie nahm den Spaten und warf die ausgehobene Erde in das Loch.

Kapitel 44

In den darauffolgenden Monaten zog Irena von einer konspirativen Wohnung zur nächsten. Es war beschwerlich und nervenaufreibend, aber sie hatte keine Wahl. Aus ihren Verstecken heraus koordinierte sie weiter die Beschaffung von Papieren und Wohnungen für untergetauchte jüdische Menschen. Voller Erleichterung stellte sie fest, dass die Zahl derjenigen, die bereit waren, mit dem Untergrund zusammenzuarbeiten, ständig wuchs. Die Androhung von Folter und Todesstrafe wog noch immer schwer, aber mit der Wut und Verzweiflung wuchsen auch Mut und Trotz.

Dennoch lag Irena oft noch lange wach, bevor sie abends einschlief. Sie war rastlos, sorgte sich um die, denen sie nur noch aus der Entfernung helfen konnte, und vermisste ihre Mutter und Adam. Ab und zu gelang es Irenas Cousine, ihr eine Nachricht zukommen zu lassen. Das Herz ihrer Mutter war schwach, und Irena wusste, dass die Sorge um sie und ihre Trennung Gift für sie waren.

Dann, im März, ein weiterer Schlag. Julian Grobelny wurde in seinem Versteck in dem kleinen Dorf Cegłów aufgestöbert und verhaftet. Wieder einmal war Żegota in Aufruhr. Als führender Kopf der Organisation verfügte Julian über Wissen, das auf keinen Fall in deutsche Hände gelangen durfte. Doch wie lange würde er der Folter im Gefängnis widerstehen? Sein Körper war durch die Tuberkulose so geschwächt, dass Irena und die anderen das Schlimmste befürchteten. Lösegeld musste her … und ein Plan.

Der kam dieses Mal von Juliusz Majkowski. Irena hatte den Direktor des städtischen Gesundheitsamtes nur selten gesehen, seit er ihr und ihren Freundinnen vor Jahren die Passierscheine für das Ghetto besorgt hatte, doch sie wusste, dass auch er weiterhin für den Widerstand aktiv gewesen war. Majkowskis Idee war so einfach wie genial. Julians Zustand war so schlecht, dass sich für ihn problemlos ein Transport ins Krankenhaus organisieren ließ. Jetzt musste der Fahrer des Wagens, der dafür eine Menge Geld erhalten hatte, nur noch die Bewacher abschütteln. Es war heikel, doch der Plan ging auf. Statt ins Krankenhaus wurde Julian in ein neues Versteck gebracht. Er war wieder frei, und alle im Netzwerk atmeten auf.

Für die meisten war das Problem damit gelöst, doch Irena ließ die Aktion nicht mehr los. Ein Krankentransport! Konnte das auch bei ihrer Mutter funktionieren?

Sie beschloss, es zu wagen und Juliusz Majkowski darauf anzusprechen. Der erklärte sich sofort bereit, sie in ihrem Versteck zu besuchen.

»Der Kaffee schmeckt grauenvoll«, bemerkte er grinsend, als sie sich in der Küche gegenübersaßen.

Irena erwiderte sein Grinsen. »Das liegt wohl daran, dass es kein richtiger Kaffee ist.«

Majkowski lachte. Er war noch genauso freundlich und zu Scherzen aufgelegt, wie Irena ihn in Erinnerung hatte. Wäre er nicht ein ganzes Stück dünner geworden, man hätte glauben können, die letzten Jahre wären spurlos an ihm vorübergegangen.

Irena nutzte die kurze Pause, um die Situation ihrer Mutter zu schildern. »Ich habe sie schon seit Januar nicht mehr gesehen«, schloss sie ihren Bericht. »Und ihr Zustand verschlechtert sich mit jeder Woche, aber ich komme einfach nicht an sie heran. Vor ihrem Haus stehen Deutsche in Zivil, die nur darauf warten, dass ich dort auftauche. Und meine Mutter ist ans Bett gefesselt. Ich habe einfach Angst, dass ich sie nicht mehr lebend wiedersehe. Deshalb die Idee mit dem Krankentransport.«

»Und wie genau stellen Sie sich das vor?«, fragte Majkowski gelassen.

Irena seufzte. »Genau das ist das Problem. Ich bin mir nicht sicher, wie es ablaufen könnte. Vielleicht so wie bei Julian? Der Fahrer müsste mögliche Verfolger abschütteln und meine Mutter in ein Versteck bringen. Der Haken ist nur, wer soll den Wagen fahren? Die Aktion ist tödlich, wenn sie schiefgeht. Und Bezahlung kann ich nicht anbieten. Von meinen Freunden und Bekannten möchte ich niemanden bitten. Deshalb habe ich schon überlegt, ob ich es selbst machen könnte.«

»Ausgerechnet Sie, auf die die Wachen vor dem Haus seit Monaten warten?« Jetzt zog Majkowski doch erstaunt die Augenbrauen hoch. Dann lachte er herzlich. »Glauben Sie etwa, die erkennen Sie nicht wegen der kurzen roten Haare?«

Irena schnitt eine Grimasse. »Sie haben ja recht, aber …«

»Sie könnten allerdings mich fragen.«

»Was?« Irena starrte ihn an. »Sie? Sie würden das machen? Einfach so?«

»Trauen Sie mir den nötigen schneidigen Fahrstil etwa nicht zu?«

»Doch.« Irena wusste nicht, was sie sagen sollte. Dieser Mann, den sie eigentlich nur flüchtig kannte, kam ihr schon zum zweiten Mal zu Hilfe. Und diesmal würde er sein Leben dafür riskieren, dass sie ihre todkranke Mutter wiedersehen konnte.

In den darauffolgenden Tagen planten sie die Aktion so penibel wie möglich. Dennoch fühlte sich Irena am Morgen des verabredeten Tages fiebrig. Besonders schlimm war es, dass sie diesmal zum Zuschauen verurteilt war.

Doch auch Majkowskis Hände schwitzten, als er am festgelegten Morgen vor dem Gesundheitsamt in den Krankenwagen stieg. Viel zu fest umklammerten sie das Lenkrad, und der Wagen machte einen kleinen Sprung, als der Fuß zu schnell von der Kupplung rutschte.

»Verdammt! Sag jetzt bloß nicht, dass du zu alt bist für so ein kleines Abenteuer.« Er lächelte sich selbst im Rückspiegel an. So ging es schon besser.

Rasant nahm er die Kurven, beschleunigte auf jeder Geraden. Häuser und Ruinen flitzten an ihm vorbei, Autos und Droschken drückten sich an den Straßenrand, ein Fußgänger wich erschrocken zurück. »So fühlt sich das also an«, murmelte Majkowski erfreut. Er hatte schon immer mal einen Krankenwagen fahren wollen und genoss diesen Teil der Mission. Erst als er sich der Ludwikistraße näherte, kehrte die Nervosität zurück.

Nachdem er um die letzte Hausecke gebogen war, sah er aus den Augenwinkeln zwei Männer, die zwanzig Meter vor

Irenas Haus an einem Schaufenster rauchten. Das mussten sie sein. Mit quietschenden Reifen kam Majkowski zum Stehen. Ohne sich nach den Männern umzusehen, sprang er aus dem Wagen, lief ins Haus und atmete auf. Hinter der Haustür wartete Irenas Cousine bereits mit der Mutter. Jetzt ging alles ganz schnell. Majkowski hob die schmächtige Frau in den Wagen. Beim Anblick der alten Dame hatten sich die beiden Männer in Bewegung gesetzt. Im Laufschritt kamen sie auf den Krankenwagen zu, doch sie waren zu spät. Mit heulender Sirene fuhr Majkowski in entgegengesetzter Richtung davon. Im Rückspiegel sah er, dass die Männer in einen Wagen stiegen. Er trat aufs Gas, doch kurze Zeit später blockierte eine Pferdekutsche ihm den Weg. Das schwarze Auto der Deutschen kam immer näher, und bis zum vorgesehenen Versteck war es nicht mehr weit. Plan A drohte zu scheitern.

»Dann eben Plan B«, murmelte Majkowski durch die Zähne und umrundete mit waghalsiger Geschwindigkeit einen Bauern auf seinem Pferdekarren. Wenn er die Männer nicht abhängen konnte, würde ihm ein minimaler Vorsprung reichen, um sie im Getümmel der Krankenhaushalle zu verlieren.

Als er kurz darauf vor dem Krankenhaus hielt, waren die quietschenden Reifen nicht gespielt. Der waghalsig überholte Pferdekarren hatte die Deutschen gerade lang genug aufgehalten, um ihm den erhofften Vorsprung zu geben. Ein junger Kollege wartete mit einer Trage am Eingang. Keuchend rannten die beiden mit der alten Dame ins Innere. Zum Glück war die Eingangshalle der Klinik wie immer mit Menschen gefüllt, die lautstark um Hilfe ersuchten oder eine Auskunft wollten.

Majkowski und sein junger Kollege bahnten sich ihren Weg durch mehrere Durchgangszimmer, vorbei an erstaunten Schwestern und Ärzten. Als sie im verabredeten Raum im zweiten Stock ankamen, war Majkowski unter dem weißen Kittel nass geschwitzt. Auch seinem jungen Kollegen fielen die Haare wirr in die Stirn.

Eine füllige Krankenschwester mit grauen Haaren und strengem Gesicht trat auf sie zu und half Irenas Mutter, von der Trage zu steigen. Jetzt kam der schwerste Teil für die erschöpfte alte Dame. Ihr Atem rasselte, ihre Augen waren weit aufgerissen. Die Schwester umfing sie mit ihren kräftigen Armen und führte sie zu einer Feuerleiter.

»Nur ein paar Stufen abwärts. Es ist gleich vorbei.« Die Stimme der Schwester war sanfter, als man es ihr zugetraut hätte. Vorsichtig geleitete sie Irenas Mutter Schritt für Schritt die Stufen hinunter.

Auf der Straße wartete bereits ein zweiter Krankenwagen. Majkowski nickte dem Fahrer von oben zu. Nur noch einen Augenblick, dann hatten sie es geschafft. Er ging zur Tür und spähte in den Gang. Nichts. Offenbar waren die Deutschen in der Eingangshalle noch immer damit beschäftigt, Informationen zum Verbleib der eben eingelieferten Patientin einzuholen. Unten hob der Fahrer des Wagens Irenas Mutter in das Auto, setzte sich hinter das Steuer und fuhr an. Erleichtert nickte Majkowski dem jungen Kollegen und der Krankenschwester zu, die schwer atmend die Treppe heraufgekommen war. Ein schnelles Lächeln huschte über ihr Gesicht.

»Nichts als Scherereien hat man mit euch vom Gesundheitsamt. Das war schon immer so«, sagte sie scheinbar unwirsch, doch in ihren Augen lag der Schalk. Majkowski grinste. Dann zog er sich den Kittel aus und verschwand Richtung Hinterausgang.

Als Irena die Nachricht von der Ankunft ihrer Mutter in der konspirativen Wohnung erreichte, hielt sie nichts mehr in ihrem eigenen Versteck. Noch war der März kühl. Ein weiter Mantel, Mütze und eine falsche Brille machten ihre Verkleidung komplett, als sie unter dem hellblau verwaschenen Himmel mit schnellen Schritten durch die Straßen lief. Die Dame, in deren Wohnung Irenas Mutter untergekommen war, arbeitete selbst beim Gesundheitsamt und war ausgebildete Krankenschwester. Als Irena dort ankam, hatte sie ihre Mutter bereits ins Bett gelegt und flößte ihr etwas Tee ein. Der Atem der alten Dame rasselte heftig, ihre Lippen waren blau.

»Irena, kommen Sie, ich bringe Sie zu ihr.« Die Frau führte sie in ein kleines Zimmer.

»Mama!«

Irena war mit einem Satz beim Bett. Gerne hätte sie ihre Mutter fest an sich gedrückt, doch daran war nicht zu denken.

»Weinst du, weil wir uns wiedersehen oder weil ich so schlimm aussehe?«, fragte ihre Mutter. Die Worte kamen schleppend, doch das Lächeln kannte Irena schon ihr ganzes Leben. Lachend wischte sie sich die Tränen ab, die ihr wie von selbst über die Wangen liefen.

»Beides«, sagte sie schelmisch.

Ihre Mutter lachte, verschluckte sich aber sofort und begann zu husten. Die Krankenschwester steckte ihren Kopf durch die Türöffnung und machte eine beschwichtigende Geste. Irena verstand. Ihre Mutter durfte sich nicht aufregen, egal wodurch.

»Danke, dass du mich aus diesem Gefängnis rausgeholt hast. Danke, dass ich dich noch einmal sehen darf«, sagte Irenas Mutter, als sich der Husten gelegt hatte.

»Noch einmal sehen darf?« Irena nahm ihre Hände. »Jetzt übertreib mal nicht. Wir werden uns von jetzt an jeden Tag sehen.«

»Ist das nicht zu gefährlich für dich? Du solltest in deinem eigenen Versteck bleiben.«

Irena schüttelte den Kopf. »Es ist nicht weit. Mach dir keine Sorgen, hörst du? Das ist sehr wichtig. Jetzt ist alles gut.«

Irenas Mutter nickte, ihre Augen glänzten. Dann begann ihre Lippe zu zittern.

»Mama?«, fragte Irena alarmiert.

»Es ist alles gut«, sagte die. »Nur eine Sorge habe ich noch. Du musst mir etwas versprechen, und ich muss mich auf dich verlassen können. Dann werde ich mir auch keine Sorgen mehr machen, versprochen.«

»Was denn?«, fragte Irena vorsichtig.

»Meine Beerdigung.« Ihre Mutter löste eine Hand und strich Irena über die Wange. »Nein, hör mir zu«, sagte sie, als Irena den Mund öffnete. »Der Tag wird kommen, und zwar schon bald. Und du weißt, dass die Deutschen auf dich lauern. Deshalb darfst du nicht zur Beerdigung kommen. Versprich mir das bei allem, was dir heilig ist. Bei deinem Vater und den vielen Kindern, denen du geholfen hast.«

Irena sah sie einen Augenblick halb bestürzt, halb trotzig an.

»Nein, keine Widerrede.« Ihre Mutter drückte Irenas Hände so fest sie konnte. »Wenn der Herr mich zu sich holt, dann ist das gut so. Aber es darf nicht der Grund sein, warum sie dich festnehmen. Das musst du mir versprechen. Hier und jetzt.« Sie hustete erschöpft. Die Flucht aus ihrer Wohnung und das ungewohnt lange Gespräch kosteten sie Kraft. Ihre Wangen färbten sich rot, die Lippen wurden noch dunkler.

»Ich verspreche es dir«, sagte Irena schnell. »Ich werde nicht kommen, und ich passe auf mich auf.«

Der Hustenanfall versiegte, der Atem beruhigte sich, und Irenas Mutter sank tiefer in das Kissen. Wieder nahm Irena ihre Hände.

Draußen wurde das Nachmittagslicht fahler. Die gelbgrüne Tapete verblasste. Auch das wippende Muster der Äste verschwand, das die Eiche im Hof noch bis vor Kurzem an die Wand geworfen hatte. Die Krankenschwester kam und knipste die Nachttischlampe an, aber Irenas Mutter war eingeschlafen.

Eine Woche später war Irenas Mutter tot. Am selben Tag kündigte sich der bevorstehende April mit den ersten heftigen Regenschauern an, und auch am Tag der Beerdigung schüttete es in Strömen. Obwohl es Irena unendlich schwerfiel, hielt sie ihr Versprechen und blieb der Beerdigung fern. Niemand kam in Warschau unter die Erde, ohne dass die Deutschen davon wussten. Ihrer Mutter jedenfalls konnten sie nichts mehr anhaben, und sie hatten nicht verhindern können, dass Irena von ihr Abschied nahm.

Stundenlang hatte sie in den Tagen vor ihrem Tod am Bett der Mutter gesessen. Im Gegensatz zu ihrem ersten Wiedersehen waren nicht mehr viele Worte nötig gewesen, und sie hatten es einfach nur genossen, beisammen zu sein. Nun riss der Verlust ein weiteres großes Loch, das nur mit Arbeit zu füllen war. In den folgenden Wochen und Monaten stürzte sich Irena in ihre Aktivitäten für Żegota. Ihre Erfahrung, ihr Mut und ihre umsichtige Beharrlichkeit hatten ihr allgemeinen Respekt eingebracht. Immer häufiger war sie es nun, die innerhalb der Organisation die Führung übernahm, Initiativen ergriff und Aktionen auch anderer Gruppen plante.

Schon im Januar 1944 hatte die Sowjetunion den deutschen Belagerungsring um Leningrad aufgebrochen, und die britische Luftwaffe flog erste schwere Angriffe auf Berlin. Im März hatten weitere Bomben die Frankfurter Innenstadt zerstört. Seit wenigen Wochen war auch Rom wieder eine freie Stadt, und mit der Landung der Alliierten in der Normandie hatte der endgültige Kampf um die Befreiung Frankreichs begonnen. Deutschland war angreifbar geworden.

In Warschau glühten die nur notdürftig reparierten Straßen in der Julihitze, und der warme Wind ließ über den Schuttruinen Staubwolken tanzen. Die im Untergrund agierende Heimatarmee sah den Zeitpunkt zur offenen Gegenwehr gekommen. Seit Tagen sprachen Adam und Irena über nichts anderes. Beide waren mittlerweile bei Maria und Henryk Palester untergekommen, die vor Jahren zum Judentum übergetreten waren und es tatsächlich geschafft hatten, unbemerkt und vor aller Augen »unterzutauchen«. Auch eine andere Freundin der Palesters, die jüdische Ärztin Maria Skokowska, lebte versteckt in ihrer Wohnung.

»Heute Abend gehen wir besser früh ins Bett, falls es morgen um fünf Uhr tatsächlich losgeht wie geplant«, meinte Adam nur halb im Scherz, als sie sich nach ihrem kargen Abendessen im Wohnzimmer niederließen. Irena hatte sich neben ihn gesetzt, ihr Kopf lag an seiner Schulter.

Jetzt richtete sie sich auf. »Wieso sollte es morgen früh nicht losgehen?«, fragte sie irritiert. »Der Aufstand unserer Heimatarmee ist seit Wochen geplant.«

Adam lachte. »Um Gottes willen … war doch nur ein

Scherz. Natürlich geht es morgen früh los… endlich!« Sein Blick fiel auf die anderen. Maria Skokowskas Augen leuchteten, doch Henryk und Maria Palester wirkten bedrückt, beinahe nervös.

»Ich dachte ja eigentlich auch, dass es endlich an der Zeit wäre für einen offenen Aufstand in dieser Stadt«, meinte Henryk zögernd, als er Adams fragenden Blick sah. »Aber jetzt, wo es so weit ist, bin ich mir plötzlich nicht mehr sicher.«

»Was? Warum nicht?«, fragte Adam erstaunt. »Die Rote Armee ist doch schon in Polen. Erst vor ein paar Tagen haben sie das KZ bei Lublin befreit. Und eine ihrer Divisionen liegt direkt vor Warschau. Wir waren uns alle einig, dass jetzt der beste Zeitpunkt ist. Oder hast du Angst, dass die Kämpfe uns aus dieser Wohnung vertreiben könnten?«

»Das sicher auch«, antwortete Maria Palester seufzend.

Ihr Mann setzte nach. »Aber nicht nur. Ich habe einfach ein mulmiges Gefühl dabei, dass wir uns wie selbstverständlich darauf verlassen, dass die Sowjetarmee uns bei diesem Aufstand zu Hilfe kommt.«

»Warum sollte sie das nicht tun?«, fragte Maria Skokowska leichthin. »Deutschland ist unser gemeinsamer Feind. Natürlich werden sie uns helfen, wenn sie sehen, dass unsere Heimatarmee morgen losschlägt.«

»Das denke ich auch«, sagte Irena fest. »Und angesichts dieser gemeinsamen Front werden die Deutschen aufgeben. Es bleibt ihnen gar nichts anderes übrig. Allein unsere Untergrundarmee hat fast vierzigtausend Männer. Waffen haben wir auch, dafür hat die Exilregierung gesorgt.«

»Genau«, warf Adam ein. »Und selbst wenn wir nicht so gut ausgerüstet sind wie die Deutschen, machen wir das mit

Mut und Entschlossenheit wieder wett. Genau die dürfte denen nämlich mittlerweile fehlen. Anders als die Deutschen kämpfen wir hier um unser eigenes Land.«

»Adam hat recht«, setzte jetzt auch Maria Skokowska nach. »Unser Land. Unsere Stadt. Und wenn wir mit denen fertig sind, führen wir die deutschen Soldaten in Warschau vor, so wie die Sowjets das vor Kurzem in Moskau gemacht haben. Erinnert ihr euch? Erst vor ein paar Wochen haben sie Zehntausende deutsche Kriegsgefangene durch Moskau laufen lassen. Henryk, glaub mir, das haben die Deutschen hier nicht vergessen. Insgeheim steckt die Angst davor schon in ihnen drin. Tief im Inneren sind sie demoralisiert, da bin ich mir sicher.«

Henryk seufzte und zog dabei unsicher die Schultern hoch. Seine rechte Hand drückte das Knie seiner Frau, die neben ihm saß. »Wahrscheinlich habt ihr recht. Warum sollten die Sowjets uns nicht helfen? Ich hoffe nur, sie tun es schnell, damit der Spuk bald vorbei ist. Oder wenigstens bevor die Deutschen die Gelegenheit haben, Warschau noch mehr zu zerstören. Die letzten Jahre, die Angst, das Versteckspiel, die täglichen Grausamkeiten um uns herum – all das hat mir zu schaffen gemacht. Und der Gedanke daran, jetzt unsere Wohnung in den bevorstehenden Kämpfen zu verlieren, setzt mir zu. Ich bin einfach nicht mehr so jung wie ihr.« Er lächelte seiner weitaus jüngeren Frau verschmitzt zu.

Die kniff ihn spielerisch in die Backe. »Jetzt will er nur wieder Komplimente hören, dass er noch volles Haar hat und eigentlich aussieht wie ein junger Hüpfer.«

Die anderen lachten.

Kapitel 45

Ludwig Fischer, der Gouverneur von Warschau, stand auf seinem Balkon und sah auf die dunkle Stadt vor ihm. Die einzige Lichtquelle waren die zierlichen Jugendstillampen im Salon hinter ihm, die gut zu den hohen Bücherregalen und Ledersofas passten. An der Einrichtung der Wohnung hatte Fischer fast nichts verändert. Die Geldjuden hatten Geschmack gehabt. An den Namen der Familie erinnerte er sich nicht mehr. Die hießen ja letztlich alle gleich. Goldblatt, Goldkranz, Rosenblatt, Rosenkranz … Na ja, zumindest in Deutschland.

Seine Augen konnten im Dunkeln nicht mehr als Konturen ausmachen. Was wohl aus der Familie geworden war? Der Gedanke kam ihm zum ersten Mal. Er tippte auf Treblinka, auch wenn sie eigentlich genug Geld gehabt hatten, um sich schon vorher irgendwohin abzusetzen. Das hatten offenbar viele getan, aber längst nicht alle. Die meisten hatten gehofft, die Sache aussitzen zu können. So wie die Polen in dieser Stadt. Die glaubten ja sogar, demnächst die Oberhand zu gewinnen. Meinten wohl, die Deutschen hätten nichts mitgekriegt von ihren lächerlichen Aufstandsplänen.

Fischer sah auf die Uhr und konnte gerade noch die Zeiger erkennen: kurz nach elf. Im selben Augenblick sah er unten ein

Auto vorfahren. Ein junger Offizier stieg aus und ging eilig auf den Eingang zu.

Kurz darauf erschien der junge Mann im Salon. Fischer, der noch immer auf dem Balkon stand, drehte sich zu ihm um.

»Heil Hitler!«

»Heil Hitler!«

»Wünsche, Meldung zu machen.« Der junge Mann stand stocksteif da.

»Dann machen Sie das doch.« Fischers Stimme war ungeduldig.

»Sehr wohl, Herr Gouverneur. Unsere Informanten bestätigen durchweg, dass keine Planänderungen vorliegen. Der sogenannte Aufstand soll morgen früh um fünf Uhr beginnen.«

Fischer nickte. »Danke, Sie können gehen. Heil Hitler!«

»Heil Hitler!« Mit wenigen Schritten war der junge Mann wieder bei der Tür. Kurz darauf fuhr unten der Wagen an.

Fischer seufzte. Es würde eine kurze Nacht werden, und das galt wahrscheinlich auch für die folgenden. Ärger stieg in ihm auf. Glaubten die Polen tatsächlich, dass sie mit ihren paar Mann und dem bisschen Ausrüstung ihrer feige in London sitzenden Exilregierung die Stadt befreien konnten? Aber natürlich. Sie hofften darauf, dass die Sowjets ihnen zu Hilfe eilen würden. Seite an Seite gegen den gemeinsamen Feind.

Fischer lächelte in die Dunkelheit. Natürlich war die Möglichkeit nicht auszuschließen, aber so, wie er das sah, hatten die Russen ihre ganz eigenen Pläne. Und selbst wenn … Wer glaubte, sie würden hier die Segel streichen und die Stadt aufgeben, hatte sich getäuscht. Auf seinem Schreibtisch lag in ebendiesem Augenblick die Rückmeldung von Heinrich Himmler persönlich, und die war unmissverständlich: Warschau war um jeden Preis zu halten. Zur Not würden sie die gesamte Bevölkerung vernichten und die Stadt dem Erdboden gleichmachen.

Er drehte sich um und setzte sich in den großen Ohrensessel im Salon. Ins Bett zu gehen lohnte sich nicht. Er schloss die Augen.

Kapitel 46

Eine neue Detonation ganz in der Nähe erschütterte Boden und Wände des Kellers. Das Licht ging aus, Putz brach von der Decke. Ein paar Leute husteten, und das Baby der Nachbarin begann zu schreien.

»Können Sie das Kind nicht ruhigstellen?«

»Lassen Sie doch die Frau in Ruhe! Was soll sie denn Ihrer Meinung nach machen?«

Der Mann, der sich beschwert hatte, schüttelte genervt den Kopf.

Irena versuchte die gereizten Wortwechsel auszublenden, die unter denen, die seit Stunden zusammen im Keller kauerten, immer häufiger wurden. Ihr Gesicht lag auf den angezogenen Knien, um die sie die Arme geschlungen hielt. Auf ihrem Rücken spürte sie Adams beinahe mechanisch streichelnde Hand. Sie wusste, dass seine Nerven nach den letzten Tagen genauso blank lagen wie ihre. Seit vor einer Woche der Aufstand der Heimatarmee begonnen hatte, waren sie mehr im Keller des Hauses gewesen als draußen. Sie hatten kaum gegessen und noch weniger geschlafen. Am Vorabend hatte eine Nachbarin eine Panikattacke bekommen. Henryk Palester war es gelungen, die Frau zu beruhigen, doch anschließend hatten ihm in den Armen seiner Frau vor Erschöpfung selbst Kopf und Hände gezittert.

Wieder das Knattern eines Flugzeugs. Es wurde lauter… noch lauter. Ein hoher Pfeifton. Die Detonation ließ den Keller beben. Faustdicke Betonstücke hagelten aus der Decke auf sie nieder. Irena schrie auf, schmeckte Betonstaub im Mund, hustete und spuckte aus.

»Es wird heiß… die Luft, da oben brennt es«, hörte sie Adams Stimme über die Rufe und Schreie der anderen hinweg.

»Komm!« Er riss sie hoch. »Wir müssen hier raus. Das Feuer muss ganz in der Nähe sein.«

Irina nahm Maria Skokowska an der Hand, die von einem Hustenanfall geschüttelt wurde. Gebückt, weiß vor Schutt, die Hände und Arme vor dem Mund, stolperten sie auf den Ausgang des Kellers zu.

Je weiter sie nach oben stiegen, desto heißer wurde es. Auf der Straße vibrierte die Luft. Das in Flammen stehende Nachbargebäude loderte, krachte und ächzte. Ein Stück Wand gab nach und brach herunter. Überall auf der Straße rannten schreiende Menschen. Und wieder näherte sich das Knattern eines Flugzeugs.

»Wir müssen sehen, dass wir hier wegkommen!«, schrie Henryk Palester ihnen zu. »Wir müssen einen neuen Keller finden!«

Sie liefen hinter ihm her. Am Ende der Straße stand ein Wohnhaus, das schon vor Jahren bei einem Bombenangriff beschädigt worden war, doch Innenhof und Keller waren noch intakt. Sie fanden den Weg in die modrig riechenden Räume, in denen bereits ein paar andere Menschen saßen, die sie ausdruckslos anstarrten.

In einem noch leeren Raum glitten sie erschöpft an der Wand nach unten.

»Warum tun die Sowjets nichts?«, stieß Maria Palester zornig hervor. »Wo sind sie? Worauf warten sie?«

Maria Skokowska lachte bitter. »Weißt du, was ich glaube? Die wollen, dass die Deutschen und die Polen sich aneinander aufreiben. Offenbar sind sie nicht an unserer Befreiung interessiert. Die erlauben den Alliierten ja nicht mal, ihre Fluglandeplätze zu benutzen, sonst würden uns wenigstens die Engländer zu Hilfe kommen.«

Maria Palester schnaubte. »Und wir waren so blöd, an die zu glauben.«

Irena sah zu Adam, der mechanisch mit dem Hinterkopf gegen die Wand schlug. »Ein verdammter Anfängerfehler, uns ausgerechnet auf die Sowjets zu verlassen. Und wenn deren Hilfe unsere einzige Hoffnung auf Erfolg war, dann Gute Nacht.«

Irena legte von der Seite die Arme um ihn. »Sch! Noch ist nichts verloren. Wir dürfen nicht so schnell aufgeben.«

Adam lachte bitter, doch er antwortete nicht. Plötzlich wurde es über ihnen still. Das Knattern der Flugzeuge entfernte sich und verschwand ganz. Irena atmete auf. Langsam spürte sie, wie ihre Muskeln sich entspannten, ihr Schweiß trocknete, doch zum Aufstehen hatte sie nicht die Kraft. Den anderen schien es ähnlich zu gehen. Außer ihrem Atmen war nichts zu hören. Irenas Kopf sank an Adams Schulter. Wie von selbst fielen ihr die Augen zu. Sie schlief ein.

In den folgenden Wochen gingen die Kämpfe unvermindert weiter. Die Stadt glich einem Trümmerhaufen. Irena,

Adam, die Palesters und Maria Skokowska zogen sich zum Schlafen in den Keller zurück. Im Hof des Hauses hatten sie unter der Leitung der Ärzte Henrik Palester und Maria Skokowska eine provisorische Krankenstation eingerichtet. Was mit einem einzelnen verletzten Soldaten begonnen hatte, war zu einer Dauereinrichtung geworden. Längst hatte sich ihre Behelfsklinik herumgesprochen, und der Andrang war groß. Nur an Mitteln fehlte es. Ihre Instrumente waren rudimentär, Verbandsmaterial und Medikamente waren nur schwer zu beschaffen.

Doch seit ein paar Tagen hing, zusätzlich zu den ständigen Kämpfen, ein weiteres Damoklesschwert über ihnen: Die Deutschen hatten begonnen, die Menschen aus ihren Häusern zu treiben und zu Fuß aus der Stadt zu bringen. Wieder eine Evakuierung, und niemand wusste genau, wohin die Reise gehen sollte. Irena und ihre Gruppe waren fest entschlossen zu bleiben.

Eines Morgens, Irena half gerade, die Wunde eines Patienten zu säubern, ließ eine energische Stimme sie zusammenfahren. Der Mann sprach Polnisch, doch als Maria und Irena sich umwandten, erstarrten sie. Er trug eine deutsche Wehrmachtsuniform.

»Haben Sie nichts von der Evakuierung gehört?«, fragte der Mann noch einmal, und diesmal meinte Irena einen deutschen Akzent wahrzunehmen.

»Das hier ist eine Krankenstation«, sagte Maria Skokowska mit fester Stimme. Aus dem Inneren des Gebäudes sah Irena Henryk und Maria Palester kommen. Ihr Gesichtsausdruck war nicht zu deuten.

»Wir haben nur eine Trage«, ergänzte Irena sachlich. »Wir

können unsere Patienten nicht transportieren, und wir werden sie nicht hier zurücklassen.«

Der junge Deutsche war zum Hofeingang zurückgelaufen. Fast sah es aus, als wollte er gehen. Irena und Maria sahen sich fragend an. Doch im Hoftor blieb er stehen und spähte in beide Richtungen die Straße hinunter. Dann kam er zurück.

»Hier können Sie nicht bleiben«, sagte er knapp. »Ich bringe Sie woandershin. Heben Sie die Türen da drüben aus den Angeln, die nehmen wir als Tragen. Oder falls es Bretter gibt, egal was. Es ist nicht sehr weit. Machen Sie schnell!«

»Warum wollen Sie uns helfen?«, fragte Maria Palester misstrauisch.

»Meine Mutter ist Polin, mein Vater Deutscher. Ich habe meiner Mutter versprochen, niemanden zu töten und stattdessen zu helfen, wo es geht.«

Einen Augenblick rührte sich niemand, dann ging Henryk zu einer der Türen und hob sie aus den Angeln. Mittlerweile war auch Adam erschienen, der das Gespräch von innen belauscht hatte. Irena wurde nervös, denn sie hatte keine Ahnung, ob sie dem unbekannten Deutschen wirklich trauen konnten. Doch der machte sich schon an einer anderen Tür zu schaffen.

Eine knappe Stunde später standen sie in den Räumen eines fenster- und dachlosen Gebäudes ein paar Straßen weiter.

»Das müsste gehen«, meinte der Soldat. »Hier wurde schon kontrolliert. Wenn doch jemand kommt, sagen Sie ihm, Sie wären auf Anordnung von Major Patz hier.« Damit nickte er ihnen zu und verschwand.

In den darauffolgenden Tagen rechneten Irena und die anderen ständig damit, entdeckt zu werden, doch nichts geschah.

»Hast du was ergattern können?«, erkundigte sich Irena bei Maria Palester, als sie sich nach getrennten Besorgungsgängen in der Nähe ihres neuen Verstecks wiedertrafen. Sie hatten Glück gehabt. In der Nachbarschaft war es in den letzten Stunden ruhig geblieben, sodass sie länger als sonst nach Nahrungsmitteln und Medikamenten hatten suchen können.

»Ein paar Rüben, ein paar Spritzen und eine Decke, aber keine Medikamente. Und du?« Maria strich sich eine dunkle Strähne aus der Stirn und versuchte mit Irena mitzuhalten, die mit großen Schritten in Richtung ihrer Unterkunft lief.

»Kartoffeln. Verschrumpelt, aber noch essbar. Waren im Keller eines verlassenen Hauses. Außerdem ein Glas Marmelade.« Irena wandte Maria ihr triumphierendes Gesicht zu.

»Tatsächlich?« Maria blieb stehen, doch Irena zog sie weiter. »Oh, Irena, ich habe schon seit Jahren keine…«

Ein lauter Knall ertönte, gefolgt von einem gellenden Schrei. Die beiden spähten um die Hausecke und erblickten eine Frau, die sich wie eine Wahnsinnige um sich selber drehte und dabei ihren Arm hielt, an dem die Hand fehlte.

Irena rannte los, packte die fremde Frau und zog sie mit sich. Maria erwartete, jeden Augenblick eine weitere Granate aus irgendeinem Fenster fliegen zu sehen, doch alles blieb ruhig. Als Irena mit der Verletzten bei ihr ankam, riss Maria die Decke aus ihrer Tasche und wickelte sie der schreienden Frau um den Stumpf. Dann brachten sie sie zu ihrer Krankenstation.

»Um Himmels willen!« Maria Skokowska und Henryk Palester stürzten ihnen entgegen und drückten die unter Schock stehende Frau auf eine Trage. Sie war noch immer bei Bewusstsein und starrte sie mit wilden, weit aufgerissenen Augen an.

»Wir müssen sofort operieren«, stieß Maria hervor und sah Henryk an. »Wer macht es, du oder ich?«

Henryk knetete verzweifelt seine Hände. »Ich bin Spezialist für Infektionskrankheiten. Das hier … ich glaube nicht, dass ich das schaffe.«

»Mein Spezialgebiet ist es auch nicht, aber was solls?« Mit grimmigem Gesichtsausdruck griff Maria Skokowska nach einer fast leeren Flasche Desinfektionsmittel. Jetzt sprach niemand mehr. Maria arbeitete konzentriert, geradezu verbissen, während Henryk und Irena assistierten. Maria Palester und Adam lehnten an der schmutzigen Kellerwand und verfolgten jeden ihrer Handgriffe. Niemand hörte die sich nähernden Schritte, bis der Mann schon im Raum stand.

»Was ist hier los? Was zum Teufel macht ihr hier?«, brüllte der Offizier, der selber überrascht schien, auf einmal vor einer Gruppe von Menschen zu stehen. Sein Haar war schütter, seine Brille zerkratzt, die Uniform eingerissen. Erst jetzt kam es ihm offenbar in den Sinn, seine Waffe zu ziehen. Von draußen waren weitere Schritte zu hören. Zwei Soldaten erschienen in der Tür und zogen ebenfalls die Waffen.

Adam reagierte als Erster und griff nach der Rotkreuzfahne, die sie selbst gemalt hatten.

»Red Cross!«, rief er. Seine Stimme überschlug sich fast. »Hospital. We have a patient.« Er zeigte auf den provisorischen Operationstisch. Die Augen der Soldaten flackerten nervös zwischen ihnen hin und her.

Henryk Palester hob die Arme und fügte hinzu: »Wir sind unbewaffnet. Ärzte. Und wir sind auf Anweisung von Major Patz hier.«

Unerwartet schnell war der Mann mit der zerkratzten Brille

bei Henryk und schlug zu. Henryk taumelte zurück, konnte sich aber abfangen.

»Major Patz?«, brüllte der Mann. »Ich bin Major Patz!«

»Ruhe!« Maria Skokowskas Stimme war schneidend.

Alle Köpfe fuhren zu ihr herum.

»Sehen Sie nicht, dass ich operiere? Sie stören. Warten Sie, bis ich hier fertig bin, dann kann ich Ihnen alles erklären.«

Marias ruhiger, aber gebieterischer Tonfall zeigte unerwartete Wirkung. Der Mann, der offenbar Major Patz war, gab den beiden anderen Soldaten mit einer Geste zu verstehen, dass sie gehen konnten. Er selbst steckte die Waffe ein und stellte sich neben Adam und Maria Palester an die Wand. Erst als die Operation beendet war und Maria sich die Hände gewaschen hatte, trat er wieder hervor.

»So, und jetzt mitkommen.«

»Ich könnte doch ...«, bot Henryk an, doch Major Patz unterbrach ihn: »Diese Dame wollte mir etwas erklären, und das wird sie jetzt tun müssen.« Damit führte er Maria Skokowska nach draußen.

Über eine Stunde verging, in der Irena, Adam und die Palesters kaum ein Wort sprachen. Schweigend lauschten sie, jeder für sich, auf den Schuss, der ihnen anzeigen würde, dass Maria tot war. Doch er blieb aus. Stattdessen näherten sich erneut Schritte. Irena war die Erste, die in den Hof stürzte, gefolgt von Adam und den Palesters. Tatsächlich! Es war Maria. Neben ihr gingen vier Soldaten, die große Körbe trugen.

»Was ist passiert?« Irena lief auf sie zu. »Ist alles in Ordnung?«

Marias Augen leuchteten, ihre Wangen waren gerötet. »Ich konnte die Sache aufklären. Und Major Patz schickt uns das hier.« Sie deutete auf die Körbe. »Brot, Verbandsmaterial und Medikamente. Er erinnert uns daran, dass er uns hätte erschießen können, aber unsere Operation unter diesen Umständen hat ihn offenbar beeindruckt. Wir sollen künftig vorsichtiger sein.« Sie wandte sich zu den Soldaten. »Kommen Sie, hier entlang!«

Kapitel 47

Ludwig Fischer saß am fein gearbeiteten Kirschholzsekretär im Salon seiner Wohnung. Draußen war es noch dunkel, und auch in dem großen Raum war es düster. Nur eine kleine Lampe auf dem Sekretär spendete Licht. Die Möbel und Bücher, die außerhalb des hellen Kegels lagen, schienen einer anderen Sphäre anzugehören.

Eine Weile saß Fischer nur da, das in Leder gebundene Buch vor ihm war geschlossen. Schließlich schlug er es auf. Es war mehrere Wochen her, dass er seine letzten persönlichen Eintragungen hinzugefügt hatte. Er griff nach dem Stift, ließ ihn aber wieder sinken und blätterte stattdessen ein paar Seiten zurück. Da, der 4. Oktober. Er schnaubte. Wie schnell sich das Blatt gewendet hatte. Seine Augen überflogen die Zeilen:

4. Oktober 1944
Die sogenannte polnische Heimatarmee hat kapituliert. Man sollte keinen Aufstand anzetteln, wenn man mit Pistolen und selbst gebastelten Handgranaten herumfuchtelt, während der Feind Geschütze, Panzer und Flugzeuge zur Verfügung hat. Ganz wie vorhergesehen, hat die Rote Armee bis zuletzt keinen Finger gerührt, um den

polnischen Rebellen zu helfen. Meinerseits besteht kein Grund zum Feiern. In Anbetracht der polnischen Unterlegenheit sind 63 Kampftage für uns Deutsche eine Schande, über die wir besser nicht zu viel Aufhebens machen sollten. Das Ganze hätte in weniger als einer Woche erledigt sein müssen.
Ab morgen beginnt nun plangemäß die von Himmler persönlich angeordnete Zerstörung der Stadt beziehungsweise dessen, was von ihr noch übrig ist.

Fischers Augen überflogen die folgenden Einträge.

10. Oktober 1944
Seit einigen Tagen durchkämmen unsere Pioniereinheiten nun die Stadt zum Zweck des Niederbrennens und Abreißens der noch intakten Gebäude. Unseren Abrisstruppen stehen Sprengsätze und Flammenwerfer zur Verfügung. Gebäude von historischem oder öffentlichem Interesse haben Priorität. Wie mir mitgeteilt wurde, gibt es zwei unterschiedliche Pläne, was mit der Stadt nach dem sicheren deutschen Sieg geschehen soll. Der eine sieht vor, aus Warschau ein militärisches Zwischenlager zu machen. Der andere empfiehlt, die Stadt dem Erdboden gleichzumachen und an ihrer Stelle einen See anzulegen. Auch keine schlechte Idee.
Bisher 16 Gebäude gesprengt. Über 20 weitere in Brand gesetzt. Große Verluste unter der Zivilbevölkerung.

29. Oktober 1944
Bislang über 100 Gebäude gesprengt und niedergebrannt, darunter auch die Nationalbibliothek samt Büchern. Weiterhin große Verluste unter der Zivilbevölkerung.

27. Dezember 1944
Heute das Sächsische Palais zerstört. Große Verluste unter der Zivilbevölkerung. Die Zerstörung des Łazienki-Palastes wurde von einem Kamerateam zu Dokumentationszwecken mitgefilmt.

10. Januar 1945
Mittlerweile dürften etwa 85 % der Warschauer Bausubstanz vernichtet sein. Das schließt die Zerstörung im Zuge der Eroberung von 1939, die Niederschlagung des Warschauer Ghettos und die Zerstörung während des Warschauer Aufstands mit ein. Geschätzte Verluste unter der Zivilbevölkerung zwischen 150 000 und 225 000.

Fischer lehnte sich kurz zurück. Seine rechte Hand lag auf dem letzten Eintrag. Die darauffolgenden Seiten waren leer. Fischers Blick wanderte zu der aus dem Düsteren hervorleuchtenden roten Sitzgruppe. So viel hatten sie erreicht… und so schnell hatte sich das Blatt in nur wenigen Tagen gewendet. Es war Zeit für ein paar letzte Notizen, der Ordnung halber. Er beugte sich wieder nach vorn und griff nach dem Stift.

Mehrere Minuten schrieb er konzentriert. Er berichtete davon, wie die deutschen Verteidigungslinien von den Russen durchbrochen worden waren, bis die Sowjets die Weichsel bei

Warschau überquert hatten. Kein Datum, keine Truppenbewegung, die er nicht auf die Minute nachvollziehen konnte.

Schließlich war er am heutigen Tag angekommen:

17. Januar 1945, 5 Uhr
Vor wenigen Stunden hat die erste polnische Armee unter sowjetischem Kommando die Weichsel überquert und ist am Morgen in die Stadt einmarschiert.

Er wurde von schnellen Schritten vor der Wohnungstür mitten im Gedanken unterbrochen. Ein heftiges Klopfen. Kurz darauf trat sein persönlicher Adjutant ein.

»Heil Hitler, Herr Gouverneur!«

»Heil Hitler!«

»Mit Verlaub«, sagte der junge Mann. »Ihr Wagen steht bereit.«

»Eine Minute noch …«

»Herr Gouverneur, wir haben keine Zeit zu verlieren. Die … Sowjets können jederzeit hier sein. Es wäre ratsam, die Stadt augenblicklich zu …«

»Eine Minute noch, habe ich gesagt!«, schrie Fischer ihn an. Sein Gesicht war wutverzerrt.

Der junge Mann zuckte zusammen. »Wie Sie wünschen, Herr Gouverneur.«

Fischer drehte sich um und schrieb weiter:

Wozu war die Niederschlagung des Warschauer Aufstands nütze? Wozu die ordnungsgemäße Zerstörung der Stadt, wenn wir jetzt alles Erreichte feige aufgeben müssen? Von den westlichen Truppenverbänden kommt keine Hilfe. Sie

verweisen darauf, dass sie an den Westfronten gegen die Alliierten benötigt werden und unabkömmlich sind. Wir wurden geopfert!
Meine Frau und Tochter haben die Stadt bereits in den letzten Tagen verlassen. Heute folge ich nach.

Er klappte das Buch zu, steckte es in den kleinen Handkoffer, der neben dem Sekretär stand, und erhob sich. Sein Adjutant reichte ihm den Mantel und ging ihm voran.

An der Salontür blieb Fischer noch einmal stehen und sah zurück. Er hatte die Lampe nicht gelöscht, aber das spielte jetzt auch keine Rolle mehr. Was die Russen wohl mit der Einrichtung machen würden? Sein Blick wanderte über die Perserteppiche, Möbel, das hohe Bücherregal mit den Ledereinbänden. Plündern wahrscheinlich – wie die Barbaren, die sie waren. Schade eigentlich, dachte er, drehte sich um und folgte seinem Adjutanten zum Wagen.

Kapitel 48

In den letzten verzweifelten Wochen des zum Scheitern verurteilten Aufstands hatten auch Irena und ihre Freunde die Stadt verlassen müssen und in einer ehemaligen Fabrik außerhalb Warschaus Schutz gefunden.

Als am 17. Januar bekannt wurde, dass die Sowjets die Stadt »befreit« hatten und Gouverneur Ludwig Fischer das Weite gesucht hatte, war endlich eine Rückkehr möglich. Trotzdem kam kaum Freude auf. Warschau war praktisch unbewohnbar.

Notdürftig richteten sich Irena und Adam in den eiskalten Wintermonaten des Jahres 1945 in einem Verschlag ein und machten sich auf die Suche nach jüdischen Mitbürgern. Jahrelang hatten sie in der Hoffnung gelebt, dass es vielen von ihnen gelungen war, sich außerhalb des Ghettos zu verstecken. Jetzt, wo das Versteckspiel nicht mehr notwendig war, konnten sie sich endlich zeigen. Doch ihre Hoffnung wurde enttäuscht. Erst später würden sie die Zahlen lesen, die mit dem Verstand kaum zu greifen waren. Neunzig Prozent der jüdischen Bevölkerung Polens hatten die vergangenen Jahre nicht überlebt.

Trotzdem gaben Irena und Adam nicht auf. Auf ihren Streifzügen durch die zerstörte Stadt, auf der Suche nach Nahrung und jeder Art von Heizmaterial hielten sie Ausschau nach Überlebenden und Rückkehrern.

So auch an einem grauen Abend Ende März. Wenige Stunden zuvor hatte es geregnet. Der Schutt, über den Irena kletterte, war nass.

»Autsch!« Sie rutschte auf dem schmierigen Ascheschlick aus und fiel auf ihr Hinterteil. Jetzt war ihre ohnehin schon schmutzige Hose ganz ruiniert. Sie putzte sich ab, so gut es ging, und setzte den fast leeren Rucksack wieder gerade. Da fiel ihr Blick auf einen weißen Punkt. Neugierig ging sie näher.

Wie schnell aus uns Menschen wieder Jäger und Sammler werden, dachte sie noch, dann breitete sich ein Lächeln über ihrem Gesicht aus. Der kleine weiße Punkt in dieser Stadt, die nur noch aus Variationen von Grau, Braun und Schwarz zu bestehen schien, war ein Schneeglöckchen.

»Was machst du denn hier? Glaubst du, das ist ein sicherer Ort für dich?« Irena berührte den weißen Kelch mit den Fingerspitzen. Sie widerstand der Versuchung, das Blümchen mitsamt seiner Wurzeln mitzunehmen und es vor dem Verschlag einzugraben, in dem Adam und sie nun lebten.

»Es sind schon viel zu viele verpflanzt worden in diesem Krieg«, sagte sie leise. »Eigentlich alle. Du bist hier gewachsen, also sollst du hier bleiben. Pass einfach auf dich auf.« Sie erhob sich. Plötzlich fühlte sie sich leicht. Wie wenig es brauchte, um einem das Herz zu wärmen.

Als Irena sich kurz darauf dem Verschlag näherte, in dem Adam und sie untergekommen waren, hörte sie aus dem Inneren eine aufgeregte Frauenstimme. Intuitiv blieb sie stehen und lauschte, die Stimme war ihr vage bekannt, doch sie kam nicht mehr darauf, wem sie gehörte. Sie ging auf die wackelige Brettertür zu, klopfte kurz und öffnete.

Eine dünne, hochgewachsene Frau mit hageren Zügen und unbändiger schwarzer Löwenmähne fuhr herum und sprang im selben Moment auf sie zu.

»Frau Sendler!« Irena wusste nicht, wie ihr geschah, und hätte beinahe das Gleichgewicht verloren, als die Frau sie heftig umarmte. Über ihre Schulter hinweg konnte sie Adam lachen sehen.

Die Frau gab sie frei. »Sie werden sich nicht mehr an mich erinnern. Ich bin Frau Bialeki. Sie haben mich und meinen Sohn aus dem Ghetto geschleust. Während des Ghetto-Aufstands.« Sie sah Irena aufgeregt an.

»Der kleine Ismael?«

»Ja, richtig, mein kleiner Ismael. Sie wollten mir damals aus Sicherheitsgründen nicht sagen, wo er hingebracht wurde. Seit zwei Monaten suche ich Sie, Frau Sendler. Ich habe jeden Stein umgedreht, und jetzt habe ich Sie gefunden. Ich bin so glücklich. Wo ist Ismael, wie geht es ihm?«

Irena spürte eine heiße Freude in sich aufsteigen. »Ismael ist in einem Kinderheim in Otwock. Soweit ich weiß, geht es allen Kindern dort gut.«

Frau Bialeki presste sich die Hände auf den Mund, aus ihren Augen strömten Freudentränen. »Ich muss dahin. Jetzt sofort.«

Adam war zu ihr getreten und fasste Frau Bialeki leicht am Arm. »Es ist schon dunkel. Sich jetzt auf den Weg zu machen ist unmöglich. Aber Sie können heute Nacht hierbleiben, und morgen begleiten wir Sie.« Er warf einen fragenden Seitenblick auf Irena.

Die nickte. »Genauso machen wir es. Und morgen finden wir ganz bestimmt einen Weg nach Otwock.«

Und sie fanden ihn tatsächlich. Die Tramgleise waren zerstört, und den ersten Teil der Strecke aus der Stadt legten sie mit einem Bauern und seinem Pferdekarren zurück. Endlich, auf dem letzten Stück, funktionierten die Bahngleise, und so kamen sie am Spätnachmittag in Otwock an. Irena hatte nicht die Möglichkeit gehabt, ihr Kommen anzukündigen. Als sie, Adam und Frau Bialeki verschwitzt und verstaubt die Stufen zur Eingangstür hochstiegen, hatte Irena das Gefühl, eine Weltreise gemacht zu haben. Frau Bialeki dagegen stieß energisch die Tür auf.

Aus dem Inneren des weitläufigen Gebäudes schlug ihnen kühle Luft entgegen. Die schwere Tür fiel behäbig hinter ihnen ins Schloss. Es war völlig still. Frau Bialeki warf Irena einen alarmierten Blick zu. »Hier ist niemand!«

Irena schüttelte lächelnd den Kopf und wandte sich nach links. In dem Moment hörten sie eine einzelne Kinderstimme, gefolgt von der einer erwachsenen Frau. Irena und die anderen gingen den Stimmen nach. In einem Raum saß eine ältere Schwester und beaufsichtigte einige Kinder, die etwas in ihre Hefte schrieben. Auf Irenas Frage erhielten sie die Auskunft, dass die meisten Kinder gerade im Garten spielten. Gefolgt von Adam und Frau Bialeki ging Irena mehrere weiß getünchte Gänge entlang, die zu einer großen Flügeltür führten.

Davor lag eine Steinterrasse, von der aus man über ein paar Stufen in den Garten gelangte. Die hohen Bäume waren noch kahl, nur hier und da hing schon ein grüner Schimmer über ihrem Astwerk. Das grüngelbe Gras lag schlaff und zertrampelt vor ihnen. Trotzdem atmete Irena auf. Es war lange her, dass sie einen Garten gesehen hatte, und in diesem hier spielten Kinder. Es war so schön und normal, wie es nur sein konnte.

Irena lief die Stufen hinab und steuerte auf eine kleine Gruppe Kinder zu, die in der Mitte der Wiese standen und sich hoch konzentriert nach allen Seiten umsahen. Ein einzelnes größeres Mädchen suchte die Umgebung ab. Frau Bialeki stürzte an Irena vorbei auf die Kinder zu.

»Ismael Bialeki. Ist er hier?«, stieß sie beinahe atemlos hervor.

Die Kinder sahen sie misstrauisch an.

»Hier gibt's keinen Ismael«, sagte ein etwa acht Jahre alter Junge mit roten Haaren.

Jetzt hatte Irena sie eingeholt. »Sie meint Jan Wabel. Ist Jan bei euch?«

Die Mienen der Kinder hellten sich auf. »Jan ist noch nicht gefunden worden. Aber ich weiß schon, wo er ist«, strahlte eine Fünfjährige.

»Ich bin seine Mama.« Frau Bialeki konnte kaum mehr an sich halten.

»Wirklich?«, fragte das kleine Mädchen staunend.

»Ja, wirklich.« In Frau Bialekis Augen standen Tränen.

Das Mädchen drehte sich um und rief mit hoher Stimme: »Jan, komm raus, deine Mama ist da …«

Alle warteten gebannt, doch nichts geschah, nur das suchende Mädchen drehte sich überrascht zu ihnen um.

»War ja klar, dass der das nicht glaubt«, sagte ein etwa dreizehnjähriger Junge naseweis. »Würde ich auch nicht. Der denkt, wir wollen ihn nur rauslocken… Jan!«, rief er noch einmal laut. »Deine Mama ist wirklich da!«

Diesmal kam eine Antwort. »Stimmt nicht! Hört auf. Ihr seid gemein!«

Sofort drehte sich das suchende Mädchen in Richtung der Stimme. »Jetzt hab ich dich!« Sie lief auf einen kleinen Schuppen zu, hinter dem ein zerzauster Junge hervorsprang. Wie ein Reh rannte er im Zickzack auf die Gruppe zu. Das Mädchen nahm die Verfolgung auf. Kreischend vor Angst und Vergnügen kam Jan näher – und dann sah er sie. Etwa zehn Meter vor seiner Mutter kam er abrupt zum Stehen. Seine Augen wurden größer, sein Mund öffnete sich. »Mama«, sagte er leise. »Mama.«

»Hab dich!« Das Mädchen hatte ihn eingeholt und klatschte ihm auf die Schulter, ohne zu merken, was sich abspielte. »Du bist gefangen.«

Jan schenkte ihr keine Beachtung, sondern stürzte in die ausgebreiteten Arme seiner Mutter. Sein kleiner Brustkorb hob und senkte sich unter lautem Schluchzen. Auch seine Mutter weinte. Die Kinder wandten sich ab und begannen untereinander zu tuscheln. Einige wirkten traurig, andere waren aufgeregt.

Irena fasste nach Adams Hand. Einen Augenblick genossen sie noch das Schauspiel, dann zog sie ihn mit sich fort.

»Komm, wir haben noch was vor, erinnerst du dich?«

Adam nickte, ohne sie anzusehen, und Irena merkte, dass er schluckte. Das Wiedersehen von Mutter und Sohn hatte auch ihn nicht kaltgelassen.

Immer noch Hand in Hand wanderten sie die Hauptstraße von Otwock entlang, dann durch kleinere Straßen auf ein

Haus am Stadtrand zu. Einige der Häuser hatten die letzten Jahre unbeschadet überstanden, andere waren verlassen und verkommen. Fast alle Gärten waren verwahrlost, aber hier und da sah man auch Männer und Frauen, die eine Zauntür reparierten, Dachziegel austauschten oder Laub rechten. Es wirkte noch zaghaft, als hätte der Gedanke, etwas zu reparieren, dem Morgen und damit der Zukunft zu vertrauen, etwas Anrüchiges.

Als Adam und Irena vor ihrem ehemaligen Versteck standen, blieben sie stehen. Der Gartenzaun vor dem Haus war eingefallen, die Tür hatte jemand gestohlen. Zwei Fensterläden waren kaputt, die Scheiben gebrochen. Ein zerrissener Vorhang wiegte sich in der leichten Abendbrise.

Die Zimmer waren so gut wie leer. Was halbwegs von Nutzen war, hatten andere fortgebracht. Die Holzdielen waren von Feuchtigkeit aufgequollen, ein zerbrochener Stuhl lag auf dem Boden, die Wände waren schimmelig. Als sie auf die Hintertür zuliefen, flitzte eine Maus von einer Ecke in die andere. Irena zog die knarzende Hintertür auf und trat hinaus. Ähnlich wie der Garten des Kinderheims war auch dieser verwildert und verwahrlost. Doch der alte, knorrige Apfelbaum stand unversehrt an seinem Ende. Seine noch geschlossenen dunklen Knospen glänzten feucht in der Dämmerung.

»Hier, der ist auch noch da«, sagte Adam hinter ihr. Er hielt den Spaten in der Hand, mit dem er ein Jahr zuvor das Glas mit den Namenslisten vergraben hatte. »Ziemlich rostig, aber er tut's noch.« Grinsend ging er auf den Baum zu.

Während sich das letzte Licht im Westen zurückzog und die Luft kühler wurde, grub er, eine Schaufel nach der anderen, ohne aufzusehen. Nach einiger Zeit stieß die Spatenspitze an etwas Hartes.

»Vorsicht!« Irena trat hinzu und bückte sich. Mit den Händen schob sie die lehmige Erde beiseite, bis sie das Glas in der Hand hielt. Kaum zu glauben, es war keine Feuchtigkeit eingedrungen! Sie drückte das Glas an sich. Über zweitausend Leben auf so kleinem Raum. Beinahe hatte sie das Gefühl, dass das Glas gegen ihre Brust vibrierte, aber natürlich wusste sie, dass das Einbildung war.

»Was wirst du jetzt mit den Listen machen?«, fragte Adam.

Irena lächelte. »Ich werde sie jemandem übergeben, bei dem sie gut aufgehoben sind und der die Möglichkeit hat, all diese versprengten Kleinen mit möglicherweise noch lebenden Familienangehörigen zusammenzubringen.« Sie klopfte leicht auf den Deckel. »Aber zuerst möchte ich selbst noch ein paar Kinder aufsuchen und sehen, wie es ihnen geht.«

Kapitel 49

Und das hatte Irena getan. Inzwischen war es Anfang Mai. Sonne und Wärme ließen die Zerstörungen in milderem Licht erscheinen. An allen Ecken und Enden schaufelten die Menschen Schutt mit einfachen Spaten oder sogar mit bloßen Händen. Vereinzelt sah man wieder Bauern, die Kartoffeln, Eier und Hühner in die Stadt brachten.

Mehrere ihrer Kinder hatte Irena in den letzten Wochen gesucht und gefunden. Am einfachsten war es bei denen, die in einem Waisenhaus oder in Konventen in der Umgebung von Warschau untergekommen waren, schwieriger bei den Pflegefamilien, die in den Wirren der letzten Monate ihre Häuser und Wohnungen verlassen hatten und nicht immer an denselben Ort zurückgekehrt waren.

Es war, als hätte eine riesige Hand die Stadt in einen Sack gepackt, gewaltsam durchgeschüttelt und dann achtlos wieder fallen lassen. Mauern, Dächer, Möbel, Menschen. Nichts und niemand war mehr, wo er hingehörte. Alles war provisorisch, selbst das neue Sozialamt, das seine Arbeit inmitten des Chaos und Elends erneut aufgenommen hatte.

Am 8. Mai verließ Irena ihr Büro, das diesen Namen kaum verdiente, ein wenig früher. Sie wollte einem neuen Hinweis nachgehen. Eine Kollegin hatte ihr einen Tipp gegeben, wo sie Stanisława Bussold mit der kleinen Beata finden konnte.

Die Einschusslöcher des Gebäudes, in dem nur noch das Erdgeschoss bewohnbar war, leuchteten in der Nachmittagssonne wie hässliche kleine Pickel. Irena trat in den Hauseingang, dessen Tür zerbrochen an der Wand lehnte, und klopfte an der Wohnung. Sofort hörte sie im Inneren die trippelnden Schritte eines Kindes. »Nicht so schnell«, rief eine Frau. Ein Lächeln schlich sich auf Irenas Gesicht. Endlich! Sie hatte es geschafft!

Die Tür wurde geöffnet. Einen Augenblick starrte Irena die fremde Frau verwundert an, an deren Bein sich ein kleines Mädchen im Alter von Beata schmiegte. Es hatte den Arm um den Schenkel seiner Mutter geschlungen. Den Daumen der anderen Hand hatte es im Mund.

»Ja bitte?«, fragte die Frau freundlich.

Irena hatte sich von der ersten Überraschung erholt. »Guten Tag, ich heiße Irena Sendler und komme vom Sozialamt. Ich suche die Hebamme Stanisława Bussold und ihre kleine Tochter Beata.«

»Das tut mir leid. Hier wohnen nur noch Lena und ich.« Sie strich ihrer Tochter übers Haar.

»Na, gut, vielen Dank! Auf Wiedersehen!« Irena lächelte der Kleinen kurz zu und wollte sich umdrehen, da sagte die Frau: »Frau Sendler, nicht so schnell. Ich hatte ›nur noch‹ gesagt. Stanisława ist eine Bekannte von mir. Sie und Beata haben bis vor Kurzem tatsächlich bei mir gewohnt, aber jetzt haben sie etwas Eigenes gefunden.«

»Ach!«

»Warum wollen Sie Stanisława denn sprechen?«, erkundigte sich die junge Mutter, jetzt mit einem Hauch von Misstrauen. »Geht es um Beata?«

»Ja.« Irena lächelte herzlich. »Es geht um Beata. Ich habe Frau Bussold die Kleine damals vermittelt und wollte sie einfach nur wiedersehen. Schauen, wie groß sie geworden ist.«

Die Frau lachte erleichtert. »Ja, drei Jahre ist sie inzwischen und ein richtiger Irrwisch. Die beiden Mädchen haben uns alles auf den Kopf gestellt in dem einzigen Raum, den wir hier haben. Wollen Sie nicht kurz reinkommen? Dann gebe ich Ihnen auch Stanisławas neue Adresse.«

Auf dem Rückweg fühlte sich Irena ganz beschwingt. Beata ging es gut, und sie würde die Kleine bald wiedersehen. Adam würde sich mit ihr freuen. Sie konnte es gar nicht erwarten, ihm die Neuigkeiten zu erzählen.

Als sie den großen Platz nicht weit von ihrer Unterkunft betrat, blieb Irena stehen. Hunderte von Menschen hatten sich in seiner Mitte versammelt. Jubelrufe waren zu hören, Hüte wurden in die Luft geworfen. Viele lagen sich in den Armen. Irena konnte wegen der vielen Rufe die Nachricht nicht verstehen, die über einen Lautsprecher verkündet wurde. Doch gerade als sie näher treten wollte, hielt sie eine Frauenstimme in ihrem Rücken zurück, die ihr bekannt vorkam. »Deutschland hat kapituliert. Der Krieg ist aus.«

Irena fuhr herum und starrte die Frau mit offenem Mund an. »Rachela? Das kann doch nicht wahr sein! Bist du das? Du lebst!«

Auf Rachelas Gesicht erschien ein schnelles Lächeln, und für den Bruchteil einer Sekunde sah Irena ihre alte Freundin vor sich, als wäre seit ihrer letzten Begegnung nicht eine

Stunde vergangen. Doch schon war Rachela wieder ernst, und Irena nahm eine ungewohnte Entschlossenheit, ja, beinahe Härte in ihrem schmalen Gesicht wahr. Sie sah an ihr hinab. Rachela trug Armeehosen und eine passende Jacke. Sie stand sehr aufrecht und wirkte muskulöser, ihre Augen leuchteten anders als sonst.

»Deutschland hat kapituliert? Der Krieg ist vorbei?« Jetzt erst nahmen auch Rachelas Worte in ihrem Kopf Gestalt an. »Oh, Rachela!« Sie stürzte auf ihre Freundin zu und nahm sie fest in den Arm. Rachela erwiderte ihre Umarmung.

»Wie lange haben wir darauf gewartet. Ich kann es nicht fassen. Jetzt können wir wieder nach vorne schauen!«, rief Irena. »Wir leben, und viele unserer geretteten Kinder können zu Familienangehörigen zurück. Du wirst sehen, dass …«

Rachelas Gesicht verschloss sich.

Beschämt brach Irena ab. »Oh, Rachela, entschuldige! Hier rede ich von mir und von den Kindern, und dir habe ich noch keine einzige Frage gestellt. Wo warst du die ganzen letzten Jahre? Ich habe auch von deiner Familie gehört, es tut mir so leid!«

Vor Irenas innerem Auge stand der Morgen, an dem sie sich zum letzten Mal gesehen hatten. Während Rachela aufgepasst hatte, als Irena mit dem kleinen Sergiusz in die Kanalisation gestiegen war, hatten die Deutschen Rachelas Familie deportiert. Bedrückt sah Irena ihre Freundin an, doch die lächelte.

»Du musst dich nicht entschuldigen, Irena. Du … nie!« Sie machte eine kleine Pause, dann sagte sie: »Ich habe die letzten Jahre bei den Partisanen in den Wäldern gelebt und mit ihnen gekämpft. Dabei habe ich auch Stanisław kennengelernt. Er ist ein polnischer Soldat. Wir haben geheiratet.«

Irena drückte ihre Hände. »Das freut mich so, auch wenn es schwer sein muss für dich.«

Rachela legte ihr den Zeigefinger auf die Lippen. »Irena, die Rachela, die du einmal kanntest, gibt es nicht mehr. Sie ist zusammen mit ihrer Familie und ihrer Vergangenheit ausgelöscht worden. Weg, hörst du? Mein neuer Mann weiß nichts von meinem früheren Leben. Er kennt nicht einmal meinen richtigen Namen, und das ist gut so. Ich bin jetzt Karolina, nur noch Karolina.«

Irena nickte. Das also war die Veränderung, die sie sofort an ihrer Freundin wahrgenommen hatte. Die neue Festigkeit, der neue Ernst. Noch einmal umarmten sie sich wortlos, dann drehte Rachela sich um. Einige Sekunden sah Irena ihr noch nach, aber schließlich wandte auch sie sich zum Gehen. Da hörte sie noch einmal Rachelas Stimme.

»Irena, wirst du dich manchmal an Rachela Rosenthal erinnern?«

Irena machte kehrt, sah ihre Freundin an und legte die Hand aufs Herz. »Sie wird immer tief hier drinnen sein.«

Wieder das kurze Lächeln. Dann drehte Rachela sich endgültig um und entfernte sich schnellen Schritts.

»Irena!«

Adam kam von hinten auf sie zugerannt, auf dem Gesicht ein glückliches Lachen.

»Hast du schon gehört? Der Krieg ist aus!«

Seine Stimme überschlug sich beinahe. Als er sie erreicht hatte, fielen sie sich in die Arme.

»Er ist wirklich aus. Ich kann es kaum fassen«, flüsterte er.

»Ja«, flüsterte Irena zurück. »Und wir beide sind tatsächlich noch da, wie ich es dir immer versprochen habe. Bald wird hoffentlich auch Mietek zurückkehren, und dann fängt für uns alle ein neues Leben an.«

Adam löste sich von ihr und lächelte schief. »Ich gestehe, es gab Zeiten, da habe ich daran gezweifelt.« Glücklich sah er Irena in die Augen. Dann deutete er mit einer Kopfbewegung in die Richtung hinter ihr. »Wer war das gerade?«

»Oh …« Irena schüttelte leicht den Kopf, doch sie lächelte dabei. »Das war jemand, den ich früher einmal sehr gut kannte.«

Nachwort

Dieser Roman war für mich in vielerlei Hinsicht eine Herausforderung. Wie taucht man ein in das dunkelste Kapitel der deutschen Geschichte? Und wie wird man den Menschen gerecht, die in diese Zeit hineingeboren wurden und die, ob sie es wollten oder nicht, Stellung beziehen mussten? Was in den Jahren des Zweiten Weltkriegs geschah, ließ niemandem die Freiheit, als unbeteiligter Zuschauer »am Rand« zu stehen. Viele wurden – aus den unterschiedlichsten Gründen – zu Tätern, andere zu Rettern und Rebellen. Die große Masse versuchte zu überleben, indem sie »mitlief« – und auch das war eine Entscheidung mit weitreichenden Folgen für sie und andere.

Hätten der fast übermenschliche Mut und die moralische Größe der Retter in diesem Buch keine solche positive Strahlkraft gehabt, ich wäre beim Eintauchen in die menschlichen Abgründe der damaligen Zeit verzweifelt.

Was diese Menschen unter Einsatz ihres eigenen Lebens leisten konnten, haben Irena Sendler und ihr Zirkel eindrucksvoll unter Beweis gestellt. Über zweitausendfünfhundert Menschen überlebten nur, weil es eine Handvoll anderer gab, die den Terror nicht hinnahmen und stattdessen um jedes einzelne Leben kämpften. Über zweitausendfünfhundert, die erwachsen und alt werden durften, die Berufe ergriffen, heirateten, eigene Kinder bekamen.

Wer Irena Sendlers Geschichte und die der anderen Helfer liest, kommt nicht umhin, sich zu fragen, wie er selber damals gehandelt hätte. Eine Frage, die sich rückwirkend nicht mehr beantworten lässt. Und dennoch können wir auch etwas für unser Leben aus Irenas Geschichte mitnehmen, denn jede Zeit hat ihre eigenen Konflikte, ihre eigenen Verfolgten und Benachteiligten. Wer sind wir heute? Was nehmen wir einfach so hin, und wo könnten wir mehr tun? Das sind die Fragen, die sich für mich aus der Beschäftigung mit dieser Zeit und den Protagonisten dieses Buches ergeben haben.

Nein, Irena Sendler, Irka Schultz, Ala Gołąb-Grynberg und die anderen waren eben nicht »übermenschlich«. Es waren ganz normale Menschen, die sich einfach nur entschieden hatten, im Angesicht der Unmenschlichkeit menschlich zu bleiben. Diejenigen von ihnen, die den Krieg überlebten, lebten danach »ganz normal« weiter. Viele aber starben in den letzten Kriegsjahren. Ala Gołąb-Grynberg während des Aufstands ihres Arbeitslagers in Poniatowa, Julian Grobelny erlag am 5. Dezember 1944 seiner Krankheit.

Nach dem Krieg wurde Irena Sendler von ihrem Mann und Jugendfreund geschieden und heiratete Adam Celnikier. Die beiden bekamen drei Kinder, trennten sich allerdings 1957 wieder. Adam, der seine neue Identität (Stefan Zgrembski) auch nach dem Krieg beibehielt, starb 1961.

Vier Jahre später wurden Irena Sendler und Irka Schultz durch das israelische Yad-Vashem-Institut als »Gerechte unter den Völkern« geehrt. Die beiden Freundinnen nahmen gemeinsam an der Zeremonie teil. Irena Sendler lebte zeitlebens in Warschau, wo sie am 12. Mai 2008 hochbetagt starb.

Die im Buch vorkommenden Persönlichkeiten im engsten Umfeld von Irena Sendler sind authentisch, ebenso wie die der meisten deutschen Besatzer. Der unermüdliche Einsatz von Ala Gołąb-Grynberg, Rachela Rosenthal, Ewa Rechtmann, Irka Schultz, Janusz Korczak, Stanisława Bussold und vielen anderen wird in mehreren Publikationen beschrieben, so unter anderem in Anna Mieszkowskas *Die Mutter der Holocaust-Kinder* oder Tilar J. Mazzeos *Irenas Liste oder Das Geheimnis des Apfelbaums*. Der Pädagoge und Leiter des Waisenhauses im Ghetto, Dr. Janusz Korczak, hat bis zum Tag seines Todes ein Tagebuch geführt, das auch auf Deutsch erschienen ist. Lesenswert ist auch das aus einem Projekt amerikanischer Schülerinnen hervorgegangene Buch von Jack Mayer, *Life in a Jar*.

Ebenso authentisch wie die Namen der Retter sind auch die anderer historischer Persönlichkeiten. Von Adam Czerniaków, dem Vorsitzenden des Judenrates, existiert ein aufschlussreiches Tagebuch. Die Rolle der Nazifunktionäre, allen voran Ludwig Fischer (Gouverneur von Warschau) und Hans Frank (Gouverneur des Generalgouvernements), ist hinlänglich bekannt und kann überall nachgelesen werden. Wo die Namen flüchtig auftretender Personen nicht belegt waren, habe ich sie erfunden.

Fiktiv sind allerdings auch die Namen der geretteten Kinder und ihrer Familien, selbst da, wo sie hinreichend belegt waren. Eine Wahl, die dem Schutz der Privatsphäre von noch lebenden Opfern und ihren Familien geschuldet ist. Viele der beschriebenen Ereignisse und Rettungsaktionen haben dagegen so oder ähnlich stattgefunden.

Manche von ihnen hat Irena Sendler ausführlich geschildert, andere nicht mehr als angedeutet, weshalb Fiktion und Fakten in diesem Buch Hand in Hand gehen. Trotzdem habe ich mich bemüht, die dargestellten Ereignisse so authentisch wie möglich zu schildern. Wo die Vorstellungskraft helfen musste, leere Stellen auszufüllen, habe ich das mit dem größtmöglichen Respekt getan, sodass auch fiktive Ereignisse theoretisch stattgefunden haben könnten oder vielleicht – wer weiß – tatsächlich in der ein oder anderen Art stattgefunden haben.

Von der ersten leeren Seite auf dem Computer bis zum fertigen Buch in der Buchhandlung vergeht eine lange Zeit, in der mehrere Menschen eng zusammenarbeiten.

Allen voran möchte ich mich beim Piper Verlag für das entgegengebrachte Vertrauen bedanken. Ganz besonderer Dank gilt meiner Lektorin Anne Scharf für die konstruktive Kritik, die gute Kommunikation und die durchweg enge Kooperation, die mich über den gesamten Entstehungsprozess hinweg begleitet haben. Herzlicher Dank gebührt auch Frau Annika Krummacher für ihr umsichtiges und intensives Endlektorat und die vielen wertvollen Anmerkungen.

Ganz herzlich danke ich auch Dr. Uwe Neumahr von der Agence Hoffman, der mich immer wieder mit wertvollen Projekten wie diesem in Berührung bringt. Ohne ihn hätte ich diesen Roman nicht geschrieben.

Nicht zuletzt danke ich meiner Mutter Gabriele Kurasch-Macharzina und meinem Lebensgefährten Giancarlo Abbamonte für ihre tägliche liebevolle Unterstützung.

In der Reihe »Bedeutende Frauen, die die Welt verändern« liegen vor:

Laura Baldini, Lehrerin einer neuen Zeit
(Maria Montessori)

Romy Seidel, Die Tochter meines Vaters
(Anna Freud)

Petra Hucke, Die Architektin von New York
(Emily Warren Roebling)

Laura Baldini, Ein Traum von Schönheit
(Estée Lauder)

Lea Kampe, Der Engel von Warschau
(Irena Sendler)

Eva-Maria Bast, Die aufgehende Sonne von Paris
(Mata Hari)

Eva-Maria Bast, Die vergessene Prinzessin
(Alice von Battenberg)

Yvonne Winkler, Ärztin einer neuen Ära
(Hermine Heusler-Edenhuizen)

Agnes Imhof, Die geniale Rebellin
(Ada Lovelace)

Lea Kampe, Die Löwin von Kenia
(Karen Blixen)

Eva Grübl, Botschafterin des Friedens
(Bertha von Suttner)

Laura Baldini, Der strahlendste Stern von Hollywood
(Katharine Hepburn)

Agnes Imhof, Die Pionierin im ewigen Eis
(Josephine Peary)

Ulrike Fuchs, Reporterin für eine bessere Welt
(Nellie Bly)

Anna-Luise Melle, Die Meisterin der Wachsfiguren
(Marie Tussaud)

Jørn Precht, Die Heilerin vom Rhein
(Hildegard von Bingen)